novum 📖 pocket

AF273174

Lia Zora

Sorsok$_k$

novum ◢◣ pocket

Minden jog fenntartva,
beleértve a mű film,
rádió és televízió, fotómechanikai
kiadását, hanghordozón és
elektronikus adathordozón való
forgalmazását, valamint kivonat
megjelentetését, illetve az
utánnyomását is.

Nyomtatva az Európai Unióban
környezetbarát, klór- és savmentes,
fehérített papírra.

© 2021 novum publishing

ISBN 978-3-99010-955-7
Borítókép:
Gheburaseye | Dreamstime.com
Borító, tördelés & nyomda:
novum publishing

www.novumpublishing.hu

Besorolások$_k$

Fogytosok$_k$

Valahol a dombok, erdők, völgyek és tisztások között egy magas, betonkerítéssel körbevett, háromemeletes – valamikor jobb napokat látott – kastély húzódik meg. A köztudat bolondokházának nevezi. (Környékbeliek szerint: „Ott élnek a fogytosok!") Mellette tornyos kápolna, amit emlékül emeltetett egy bánatos főúr, szülésben elhalálozott hitvesének. A toronyba vezető csigalépcsőt vasalt, hatalmas tölgyfaajtó zárja el. Nagy, kovácsoltvas kilincsét régen nem nyomta le senki. Minek, úgyis zárva van. Egy rövid ideig látogatható volt, tetejéről feledhetetlen panorámát kínált. Aztán lezárták, miután valaki leesett onnan, és meghalt. A „kastélyban" lakók egyébként sem mehettek veszélyes helyekre. Egy másik, veretes vasajtó védi lánccal és lakattal a kriptába lefelé vezető lépcsőket. Már nem csak a váratlanul eltávozott fiatalasszony, hanem a kastély későbbi urai, úrnői is itt nyugszanak. Ez már rég feledésbe merült, ezt az ajtót sem nyitotta ki senki évtizedek óta. Vasárnaponként a szomszéd plébániáról átjárt a pap, és közösen imádkoztak a hívők. A kápolna templomként működött.

Az épület pszichiátria és szanatórium. A függőségből gyógyulók, fogyatékkal élők, illetve időskori demenciában szenvedők gyűjtőhelye. A legsúlyosabbak a legfelső emeleten, önmaguktól és másoktól jól elzárva élnek a maguk világában. Ez kívülről is látszik, mert a régi, míves, stukkós ablakokon sűrű vasrács éktelenkedik. A másik két szint is rácsos ablakú, de az valahogy könnyedebb, szellősebb. Jobban illik a kastély régi mivoltához, mert értőbb kezek

7

kovácsolták, mint ahogy a hatalmas bejárati kétszárnyas kaput is. Ez az egyetlen rész, amely kívülről bepillantást enged a parkon túli épületre. Itt az őrtoronyban kapuőr van, bocs, biztonsági ember. Egyenruhában, fegyveresen. Persze az eredeti, henger alakú, valóban tornyos tetejű kis épületet már a mai kor brutalitásával rég átalakították, cseppet sem törődve holmi építészeti stílussal. A park gondozott. Erről több kertész gondoskodik, akik a környező településekről, alapos átvilágítás után kapták meg a lehetőséget és a szigorúan elkerített, zárt melléképületben tárolt szerszámokhoz való hozzáférést, hiszen éles, súlyos eszközökhöz a „lakók" nem juthatnak hozzá.

A főépületbe vezető széles lépcsősor után balra és jobbra két öblös, fölül fedett, oldalt nyitott teraszra ülhettek ki a látogatók, ápolónők, orvosok, és azok az ápoltak, akik ezt kiérdemelték. A parkban gyakran lehetett látni padon ücsörgőket, sétálókat, tolókocsis betegeket az ápolójukkal. A fák és bokorsorok takarásában egy hosszú melléképület húzódott szép virágoskerttel, külön parkrésszel, és kovácsoltvas kerítéssel körülvéve. Az egykori gazdatiszt birodalma, vagy vadászlak lehetett, igényesen építették. Ráadásul a főépülettel ellentétben gyönyörűen felújították. Több apartmant alakítottak ki. Rácsoknak, lebetonozott bútoroknak nyoma sem volt. Ide súlyos pénzek letételével lehetett jutni egyedül maradt, önellátó időseknek, világtól elvonuló tehetőseknek. Az itt lakók egy igazolvány birtokában szabadon jöhettek, mehettek.

A főépület teraszának gyönyörű, görög motívumokkal lerakott mozaikját betonnal öntötték le. (A kastély építtetőjének az antik görög művészet volt a mindene, most foroghat a sírjában!) Gondosan belebetonozták a súlyos padokat, székek és asztalok lábait is. Minden vasöntvény vagy tölgydeszka, amit viaszosvászon terítő fed, amelyet, ha az idő kikezd, kicserélnek. Egy ilyen asztalnál ült három ötven körüli hölgy. Különböztek, vagy inkább elkülönültek a legtöbb itt lakótól. Nem a szokványos ősz, dauerolt haj, elhanyagolt, kopott öltözet, vagy színes otthonka jellemezte őket. Egyikük, a legsoványabb, megjárhatta a harmadik emeletet is. Csuklóján éktelenkedő, beforrt vágások mutatták, hogy sikertelenül ugyan, de erőteljes kísérlettel távozni akart az élők sorából. Hosszú, ősz haját egyszerűen, hátrakötve viselte.

A mellette ülőnek rézvörösre festett frizura keretezte arcát. Nyakában finom aranyláncon valószínűtlenül nagy és vastag aranykereszt függött, Krisztussal együtt. Ezen sűrűn, remegő kezekkel simított végig, és ezt szájának alig észrevehető rezdülése kísérte. A harmadik asszony ápoltsága, élénk, okos tekintete valahogy azt sugallta, hogy csak látogató, de ő is itt élt. Fiatalabbnak látszott a többieknél. Adott magára, aranyszőkére festett hajkoronáját laza kontyban hordta. Sportosnak tűnt, amin a szűk nadrág és a lovaglócsizma csak erősített. Szolidan sminkelte magát, és finom parfümillat lengte körül. Valamiféle csendes belenyugvás és belső béke lágyította vonásait. Nem csak külsőségekben különböztek, hanem abban is, hogy az újjávarázsolt apartman lakásokban éltek, nem tartoztak az ápoltak közé. Egyiküket sem látogatta senki, pedig bármikor fogadhattak volna vendéget, előzetes egyeztetéssel. Láthatóan magányosság ölelte őket körül, s messze néző szemükben végtelen szomorúság ült. Talán emiatt hozta úgy a sors, hogy néha így üldögéltek együtt. Nem sokat beszéltek, a zárkózottságuk is hasonló volt. Az időjárás, az ellátás, a napirend, és néhány természeti aktualitás (fecskék megjelenése, rigófészkek, bodobácsok) kimerítették a palettát. Ezen a helyen az „előző, kinti" élet sokak számára tabu. Tanácsosabb mélyen eltemetni ezeket, nehogy sebeket tépjenek fel, aztán jöhet a rettegett harmadik emelet. Ma egyikük, – az aranykeresztet viselő – féltve őrzött fényképet vett elő kötött kardigánja zsebéből, s mint egy ereklyét, a tenyerével eltakarva csúsztatta az asztalra a többiek elé megtekintésre. Jelentőségteljesen suttogta:

– A papom.

A megviselt – mintha valaki már kidobásra szánva összegyűrte volna –, megsárgult, fekete-fehér fotón fiatal, sovány, szemüveges, reverendás fiatalember nézett szigorúan, de bizakodással telve a jövőbe. Az ápolt hölgy azt hitte szentkép, mivel társa egyetlen imát és egyházi összeröffenést sem mulasztott el. Ellentétben vele, aki ateista volt, bár az utóbbi időben be-benézett a kápolnába. Érdeklődve vette szemügyre a katolikus papot. Ha katonai vagy civil ruha lenne rajta, senki sem hinné, hogy Isten szolgája. Közben ez járt a fejében:

„Jaj, drágám, ő már nem a te papod, hiszen ez olyan régi kép, hogy akiről készítették, az már talán nem él." Nem szólt semmit, csak odébb tolta a harmadiknak, aki hosszan nézte, de neki egészen más gondolatok kergették egymást a fejében, az ő aranyláncára és keresztjére gondolva, amit a ruhája elfedett. „Hányszor könyörögtem, hányszor kulcsoltam imára a kezem, még akkor is, mikor megkötötte! Soha nem hallgatott meg, nem segített rajtam senki! Hol volt akkor Isten, vagy az ő szolgája?" Kicsit talán túl gyorsan, majdnem hevesen visszatolta a fotót tulajdonosának, de ő sem szólt. Viszont kisvártatva az ölébe emelte ridiküljét, amitől sosem vált meg. A másik

két nő érdeklődéssel bámulta a tárgyat, amely gyerek-
koruk kistáskáját idézte; nem véletlenül, mert az egy
gyerekridikül volt. Fehér, persze most már piszkos sárga,
töredezett műbőr, de az oldalán lévő piros-kék díszcsík
valószerűtlenül élénk. Valahogy nagyon ismerősnek tűnt,
és „déjá vu" érzés öntötte el őket. Ami viszont ennek a
tárgynak a belső zsebéből került elő, az felkavarta az
állóvizet. Ez is egy régi fotó volt, melyen három, 10–11
éves kislány kapaszkodott össze egy emberekkel teli
medencében, úszógumikkal fenntartva a vízen, széles
mosolygással. A középső, szőke göndörfürtösre mutatva
a fotó tulajdonosa ezt mondta büszkén:

– Ez én vagyok, a gyerekkori barátnőimmel.

A másik kettő elkerekedett szemmel, egyforma meg-
döbbenéssel bámulta a képet. Az aranyláncos törte meg
a csendet. A bal oldali gyerekre mutatott, és rebegte:

– Ez pedig én.

Az ápolt hölgy arcából kiszaladt a vér, mégis diadalit-
tasan mutatott a jobb oldali, mosolygó lánykára:

– Ez pedig én!

A három nő úgy nézett egymásra, mintha földönkí-
vülieket, ismeretlen lényeket látna, s már rég máshol
jártak, éteri magasságokban, külön dimenziókban, ami
számukra mégiscsak ugyanaz: a múltban...

Boldogságosok_k

Oldalkocsis motor robogott a keskeny úton. A faluból vezetett a nemrég felfedezett, gyógyvizes strand felé. A motoros férfin kívül utasként mögötte kapaszkodott egy szőke kislány, fürtjei csapkodtak ide-oda. Az oldalkocsiban egy világosbarna és egy majdnem fekete lófarkat cibált a szél. Egyikükön sincs bukósisak – minek, hiszen csak ideugranak a faluból. A vezetőt mindenki ismeri, ő a tsz-elnök, aki az állatorvossal, a pappal és a tanácselnökkel szokott ultizni, akik, mint tudjuk, az orvossal és a patikussal a település elöljárói. Sérthetetlenek.

A hátsó ülésen a vezetőbe belecsimpaszkodó leányzó Cilike, a tsz első emberének szemefénye, aki kikönyörögte apjától a fürdős kirándulást. Hát hogyne! Itt van a barátnéja, aki minden nyarat itt tölt a nagymamájánál, és már három éve tart az „örökbari", alig várják a nagy találkozásokat. Ő a sötétbarna kislány, Zsuzsi, aki a legközelebbi nagyvárosban él. Most vele jöhetett az ő barátnője is: Ari. Ők, nem szokva a motorozáshoz, most görcsösen kapaszkodtak egymásba meg az oldalkocsi szélébe. Hátha még tudnák, hogy ketten nem ülhetnének ott! De Zsiga bácsi ezzel a felkiáltással emelte be őket az egyszemélyes ülésbe:

„Olyan kaszványok vagytok, hogy elfértek ti így is! Na, lóra, magyar!" A két csitri nem nagyon értette, amit a nagydarab ember beszélt. (Ha lóra, akkor miért motor? És milyenek is ők?) De amint bedörrent a jármű, nem értek rá ezen morfondírozni, hiszen az újdonság meglepetése és a félelemmel áthatott kalandvágy elterelte gondolataikat.

Amint megérkeztek, máris sajnálták, hogy csak ennyi volt. „Még, motorozzunk!"-kiáltással ujjongtak. „Majd hazafelé! Jövök értetek!" Ez lecsillapította őket, s máris az újabb kaland felé fordultak.

A környék híres fürdője még csak egy nagyobb, mélyebb, és egy kisebb, gyógyvizes ülőmedencéből állt. (Zsuzsa ma ezt mondaná rá: „néplavór".) A három gyereknek viszont az Eldorádót jelentette. A rekkenő nyári melegben a kis bikinit már otthon felvették, bár felsőre még csak Zsuzsinak volt szüksége, mert rajta már mutatkoztak a nőiesség első jelei. Viharos gyorsasággal dobálták le a kiterített törölközőre a felsőruhát, nem pazarolva az időt öltözőfülkére. Ész nélkül rohantak volna a medencébe, de Cili apjának mély hangja dördült:

– Hohó! Melyikőtök tud úszni? – s a táskából három színes úszógumit húzott elő.

A lányok szinte toporzékolva várták, hogy Zsiga bácsi komótosan felfújja az úszóöveket. Ezután már hat lóval sem lehetett őket visszafogni. (Lám, mégiscsak szerepe van a négylábúnak!) Boldogan pancsikoltak, fröcsköltek, imitálták az úszómozdulatokat. Bőrüket kellemesen hűsítette a langyos víz. Megjelent a medence szélén az apa is, aki egy fényképezőgéppel a nyakában kiáltott nekik:

– Kapaszkodjatok össze! Csinálok egy-két képet, mielőtt elmegyek.

– Elmész?– nyafogta Cili, és máris sírásra görbült a szája.

– Persze. Valakinek dolgozni is kell! De egy óra múlva visszajövök értetek, és megint motorozhattok.

Ez hatott. Már boldogan, összekapaszkodva integettek a gép lencséjének, amit bőszen kattogtatott a férfi. Ám érezte a rosszalló pillantásokat a medencében kalákába

13

gyűlt Mári, Juli, Ica és Bözsi nénik részéről. (Mind ismerős volt, biztos falubeli, de hát ki tudja megjegyezni a sok egyforma vénasszonyt!) A nyolc szem mind ezt mondta: „Lám, magára hagyja a rossz ember ezeket a tündéri lánykákat! Milyen apa az ilyen?" Megszólalt a vészcsengő a fejében, körülnézve megpillantott egy kamasz fiút, akit ismert. A kenyeres fia, falubéli, rendes gyerek, a papnak szokott ministrálni. Erőteljes, a koránál jóval fejlettebb, erősebb és magasabb legényke volt. Most az is szemmel láthatóvá vált, hogy kiválóan úszik.

– Ferikém! Szevasz! Vigyáznál erre a három zsenge lyánykára, míg én elszaladok? Van egy kis dolgom a tsz-irodán. – Az utóbbit szinte az asszonyoknak címezte.

– Zsiga bátyám, hát persze! Menjen csak nyugodtan! – Ezt már a lányok felé fordulva, egyik szemével hunyorítva mondta. Cilike örült, hiszen ismerte. Tetszett neki, iskolatársak voltak, de félt is tőle. A nagyobb fiúk egyszerre vonzották, és taszították. Zsuzsi megrettent, mert a fiú mosolyában és hanghordozásában valamiféle fenyegetőzést érzett. Aranka hosszan nézett az elrobogó után, tán oda sem figyelt. Így ő jelentkezett először, mikor Feri megkérdezte:

– Na, Cicáim! Kit tanítsak meg úszni?

Míg az „oktató" és a „tanítvány" odébb vonult, a két barátnő végre kettesben maradhatott.

– Furcsa, hogy hirtelen még egy barátnőm lett! – fricskázta Cili a vizet elgondolkodva.

– Ezzel azt akarod mondani, hogy nem kellett volna elhoznom?

– Valahogy közénk furakodott. Ti egész évben együtt lehettek.

– Féltékeny vagy?

– Á! Dehogy! Csak úgy érzem, ti többet tudtok egymásról, és én a háttérbe...

Nem tudta befejezni, mert Ari éles kiabálása szakította meg:

– Hagyj békén! Nem is úszni tanítasz! Lenyomott a víz alá! – Ezt már a két csodálkozó társának mondta. Cili, hogy mentse a helyzetet, odaevickélt a sráchoz:

– Taníts engem!

Különbnek akart látszani. a többieknél. Majd ő megmutatja! Felbátorította, hogy egy ilyen erős, „lányok kedvence" fiú most csak vele foglalkozik.

– Feküdj rá a kezemre! – tartotta Feri a két tenyerét felfelé a víz alatt.

A lány engedelmesen ráhasalt. Az úszógumi azért – biztos, ami biztos – rajta maradt. Érezte az erős karokat és kezeket, melyek biztonságot nyújtottak. Borzongató és új helyzet volt. Hát még amikor hirtelen fordult vele, egyre sebesebben hasította a vizet! Közben még közelebb húzta magához, összeért a testük, a hasizmok a derekához simultak.

– Most vegyél nagy levegőt! Megforgatlak a víz alatt is!

Alighogy kimondta, már tette is; ijesztő volt, de sikerült nem innia a vízből. Akart szólni, hogy elég, de nem jutott rá ideje, máris újra a víz alatt pörgött, fuldoklott, éles, fojtó érzés kínozta, mintha a nyakába vágna egy vékony zsinór. Hirtelen engedett a szorítás, s az őt biztosan tartó gumiszerkezetnek köszönhetően helyreállt a rend: a feje kiemelkedett a hullámokból, s hörgő hanggal kapkodott levegő után. Két barátnője vigasztalta, kérdezgették, hogy jól van-e. Ő csak bólintani tudott, köhögött, s rémülten kereste „kínzóját." A fiú most bukkant fel a víz alól, búvárszemüveggel a szemén, s elégedetten igazgatta a fürdőnadrágját.

15

– Ugyan már! Kis taknyos, anyámasszony katonája! Ne
bőgj! Ittál egy kicsit! Nézd meg, én lemegyek a medence
aljára! És valóban látták, ahogy alattuk úszik. Zsuzsit
kirázta a hideg, hogy belekapaszkodik a lábába, lehúzza a
mélybe, s majd ő lesz a következő fuldokló, ezért gyorsan
indítványozta:

– Gyerünk ki! Hagyjuk itt ezt az idiótát!

Elindultak, taposva a vizet, de hátuk mögül harsány
hang hívta őket:

– Ugyan má'! Gyertek vissza! – Egy gyors delfinezéssel
mellettük termett, és Zsuzsi úszóját fogta meg. – Téged
ne tanítsalak?

Alighogy ezt kimondta, egyik keze a víz alatt a lány
kezdődő domborulatain siklott végig, majd a hasán, aztán
hirtelen a másik keze a két combja közé furakodott úgy,
hogy a tenyerén tartotta, s egyik ujja a fürdőruhán keresz-
tül beszalad az elülső vágásba. A két másik lány mindezt
az úszógumitól nem látta, de Zsuzsi érezte. Ellökte a fiút
és a szemébe fröcskölt, így is majdnem idegen kézben
maradt a bikini alsója. Szerencsére már a lépcsőhöz értek,
elkapta a korlátot, s a lába biztos talajt érve gyorsabbá
tette. Még a vízben feljebb ráncigálta a kisnadrágot, bízva
abban, hogy senki nem vett észre semmit. Elsőként ért
a törülközőhöz, ahová végre lehuppanhattak, s zihálva
adták át magukat a napfürdőzésnek.

– Ki ez az őrült? – kérdezte Zsuzsi, miközben kicsa-
varta sötét hajából a vizet.

– Feri, a pék fia. Te is találkozhattál vele a kenyér-
boltban, gyakran segít az apjának.

Valóban sokszor szolgálta ki egy tőle kicsit idősebb
gyerek, mikor Nagymami őt szalasztotta friss pékáruért.
Most az orrába kúszott a meleg, semmihez sem fogható

kenyérillat. Sőt! Még a kipörsent kenyérhéj ízét is érezte, amit jócskán megdézsmált, mire hazaért vele.

– Megéheztem. Nézzünk a szendvicsek után, amiket Nagyi pakolt! Te, ez a gyerek jól megnőtt, nem ismertem rá. És szemtelen lett!

Ezt már tele szájjal mondta. Cili felült, törülközővel szárítgatta elázott tincseit.

– Megmondom apának, majd ő ellátja a baját! –Kis kárörömmel gondolt a légycsapóra.

– Miért van a nyakad körül az a furcsa, piros csík?

– Úristen! – kapott nyakához Cili. – Az aranyláncom! Elveszett!

– Hogy nézett ki? – kérdezte Ari.

– Vékony aranylánc kis kereszttel, a kereszt közepén egy rubin kővel. – Ezt már lefelé görbülő ajakkal, sírva rebegte. – Apám agyonver!

Gyorsan a kis retiküljéhez kapott, s a hófehér, piros-kék csíkkal díszített táskának a cipzárját szinte felrántotta. Zsuzsi ijedve nézte. „Még tönkreteszi!" Neki nagyon tetszett, irigyelte azt a válltáskát. Cili tudta, hogy nem vette le a láncot, mégis, mint valami utolsó szalmaszálba, kapaszkodott a lehetetlenbe. Most sokkal élesebben rajzolódott ki szeme előtt az otthoni fenyítőeszköz: a légycsapó. Nevével ellentétben az ő popsiján csattant az egyenes botra szerelt, a végén erős bőrből készült lifegő, félkör alakú csappantyú. Most még a csípését is érezte. Sajnos már négyszer volt alkalma megízlelni.

– Biztos a medencében kapcsolódott ki. Keressük meg Ferit, neki van búvárszemüvege, meg tudja nézni! – mondta biztatóan Ari, és már ment a medence felé.

A két másik habozott, különösen Zsuzsi, akinek nem volt kedve látni sem, nemhogy kérni tőle valamit. Cili eszmélt előbb: „Inkább a fiú, mint a verés!" Az aranyláncot keresztanyjától – anyja húgától – kapta elsőáldozása alkalmából. Fontos volt, szerette, sokan irigyelték miatta. Ferit mintha a föld nyelte volna el, hiába keresték, sehol sem találták, ahogy az ékszert sem. Feltúrták a napozóhelyüket, a nagytáskát. Átvizsgálták a füvet, a medence partját, még olyan helyeken is kutattak, ahol nem is jártak. Ettől kezdve a hangulat gyászossá vált, még azt sem vették észre, hogy sok idő telt el – 3 óra – mióta megérkeztek. A harsány hangra szinte összerezzentek:

– No, már itt is vagyok! Látom, mindenki megvan, teljes a létszám, mehetünk! – hadarta Zsiga bácsi, érezhető megkönnyebbüléssel. Látva lányának kisírt szemeit, erőltetett jópofasággal kérdezte:

– Na, mi van? Elgurult egy lócitrom?

– Nehehem! Apuci, ne haragudj, elveszett a láncom, amit keresztanyutól kaptam! – hüppögte Cili. Az apának elborult az arca, messziségbe néző szemmel, némi automatizmussal ezt mondta:

– Jól van, no! Ne bőgj! Majd otthon megbeszéljük.

Ekkorra már sietősen beemelt mindenkit a járgányba, láthatóan egészen máshol jártak a gondolatai. Cilike „lesz nemulass otthon!"-gondolattal fogta át apját, akinek erős parfümillata volt. Szokatlan, de nem ismeretlen. „Jé, ilyen illata van keresztanyunak is!" – ismerte fel a kislány meglepődve.

Másnap a három lány a szokott találkozóhelyen, a Szentháromság-szobrot körülvevő Spirea bokrok takarásában sutyorgott. Teljesen összekovácsolták őket az előző napi események. A barátnők – különösen Zsuzsi – elhallgattak néhány víz alatt történt momentumot, de az elkövető iránti ellenszenvük mélyítette barátságukat.

Most már Cilike sem érezte magát mellőzöttnek. Zsuzsi viszont tudta, hogy barátnőjének ez az érzése teljesen jogos, hiszen Arival időnként megismétlődő titkos szertartásukról mélyen hallgatott. Sőt, később olyannyira eltemette magában, hogy már csak felnőtt nőként jutott eszébe, és csak akkor értette meg igazán, hogy mit is csináltak ők.

Ari egyszer a padlásukon lévő régi heverőre ült, letolta bugyiját, felhúzta lábait, s két térdét leeresztve kitárta rózsaszín kis vágását.

– Ülj velem szembe, így!

Zsuzsi megtette, izgalmas dolognak ígérkezett. Aztán Ari egyik kezével széthúzta a vágást, s a másik keze középső ujjával simogatni kezdte a kis kidudorodást, közben instrukciót adott társának, hogy tegye ugyanezt, és nézzék a másik játékát.

– Ha nem vagy elég nedves, nyálazd meg az ujjad! – s így is tett.

Egy új, nagyon kellemes érzés közben a dudor a duplájára nőtt, majd furcsa belső rángásokkal véget ért a bizsergés. Ez után felöltöztek, és más tevékenységbe kezdtek. Soha nem beszéltek erről, nem érintették meg egymást, de ha a padláson játszottak, sokszor megismételték. Nem avattak be senkit, ez csak a padlás miliőjébe tartozott, és csak kettejükre.

Egyébként most, a bokrok mélyén a tegnapi események körül zajlott a terefere. Izgatottan kérdezték Cilit, hogy kikapott-e a nyaklánc miatt. Ő röviden elmesélte, hogy más foglalta le a szülőket, ezért szerencsére megúszta egy kis szidással. A légycsapó lehetőségéről, meg a családi perpatvarról hallgatott. Kitalálták, hogy szedjenek somot az erdőszélen. Mivel elég sokat kellett oda gyalogolni, így Cili ráért a tegnap estére gondolni.

A két barátnőt már hazaszállították. Amikor befordultak a nyitott nagykapun a motorral, az édesanya csípőre tett kézzel állt a gangon. A hozzáfutó lánya átölelte, de őt gyorsan lerázva magáról az apját vonta kérdőre. Sokallta az eltelt időt. A kislány most gondolt vissza arra, hogy a fürdésre ígért egy órából három lett. Furcsa módon apja az elveszett lánc keresésével indokolta a késést. „Hm! Ott sem volt!" A szülők vitája háttérbe szorította az ő bűnét, mivel az anya férjét hibáztatta az ékszer elvesztéséért is. A gyors és szótlan vacsora után a kislány gyorsan ágyba bújt, de hallotta a még élesebbre forduló vitát, ami sok mindent megvilágított előtte.

– Otthagytad a gyerekeket! Nem erről volt szó! Többen látták a motorod. Már megint *nála* voltál! Tudom! Érzem rajtad! Az ő parfümje! Azt hiszed, mert a húgom, elnézem?

– Mit vártál? Te nem adod meg nekem azt, amire vágyom!

– Te perverz disznó!

– Minek neveztél? Tovább képezhetnéd magad a húgodnál, hogy mi kell egy férfinek, te kiszáradt kóró! Neked itthon, kuss van! Nesze! Majd móresre tanítalak!

A kislány riadtan, félelemmel hallgatta a veréssé fajuló veszekedést. Nem az első, nem is az utolsó, de nem lehet ezt megszokni. Talán csak az töltötte el némi belenyugvással, hogy az ismerős csapások nem rajta csattantak. Rosszulestek azok a szavak, melyek anyját illették, viszont megdöbbentette az a felismerés, hogy keresztanyjának viszonya van az apjával. Már a faluban is rebesgették ezt, hirtelen elhallgatva, ha őt meglátták. Habár még nem tudta konkrétan, hogy ez mit jelent, de már halványan körvonalazódott a 11 éves lányka fejében a nő-férfi kapcsolat mikéntje.

Azt a nyarat és az utána következő kettőt viszont bearanyozta, hogy ők hárman sülve-főve együtt csatangoltak. Játszottak királykisasszonyost – természetesen mindig ő volt a hercegnő, az arany fürtjei miatt–, csatangoltak a mezőn, az istállókban, ették az éppen aktuálisan érő gyümölcsöket, utaztak traktor pótkocsiján, a learatott búzát tartalmazó zsákokon. Még két lakodalomra is hivatalosak voltak; összekapaszkodva táncoltak a kultúrház parkettjén. Augusztusban a nagy eperfa alatti terített asztalnál éppen ropogósra sütött törpeharcsát falatoztak, amit Zsu' nagypapája fogott. Nagyi a kútban lehűtött dinnyét szelte fel, amikor megérkezett Zsiga bá', és a nyakában lévő tarisznyából előhúzta a medencében készült képeket.

– Na, lányok! Ebből kértem hármat, szerintem ez a legjobb! – mutatott az egyikre. – Ez a tiétek, eltehetitek emlékbe!

Mindhármuk elé letett egy-egy képeslap nagyságú, fekete-fehér fotót. Úszógumis kislányok, egy medencében összekapaszkodva, boldogan, mosolyogva integetnek.

Párzások_k

Mire Cili kijárta a nyolc általánost, más nagylányok utalásaiból, néhány titokban megnézett filmből körvonalazódott számára a szexualitás. Tisztában lett a „viszonya van" jelentésével, eleget hallotta egészen addig, míg keresztanyja férjhez nem ment, és külföldre költöztek. Amíg a faluban élt, sem tehette be a lábát nővére portájára: „persona non grata" lett. Annyira megszakadt köztük a kapcsolat, hogy soha többé nem látták.

A két „örökbari" már nem jött a nyáron, hiszen a nagyszülők elköltöztek. Hiányzott neki a két lány. Sokkal jobb barátnők voltak, mint a falubeliek vagy az osztálytársai. Hiába sikerült bekerülnie a közeli nagyvárosba, a kereskedelmi iskolába, Zsuzsival már nem találkozhatott, mert egy másik, még nagyobb városba költöztek onnan. Arankáról meg nem tudott semmit. Nyaranta a falu egyetlen cukrászdájában dolgozott. Sokszor ment szórakozni a többi lánnyal, de olyan barátai nem voltak, mint az a kettő. Hiába, nem fűzte semmilyen közös, titkos összetartás hozzájuk. Ferire gyakran gondolt, itt-ott még találkoztak is, de nem kommunikáltak, csak köszöntek. Még nagyobb, izmosabb lett, mint valaha, és nem a községben dolgozott, bár a nagyobb lányok szerint ő a „falu bikája." Az biztos, hogy ragadt rá a gyengébbik nem. Jóképű volt. Cili csak félve vetett rá lapos pillantásokat, tartott tőle, inkább kerülte.

Amikor elvégezte a kereskedelmit, végleg a cukrászdában kapott munkát. Gyakran túlórázott, helyettesített. Nem szeretett otthon lenni. Bár már nem veszekedtek/

verekedtek a szülei, de mindig puskaporos volt a levegő. Cili érezte, hogy csak az ő léte tartja egy fedél alatt őket. A 18. születésnapjára kibérelték a cukrászdát a tulajtól. Az apja meghívta a fél falut, ha nem az egészet. „Egyszer 18 az a lány!" Majdnem olyan volt, mint valami kislakodalom. Szintetizátoros adta a talpalávalót, a tortát ajándékba sütötte a főnöke. Ő új ruhában, magas sarkú cipőben pompázott, szőke fürtjei a derekát súrolták. „Az anyád istenit, de szép vagy!"-kiáltással kérte fel táncolni az apja. Boldog volt. Érte állt a világ, régen érzett így. Sorra kérték fel a fiúk, pörgették, táncoltatták, kapós lett. Egyszer csak ismerős, mély hang kérdezte:

– Szabad? – Feri volt az, elegánsan, öltönyben. – De megszépültél, Cicám!

– Cili vagyok.

– Persze, Cili Cica!

Nem szerette, ha így szólítják, de nem szólt, mert ilyen vehemensen, erősen még nem szorították. Feri az egyik kezével a lány hátát simította párszor végig. Ő tudta, hogy lassúzás közben ez bevett szokás; ilyenkor mérik fel, hogy van-e rajtuk melltartó. Nem hordott. Nem szerette, nem volt rá szüksége. Csak ha átlátszó felsőt viselt, akkor kellett. A kéz kissé időzött a derekán, majd fokozatosan lejjebb csúszott, s mire a lány feleszmélt, már a fenekét simogatta, majd hirtelen belemarkolt. Cili nem is az érzéstől nem kapott levegőt, hanem körbenézve az rettentette meg, hogy ezt mindenki látja. Gyorsan fogta a szorító kezet, s határozott mozdulattal feljebb húzta a derekára, nyomatékul, hogy annak ott a helye, még egy ideig fogva tartva azt. Eközben ruhája felcsúszott, és úgy érezte, hogy az egyébként is mini ruhácska már nem takarja el a hátsóját. Az éppen mellettük táncoló apja át is kiabált:

– Ferikém! Lassan az agarakkal! Vigyázz az ártatlan lányomra! Tisztességes családanya lesz! A jövendőbelije a tíz ujját is megnyalhatja utána! – Szavaiból érződött az ital, sikerült szeme fénye arcára a haja tövéig pírt varázsolnia.

– Ne aggódjon, Zsiga bátyám! Vigyázok!

Bár a két férfi mindezt a feje fölött beszélte, az utóbbi mondatok valahogy jólestek a lánynak, s szinte belesimult a biztonságot adó karokba, mint egy doromboló kismacska.

– Mondd, hol voltál te eddig? Észvesztően jó nő vagy! Nagyon tetszel. Gyere, menjünk ki a friss levegőre! – kérte a fiú, mert érezte a lány megadó simulását.

A kis kéz szinte eltűnt az erős marokban, s már vonta is maga után a teraszra. Itt-ott már álltak párok vagy cigarettázók. Feri ügyesen talált egy üres teret: a kis beszögellést, melyet Cili nem szeretett, mert nehezen lehetett észrevenni, ha itt vendég ült, amikor kiszolgált. Most nem volt baj, ha jótékonyan takarta az idehúzódó szerelmespárokat. Feri finoman, de ellentmondást nem tűrve a falnak nyomta őt, arcát mindkét tenyerébe fogva szájon csókolta. Cilinek volt néhány gyerekesen gyenge élménye e tekintetben, de most úgy érezte, a lábai rongyból vannak, és ha nem fogná két erős kar, összerogyna. Az ő csukott szájára tapadt a másiké, körbenyalta a nyelvével, majd fogai közt befurakodott a szájába, és olyan pörgéssel kalandozott benne, hogy az ő nyelve elzsibbadt ebben a ringlispílben. Hátán és nyakán futkosott a hideg. Kezdte megérteni, miről beszéltek egyes lányok. Az elgyengülése addig tartott, míg meg nem érezte az egyik kezet a fenekén – de uramisten, az ujjak a ruha alá csúsztak, majd a bugyi alá is és arra eszmélt, hogy a pőre bőrt simogatják. Teljesen a falnak szorult, és hasának egy kemény dudor nyomódott. A fejét hátrahúzva próbált a csókból szabadulni, hogy beszélhessen.

– Ne, kérlek, engedj el! – suttogta akadozó nyelvvel, amelyet nem a sajátjának érzett.

– Ugyan már! Te is akarod! Jó lesz! – Egy picit hátralépve mindkét tenyerét rátette Cili melleire, hüvelykujjaival a bimbókat morzsolgatta, melyek életre kelve meredeztek. Újra csókolni kezdte a száját. A lány érezte, ha most nem áll ellen, akkor végzetes hibát ejt, hiszen mi lesz a habos-babos, illatfelhőben úszó nászéjszakai romantikával, az egekbe való emelkedéssel és a szerelemmel, ha egy hideg falnak lökve, a teraszon veszti a szüzességét. „Ami, kislányom, a te egyetlen ütőkártyád!"

– Kérlek, engedj, ezt most nem akarom! Legalábbis nem így...

Alighogy ezt kimondta, ismerős hang csattant mellettük:

– Hallottad, fiam, hagyd békén!

Cili még sosem örült ennyire az apjának. Fellélegzett.

– Zsiga bátyám! Tisztességesek a szándékaim, csak egy kicsit ismerkedtünk. Tudja, hogy van ez? Maga is volt fiatal! Jöjjön, meghívom egy italra, beszéljük meg a dolgokat fehérasztal mellett! – S a két féri, egyik a másik vállát átölelve, mint két legjobb barát, bement a pulthoz.

A lány mintha ott sem lenne. Kicsit üresnek érezte magát így, levegőnek nézve. Hát ki a szülinapos? Ki Apa szemefénye? Ki itt a legszebb? Majdnem szégyenkezve ő is besétált. Alig tett néhány lépést a teremben, rögtön átfogta derekát az ismerős kéz. Pörgette, forgatta, ölelte, és az este folyamán csak vele táncolhatott. Teljesen kisajátította, s ez nem volt más, mint Feri. Ennyi figyelmet még sosem kapott. „Mégis jó 18 évesnek lenni, boldog vagyok!" – gondolta. Ekkor apja lépett a zenész mellé, fogott egy mikrofont, és a vendégek figyelmét kérte. Köszöntőt mondott. Kissé kuszán, rosszul fogalmazva, a részeg apák elérzékenyülésével éltette egyetlen csemetéjét, aki már nem is olyan kicsi. Szép nagylány lett, annyira, hogy egy hónap múlva szeretettel meghív mindenkit Cecília és Ferenc eljegyzésére. A nagy ovációban tán senkinek nem tűnt fel az egyik érintett megdöbbenése. Kinek az eljegyzése lesz? A váratlan, de teljesen legális, pálinka ízű csók – melynek viharossága és intenzitása gyorsan levette a lábáról – erősítette meg benne a választ: az övé. A cukrászda egyszerre felbolydult méhkassá változott. Cili kábán fogadta a gratulációkat, az ünneplést, beszállt a koccintó poháremelgetők sorába, de csak módjával ivott. „Most örülj, ne lamentálj! Majd holnap, tiszta fejjel átgondolod az egészet."

Másnap vegyes érzelmekkel és vívódásokkal emlékezett az előző napra. Nem látott tisztábban, a dolgok csak úgy történtek, s ő sodródott. Szüleinek tetszett, hogy készülhetnek a nagy eseményre. Legalább nem kellett egymással foglalkozniuk. Most is, mint mindig, a feje felett döntöttek, majd vele tényszerűen közölték, hogy mi lesz. Feri mindennap megjelent náluk, hol csokit, hol virágot hozott, kedves volt. Cili azt hitte, kezdi megismerni a fiút. Az kicsit zavarta, hogy apjával gyakran és hosszan kvaterkáztak négyszemközt. „Már megint kizárnak mindenből!"– gondolta. Amikor megtudta, hogy a fiú a téeszben fog dolgozni, sőt átveszi a lakatosműhely irányítását, kissé megnyugodott. Legalább nem az ő sorsáról pusmogtak kettesben. A kisördög azért befészkelte magát: „Csak nem azért kérte meg az ő kezét, hogy előnyös munkához jusson?" Ez épp csak átvillant az agyán, s kérője viselkedése is egészen mást mutatott. Minden hétvégére programot szervezett, vitte kirándulni, moziba, táncolni. Nem volt rámenős; csóknál és egy kis simogatásnál tovább nem ment. Csak a moziban volt egy furcsa szokása a villanyoltás után: átkarolva a vállát erős tenyere befurakodott a melléig, a ruha alá, és a film végéig simogatta, az ő kezét pedig rátette nadrágja elejére, és el nem engedve irányította, hogyan markolássza férfiasságát, amely hamarosan megkeményedett és megduzzadt. (Á, ez a „kemény dudor", amelyet a teraszon érzett a hasának nyomva.) Eleinte tiltakozott, de Feri szerint mindenki így csinálja. Ő közben mindvégig azért izgult, nehogy kigombolkozzon, és egyszerre csak a kezében tartsa, amit addig a maga valóságában nem látott, és nem fogott. Ráadásul itt, egy nyilvános helyen! Tele volt gátlásokkal, kérdőjelekkel, és kínosnak vélte az egészet. Ha csak lehetett, elvetette a mozi-programot.

A hónap hamar elszaladt, a cukrászda újra megtelt, mindenki áradozott: „De szép pár!" A lánytársai irigykedtek, csodálták gyűrűjét, dicsérték a vőlegényt. Csak egy leányzó nézett rá szinte gyűlölettel, nem is gratulált. Cili emlékezett rá, hogy Feri osztálytársa volt. A többiek azt tanácsolták, ne foglalkozzon a kiscsajjal, csak féltékeny, hiszen valamikor jártak, de az már régi ügy. Szót sem érdemel!

Másnap eljegyzési ebédet tartottak szűk családi körben. Cili itt tudta meg a leendő apósától, a péktől, hogy mi történt jövendőbelije anyjával: belehalt a szülésbe. Feri sosem beszélt erről, sőt az anya-témát is kerülte. Most, hogy apja kávézás közben felhozta e gyászos eseményt, rosszalló pillantásokat vetett rá, kezét olyan erősen szorította ökölbe, hogy csontjai kifehérítették a bőrt. Aztán felpattant, és otthagyta a társaságot. Cili kint találta meg az udvar végében. Hátulról átölelte a derekát, és megszorította. A fiú hirtelen megfordult. A lány kissé megtántorodott, azt hitte, ellöki magától, de meglepetésére szorosan magához húzta úgy, hogy alig kapott levegőt, és a fülébe suttogta:

– Soha ne hagyj el! Érted? Soha ne merészelj elhagyni!

Ez az érzelmi kitörés vegyesen hatott. Sajnálta a fiút, anya nélkül nőtt fel, nem lehetett könnyű feldolgozni, hogy abba halt bele, hogy neki életet adott. (Egy iskolai versmondó versenyen második lett egy Radnóti-verssel, most ezek a sorok jutottak eszébe: „Erőszakos, rút kisded voltam én, ikret szülő anyácska –, gyilkosod!") Ugyanakkor a forró ölelés mellé jobban estek volna szerelmes szavak. Az a „ne merészelj" kissé fenyegetően hangzott. Tényleg. Sose mondta még, hogy „szeretlek", viszont most forrón csókolta, ami elterelte a lány gondolatait. Ijedten rebbentek szét, amikor Zsiga bácsi dörgő basszusa hasított a levegőben.

– Hát itt van az ifjúság! No, ne ijedjetek meg! Csak át akarom adni a nászajándékomat.

– Nászajándék? Nem korai az?

– Nem odázhatom az esküvőtökig, mert kell a hely. Gyertek utánam!

A két fiatal meglepődve nézett egymásra. Követték a férfit a garázsig.

– No! Sok boldogságot kívánok az ifjú párnak! Ferikém, ezek a kulcsok, kislányom, ezek a papírok.

Kinyitotta a kétszárnyas ajtót. Az ő Lada 1200-as autója csillogott-villogott – Cili újkorában látta az autót ilyen tisztának –, egy hatalmas masnival átkötve. A jó állapotú, alig hároméves kocsi óriási dolog volt a fiatalok számára. A lány el sem akarta hinni, hogy apja megválik féltett státuszszimbólumától.

– De Apu, hogyhogy? El sem hiszem!

– Mondtam, hogy kell a hely. Három hét múlva megérkezik az új ezerötös! No, hát mondjatok már valamit! Nem is örültök?

Persze, hogy örültek, a nyakába borultak, hálálkodtak. Azonnal ki is kellett próbálni, a dolog nem tűrt halasztást. Masnit leszaggatva a garázsból még a régi tulajdonos állt ki, nehogy baj legyen, mindjárt az elején. „Tudod, Ferikém, szűk ez a kijáró, én már hozzászoktam, rutin kell ehhez!" A faluban még óvatosan, szinte lépésben haladtak, hadd lássa a nép, hogy kik és mivel mennek az úton. De ahogy elérték a faluvég-táblát, hasítottak. Egészen a fürdőig, amivel szemben a fiú rákanyarodott az erdőbe vezető mellékútra. Itt döccenősen, lassan lehetett gurulni, ahogy nem sokkal később a földúton, a lovas kocsik által kijárt keréknyomban. Cili nem tudta mire vélni ezt a választást. Az is érződött, hogy a fiú nem először jár itt. Végül egy kiszélesedő kis tisztás szélén állította le az autót.

– Gyere, üljünk hátra! Na, ne félj, nem eszlek meg! Apádnak megígértem, hogy az esküvőig nem lesz szex.

„Jó tudni!" Már megint egy őt érintő dolog, amiről utólag értesül. Hátraültek hát, kicsit csókolóztak. Feri kioldotta farmerja övét, letolta a nadrágját. A lány meglepődött, hogy nem hord alsót, s amitől a moziban félt, most megláthatta a meredező férfiasságot is. Felocsúdni sem tudott, már a kezével is érezte.

– Azt akarom, hogy markold meg! Így! – és mutatta. Együtt húzogatta le és fel a törékeny kezecskét a hímtagján, majd ő elengedte, hátradőlt, és adta az instrukciókat:

– Gyorsabban, erősebben! Mééég! Ááááh! – lihegte, hörögte.

Cili értette, hogy mi történik, de fel nem fogta. Látta a kilövellő spermiumot, s érezte annak melegségét is. Valami kis elégedettség eltöltötte, hogy ő okozott örömöt, de a hiányérzete nagyobb volt. És ő? Hol a nagy „ah", „jaj", meg a „majd meglátod, milyen jó az"? Majd a nászéjszakán? Valami kis kedvesség? Simogatás, cirógatás? Úgy gondolta, ez neki is járna.

– Kezdetnek nem rossz! – mondta a fiú, aki az inge aljába törölközve szállt ki a kocsiból, közben visszarendezte ruházatát.

A lány kábán ült, maga elé tartva ragacsos kezét. Nem mert semmit megfogni. „Nem kenhetem össze Apa kocsiját!"

– Gyere, ülj már vissza! Nesze, törülközz meg! – kapta az új parancsot.

A hátradobott polírozó ruha az arcában landolt. Miközben engedelmeskedett, szomorúság töltötte el. Egy dróton rángatott bábúnak érezte magát, s meredten nézte, hogy szalad az út az ő autójuk alatt, amelynek már nem tudott örülni. Egyáltalán nem érzett semmit.

Ettől kezdve lázas készülődésben teltek a hónapok. Feri megkapta a nagyszülők házát a falu szélén, melyen sok volt az átalakítanivaló. Kettesben alig voltak, amit Cili nem is bánt. Hétköznapokon dolgoztak a munkahelyeiken, hétvégeken a házat csinosítgatták a rokonsággal együtt, mert „sok dolgos kéz kell ide, kislányom, míg lakható lesz!" Őt inkább a menyasszonyi és a menyecskeruha, fátyol, koszorú, ilyen csokor, olyan csokor, és a vendéglátással kapcsolatos szervezés foglalta le. Az új otthonuk berendezésébe nem szólhatott bele, mert azt a vőlegény és az ő rokonságának megtakarított pénzéből intézték.

Kocsijukat sem látta, neki jogsija sem volt. Feri mindent azzal szállított, három hónap alatt leamortizálódott, alig lehetett ráismerni. „Mit fog ehhez szólni Apa?" De érdekes módon reagált. „Sebaj, kislányom, az esküvői párnak az új Lada 1500-ös dukál! Kölcsönadom a nagy napra. Azzal fogtok parádézni." Cili arra gondolt, bezzeg ha ő vágta volna gallyra az autót, szülője nem lenne ilyen elnéző. Ugyanakkor örült, mikor a garázsban pompázó új járgányba képzelte magát: hófehér ruha és fátyol rajta, fehér virágdíszítés a tűzpiros kocsin... szép lesz.

Az esküvő álomszerű volt, királynőnek érezte magát. A lakodalom fárasztotta, a lába rettenetesen fájt, testét mintha ólomsúlyok húzták volna. Ahogy haladtak az éjszakába, úgy ittasodtak le az emberek, köztük az apja és Feri is, aki immáron az ő férje. Ennél viszont jobban foglalkoztatta a nagy ismeretlen, amitől egyre többet várt. Az „Eladó a menyasszony!"-rituálé alatt kézről kézre adták. Aztán a menyecskeruha még párját is elvarázsolta: „Gyönyörű vagy, Cicám!" felkiáltással forgatta meg egy csárdással. Ennek végén az ifjú férj felkapta a vállára, már azt sem bánta, hogy rövid szoknyája felcsúszva kitakarta a feneke partját. Beültek az autójukba. A lány riadtan gondolt arra, hogy a vezető igencsak italos. Rövid az út, a falu fele alszik, a másik fele meg mulat. Szerencsére nem találkoztak egy árva lélekkel sem. Ölben vitte át a küszöbön, megérkeztek a hálószobába. Feri máris maga felé fordította, tépte róla és magáról a ruhát.

– Nem fürdünk meg? – kérdezte a lány, miközben szinte repült az ágyra.

– Hónapok óta erre várok, megőrülök, nem tudom tovább tartani magam! – Közben már a bugyiját rángatta le, és dobta a földre.

31

Cili nem ért rá meztelenségét szégyellni – hiszen őt még így senki nem látta –, a fölé kerülő fiú már a hasát, köldökét csókolta. Majd feljebb haladva a két mellbimbóját nyalta körbe, felváltva. „Óh, ez jó!" De még igazán bele sem tudta élni magát a bizsergésbe, a türelmetlen férj két lába közé térdelt, kezével először az egyik lábát emelte behajlítva a vállára, majd a másikat is. Közelebb hajolt hozzá, a feszítő érzés fokozódott. Eszébe jutott a fürdés, mert a fölé hajolónak iszonyatos izzadság- és italszaga volt. Erről elterelte figyelmét a saját testhelyzete. Térdhajlata az izmos vállakon, combja tövében éles fájdalom. Mielőtt bármit mondhatott volna, teljesen kitáruló szemérmébe erős lökéssel behatolt a türelmetlen hímtag. Az eddigi kellemetlen érzést olyan hasító fájdalom váltotta fel, hogy hirtelen azt sem tudta, hogy ki kiabálja velőt rázó hangon:

– Úristen, ez fááááj! – Ő kiabálta, de ez sem hökkentette vissza a betolakodót. Sőt!

– Ez nem az Úristen! Ez én vagyok! Fáj?

– Jaj! Nagyon! Júúj! – Kínjában sírva fakadt, hiszen nem tudott menekülni.

Vége lett a csodálatos, felemelő, habos-babos, romantikus képzelgésnek. Csak egy volt biztos: soha nem lehet elfelejteni! Mintha a másik élvezte volna azt, hogy fájdalmat okoz, egyre hatalmasabbakat döfött, egyre gyorsabban, nagyobb és nagyobb erővel belenyomva a tehetetlen testet az ágyba. Összeszorított fogakkal, könnyek között csak azt várta: legyen végre vége!

– Majd megszokod, majd jobb lesz! – lihegte még tempósabb mozdulatok közepette vadul a férfi.

Aztán egy kiáltással elernyedve rázuhant a lányra, ahonnan egy fordulattal a franciaágy másik felén, fejét a párnába fúrva azonnal mély álomba zuhant. Cili a lábait alig bírta egyenesbe húzni, teljes testében remegett. Valamelyik regényben olvasott ilyet, csak azt a remegést a gyönyör váltotta ki. A szerelmesek eufórikus boldogságban úsztak. Hát ez attól messze volt! Ahogy felkelt az ágyról, kis cuppanások kíséretében folyt belőle a nedvesség. „Az ondó" – gondolta. Az ágyon azonban halvány vérfolt éktelenkedett, s most már a combján is folyt a lábszára felé egy vékony csíkban. Fürdővizet engedett, nehézkesen szállt be a kádba. „Mint akit megvertek." Ezzel a gondolattal merült bele az illatos habokba. Szeretett fürdeni, és ez most gyógyírként is hatott rá:

– Relax! – mondta magának, miközben fejében a Frankie Goes To Hollywood *Relax* című száma szólalt meg. Jó lenne teljes hangerővel meghallgatni! Most ez volt a diszkóban a menő sláger. Kicsit tanulgatott angolul, mert a fürdő fejlesztésével a cukrászdában is egyre több külföldi vendég fordult meg. Aztán a szobában alvóra gondolt, és sírhatnékja támadt. Lehet, hogy rossz lóra tett? Nem is ő választott! Választották! Ő meg hagyta. Hátha tényleg jobb lesz... A tapasztaltabb lányok is azt mondták, hogy először nem olyan jó. Hát ez enyhe kifejezés! Még most is sajog. Lehet, hogy az ital miatt volt ilyen durva és önző a fiú. „A férjem! Míg a halál el nem választ! Örökkön-örökké!" Most ezek a szólamok nagyon ijesztően hangzottak.

Mikor lemosta magáról a stresszt és a nap mocskát, még összeszedte a szétdobált ruhákat. Meghúzta a magukkal hozott pezsgősüveget, aztán felhajtotta, ami még benne volt. Ez majd segít relaxálni! Lefeküdt, teljesen a szélére húzódva az ágynak. „Úristen, csak fel ne ébredjen! Nehogy újrakezdje!" – rimánkodott magában. Később a fülére nyomta a kispárnát, hogy az éktelen horkolást ne hallja. Így aludt el.

Vízcsobogásra ébredt, de nem volt kedve, sem ereje megmozdulni. Talán egy kicsit elszenderedett újra, mert amikor kinyitotta szemét, párja meztelen testét pillantotta meg az ablak előtt. Most látta így először. Irigylésre méltó, daliás test, azt meg kell hagyni. Férfiassága ernyedt állapotban is nagy. „A falu bikája! Az én bikám. Ezért irigyelnek engem?" Míg ezeket gondolta, Feri észrevette, hogy felébredt. Odasétált az ágyhoz, leült hozzá, egyik kezével a hajába túrt, megcsókolta a homlokát. „Ó, frissen borotválva, illatosan, megfürödve! Csak nem bocsánatkérés jön?" De naivitás volt ezt hinni.

– Feltörtem a kemény diót! Jöhet a következő menet? – kérdezte, miközben félredobta a takarót és már a lány mellét simogatta. Annak teste azonban megfeszült és elhúzódott.

– Nem vagyok jól.

– Csak nem a fejed fáj? Egy napja vagyunk házasok, és már jön a kifogás! „Fáj a fejem!" – mondta nőies, nyafogó hangon.

– Nem a fejem fáj, hanem odalenn – tette a kezét szeméremdombjára, s közben felült az ágy szélére a fiú mellé. Feri egy pillanatig elgondolkozott, majd megcsókolta a lányt és ráhúzta kezét az immár keményen meredő férfiasságára.

– Rendben, akkor ma nem oda tesszük be! – Felállt, befordult a lány felé, akinek így az arca elé került a hatalmas hímtag. – Vedd a szádba! Szopjál!

Fel sem fogta még a parancsot, már benyomult a szájába, a fejét fogva lökő mozdulatokat tett, közben irányított:

– A szád szélével! A fogaddal ne! Forgasd a nyelved!

Egyre gyorsított, néha olyan mélyre lökött, hogy Cili úgy érezte, hányni fog, vagy megfullad, de annyira erősen fogta a fejét a két hatalmas tenyér, hogy már megint nem volt menekvés. Aztán jött az oroszlánüvöltés. Megváltásként hatott az elernyedés, de a szájába spriccelő nyálkás ondó meglepte. Ijedtében kiköpte, a kezével próbálta a maradékot kitörölni. Feri, aki még felette állt, ismét szorosan megfogta az arcát, felemelte, s mélyen a szemébe nézve ezt mondta:

– Legközelebb lenyeled! Mint a kacsa a nokedlit! Értetted?

A lány bizonytalanul bólintott, de szemébe tolultak a könnyek és rémülten gondolt arra, hogy lesz legközelebb.

– Halljam! Értetted? Mondd, hogy igen!

– Igen.

– Helyes! Ne bőgj! Csinálj valami reggelit!

A fürdőszobában rendbe szedte magát, a szokásosnál hosszabban sikálta a fogát, időnként öklendezett, de szerencsére üres gyomrának nem volt tartalma, amit viszontláthatott volna. Egy nyúzott, karikás szemű, boldogtalan arc nézett rá a tükörből. Úgy érezte, éveket öregedett. Még 19 sem volt. Próbált a konyhai teendőkre koncentrálni és remélni, hogy most már estig semmi szexuális inzultus nem éri. „Nem gondolni az eseményekre, nem gondolkodni, hogy mi miért! Kék az ég, zöld a fű, mily egyszerű az élet!" Így próbálta kiüríteni az agyát, és gépiesen tenni a dolgát.

Bárhova mentek, bárhol megjelentek, Feri egészen más arcot mutatott vele szemben. Átölelte, simogatta, puszilgatta. Ha egymás mellett ültek, fogta a kezét, időnkét a szájához emelte és csókot cuppantott rá. Édesemnek, kedvesemnek, gyönyörűmnek (és sajnos), Cicámnak szólította.

– Nem tudok betelni az én kis feleségemmel! – Ezt főleg férfiismerősöknek mondta egy jókora kacsintás kíséretében. A nőismerősöknek pajkos mosollyal pedig ezt: – Nem tud az én kis Cili Cicám betelni velem!

A következő éjszakákon már nem kísérte a közösüléseket olyan fájdalom, mint először. Feri más pózokat is tudott. Megtanította a lovaglást. Ez azt jelentette, hogy neki kellett ráülni a dákóra. Megpróbálta finoman, lassan a le-föl mozdulatokat, néha már eljutott az egész kellemes érzésig, amíg férjeura meg nem markolta alulról a fenekét, és őrült tempóra nem kényszerítette. Néha olyan mélységre hatolt be, ami már súrolta a fájdalom határát. Ilyenkor jött a fogösszeszorítás, és a végéért való könyörgés. Persze csak magában. Ha pedig ültek egymással szemben és úgy ölelkeztek, a végső döféseknél azon sem csodálkozott volna, ha a torkán-száján jönne ki a pénisz.

Nem volt, akitől tanácsot kérjen. Miért nem jön nála az a fergeteges gyönyör, amiről írnak, beszélnek? Milyen jó a férfiaknak, ők élveznek, nekik nincs fájdalom! Vele van a baj? Eszébe jutott, amit apja rótt fel annak idején a feleségének: „Nem tudod, mi kell egy férfinek!" Ezt ő sem tudta eddig, de Feri nem mulasztja el megmutatni! Férjecskéje tisztában volt azzal, hogy saját magának mi a jó, de hogy egy nőnek mi kell? Vajon később meg fogja erre tanítani? Na, ezt rövid úton kiverte a fejéből, hiszen az egyik kevésbé jól sikerült aktus után a férfi közölte vele:

– Érzéketlen vagy. Nem élvezed a szexet. Egy hideg, frigid nőt vettem el. Hurrá!

Később utánanézett, mit is jelent ez. Nemileg közönyös, hideg nő; a nemi gerjedelmek hiánya, érzéki közönyösség a nőnél. Frigiditás. Szóval ez a helyzet. Tényleg: hurrá! „Vagy megszoksz, vagy megszöksz!"

Alig töltötte be a 19-et, és voltak túl a szülinapi bulin. Gyakran émelygett, a szex még kellemetlenebb lett, reggelente hányinger kínozta. Utóbbiról azt gondolta, hogy az orális szex miatt. Aztán rádöbbent, hogy valószínűleg terhes, mivel nem menstruált. Az ám, kétszer is kimaradt! Ezt nagy nehezen elmondta anyjának, aki azt javasolta, hogy a városba menjenek, az ő orvosához. „Jé, van anyunak nőgyógyásza?" Ez is, meg ami várt rá, ismeretlen volt számára, hiszen még nem járt ilyen helyen. Az egész tortúra semmi fájdalmat nem okozott, viszont a helyzet, a kiszolgáltatottság, a körülmények, az a vizsgálószék, felejthetetlen volt, az orvos kérdése pedig egyenesen megdöbbentő:

– Miket szokott a vaginájába feldugni? Nyomai vannak berepedéseknek, kidörzsöléseknek, horzsolásoknak!

Hiába mondta, hogy semmit, az orvos lehordta, hogy jobban kéne vigyáznia, és beszéljen a férjével, hogy óvatosan a szexuális játékokkal! Különösen most, hogy babát vár. Az ultrahangos vizsgálat megerősítette ezt. Kaptak fényképet is. Sok minden nem látszott, csak szabálytalan csíkok közt valami kis magocska. Cili nem tudta eldönteni, hogy örüljön-e. Amitől a legjobban rettegett: Feri hogyan fogadja majd...

Hazaérve először az apja tudta meg a nagy újságot. Vele madarat lehetett volna fogatni. Telefonon azonnal odarendelte Ferit is, komolyan, mintha munkaügyről lenne szó. A lány örült, hogy a szülei előtt értesül majd a gyerekről, mert így biztos jó képet fog vágni. Meglepte a férfi kitörő öröme; rögtön trónörökösről beszélt, meg arról, hogy csakis fiú lehet. Őt csókolta, simogatta, emelgette, amitől meghatódott. „Csak ne kéne hazamenni!" Aggodalma tovább nőtt, mert következett az áldomás. Igen sűrűn emelgették a poharat a férfiak, s arra gondolt, hogy az alkohol csak növeli férje durvaságát. Azt pedig, amit az orvos mondott, szóba sem merte hozni.

Meglepetésére otthon tovább tartott a varázslat. Együtt fürödtek a kádban, hosszan játszottak, habos tusfürdővel mosták egymást, ő a férfi pénoszét, az pedig az ő nagyajkait széthúzva benyúlt ujjával a hüvelyébe és simogatta. Meglepődve tapasztalta, hogy így mennyire csúszik, és egészen kellemes a dolog. Bent folytatták a franciaágyon. A pózokat ugyan hevesen változtatva, de az erőt visszavéve tette magáévá a lányt. Az extázis ugyan most is csak a másiknak jött, de legalább nem fájt. „Hm. Nem rossz anyukának lenni." Lehet, hogy megváltoznak a dolgok? Ezzel a gondolattal aludt el. Mióta férjhez ment, nem pihent ilyen jót.

Pár hétig nem változott semmi. Amikor a terhességi kiskönyvét kereste, hogy bepecsételtesse a szülési segélyhez szükséges következő vizsgálat meglétét, szokatlan felfedezést tett. Volt egy régi tálalószekrényük, antik darab sok fiókkal, polcokkal, kisebb-nagyobb szekrényes résszel. A legfelső fiókkal kezdte, mert úgy emlékezett, hogy oda tette a könyvecskét.

Nem találta, pedig minden ismert helyre benézett. A feje magasságában volt egy kétszárnyas kis rekesz. Még sosem látott benne kulcsot, nem is nyitotta ki. Most megtette, hiszen ott fénylett a kulcsocska. Három polcot takart. A felsőn egy ezüst, fedeles kupa kereszttel, aranynak tűnő gyertyatartó, és egy ezüst csengettyű csillogott-villogott. Templomi kegytárgyaknak tűntek. Ja, igen, férje gyerekkorában ministrált a pap mellett. Biztos tőle kapta. A középső polcon egy ismeretlen, nagyon szép nőt ábrázoló fénykép, üveges tartóban. Cili meredten nézte, földbegyökerezett a lába, mert a fényképre akasztva egy arany nyaklánc lógott kis kereszttel, a közepén sötétpiros rubin kővel. Az ő elveszett lánca! Egyszerre tolultak fel az emlékek, hiába telt el 8 év. Látta a strandot, a fiút, ahogy pörgeti a víz alatt és... egyszerre érezte azt is, ahogy bevág a nyakába valami. Döbbenten hasított belé a felismerés, ahogy Feri beletesz valamit a fürdőnadrágjába. Nem megigazította azt, hanem belerejtette az ékszert, amit leszakított az ő nyakából. Kissé felocsúdott, és tovább nézelődött. A középső (felékszerezett) kép mellett az ő fényképe jobbról, balról pedig a férfi osztálytársnője, aki az esküvőn kerülte őt, és nem szólt hozzá. Ezek alatt egy lapos, külön rekeszben újságok. Kihúzta az egyik halmot. A címlapon egy széttárt combú nő, műpénisszel a hüvelyében. „Hm. Vannak pornóújságjaink?" Nem ért rá ebbe belegondolni, mert dühös hang csattant az ajtóból.

– Hát te mit csinálsz? – Feri érkezett meg, nem is hallotta. Megijedt. Sebtében visszatolta az újságokat a helyére.

– Keresem a kismamakönyvet. Ki ez a szép nő? – kérdezte gyorsan, rámutatva a láncos képre.

Egy kicsit megenyhült a férfi, homlokán kisimult a méreg-ránc. (Cili így nevezte magában a két szemöldök között megjelenő mély vonalat. Ha az ott volt, nem várhatott semmi jót.) Közben odaért a szekrényhez, elmerengve nézte a középső fotót:

– Az anyám.

– Gyönyörű volt, sajnálom, ami történt. Ez a lánc olyan, mint amit annak idején elvesztettem a strandon. Tudod, amikor te is ott voltál!

– Ez nem az! Ez az anyámé! – mondta szinte zavarban, közben becsukta a kétszárnyas ajtót. – Hogy merted kinyitni? Hol találtad a kulcsot? – A hanghordozása fenyegetővé vált.

– Benne volt a zárban. Ne haragudj, nem gondoltam, hogy nekem ezt nem szabad.

– Hát most már tudod. Bárkinek lehet ilyen aranylánca, tucat-darab, de ez anyámé volt!

A szeme villant, a ránc megjelent a homlokán, mégis, a lány úgy érezte, hogy ez zavart magyarázkodás. Keresztanyja az ékszert a firenzei Ponte Vecchio híres hídján vette, az aranyművesek boltjában, ezért igenis egyedi. Nem merte forszírozni, hogy nézzék meg a kereszt hátulját, amelybe itthon belevésette: „Cilikének". Elsőáldozóként kapta, s egy szemernyi kétsége nem volt, hogy az lapult a képen. A szekrény már zárult is, a kulcs pedig eltűnt a hatalmas tenyérben, majd a farmerzsebben. Biztos volt benne, hogy nem látja többet. Ha azt vesszük, visszakerült az elveszett holmi, ha nem is hordhatja. „Kár, hogy nem vettem kézbe, nem néztem meg!" Ám ez nem segített azon az érzésén, mely mélyen befészkelte magát a tudatába: a férje nemcsak durva, de megbízhatatlan is. Mi van, ha az értékes vallási szakramentumokat sem úgy kapta? Igyekezett elhessegetni ezeket a gondolatokat. „Amiről nem tudunk, az nincs is." Struccpolitika! Néha hasznos.

Addig nem változott a házaséletük, amíg Cili gömbölyödő hasa nem lett egyszer csak „útban". De a csinos asszonykának nem csak a pocakja gömbölyödött. Hatodik hónapban volt, és már 10 kilóval többet mutatott a mérleg. Ráadásul az orvos nyugalmat írt elő, nem mehetett dolgozni, és közölnie kellett férjével, hogy a szexet egy ideig mellőzni kéne.

– Mit mondott? Milyen szexet? – Olyan vészjóslóan dörrent a kérdés, hogy kelletlen válaszolnia kellett rá. Mintha Feri tudta volna, hogy kihagyott egy szót.

– A... hüvelyit.

– Nagyszerű! Úgysincs kedvem látni a formátlan testedet! Itt van az a szép, telt ajkad, s a szád, benne a nyelveddel! Igaz?

A vacsoraasztalnál ültek, már befejezték az étkezést. A férfi felállt, Cili széke mögé lépett, s megdöntve két lábán könnyedén fordította meg a nővel együtt. „Nem is vagyok olyan nehéz!" De ez a kissé ironikus gondolat hamar kiröppent a fejéből. Nem értette, hogy milyen szuper gyorsasággal, és mikor került le párjáról a nadrág. A hímvessző makkja már a szája szélét simogatta, fejét fogva tartotta a két tenyér, a lány már mukkanni sem tudott, a türelmetlen hímtag nem engedte. Pedig egy kis fürdésért esedezett volna, hiszen mind szagban, mind ízben felkavarta gyomrát az aktus. Ezen csak erősített párja erős mozgása, és a forró hús egyre mélyebbre törése. Egyszer csak az extázis hevében torkát érő irritáció öklendezésre késztette. A nemrég elfogyasztott vacsora gejzírként tört fel. Kétségbeesésében két kezével ellökte a férfit, félrefordítva fejét sugárban kiszakadt belőle az étel, aminek roppalyáját még az is megnyújtotta, hogy férje visszakézből egy hatalmasat ütött az alsó állkapcsára. A székről is leesett, bele a mocsokba, a szép járólapra, „melyet, kicsim, az olasz csempeboltban protekcióval vettem, és saját kezűleg raktam le".

– Na, szedd rendbe magad és takaríts fel! – hangzott a kemény utasítás.

Sajgó arccal tápászkodott fel. Először a takarításhoz fogott, maga is meglepődött, hogy nem sír. Hallotta, hogy a másik zuhanyozik. Mire végzett, a fürdőszoba üres volt, így hosszan tusolt. Hajat is, fogat is mosott. Ez utóbbi jobban esett volna, ha nem sajog az egyik oldalon az állkapcsa. Már piroslott, hiszen nem tenyeres pofont kapott, hanem férje csontos bütykei is besegítettek az ütés erősségébe. Bent a szobában szokatlan módon egy ebédlői szék állt, mellette Feri, meredező férfiassággal. A látvány riadalommal töltötte el. „Jaj, még nincs vége!" A férfi kezében lévő nadrágszíjra nézve a légycsapó jutott eszébe, kissé megtántorodott. A másik előzékenyen, majdnem gyengéden a székhez vezette, leültette. Mögé állva először az egyik, majd a másik kezét hátra, a szék mögé húzta. Még meg is csókolta.

„Óh, az álnok!" Nadrágszíjjal a két csuklóját összeszo- rította – ez már fájt –, és a szék támlájához rögzítette.

– Nem fogsz többé ellökni a legjobb pillanatban! Nem elégítettél ki! Azt hiszed, ennyiben hagyom? – sziszegte a művelet közben. Már szemben állt vele, amikor folytatta:

– Remélem, mindent kiadtál magadból! Most kapsz egy kis fehérjevacsorát! Szopj! És abba ne hagyd!

Egy fokkal javult a helyzet; urának és parancsolójának tusfürdő illata volt. Becsukta a szemét. „Túl kell élni! Gondolj másra! Remélem, a gyereknek nem árt!" Ezek a gondolatok lüktettek a fejében, miközben gépiesen engedelmeskedett. Másnap sokáig válogatott felsői között, hogy olyat találjon, amely eltakarja a csuklója körüli piros horzsolásokat. Az alsó állkapcsán éktelenkedő kék foltot nézegette a tükör- ben, mikor mögüle felhangzott az instrukció:

– Fogmosás közben megcsúsztál, és beütötted a mosdó szélébe.

Milyen „kedves," hogy neki már ezen sem kell törnie a fejét! Bocsánatkérést már nem várt.

Nem is kapott. A terhesség utolsó két hónapja szigorú fekvésben telt. Talán ennek meg az ő „torz" testének köszönhette, hogy férje került mindennemű testi kontaktust. Hálás volt a benne növekedő életnek, akiről már biztosan tudták, hogy fiú. Gyakran dúdolgatta neki az *Édes kisfiam* című dalt. Feri csak este esett haza, sokszor még hétvégén is. Azt mondta, túlórázott, de piaszag, és idegen nő szag/illat áradt belőle. „Akárki vagy, örülök neked, sőt remélem, hogy végleg eltéríted tőlem!" – gondolta elkeseredésében.

A szülés simán ment, a görcsök fájtak, de Cili úgy érezte, edzett ő már. A borotválásnál és a gátmetszésnél azzal nyugtatta magát, hogy csak a végeredmény számít: a kisfia, aki egészséges, nyugodt baba volt. Amíg szoptatott, Feri szexuálisan nem is közeledett hozzá, a szerető, figyelmes apa szerepébe bújt. Az újdonsült kismama lefogyott, talán túlzottan is. Ijedten látta, hogy hetyke kis melleiből két lógó, fonnyadt bőrzacskó lett. Nem is akart levetkőzve mutatkozni, ami pedig elkerülhetetlen volt. Párja természetesen észrevette, és nem segített a nő önbizalmán a sok epés megjegyzés. „Na, jól tönkrementél! Rád nézni is rossz! De legalább megtetted kötelességedet! Kipottyantottál egy kölköt. Nem akarok több gyereket!" Cili nem tudta, hogy ennek a kijelentésnek ránézve még súlyos következményei lesznek. Férje majdnem egy évig nem nyúlt hozzá, amiről ő úgy gondolkodott, hogy meghallgatta az „eltérítő" a kérését. Jól van ez így. Közelgett Ferike születésnapja. (Nem volt mese, az apja után kellett elnevezni!) A nagy készülődésben előző nap kikönyörögték a kisfiút a nagyszülők, aludjon náluk a gyerek, hiszen ott lesz a buli. Az utóbbi hetekben a férfi többet tartózkodott otthon.

Munka után azonnal hazament, és hétvégén sem maradt el. Egy nap Cili váratlanul ért haza, férje már otthon volt, és nem vette észre a szobába belépő nőt. Épp a „neked tilos" szekrényke nyitott ajtaja előtt állt. A lány már fordult is vissza, de még a szeme sarkából látta, hogy a másik nő fényképének helyét a fiuk fotója foglalta el. Ennek ő örült. Viszont férje morcosabb, magába forduló lett, de nem volt követelőző. Eddig. Nem fürödtek már együtt, így külön-külön birtokolták a fürdőszobát. Cili az ágyban ült és olvasott, amikor a meztelen férfi mellé huppant. A takarója alá bújt, rögtön türelmetlenül a lába közé nyúlt. Aztán ráfordult, térdével széthúzta combjait, emelte a hálóinget, de csak hasig.

– Majd' elfelejtettem, ez maradhat! Rá sem bírok nézni a cicidre! – Olyan undorral mondta, hogy az asszonykának megtelt a szeme könnyel. „Így kell a másiknak kedvet csinálni? Megvolt a lelki kínzás. Most jön a testi."

Számára is meglepő volt, hogy a behatolás könnyen és fájdalommentesen történt. Szinte nem érezte, vagy nem úgy, ahogy eddig a ki-be csusszanó hímtagot, amely egyszer csak elhagyta addigi tevékenységét. Feri szinte felpattant róla, és egyik kezénél fogva már őt is rántotta.

– A fenébe! Tág lett a pinád! Így nekem nem jó! – „Nekem meg sose volt jó! Hát nem a szülés miatt változtam meg? Nem az egyetlen, szeretett trónörökösöd miatt?" – tette fel magában a kérdést, miközben tehetetlenül vonszolódott. A szép, nagy, ovális asztalhoz értek, melyről már repült is a terítő.

– Hajolj rá! – kapta az utasítást. Máskor is szeretkeztek már hátulról, de az asztal-dolog új volt. Rosszat sejtett.

– Kitágult a kicsi Cica? Nem baj! Úgysem akarok már gyereket! Van egy szűkebb lyuka, most bejáratjuk!

Felhajtotta a hálóinget, terpesztett lábait térdével tartotta, kezeit a két farpofájára téve széthúzta azokat. Az égető fájdalom, amit a végbélbe hatoló pénisz okozott, elviselhetetlen volt. Mint akit karóba húztak. Próbált szabadulni, de a ráhajoló test és a két izmos kéz lenyomta az asztalra. Ez is fájt, de amit a párzó mozdulatok újra és újra okoztak, azt nem lehet leírni. És nem volt könyörület. Hiába kérte, hogy ne, hogy hagyja abba, ez még csak felcsigázta a betolakodót. Így hát jött a fogösszeszorítás, és a „legyen már vége"-könyörgés. Mert előbb-utóbb jön a megváltás, ami most a szokásosnál hosszabban következett be, egy oroszlánüvöltés kíséretében.

– Hát, ez fenséges volt! – csapott elégedetten felesége remegő hátsójára a férfi. – Mégiscsak használható vagy!

Az ütés váratlanul érte, csípett is, mégis megkönnyebbülve szedte össze magát. Combján csordogált az ondó, és minden lépésnél cuppogva lökődött ki. „Ha nem érek ki időben, még betojok! Mint a beöntés után!" A forró fürdő jólesett, de hátsófelének bejárata égett és vérzett, ezért csak féloldalasan tudott ülni. Azon merengett, vajon van-e még a testén olyan lyuk, amelyet férjeura nem „avatott" be. Kínjában nevetés rázta, végiggondolva a még ki nem aknázott lehetőségeken, aztán keserves zokogásban csillapult le elkeseredése.

A legközelebbi orvtámadás akkor érte, amikor a kád felett hajolva a haját mosta. Azt sem hallotta, hogy bejött valaki, csak a jól ismert, türelmetlen lapáttenyereket érezte, ahogy a bokájáig húzzák a bugyiját és elzárják a zuhanyt. Most összezárt lábakat követelt, és az éles fájdalom helyett a férfi kezét, majd ujját érezte az ánuszrózsán. Hűvös krémmel tette csúszóssá azt. Cili megérezte a pelenkázón tárolt, babapopsira használt kenőcs illatát. Úgy látszott, a dákóra is kent, mert a behatolás nem okozott olyan egetverő kínt. „Nem lehetett volna ezt az első alkalomkor is?" Bár az aktus kellemetlen volt, a csöpögő hajáról, s időnkét a csempének koccanó fejéről nem is beszélve. Az utóhatásokat most hagyjuk. Viszont elhatározta, hogy az ülés megkönnyítésére használni fogja a jótékony babakrémet.

Sors- és egyéb csapások~k~

Ferike szépen cseperedett, már tipegett. Családias bölcsőde működött a faluban, Cili szeretett volna újra dolgozni. Férjeura igen határozottan felvázolta, hogy mihez tartsa magát a jövőt illetően:

– Csak nem képzeled! A kocsmában fogod illegetni magad?

– Cukrászda. Mi is megyünk néha.

– Az más. Nincs szükségünk arra a kis pénzre, amit ott kapsz. Eltartom én a családom! Ha lejár a GYES, akkor sem mész vissza! Vita lezárva!

Nem akart nagyobb konfliktust, ezért nem szólt. Egy jó darabig nem hozta fel a témát, nem bőszíti fel párját, enélkül sem fenékig tejfel az élet. Teljes figyelmét, szeretetét kisfiának adta. Éppen esedékessé vált a 18 hónapos korban beadandó kötelező oltás a gyereknek. Szépen felöltöztek, külön kis kirándulás volt a buszozás. A városba jártak gyerekorvoshoz. A szuri után a gyerkőcöt alig lehetett megvigasztalni, nyűgös lett. Ráadásul kiderült, hogy egy járat kimaradt, a legközelebbi két óra múlva indult. Próbálta Ferit telefonon elérni, de nem tudta. Az apját viszont sikerült felhívni. Ő azonnal, készséggel igent mondott: „Máris indulok értetek, kislányom!"

Kocsival 15–20 perc volt az út, forgalomtól függően. Addig a gyerek kapott egy vigasz-sütit, ő ivott egy kávét. Egy óra elteltével már furcsa érzésekkel tekintgetett az útra. Két óra múlva a busz megérkezett, felszálltak rá, mert Ferike már toporzékolt. A város határában letereltték őket egy mellékútra, valami baleset miatt. Hazaérve a gyerek már aludt a vállán. Meglepődve tapasztalta, hogy üres a ház. A munkaidőnek már rég vége. Vajon hol lehet a ház ura, ha a műhelyben már nem érte el, mikor kereste? „Nem baj, legalább nem balhézik a késői jövetel miatt, amiért úgyis csak én lehetek a hibás." Gyermeke fel sem ébredt, amikor pizsamába bújtatva betakargatta. Felhívta a szülői házat, de csak kicsengett. A csönd vihar előtti volt. Bekapcsolta a televíziót, éppen kezdődött a Híradó. Közben tett-vett, csak akkor tekintett a képernyőre, amikor arról a súlyos balesetről tudósítottak, ami miatt a busznak kerülőutat kellett tennie. A piros Lada 1500-as gépkocsi szabályosan haladt, amikor a vele szembejövő teherautó nem tudta befejezni az előzést, és frontálisan belerohant. Az autó vezetője és utasai szörnyethaltak. Látva a képeket, majd magukat a buszmegállóban várakozva, egymást kergették fejében a gondolatok: „Nem, az nem lehet, másnak is van ilyen kocsija. Mi az, hogy hárman ültek benne? Apa? Anya? Nem, lehetetlen! Ki volt a harmadik? Ebben a pillanatban csak úgy dörrent az ajtó, Feri viharzott be. Látta már mérgesen, de most önmagából teljesen kifordulva üvöltötte:

– Megölted! Miért kellett a nagyságos asszonynak autót rendelni? Az istenfáját! Miért nem jó a busz?

– Kit öltem meg?

– Apámat, te...! – Majd észbe kapott. – No meg a saját szüleidet! – ordította a lány vállát rázva.

Ki tudja, mi következett volna, ha bőgve meg nem jelenik Ferike. Az apja kissé észhez térve magához emelte, leült vele.

– Ne sírj! Kisfiam, nyugodj meg! Apa kicsit ideges. Nincsenek már nagyszüleid. Gyere, feküdj vissza!

Miközben a hüppögő gyerekkel eltűntek az ajtó mögött, Cili a döbbenettől megmerevedve zöttyent le az ágy szélére. Nézett maga elé, és nem értett semmit.

– Elmondanád, mi történt? – kérdezte alig hallhatóan, amikor férje lépteit hallotta. Az leült mellé, s monoton, lélektelen hangon sorolta:

– Apád és anyád elindult értetek. Találkoztak apámmal, aki a városba készült. Felvették. Aztán jött a teherautó. Cili, ott voltam. Odamentem a helyszínre. Bár sose tettem volna! Egész életemben kísérteni fog. Miért kellett ez?

– Kimaradt egy járat, és Ferike sírt. Amúgy se volt jól az oltás miatt. Először téged hívtalak, de azt mondták, nem vagy bent. Azt hittem, apa egyedül jön. Tényleg meghaltak? – Ezt már zokogta. – Nem hiszem el! Nem akarom elhinni!

Egymást átkarolva ledőltek az ágyra, összebújva vigaszt kerestek a másikban, míg nyugtalan álomba nem zuhantak. „Ilyen még nem volt, így még nem ölelt! Megváltozik minden. Megváltozik minden?" Ismételgette magában Cili.

Sose gondolt arra, hogy a szüleit el fogja veszíteni. Nem tudta, nem akarta felfogni. Az öregedés, az elmúlás nem foglalkoztatta. De hogy így, egyszerre, ennyire tragikusan! Ezt még tetőzte, hogy egy véletlen folytán az apósa is beült abba az autóba. Feri összezuhant, alig járt haza, nem foglalkozott a gyerekkel sem. Hallgatásba burkolózott, de ha szólt, abban nem volt köszönet.

Mindennap gyilkosnak titulálta, pedig e nélkül is gyötörte az önvád. Minden az ő vállát nyomta. Napközben a temérdek intéznivaló, a háztartás és a gyerek körüli teendők még csak-csak elterelték a gondolatait. Este és éjjel marcangolta a lelkiismeret. „Úgy van, ahogy Feri mondta, megöltem őket. Miattam haltak meg." Nem telt el nap, hogy ebben a hitében újra és újra meg ne erősítette volna férjeura. Különösen akkor használt nagyon kemény szavakat, amikor ivott. Eddig, ha munkából jött, legurított pár sört, nem látszott rajta. A temetés utáni hétvégén komolyan berúgott, szinte magatehetetlenségig. Ezen Cili nem ütközött meg; legszívesebben ő is szerette volna valamivel kikapcsolni a tudatát. Majd csak túl lesznek a nehezén. De a férfi komolyan rászokott az alkoholra. Már munkából is kapatosan érkezett.

A hétvégék és az ünnepek pedig egyenesen pokollá váltak. Pénz, az sajnos volt dögivel. Először az apósa házát, majd a pékséget adták el. Ez férje bankbetétjére ment. Rákapott a méregdrága italokra, többek közt viszkire, aminek az asszony még a szagát sem bírta. Amikor szülei házát kellett az új vevők miatt kipakolni, Feri a fél falut odacsődítette segítségnek, de ő egyszer csak eltűnt. Így volt alkalma Cilinek régi ismerősökkel pár szót váltani. Itt hozták tudomására, hogy párja az esküvő után sem szakított a régi barátnőjével. (A szótlan lány az esküvőn, a fénykép a szekrényben.) Évekig hozzá járt. „A megváltóm!" Egészen addig, míg férjhez nem ment, még el is költözött. (Amikor a kép kicserélődött.) Sokan kérdezgették, hogy miért nincs ott a pakolásnál, hol van. „Jól cserbenhagyott téged és minket is! Még a kis Ferike is kiveszi részét a munkából!" Nem tudott erre mit válaszolni, és halálosan el is fáradt. Otthon, fürdés után letette a gyereket. (Nem kellett ringatni.) A hálóban erős piaszag terjengett, az ágyon férje horkolt. Mellette három üres viszkisüveg. „Összeszedem, nehogy felrúgja, ha felkel!" Az üveg koccanására Feri felébredt. Meggondolatlanul szólt hozzá.

– Hiányoltunk a pakolásnál. Nem kellene ennyit vedelned! – Ez utóbbit az ajtóban tette hozzá, mintegy önmagának. Azt hitte, ezt már nem hallja.

Amikor visszaért, a férfi már meztelenül ült az ágyban, hátát a párnának támasztva, és ivott.

„Hát ezt honnan húzta elő?" Az asszony melléfeküdt, hosszú haja szétterült a feje körül. Részéről lezárta a napot, pihenni akart. Halk, vészjósló hang verte fel a szoba csendjét:

– Szóval ne igyak? Majd te mondod meg, hogy mit tegyek, ugye?

Megmarkolta a hosszú fürtöket, majd az alkarjára csavarintva, átlendült a nő felett, és sebes lépésekkel elindult, őt a hajánál fogva húzta a földön maga után. Cili feje megrándult a váratlan mozdulattól, fejbőre égett, mintha perzselnék. Ez a fájdalom még szörnyűbb lett, amikor fölrántotta és a felsőteste az asztalon landolt, arccal előre. Ahogy a haját elengedte, a feje nagyot koppant. Egy pillanatra elszédült, talán pár másodpercig nem volt magánál. Arra eszmélt, hogy párja az ő előrenyújtott kezeit egy erős zsineggel összeköti, és valahová úgy rögzíti, hogy teljesen kifeszül. „Szent ég! Ez készült erre!" Aztán már a derekát markolászták a türelmetlen ujjak.

– Mi a szar ez? Pizsama? – Széttépte a nadrágot, majd a felsőt középen, hogy a háta is szabad legyen, s az asszonyka kétségbeesve várta a rettenetet.

Az első ütésnél még nem fogta fel, hogy a szexuális erőszak helyett most a testi jön. A hátára mért harmadik csattanásnál rájött, hogy férje tenyerétől származnak. Egyre erősebben zuhogtak. A nagyobb, igazi kínt a mellkasában érezte, amit a kemény asztal okozott. Hirtelen váltott át a kéz a fenekére, felváltva a bal és jobb felet

51

püfölte. Ahogy nőtt a fájdalom az ütlegeltben, úgy erősödött a kívánalom az ütlegelőben. Ferit is meglepte, hogy mekkora erekciója támadt, látva a vörös bőrt, hallva a másik fojtott jajgatását. Régen nem volt ilyen felajzott állapotban, a tenyere sajgott. Ráhelyezte a farpofákra, melyek szinte égették a kezét, s amint meglátta a kívánatos szűk lyukat, teljes erőből behatolt. Nem törődött a másik vergődésével, csak a saját vágyaival, melyet az italos állapot még felfokozott.

Cili kikötözötten arra tért magához, hogy a nagyobb fájdalom már megszűnt, „csak" a teste ég és fázik. Kínok közt oldalra fordította a fejét. Bár a horkolásból sejtette, de most már látta is, hogy férje alszik. „Hogy lehet ennyire lelketlen, érzéketlen? Itt hagy megalázva, kikötözve. Mi van, ha bejön a gyerek?" Erre a gondolatra úgy megrémült, hogy fájdalmat feledve csak a szabadulásra összpontosított. Apró lépésekkel, oldalazva elindult az ovális asztal mentén. Ahogy haladt, úgy enyhült a kötél feszülése. Kiderült, hogy a nehéz asztal lába fogja a zsineg végén lévő hurkot. Ahhoz, hogy megemelje, le kellett ülnie, amit csak féloldalasan bírt, közben kis vértócsát pöttyentett a parkettára. A vállával föl tudta nyomni annyira az asztalt, hogy kicsusszanjon a hurok. Így, ugyan összekötött kézzel, de tudott mozogni. Első dolga volt, hogy óvatosan benézzen gyermekéhez. Remélhetőleg semmit nem hallott, hiszen aludt, mint a bunda. Persze, szegény jól elfáradt az egész napos pakolászásban. „Szerencsére!" A fürdőben a fogával bogozta ki a zsineget. „Milyen jó, hogy nem kötél vagy szíj! Ez legalább csúszik!" A pizsama cafatokban lógott rajta, kidobta. A tükörben látottaknál csak a fájdalom rémisztette jobban. Sokáig tartott a regeneráló fürdőzés, krémezés. Fésülködés közben tapasztalta, hogy egy csészealjnyi területen nagyon érzékeny a fejbőre. Kitapogatta a kezével, s érezhetően egy foltnyi területen hiányzott a haja. „Szuper, kopaszodom!" Épp csak vonszolta magát, de nekifogott a takarításnak. Feltörölte a testnedveket a parkettáról, az asztalról. Talált egy hosszú, szőke hajcsomót, úgy nézte, mint valami idegen tárgyat, pedig tudta, hogy az övé volt. A testének egy darabja. Vajon milyen részét fogja legközelebb így forgatni? Mi következik? Ekkor gondolt először arra, hogy így nem akar élni.

Mikor Ferike iskolás lett, óvatosan megpendítette, hogy talán visszamehetne dolgozni. Direkt reggelre időzítette a témát, mert tudta, hogy férje siet, nem lesz hosszabb tortúrának kitéve.

„Csak" ordítozás lett, nyomatékosítva a *nem*et. Az „este még megbeszéljük!" viszont iszonyatosan hangzott, és sajnos nem lett elfelejtve. A nemi erőszakot most már rendszeres verés előzte meg. Cili lassan csak csont és bőr volt. Nem bírt enni. Ezért is kapott. Hogy párja ne tudja tépni a haját, levágatta. Ezért nadrágszíjas fenekelés járt. Ha jött a baleset évfordulója, mint ennek főbűnösét büntette hosszan és élvezettel a férfi. Egy dologgal tudta kivédeni vagy ritkítani a borzalmakat: ha maga mellett tartotta a kisfiút. Tanult vele, sokat játszottak, egyre több ideig maradt fenn meséket nézve, olvasva. Így gyakran előfordult, hogy az italos férj hamarabb elaludt, mint ők. Arra Feri kínosan ügyelt, hogy fia ne legyen a brutalitás szem- és fültanúja. Egyelőre.

A srácról harmadikos korában kiderült, hogy tehetségesen kosarazik. Nagyobb is volt a vele egykorú társainál. Edzésekre járt, majd versenyekre, ami bizony hétvégi elfoglaltságot jelentett. Ekkortájt Ciliből az *edzés* és a *mérkőzés* szavak erős gyomorideget váltottak ki. Nem véletlenül. Ura és parancsolója készült ezekre a kettesben maradásokra. Félreérthetetlen célzásokat tett, ezzel a nőt stresszben tartva, magát pedig feltüzelve. Az ütleget követően jött az orális vagy az anális szex. Igen, Cili már tudta, hogy ezt így nevezik. Az egyetlen kikapcsolódást számára a könyvtár nyújtotta. Sokat olvasott. Csak szépirodalmat meg ismeretterjesztő könyveket merészelt kikölcsönözni, az egyebeket az olvasóteremben tanulmányozta. A szakirodalom tudomására hozta, hogy a szex lehet élvezet a nő számára is. Biztos így van, de neki ez utópia volt. Másoknál, meg a filmekben, könyvekben, egy másik városban, másik országban, másik bolygón, egy másik életben, de nem az ő házukban.

Fecót – mert a Ferikét már kikérte magának – felső tagozatra a városi iskolába íratták be, oda, ahová sportolni is járt. A 11. szülinapján haveros, csajos bulit csaptak. Egymás mellett ültek az apjával, aki még azt is megengedte, hogy sört igyanak. Koccintgattak. Cili behozta a tortát, közben nézte a két Ferit. Belehasított a felismerés: fia pont úgy néz ki, mint az a fiú, aki valamikor úszástanítás örvével belenyomta őt a vízbe, leszakította nyakából az aranyláncot, és belerejtette a fürdőnadrágjába! Tisztában volt vele, hogy Fecó leginkább az apjára hasonlít, de remélte, hogy ez csak külsőség. Ahogy a sört iszogatták, beszélgettek, mocskos vicceket mondtak. Elnézte őket, s egyre jobban tudatosult benne, hogy a gyerek olyan lesz, mint az apja.

„Tenni kell valamit! Más irányba terelgetni! Hiszen szeret engem, hallgatni fog rám. Ez lesz az én következő feladatom."

Elhatározása járt az eszében, mikor másnap takarította a szülinap maradványait. Fia szobájában áthúzta az ágyneműt. A párna alatt talált egy köteg újságot. Pornó! Honnan szerezte ezeket? Aztán meglátta azt a címlapot, amit a titkos szekrényben is megpillantott. A nő széttárt lábakkal, műpénisszel a vaginájában. Ezek a férje újságai! Csak nem felejtette ott a kulcsot, a gyerek meg hozzájutott ezekhez? Átsietett, de látta, hogy a kulcs nincs a zárban, az ajtót nem lehet kinyitni. Gondolni sem mert arra, hogy az apja adta oda neki. Korainak tartotta.

Egyáltalán nem volt fogalma a felvilágosítás idejéről és mikéntjéről, hiszen ő semmi ilyesmiben nem részesült. De nem pornó által képzelte el! Szóba hozni meg pláne nem szándékozta. Így visszapakolta a párna alá az egészet. Viszont a lepedőn spermafoltok éktelenkedtek, ezért arra gondolt, lehetséges, hogy ő téved, és nem is olyan kisfiú már az ő szemefénye. Nem tudta, hogyan kezdjen Fecó „terelgetéséhez." Az is átvillant a fejében, hogy már késő. Az utóbbi időben eltávolodtak egymástól, hiszen alig tartózkodott otthon. A tanulásban sem kért segítséget, ment neki. Az aktív sport teljesen lekötötte a szabadidejét. Míg fia duzzadt az erőtől, ő árnyéka volt régi önmagának. A sok megpróbáltatás miatt jóval idősebbnek látszott, ehhez soványsága is hozzájárult. Alvajáróként élte, „túlélte" mindennapjait. Férjeura rendszeressé tette az ivást, a verést, és az erőszakos közösüléseket. Arra láthatóan ügyelt, hogy e két utóbbit akkor gyakorolja hitvesén, amikor Fecó biztosan nem toppan haza. Cili rezignáltan törődött bele sorsába; nem látott kiutat, nem is keresett.

Egy hideg, téli szombaton fiának készített szendvicseket, mert vidékre indult a csapat. Fontos meccsre készültek. Az éles nagykéssel téliszalámit szeletelt a vágópulton. Ahogy a sajtot odahúzta, hogy a szendvicsre tegye, meglökte a vágódeszkát, az letúrta a kést, ami leesett a kis résen át a földre. „Majd később felveszem!" – gondolta, mert sietett. A konyhában egyébként nagyüzem volt: sült/főtt a hétvégi ebéd. A gyerek elviharzott, délre kész lett az étel, Feri is megérkezett. Aperitiffel indított (egy deci viszki), majd felbontott egy üveg bort, amit sűrűn kortyolgatott. Cili némán, gépiesen tette a dolgát, kiszolgálta a ház urát. Mosogatás előtt eszébe jutott a kés. Kicsit kijjebb húzta a keskeny asztalkát, majd áthajolva azon, keze kereste a vágóeszközt, ami beszorult a fűtőtest mögé.

Meleg volt a lakásban, a konyhában kiváltképp, ezért csak egy hosszú póló meg egy tanga volt rajta. Nemrég jött divatba ez a női holmi, és ő kényelmesnek találta. Ahogy előrehajolt, a póló felcsúszott, és az előbukkanó fenék felkorbácsolta az asztalnál iszogató embert, aki a másodperc tört része alatt az asszony mögött termett. Azonnal lehúzta a tangát. Olyan szorosan tolta magát a nő testéhez, hogy az asztalka széle nyomta a túloldalt lelógó jobb karját. A nadrág szíja csattant a járólapon, Cili már érezte a türelmetlen hímtagot a hátsó bejáraton. „Jé, ma a verés utána jön?" Csodálkozott, mert arra számított, hogy az öv nem csak a kövön landol. A jól ismert égő feszítés elterelte figyelmét, az erős lökések pedig újra és újra éreztették, hogy a karja az asztal és a fal közé szorult. Éppen azt latolgatta, melyik fájdalom az erősebb, amikor férje megállt.

– Szia, fiam! Gyere, tanulj!

Jóformán fel sem fogta a mondatot, de úgy érezte, meg fog állni a szíve. Amikor félrefordította a fejét, a boltívben Fecót látta. A nézésében semmi meghökkenés!

Nem kiabált rá az apjára, nem kérte számon! Döbbenetes módon inkább kéjsóváran, száját lassan megnyalva, meredten nézte őket. Az anyában megszakadt valami; jobban örült volna, ha azonnal meghal. A dákó viszont újult erőre kapott, s egyre hevesebb lihegések között a dörgő hang csak úgy hullámzott:

– Ha van kedved, te is beszállhatsz! Anyád segge már be van járatva!

Az iszonyatot és a cselekvést nem is a szavak váltották ki, hanem fia arca. Nem a zavart, hanem az érdeklődést, sőt, a nemi vágyat látta „Feri kettőn". Most már nem a hasonlóság borzasztotta, hanem az azonosság. Már nem tudta gyerekként látni. Ezek most már ketten fogják kínozni? Teljesen elborult az agya. A lelógó kezében egyszer csak érezte a keresett tárgy nyelét. Megmarkolta. Nem tudta, honnan szerezte az erőt, amivel vágópultostól, férjestül hátralökte magát. Ferit a bokájánál fogta a saját nadrágja, hátratántorodott, és hanyatt ráesett az ebédlőasztalra. A nő fordultában, felemelt karral, teljes erőből belevágta a férfitestbe a kést. A vér fröccsenését még érezte. Aztán sötétség.

A bírósági tárgyaláson tudta meg: négyszer szúrt. Az elsö is halálos volt. Aznap a meccs elmaradt, az erős havazás okozta útviszonyok miatt lefújták. A gyerek hívott mentőt. Ő nem ismerte el, hogy a férfi az anyjával való szexuális tevékenységre biztatta. Gyámság alá helyezték, többet nem látta, nem is akarta. Kitépte a szívéből azt, akit valaha megváltónak gondolt. A kirendelt ügyvéd részletes orvosi jelentéssel, naturalista fényképekkel mutatta be a bántalmazások nyomait. Tele volt pirulákkal, börtönkórházban kezelték. A tett helyszínén készült fotókat úgy nézte, mint kívülálló. A saját testéről készült fényképeken csodálkozva fedezte fel, hogy az aranylánca ott van a nyakában. Nem tudta, hogy került vissza hozzá. Homályos, álomszerű, lebegő képekben látta, hogy leveszi a képről, és elégedetten olvassa a kereszt hátulján a nevét. Ami éles, az a megelégedettség érzése: „Igazam volt!" Később a börtönben egy barna, nagy tasakba tették az órájával és a fülbevalójával együtt. Ezeket a szanatóriumban visszakapta. Sem szégyent, sem megbánást nem érzett. Semmit nem érzett.

Eredetileg 10 évet kapott. Enyhítő körülményként beszámították férje brutalitását, az ő hirtelen felindulását. A szekrénykében talált templomi kegytárgyakról kiderült, hogy azokat Feri tulajdonította el, még ministráns korában. Fellebbezés után enyhítettek, meg beszámították a börtönkórházban és az előzetesben eltöltött időt is. Ő úgy érezte, lebeg a félig ébrenlét és a halál között. Az első adandó alkalommal a felcsíkozott rabruhából készített kötéllel felakasztotta magát. Nem sikerült. Két év múlva a cellatársától elcsent kis tükröcskének a szilánkjaival nyiszálta a csuklóját. Ez sem sikerült. Végül pszichiátriai kezelések következtek. Nehezen fogta fel, hogy az iszonyat elmúlt. Minden zörrenésre, csattanásra, erősebb hangra rémület szállta meg: „Most, most jön! Itt van mögöttem!"

Átszállították egy szanatóriumba, ahol a zárt részről három év után kikerült. Lassan rájött, hogy béke van körülötte, és nem akarnak erőszakot tenni rajta. Visszatért az élők sorába, csendes rezignáltságba burkolózott. Megígérte, hogy nem foglalkoztatja már az öngyilkosság gondolata. „Csak ne vigyenek a zárt osztályra!" Egyszerre valami megváltozott. A szanatórium elit lakrészébe költözhetett. Ő nem tudta, hogy keresztanyjának köszönheti, aki megvette számára a nyugalmat. Elvitték – szigorú kíséret mellett – a házukba, ahonnan összeszedhetett néhány holmit. Nagy lakatokon, láncokon, hatósági pecséteken keresztül jutottak be.

Eladhatatlan a ház a történtek miatt – hallotta a hangokat, de nem fogta fel, nem is érdekelte. A legtöbb bútor, szőnyeg, függöny eltűnt, úgy nézett ki a régi otthon, mintha kirabolták volna. A holmik dobozokba dobálva. A konyhát kerülte. Úgysincs onnan semmire szüksége. Egy akasztós szekrényrész maradt, ahonnan a ruhákat válogatta, ennek alján megtalálta kislánykorának kedvenc ridiküljét. Semmi más nem volt a táskában, csak egy fénykép: három mosolygós kislány a strand vizében, úszógumival, egymást átkarolva, bizakodva integet a jövőbe.

Vonzások$_k$ és taszítások$_k$

Arankának nagyon hiányzott a nyári kikapcsolódás falun, ahová barátnője, Zsuzsi jóvoltából jutott el. Szülei mélyen vallásos, katolikus emberek voltak, ezért neki is rendszeresen kellett járni templomba. A város zöme lutheránusnak vallotta magát, azt lehet mondani, hogy kb. kétharmad/egyharmad a református/katolikus megoszlás. Csakhogy a jelenlegi érában nem „divat" hívőnek lenni, vagy legalább is azt nyíltan fitogtatni. Persze minél kisebb volt a település, annál jobban tartották a keresztény szokásokat. Arit beíratták hittanra, elsőáldozáson és bérmálkozáson is részt vett. A karácsonyi éjféli misét, meg a húsvéti körmenetet kivéve, nem nagy kedvvel vett részt a rituálékon. A gyónást rendszerint elmismásolta.

Amikor Zsuzsi és családja elköltözött, nagyon magányos lett. Minden iskolán és templomon kívüli tevékenységet együtt csináltak. Úgy érezte, pótolhatatlan űrt hagyott benne barátnője hiánya. Gimnáziumba került, jól érezte magát, szeretett tanulni, olvasni. Mellettük volt a könyvtár, ahol sok időt töltött, és elhatározta, hogy könyvtáros lesz. Irodalomból a Bibliával foglalkoztak. Sok mindent ismert a hittanórákról. Most viszont teljesen elmélyült a történetekben. A csodák és mesék világa mellett fogékony lett a példálózások mögöttes tartalmára. Csak úgy, istentiszteleten kívüli időben elment a templomba. Két néni imádkozott csendesen. Bemártotta kezét a szenteltvíztartóba, keresztet vetett. Ráérősen sétálgatott, értőbben nézegette a freskókat, a szentek szobrait. Sok olyat fedezett fel, ami mellett eddig elment. A megfestett jelenetek értelmet kaptak. A keresztfán szenvedő Krisztust nézte a stáció-sorozaton, amikor a sekrestyéből magas, szőke, szemüveges fiatalember lépett ki. Ari szeme először a jó kiállású férfit vette észre. Csak amikor közelebb ért, látta meg a papi gallért.

– Dicsértessék a Jézus Krisztus! – mondta egy kissé zavartan, bizonytalanul, mint akit rajtakaptak valamin.

– Mindörökké! Ámen!

Mindig ez a gépies válasz, de most meglepően kedvesen hangzott – főleg a meleg, bársonyos hangszín volt szokatlan.

– Mi járatban vagy, lányom? Gyónni akarsz? – érdeklődött a pap.

– Nem, csak nézelődöm. Régóta járunk ebbe a templomba, de még nem találkoztunk önnel!

– Úgy van. Most helyeztek ide. Akkor mostantól gyakrabban fogjuk látni egymást. Károly atya vagyok. Úgy gondolom, hogy ide nem nézelődni járnak a hívek, hanem elmélkedni, imádkozni. Gyere, tegyük ezt közösen!

Rámutatott a főoltár előtti hosszú imazsámolyra, közben megérdeklődte a lány nevét, melyet szépnek titulált. Majd egymás mellett térdepelve, kezüket imára kulcsolva, erre homlokukat téve zsolozsmáztak. Aranka ilyen kedves, természetes – és főleg fiatal – pappal még nem találkozott. Kevéssé tudott saját magára figyelni. Szeme sarkából a férfi rózsafüzérét csodálta, melynek szokatlanul nagy, ezüst keresztje keze fejére simult. A megfeszített Krisztus kidolgozott, erőtől duzzadó teste nagyon míves ötvösmunkáról árulkodott. A füzér sem volt szokványos: fehér, gyöngyházcsillogású, kerek szemekből állt. Imája befejeztével a papnak sem kerülte el a figyelmét, hogy a leányzó hova veti pillantásait.

– Mindörökké, ámen! – mondta, és Ari felé fordult. – Látom, ezt csodálod. Különleges darab. Megnézheted.

Odanyújtotta a füzért a meglepett gyereknek, akit a szemüveg mögötti mélykék szemek még jobban elvarázsoltak. Ilyen sötétkék szemeket még nem látott.

– Igazgyöngy. Jézusunk színtiszta ezüst. A tanítómtól, a püspök úrtól kaptam, amikor pappá szenteltek. Rendkívül értékes. Számomra különösen sokat ér.

A lány kissé messzebbről vélte hallani, amit az imaláncról és az ajándékozóról sorolt Károly atya, mert most vette észre, hogy Krisztusról hiányzik az ágyékkötő, s nem csak a teste erőteljes, hanem férfiassága is. Így még nem látta Isten fiát ábrázolni! Az ókori szobrok megszokottan pőrén mutatják a testet, de a hímvessző kicsi, nem hivalkodó! Az is az eszébe villant, hogy ez nem szentségtörés-e. Az atya felfedezte Ari zavarát, mivel a haja tövéig elpirulva nyújtotta vissza a nem mindennapi rózsafüzért.

– Nem kell zavarba jönnöd! Az emberi test természetes. Ádám, Éva, és mi mindannyian mezítelenül jöttünk világra. A ruha az emberiség létéhez képest nem is olyan régi. Rendjén való, hogy ez az elfogadott, így helyes, hogy elrejtjük szemérmünket, de mindannyian tudjuk, hogy van, létezik. Most mennem kell. Gyere el máskor is!

Azzal nagyon halk lépésekkel szinte elsuhant, és eltűnt a kis ajtó mögött.

Vágyódások_k

A lány teljesen egyetértett azzal, amit hallott, de hogy mindezt így, egy pap szájából! Még az utcán, hazafelé is suttogta a bársonyos hang a szavakat, szinte érezte a leheletét a fülén. Az élmény álmában tetőzött. A padláson Zsuzsival játszották intim játékukat, miközben Károly atya forrón lihegett mögötte, és csókokkal borította nyakát, tarkóját. Felébredve igen csak csodálkozott az erotikus képzelgésen. Soha nem álmodott még hasonlót sem! A férfit nem tudta kiverni a fejéből. Ettől kezdve sokkal gyakoribb látogatója lett Isten házának. A világ minden kincséért ki nem hagyott volna egy templomi megmozdulást sem. Nagy örömmel vette, hogy a legtöbb misét Károly atya – aki még a szüleinek is bemutatkozott személyesen – vezette. Aranka igazi hívő lett, amit az ősök elragadtatással vettek tudomásul. Jelentkezett gyónásra. Az ám, de mit bánjon meg? Tanulmányozta a fő bűnöket. „Kevélység? Fösvénység? Ezeket elvethetjük." Itt van a falánkság, torkosság. Ezeket meg nem tartotta bűnnek, és rá nem volt jellemző, hogy az evést túlzásba vitte volna. Majd kitalál valami jó történetet, és akkor mindjárt meggyónhatja legközelebb a hazugságot is.

Nem gondolta, hogy a gyóntatófülkében az ő kedvenc papjával lenni mennyire intim és meghitt dolog lesz! Gyerekként bújócskára használták, bár ő kicsit félt a „börtönben" – így nevezték –, mert sötét, és furcsa szag uralkodott benne. Egyszer aztán a kövér és morcos pap bácsi jól leszidta őket. De hát ez már régen történt. Most egy apróság zavarta: a köztük lévő válaszfal. Igaz, a fejüknél sűrű fonott rácson át kivehető volt a másik, és a hangot is jól hallotta, de mégis jobban szerette, ha az imazsámolyon egymás mellett imádkoznak, ami után sokszor hosszú eszmecsere következett. Ehhez viszont beültek a padba. Mivel a másik pap hétvégeken a városka mellett lévő falu templomában végzett hitmunkát, így Károly atya ilyenkor jobban ráért, fesztelenebben, lazábban viselkedett. Aranka nem tudta, hogy csak vele tesz kivételt. Azt hitte, Isten szolgája ilyen közvetlen másokkal is.

A lány igazi nővé cseperedett, mire befejezte a gimnázium 3. osztályát kitűnően, mint ahogy eddig. Szülei megkérdezték, hogy milyen ajándékot kér ez alkalomból. Ő már készült. Régóta dédelgette a gondolatot, hogy arany vörösre festesse a haját. A fodrásznál már kinézte a kis hajtincsmintán a színt. Apja először hallani sem akart erről, de konfliktus-simítónak anyja példája kapóra jött, mert bizony ő is festetett; igaz, az őszülés miatt. A két nő győzött, és az évzáró után a fodrászatba vezetett az út. Az eredmény gyönyörű lett. Tényleg aranyló, nem szőke, nem vörös, hanem világos rézszínt kapott, amely zöld szemét kiemelte. Ha fény világította meg a hajkoronát, még káprázatosabb volt.

Szombaton (már alig várta) a templomba ment, hiszen megkérte papját, hogy gyóntassa meg. Bűnbánatot akar tartani, és feloldozást nyerni egy nagyon fontos bűn: a bujaság miatt. A férfi meghökkenni látszott, de mintha valami kis cinkosság is villant volna a szemében. Ari fél éve készült erre. No, nem a padlásjátékról fog ő gyónni! Nem-nem! Az hétpecsétes titok. Az unokanővérétől tanulta – aki megeskette, hogy nem beszél erről senkinek – ő mutatta meg a kis dudor ingerlését. Azt is elmondta, hogy ez a csikló, a lányok örömforrása. (Sokáig

csikónak értette és nevezte, mert annak van jelentése.)
Betartotta ígéretét, nem beszélt róla, csak megmutatta
a legjobb barátnőjének.

Kigondolta – hosszas tépelődés után –, hogy meggyónja
visszatérő erotikus álmait, de úgy, hogy ezt-azt hozzátesz,
illetve elvesz belőlük. Károly atya már bent ült a fülkében.
Épp akkor jött ki egy idős hölgy „dicsértessék a Jézus
Krisztus" köszönéssel. Ő beperdült a helyére, majdnem
elfeledkezett a szokásos rituálékról. Megnevezte magát,
hogy gyóntatója biztosan tudja a kilétét. (Ez pláne nem
szerepel a bűnbánó kötelességében, hiszen az egész lé-
nyege az anonimitás!)

– Ejnye! Szeleburdi leány! Ha nem mondod is, tudom.
Vajon mi a bűnöd a bujaság témakörében? – A jól ismert,
kellemes hangban némi élcelődés érzett.

„Óh, hát emlékszik! Ez jó!" Szinte levegőt sem véve
sorolta az előre eltervezetteket. Beszélt arról, hogy gyakran
vannak erotikus álmai, és abban kivétel nélkül Károly atya
a főszereplő. Nemhogy reverenda, hanem más ruha sincs
rajta. Keze az ő meztelen testén kalandozik. Nyakán a
forró leheletét érzi, és még csókolóznak is. És lehet, hogy
ez a legszégyenletesebb, de ő ezt élvezi. Szereti ezeket az
álmokat. Mit tegyen?

A hang csak egy kicsit változott rekedtesre, többször
kellett torkot köszörülnie, de a lány nem azt várta, ami
következett. Valahogy nagyon gyorsan, kurtán-furcsán
zárta rövidre a „nagy" gyónást. Elvégre félévre rugaszkodik
a dolognak. Azt hitte... Mit hitt?

– A testiség az élet velejárója. Érett nagylány vagy,
természetesek a képzelgéseid.

– De hát, atyám, ezekben ön szerepel, és a katolikus
egyház önmegtartóztatást követel!

– Igen, de ezt tőlem kéri, nem tőled. Az álmaink nem a valóság! Kirovom a penitenciát: húsz Miatyánk! Már indulhatsz is az imazsámolyhoz! Feloldozlak téged az Atya, a Fiú és a Szentlélek nevében. Ámen.

Az elégedetlen lány és a pap egyszerre léptek ki a gyóntatószekrénykéből. A férfi az eddigi kenetteljes hangját bent feledhette, mert elragadtatott csodálattal kiáltott fel:

– Új hajszíned van! Gyönyörű! Mint egy angyal! Nem is Aranka a te neved, hanem Aranyka! Tudod mit, ha megengeded, mától én Aranynak szólítalak. Gyere, segíts nekem a sekrestyében, elő kell készülnöm az esti misére! Közben megejtjük a feloldozás utáni párbeszédet is.

Ari ezt a pálfordulást sem várta! „Hm, jobban érdekli a hajam színe, mint az erotikus álmaim?"

Habogott, hogy mi lesz az imákkal, közben az új nevét is jóváhagyta. Kifejezetten tetszett neki, de nem ért rá ezen elmerengeni, mert alig bírt lépést tartani új névadójával. Őt leültette egy trónnak beillő, bársonnyal bevont karos fotelbe, amiből az intarziás, ovális asztalka másik oldalán is volt egy. Sietős mozdulatokkal előkészítette a miseruhát, a stólát, a két ministránsöltözetet, a csengőket. Mintha egyedül lenne, ledobta a reverendát, a nyakából a kollárét. Ott állt egy szál alsóban, a szája sarkát kis, cinkos mosolyra húzta, de nem nézett a lányra.

„Csupán azért, hogy ne csak az álmodban láss ruha nélkül!" – szólalt meg fejében a kisördög. Ari pedig elhűlve látta ezt a fesztelenséget, de még nagyobb volt meglepetése a sportolói idomok láttán. Mint egy úszóbajnok: széles vállak, keskeny csípő, kidolgozott izmok. Nem merülhetett el ezek nézésében, mert villámgyorsan eltakart mindent a miseruha.

– Szóval, Arany – ült le méltóságteljesen a sportolóból átalakult, misére készülő pap a szemben lévő trónusra. – A szakramentumát! Gyönyörű vagy! Hányadik osztályt végezted?

– Harmadik.

– Á, jövőre érettségizel. Amiket most hallasz, mint jó barát mondom. Előtte viszont kérlek, tegeződjünk! Te már kész nő vagy, mégsem bácsizhatsz! 10 év, ha van köztünk. Az semmi. Rendben?

– Persze, oké, bár eleinte szokatlan lesz.

– Jól van. A baráti beszélgetéseket közvetlenebbé teszi. Majd egyszer megisszuk a pertut is. Szóval! Aranyom! A katolikus egyház megköveteli szolgáitól a cölibátust, de már a klérus berkein belül szó van arról, hogy ezt előbb-utóbb feloldják. Ha nemsokára egy olyan pápa kerül a vezetői székbe, aki modernebb gondolkodású, akkor ez záros határidőn belül bekövetkezhet. Tudtad, hogy vannak Krisztus követői között olyanok, akik úgy vélik, hogy Ő nős volt? Hogy Mária Magdolna lett volna a felesége, azt nem hiszem, de valószínű, hogy utódokat is nemzett. Végül is az első 30 évéről nem sokat tudunk. 33 évesen pedig megfeszítették. Ereje teljében lévő férfi volt, aki a szeretetben hitt. „Szeresd felebarátodat!” Miért ne hitt volna a szerelemben? Gondolj csak bele! Mi esketünk. Keresztelünk. Az a kis élet a nő és férfi együttlétéből lesz. Mindannyian abból leszünk. Miért volna a nemzés bűn? Senki sem akarja, hogy az emberiség kihaljon! Az én nézeteim szerint nem egészséges a szüzességi fogadalom – nézz szét a világban, hogy mennyi probléma adódik ebből –, hiszen Isten nem kívánhatja ezt, mert ő nem testben van jelen, hanem lélekben. Látom, azt akarod kérdezni, hogy akkor miért léptem erre a pályára.

Nekem is voltak, sőt vannak kételyeim. Hiszek az Úrban, szeretem a hivatásomat, de vannak dolgok, melyeket kicsit másképp látok. Remélem, nem zavartam össze a fejed! Legközelebb folytatjuk. Most menned kell, megjöttek a fiúk, gyűlnek a hívők! Amerre most megyünk, arról nem tudsz, sose láttad!

Ezzel felállt, nyújtotta a kezét, és az elhangzottak hatása alatt álló leányzót kézen fogva húzta maga után. „Istenem, a keze érintése egy csoda! Ha a pokolba vinne, azt se bánnám!" A széles folyosóról lefordultak egy keskeny és sötét alagútfélébe, aminek a végén egy addig észrevétlen kis ajtó nyílt. Ari a templom egyik oldalhajójában találta magát. Visszanézett, de a keskeny nyílás már láthatatlanul beleolvadt a több négyzetméteres „Mária mennybemenetele"-festménybe. „Jé, nem is lehet észrevenni, hogy itt rejtekajtó bújik meg!" Elhatározta, hogy legközelebb alaposan megnézi, de most imádkozni kell, leróni a penitenciát. Ez a legkevésbé sem sikerült neki. Ruha nélkül látta a misét celebráló atyát, „Karit"! (Ha már tegeződünk!) Elvégre nem bűn az, hiszen így teremtettek bennünket! Eközben a férfi szavain gondolkodott, melyek egészen más megvilágításba helyezték az eddigi ismereteit.

Nyáron diákmunkát vállalt a könyvtárban, így lehetősége volt többet olvasni, jobban megismerni a katolikus vallás kialakulását, változásait, és az ezzel kapcsolatos különböző nézeteket. A munkáját jól csinálta, szerették. Az igazgató megígérte, hogyha leérettségizik, felveszi, és levelezőn elvégezheti a könyvtár szakot a főiskolán. A jövőjét ilyenformán biztosítottnak vélte. A nyár rohamléptekkel szaladt. A munkahely és a templom között boldogan ingázott. A legterhesebb a nyaralás két hete volt. Szülei egy helyen dolgoztak, és a vállalati üdülőben minden nyáron remek napokat töltöttek. (Egyszer még Zsuzsi is mehetett!) Most viszont ólomlábakon vánszorogtak a napok. Legnagyobb űrt Károly atya hiánya okozta, akivel egyre közelebb kerültek egymáshoz. Már Karesznek szólította, és bejárta vele a templom minden rejtett zugát, csak az altemplom kripta részében nem jártak. Egyszer még a parókiára is átvitte, igaz csak a kertjébe. „– Ide most csak azért jöhetünk, mert a házvezető asszony elutazott." Ő látta el a háztartási teendőket a két plébános körül: főzött, mosott, takarított. Sajnos egyébként ott is lakott. Igaz, külön lakrészben. Egyedülálló özvegyasszony volt, a rokonai távol éltek. Ari nézte a nyaraló teraszáról a lemenő napot, eszébe jutott a paplak rózsalugasa, ahol üldögéltek egy padon az utolsó mise után. Akkor is naplemente volt, s a férfi nagyon közel húzódott, combjaik összeértek. Megfogta a kezét, a másikkal az állát, és kissé zaklatottan, de mintha egy csendes imát suttogna, beszélt:

– Esdve kérlek, ha nem veszed zokon, szeretném megérinteni az ajkaidat! Annyira gyönyörű vagy, Arany Angyalom! A nap fénykoronát font a hajadba! Majdnem, mint egy glória! Vágyom rád!

Már a szavak is elolvasztották, de nem tudott, talán nem is akart válaszolni, mert a keskeny, de határozott száj már az övén volt. Apró, finom csókokkal borította, majd ajkát teljesen az ő ajkai közé szívta, a nyelve behatolt, hogy az ő nyelvével játsszon. A lányt olyan érzés borzongatta, mint amikor a kis sikamlós gombját simogatta. Most hozzá sem kellett érnie, és mégis ugyanaz az alhasi bizsergés kerítette hatalmába. Azt sem bánta volna, ha a másik elnyeli. Bele akart olvadni az erős férfitestbe. Sajnos nem ez történt. Karesz visszahúzódott, az arcát elengedte. A kezük összekulcsolódott, mint ima közben, csak most a nagy tenyérbe belevesző kicsi kezecske valószínűtlenül felemás képet mutatott.

– Én is vágyom rád! Akarlak, azt tehetsz velem, amit akarsz.

– Ne mondj ilyet! Farkasra bízni a bárányt! Mindjárt az ölembe kaplak! – Közben az ég felé suttogta: – „Bocsáss meg nekik, nem tudják, mit cselekszenek!" Azaz én nagyon is tudom – horgasztotta le a fejét egy hatalmas sóhajtással.

– Te már szeretkeztél?

– Gyóntatsz? Lám, a hóhért akasztják! – mondta kis mosollyal, majd ismét nagy levegőt vett. – Voltam gimnazista, egyetemista, és főleg nem voltam felszentelt pap. Igen, ismerem a nemiség gyönyöreit. Ezért is nehéz lemondani róluk.

– Nem kell, hogy lemondj! Itt vagyok, szerelmes vagyok, a tiéd vagyok! Taníts, mint tanítóm! Vedd úgy, hogy ez egy küldetés! Ismertesd meg velem a testi gyönyört! Isten is azt szeretné, ha ezt olyantól kapnám, aki tisztel, és nem egy dúvad esne nekem egy autó hátsó ülésén!

– Miket beszélsz! És Isten nevét szádra hiába ne vedd! Csak ne lenne ilyen kívánatos mindened! – Miközben ezek a mondatok elhangzottak, kis csókokkal borították egymás arcát, nyakát.

Tovább nem jutottak. A reverenda győzött. Ari tudta, remélte, hogy nem sokáig. A bőrén érezte a másik kétségeit, vívódását, de főleg a vágyát. Végül úgyis a férfi fog győzni!

Megnézte a moziban (háromszor!) a *Mouret abbé vétke* című filmet, majd elolvasta Zola regényét, amelyből készült. Bár sokat gondolkodott rajta, hogy jól teszi-e, az utóbbit kölcsönadta az ő „abbéjának", mielőtt elutaztak. Alig várta, hogy beszélhessenek róla! Egyáltalán, tűkön ült már, anynyira hiányzott minden, amit az üdülés alatt nélkülöznie kellett: a könyvtár, a templom, de legeslegjobban Károly atya! A nyaralás után még egy hét türelem kellett. A vasárnapi mise után sokáig tartott, amíg kiürült a templom. Tudta, hogy estére bezárják azt, így a szenteltvíztartónál várakozott. Közben azon merengett, hogy eddig, ha bármikor bement imádkozás örvével Isten házába, valahogy mindig az atyába botlott, de ez most megváltozott. Végre hallotta az ismerős, surrogó, puha lépteket. Beleborzongott a várakozás gyönyörűségébe: mindjárt megpillantja őt!

– Á, hát itt vagy? Kipihented magad? – kérdezte szórakozottan a pap, mikor észrevette.

Közben bezárta a nagy, faragott ajtót. Egy kis öröm is volt a hangjában, mosolygott is rá, de a lány nem ezt várta. – Gyere, imádkozzunk, mindjárt jövök!

Az imazsámolyra térdelve hosszan nézett a sekrestyében eltűnő fekete alak után. Az legalább jó hír, hogy mindjárt jön! „Az ajtót belülről zárta, nem rakta ki a szűrömet! Ez is jó! Valami megváltozott? Persze, ma vasárnap van, a másik plébános megérkezhetett a paplakba. Nem vagyunk egyedül." Nyílt az imént csukódó ajtó, a papról lekerült a reverenda. Farmerben, fekete ingben közeledett, csak a magasra gombolt ingnyak alatti fehér kolláré mutatta a hivatását. Kezében ott volt a könyv, melyet lehelyezett a könyöklőre Ari elé. Mellé térdelt, s imára kulcsolta a kezét. Homlokát rátámasztva beszélt. Nem nézett oldalra.

– Köszönöm, elolvastam, sőt a moziban is megnéztem. Felkavaró! Látod, a történetben volt az abbénak mentsége; az amnézia. Ezért a világtól feloldozást kapott a vétségére, de amikor emlékezete visszatért, saját magát nem volt képes feloldozni. Borzasztó a vége, a lány tette nem megnyugtató, de a múlt században nem látott más kiutat. Jó lecke volt.

– De én nem azért adtam oda ezt a könyvet, hogy te ezt szűrd le belőle! Inkább azért, hogy ösztönözzelek arra, ami megtörténhetne kettőnk között!

– Arany! Nem arra kell ösztönöznöd engem, hogy megtegyem, hanem arra, hogy ne tegyem meg!

– Ezt ne kérd tőlem! Ugye nem taszítasz el magadtól?

– Nem! Dehogyis! Maradjunk meg lelki társak szintjén; én pap, te hívő.

– Szóval jöhetek gyónni, beszélgetni, de semmi testiség. Nehéz lesz a bűvkörödön kívül maradnom!

– Nekem is, hidd el! Talán az Úr így tesz próbára minket. Most gyere, kikísérlek az oldalsó kijárathoz!

A sekrestyével szembeni ajtóhoz mentek, ami egy hosszú folyosóra vezetett. Ennek végén egy kis, virágillatú terecske nyílt, innen lehetett be- és kimenni észrevétlenül, persze csak annak, akinek volt kulcsa. Itt tárolták vödrökben az oltárokra szánt friss virágot is. Mielőtt a kulcs zörgése után az ajtó kitárult volna, Ari a pap elé fordult, átkarolta a derekát – a könyv lezuhant kezéből a földre –, fejét a széles mellkasba fúrta. Az atya viszonozta az ölelést, majd két tenyerébe fogta a számára oly kedves arcot, s úgy nézte, mintha most látná utoljára. Gyengéden, hosszan megcsókolta, miközben magához húzta. A lány a nadrág övcsatján kívül a férfi gerjedelmét is érezte.

– Most menned kell! – Ezt olyan fájdalommal, olyan könyörgő hangon és esdeklő tekintet kíséretében mondta, hogy Ari fülében inkább ez hangzott: Maradj! De sajnos kint találta magát az utcán, aminél csak a zár csikorgása volt elviselhetetlenebb. Egész éjjel zokogott. Egyre csak kereste a megoldásokat, de nem lelte.

Mámorosok_k

Az élet viszont sokszor talál olyan dolgokra kiutat, amelyre az ember nem is gondol. Javában bent jártak már az őszben, Ari betöltötte a 18-at, évvesztes volt. Nagykorú lett. A suliban máris az érettségivel riogatták őket. Sokat kellett tanulni. A templomlátogatások emiatt ritkultak. Közelgett a mikulásünnep, a karácsony, a főtéren álltak a vásáros bódék. Elhatározta, hogy bevásárol. Ajándékokat válogatott a családnak, néhány osztálytársának, könyvtáros barátainak, és természetesen Karesznek. Mikor végzett, elsétált a templom bejáratához; szándékában állt bemenni, hátha összefutnak. A nagy, faragott ajtó zárva volt! Rajta egy A/4-es papíron az információ: a hétvégi misék betegség miatt elmaradnak. Nem olvasta tovább. Meghökkent. (Pedig még az is ott volt, hogy a kedves hívők melyik legközelebbi szent helyen kulcsolhatják imára a kezüket.) Ez viszont nem érdekelte. Templom, Károly atya nélkül? Mi az, hogy zárva? És ki a beteg? Elvégre két plébános van! Ajaj, ennek utána kell járni!

Mire hazaért, már kész volt a terv. Csirkehúsból levest főzött, diós bögrés sütit sütött, és mindenből jócskán félretett egy ételesben, amit a teraszon rejtett el egy papírdobozzal letakarva. Anyja nem győzött hálálkodni, hogy szombatra már kész az ebéd, az ő szorgos kislányának köszönhetően. A szorgalmas gyermek annyira be volt sózva, hogy már délelőtt elindult a „könyvtárba". „Sok a tanulnivaló, ebédre se várjatok!" kiáltással, kezében a kicsempészett étellel, elviharzott.

A templom ugyan zárva volt, de a parókia kiskapuja sosincs. Ezen lépett be óvatosan. Kész választ kreált arra az esetre, ha találkozik a házvezetőnővel vagy bárki mással. „A Máltai Szeretetszolgálat küldi ezt a finom, meleg levest a betegnek!" A házban még nem járt ugyan, de azt tudta, hogy mindhárom lakónak külön lépcsője, bejárata, és lakrésze van. A legszélső a neki legkedvesebb. Ide kopogott be. Szíve a torkában dübörgött. Semmi válasz. Óvatosan benyitott. Nem csoda, ha senki nem hallotta a bizonytalan kopogást. Ódon, múlt században – vagy előbb – épült, vastag falú, boltíves, hosszú folyosóra ért. Szinte templomi hangulat uralkodott itt is. Léptei kongtak. Fogalma sem volt, hogy a jobbra-balra nyíló ajtók melyike rejti az atyát. Egy bejárat különbözött a többitől. Ez üvegajtós volt, és bár függöny takarta, de betekinthetett a félhomályban úszó szobába. Innen nyílt egy másik helyiség, ahonnan fény áradt. Most erősen kopogott. Jól ismert, de nagyon rekedtes hang adott bebocsátást, majd utána erős köhögés következett. Ari szinte átsuhant a fotelos, kanapés termen, amelyben kellemes meleg áradt. A sarokban gyönyörű, mázas cserépkályha duruzsolt. A sarkig kitárt kétszárnyas ajtó mögött egy baldachinos ágyban feküdt Karesz. Legszívesebben odafutott volna, be a férfi mellé, aztán lesz, ami lesz! Ehelyett a formális köszönést választotta:

– Dicsértessék a Jézus Krisztus!

– Mindörökké! Ámen! Hát te? Nem szabadna itt lenned! Influenzás vagyok.

– Még szerencse – már bocsáss meg! Mégse tüdőbaj, vagy lepra, vagy himlő, bár az sem érdekelne, tőled kapnám, és tűrném balsorsomat. Hoztam ebédet. Gyógykaja! Én főztem! – sorolta Ari kissé élcelődve, miközben levette kabátját. Az ágy szélére ült.

– Hol a házvezető asszony? Odaadnám neki a levest. Meg kell melegíteni.

– Te tényleg egy angyal vagy! Nincs asszony, viszont sírás van! – utalt tréfásan a híres dalra, kissé kifordítva. – Elutazott, méghozzá egy hétre, mert az unokatestvérét temetik. Ahogy kitette a lábát, este belázasodtam, ágynak estem.

– Lázas vagy? – Már a forró homlokon volt az aggódó kéz. – Hol a lázmérő? Szedtél be valamit? Van gyógyszered?

– Gyógyszer nincs, lázmérő az éjjeliszekrényke fiókjában.

– Megmérem a lázadat, közben megmelegítem a húslevest. Hol tehetem mindezt?

– A tőled jobbra nyíló ajtócska egy kis melegítőkonyhát és étkezőt rejt, ott megtalálsz mindent.

A lány látta, hogy a legutóbbi mérés eredménye 38 °C-ot mutat, lerázta, majd a férfi karját felemelve a hóna alá csúsztatta a lázmérőt. A paplan derékig látni engedte a testet, amin nem volt semmi. A lány pillantását követve szinte bocsánatkérően mondta:

– Nem hordok pizsamát, meztelenül alszom. Ahogy Isten teremtett. – Ezt már együtt mondták. Nevettek.

Ari felhúzta a paplant egészen a másik álláig, és egy csókot cuppantott a szájára.

– Felelőtlen leány! Te is beteg leszel!

– Nem baj, majd felváltva ápoljuk egymást! Légy szíves döntsd el, hogy angyal vagy felelőtlen vagyok! Az ám! András atya merre van? Hogyhogy nem helyettesít?

– Kinevezték egy másik város önálló parókiájába, és onnan jár a falvakba is. Már két hete elköltözött.

– Szóval egyedül vagyunk?

A férfi csak bólogatott, de hosszan, fürkészően nézett a lány szemébe:

– A szemed csillogása örömről árulkodik.

– Meghiszem azt! – Pajkos viháncolással ment a konyhába.

Visszatérve örömét aggódás váltotta fel, mert a betegnek 39-re emelkedett a láza. A kézitáskájából előkotorta az ő aszpirinjét, szerencsére még volt egy szem a tízes levélen. Károly atya a húslevessel leküldte a lázcsillapítót, majd mind egy cseppig bekanalazta azt.

– Úgy falsz, mint aki napok óta nem evett! – Az ismételt, sűrű bólogatás azt jelezte, hogy ez így is van. A főtt hús a zöldséggel együtt úgy tűnt el, mintha sose lett volna.

– Lecserélem a házvezetőnőt! Istenien főzöl, rég nem ettem ilyen finomat.

– No, csak vigyázz! Szavadon foglak, és már költözöm is!

Később újra lázmérőzött az alkalmi ápolónő, és megnyugodva látta, hogy már csak hőemelkedés van. Így felszedelőzködött, de megint kész stratégiával indult el.

– Visszajövök! – kiabálta az ajtóból.

– Ez fenyegetés vagy ígéret?

– Ígéret! – és már viharzott is. Gyógyszertárba, drogériába, majd haza.

Otthon kikunyerálta, hogy az osztálytársánál aludhasson. „Hiszen annyi a tanulnivaló! Érettségi tételeket kell kidolgozni, s az bizony éjszakába nyúlik! Délelőtt meg folytatjuk." Sok maradt még a finom húslevesből, most legálisan elvihette az egészet. „Egyetek, kislányom, majd én főzök mást!"

Mire visszaért, már besötétedett, késő délután volt. Mi lesz, ha Karesz bezárkózott, és esetleg be sem engedi? Kár volt ezért a gondolatért. Most már kopogás nélkül nyomta le a kilincset, és úgy lépett be, mintha csak otthon lenne. Ezt érezte: „Itthon vagyok!" Nem köszönt, halkan ment a hálóig, hátha a pap alszik. Az ágy viszont üresen állt.

– Helló! Itt az ápolónő!

– A fürdőszobában vagyok. Bezárnád az ajtót? A kulcs benne van.

A hang nagyon egészségesen csengett. Ez jó, úgy látszik, jobban van. Kipakolta a köhögéscsillapítót, a láz meg az influenza elleni, vény nélkül kapható italport. Eleget tett a kérésnek, ráfordította a kulcsot.

– Melegítsem a húslevest? – kiabálta a fürdő felé.

– Inkább gyere be!

Mintha áramütés érte volna, de jólesően felvillanyozódott. A magával hozott piperetáskát felkapta, és csak egy pillanatig habozott a kilincs lenyomása előtt. Karesz pezsgőfürdős kádban ült, ami kisebb medencének is beillett. A lakás viktoriánus korabeli berendezéséhez képest a fürdőszoba ultramodern volt. Leesett az álla.

– Ha magadhoz tértél, és az álladat is feltámasztottad, bejössz mellém? – Mintha csak a templomban kérte volna, hogy üljön mellé egy közös ima erejéig. – Látom, készültél! Beköltözöl, ahogy ígérted? – intett a kistáska felé.

– Igen, a tanulósarkot most szerelik a költöztetők.

– A szüleid mit tudnak?

– A barátnőmmel tanulunk, és ott is alszom ma éjjel. Ne nézz így, majd meggyónom! Hihetetlenül kedves, megbocsátó papom van!

– Én csak közvetítek. A megbocsátás Istené!

– Lehet, hogy lesz mit?

– Báránykám! Te egy farkas fürdőszobájába tévedtél!

– Tévedésről szó sincs!

Közben kipakolta a tisztálkodási szortimentjét, és nem győzött csodálkozni, hogy majdnem alulmarad a férfi márkás, igényes borotválkozó- és tisztálkodó szerei mellett. Kibújt a pulcsijából. Bár háttal állt a kádnak, de a vele szemben lévő tükörben Karesz is láthatta, hogy nincs alatta semmi. Lassan fordult meg.

– Te pizsamát, én meg melltartót nem hordok. – Megrázta hajkoronáját, és pár csattal feltűzte azt, hogy ne legyen vizes.

– Tudom. Kínoztál eleget a nyári pólókkal! Az én angyalom most válik ördöggé.

– Majd te kiűzöd belőlem! – Lassan lépett ki a farmerből, majd bugyijából is.

Szégyenérzet nélkül tűrte, hogy a sötétkék szemek pásztázzanak a testén, és azon gondolkodott, hogy most látja őt először szemüveg nélkül. Tetszett a látvány. A széles vállak, az erős mellkas hívogatták az illatos, habos pezsgőfürdőbe. Amikor a két lépcsőn lement a süllyesztett kádba, térdéig ért a víz. Karesz kinyújtotta felé mindkét kezét, és leültette maga mellé a padkára. Ari még nem fürdött ilyenben. Jólesően, lecsúszva, nyakig belemerült a kellemes habokba.

– Álmodom! Ha így van, ne ébressz fel! Most mi lesz? A jelen helyzetben nehéz lesz csupán lelki társaknak maradni: én a hívő, te a pap!

– Megérdemlem, hogy rám pirítasz! A búvkörödben vagyok. Próbáltam ellenállni, de nem megy.

– Úgy látom, meggyógyultál.

– Jó gyógyítóm van.

– Hoztam gyógyszereket.

– Te vagy a gyógyszer. Bármi történik ma, tudnod kell, hogy a hivatásomat nem adhatom fel, nem akarom feladni!

S míg ezt kimondta, alácsúszott a feszes popsi alá úgy, hogy a lány az izmos combján ült, és a derekánál érezte a merevedő hímtagot. „Győzött a férfi!" Mielőtt bármit szólt volna, éppen úgy érezte nyakán a forró leheletet, mint álmában.

– Gondolom, még érintetlen vagy. – Közben keze a szeméremdombjára siklott, az ujja becsúszott a nagyajkak közé.

– Bizony, az.

Váratlanul leállt a simogató kéz. Jött az aggódó kérdés:

– Hány éves vagy?

– Betöltöttem a tizennyolcat.

Újra érezte a bizsergető leheletet, most már apró csókokkal együtt.

– Akkor jó, a börtönt megúszom, csak a klérus fog kipenderíteni. Persze csak ha kiderül.

– Lakat lesz a számon. – Azzal fejét hátrahajtotta az izmos vállgödörbe, oldalra fordult, a másik száját kereste.

Amint nyelvük összekulcsolódott, a férfi ujja az érzékeny gombocskát simogatta, amely megtelt vérrel és megkeményedett. Ari széttárta combjait, testét nekifeszítette az erős mellkasnak, de testhelyzetük maradt. Pár perc után jött a robbanás. Társa hihetetlen érzékenységgel, a lány orgazmusának csúcsán behatolt az ujjával az összeránduló hüvelybe, és áttörte a szűzhártyát. Aztán villámgyorsan maga felé fordította a remegő testet, és lassan, finoman becsúsztatta a péniszét oda, ahol az előbb az ujja járt.

– Bocsáss meg, lehet, hogy fájdalmat is okozok. Én Aranyom! Csodálatos vagy! Igazi nő! Angyalkám! Most én vagyok az ördög! – lihegte.

A kezdeti, kicsit feszítő érzés hamar elmúlt, a szavak jólestek. A viharos fel-le tánc a forró húson varázslatos volt. Egyszer csak teljesen az ölébe húzta a lányt, leállt a mozgással és úgy szorította, mintha soha nem akarná elengedni. Hiába csusszant ki a lankadó férfiasság, ő még mindig magában érezte a lüktetését.

– Még mindig érezlek!

– A következő jobb lesz! – A hónaljánál megemelte, leültette a padkára. Elé térdelt, és a mellét puszilgatta. Váltakozva körbenyalta a bimbókat, majd úgy csókolta azokat, mint a száját.

– Viccelsz? – Közben egyre szaggatottabban vette a levegőt. – Ennél is jobb? Csodás vagy! Ez is nagyon izgató, amit most teszel, csak egy kicsit lehűlt a víz. Az ám! Te beteg vagy! Erről önző módon megfeledkeztem.

– Ne izgulj, én is! Teljesen meggyógyítottál.

Puha törülközőkkel szárítgatták egymást. Ari most látott „élőben" férfi hímtagot, sőt meg is törülgethette. Meglepődve látta, hogy nyugalmi állapotban is milyen hosszú. Karesz követte a pillantását és mosolyogva mondta:

– Igen, a Mindenható jól megtermett férfiassággal áldott meg. Ezért defroláltam először a kezemmel, hogy ne okozzak az én Aranyomnak túl nagy fájdalmat. Megtiszteltél, hogy én lehettem az első!

– Pedig először visszautasítottál, mikor felajánlkoztam.

– Vívódtam, és nem láttam a lehetőséget. De amit az autó hátulsó üléséről meg a dúvadról mondtál, az nagyon elgondolkoztatott. Annál sokkal több törődést érdemelsz. Kerestem a megfelelő helyet. A templom mégsem az! Isten házából még a kufárokat is kiebrudalta Jézusunk, a szeretkezőket sem tűrte volna!

– Ha még sokáig keresgélsz, megvénülünk. Lám, nekem kellett cselekednem!

– Köszönöm az Úrnak, hogy idevezetett. Neked köszönöm, hogy megmentetted az életem, amit folytathatsz! Most jöhet a csodaleves, különben téged fallak fel, mert farkaséhes vagyok!

– Lehet, hogy nem is tiltakoznék. Ígérem, minden étvágyadat csillapítom.

– Szavadon foglak! Ma még lesz rá alkalmad!

A hatalmas ágyban, ropogós, hímzett ágyneműben együtt feküdni a második csoda volt aznap. Ari egy kosztümös filmben érezte magát, ahol az ő lovagja az ablakból leengedett hágcsón, titokban lopódzott be hozzá. Vagy fordítva van? A sportos hercegnő érkezett a fogságban lévő, kivégzésre váró szerelméhez, még egy utolsó, boldog éjszakára? Meddig lehet ez így? Gyorsan elhessegette a sötét gondolatokat, inkább könnyedebb beszélgetést kezdeményezett olyan dolgokról, amelyek már régóta foglalkoztatták.

– Sportoltál valamit, hogy ennyire kidolgozott a tested?

– Középiskolában úsztam. Versenyszerűen. Aztán konditerembe jártam. Sőt! Itt is berendeztem egyet. Annyi itt a nem használatos helyiség, az egyikbe vettem pár gépet.

– Gyúrsz?

– Igen. Ha érdekel, majd megmutatom. Edzhetsz is!

– Ezt úgy mondod, mintha sűrűn járhatnék ide.

– Igaz. Egészen elragadtattam magam. Időnként hajlamos vagyok elfeledkezni arról, ki vagyok, mi vagyok.

– Elsősorban férfi. Én ezt látom. Most az enyém. Ezt érzem.

– Hölgyem, ön korához képest nagyon bölcs.

– Az ám, te hány éves vagy?

– Huszonkilenc.

– Itt egy ereje teljében lévő fiatalember, és egy olyan hivatást választ, amivel megfosztja magát a testi örömöktől, lemond az utódokról. Nem értem.

– Persze, hogy nem érted, mikor magam sem! Komoly teológusi vitát, beszélgetést, sőt konferenciát lehetne erről tartani. Hosszú és rögös út vezetett idáig.

– Miért nem vagy református? Sokkal emberibb, nem olyan éteri, mint a katolikus, ha érted, mire gondolok. Például ők nősülhetnek, családot alapíthatnak!

– Aranyom, az ember nem válogat a vallások között. Katolikusnak születtem. Életem legnagyobb példaképe egyengette az utamat, akinek nagyon sokat köszönhetek. Egyébként is azt gondolom, a hit választott engem. Ezt nem tudom megmagyarázni, érzem, és kész. De most ne pazaroljuk a drága időt hitvitákra! Valaki tett nekem egy könnyelmű ígéretet, mégpedig azt, hogy minden étvágyam csillapítja!

– Mire van étvágyad, Farkasom?

– Rád, Báránykám! Hadd lakjam jól a gyönyörű testeddel!

Kitakarta a lányt, és nyakától egészen a bokájáig apró csókokat lehelt minden porcikájára. Visszafelé haladva a nyelvével érintette meg, különös figyelemmel az erogén zónákra. Még a csiklóját is megnyalogatta, ami különleges és új érzéseket adott a vágytól remegő testnek.

– Nem kell sokat győzködni téged – mondta a felfelé haladó nyelv –, már olyan hívogatóan nedves vagy, hogy megpróbálkozhatunk a behatolással.

Egy nagyon hosszú csók után hasra fordította, majd a derekánál megemelte:

– Állj négykézláb! Most engedd le a könyöködet! Úgy, támaszkodj az alkarodra, domborítsd felém a popsidat!

Gyönyörű! – mondta, miközben felváltva csókolgatta a két „féltekét."

Ari mögött térdelt, egyik kezével magához húzta annak altestét, másikkal a hasa felől rácsúsztatta az ujját a nedves, felajzott csiklóra, és simogatta. A lány kéjes érzését csak fokozta, hogy a fenékvágat fölött a derekára simult az egyre merevebb hímvessző. Nyögött az élvezettől, amikor érezte, hogy a pénisz szép lassan becsúszik a forró hüvelybe, és csiklóján egyre gyorsabban köröz a férfi. Pár mozdulat múlva az összeránduló hüvely nem csak neki, hanem a másiknak is a végső kéjt jelentette. Amit a vízben nem érzékelt, az most igencsak meglepte: a belövellő ondó forrósága. Egyszerre szakadt fel belőlük a megkönnyebbülés örömkiáltása. Zihálva rogytak le egymás mellé. Összebújtak. Ari feje az izmos karon, Karesz ujjai most az arany tincsekkel játszottak. Ő pedig a széles mellkast simogatta.

– Remegek, mint a kocsonya! Egy olyan dimenzióba repítettél, melyről eddig fogalmam sem volt. – törte meg a lány a csendet.

– Olyan finom, olyan érzékeny vagy, hogy ha nem én szakítottam volna le a virágodat, el sem hinném, hogy valaha ártatlan voltál, nemhogy pár órája!

– Attól félek, hogy e nélkül, de főleg nélküled már nem akarnék élni.

– Arany! Ilyet nem akarok hallani sem! A mi kapcsolatunknak nincs jövője. Nagyon szép, de bármikor vége lehet. Ezt tudomásul kell vennünk. Lelkileg készülj fel erre is! Csodálatos nő vagy, megérdemelsz egy szerető férjet, gyerekeket, családot. Ígérd meg, hogy ezt tartod szem előtt! Én, amíg élek, veled leszek, és te, velem! Ezeket a pillanatokat már nem veheti el tőlünk senki!

– Elválásról beszélsz, miközben úgy szorítasz, hogy alig kapok levegőt!

– Bocsáss meg! Egyelőre halvány gondolatomban sincs az, hogy elengedjelek. De nem árt, ha tisztában vagyunk a lehetőségeinkkel. Azt mondom, ragadjuk meg a pillanatot, és nyújtsuk el, amennyire csak lehet! – Ráfordult a törékeny testre, s térdével gyengéden széttolta a hosszú combokat.

– Szent Isten! Csak nem állsz készen egy újabb szeretkezésre? Nem lesz ez sok?

– Már megint feleslegesen vetted azokra a gyönyörű ajkaidra a nevét! De ha már itt tartunk, – és közben hímtagja újra becsusszant a lány nedves résébe –, nemcsak nagy méretekkel, de erős libidóval is megáldott Ő. Köszönet érte! Húzd fel a térded, és kulcsold össze a lábad a derekamon!

Engedelmeskedett, átadta magát a gyönyörnek. Hirtelen egy pici, sötét felleg árnyéka fészkelte be magát a gondolataiba, amit nemsokára elűzött a mindent elborító extázis.

Miután a megragadott pillanat – bő húsz perc alatt – elmúlt, megfürödtek. Ez beillett egy szex masszázsnak. Egymás hajlatait, testét illatos habfürdővel alaposan letisztították. Odáig fajult a játék, hogy újra kielégítették egymást, de most kézzel. Ari nem győzött csodálkozni azon, hogy milyen erotikus egy kézi zuhany, és milyen frenetikus érzés örömet okozni simogatással a másiknak.

Bezuhantak az ágyba, Karesz azonnal elaludt, miután a gyógyszereket nagy nehezen beletukmálta. Még a lázát sem engedte megmérni; azt bizonygatta, hogy a szex az ő gyógyírja. Valóban, egész este egy köhögés, egy rossz közérzetre utaló jel sem mutatkozott rajta. Sőt! „Vajon mire képes, ha nem influenzás?" Őt viszont annyira felpörgették a történtek, hogy nagyon is éberen feküdt, jóleső fáradtsággal. Most újra megjelent az aggodalom felhője: nem védekeztek. Hirtelen nem tudta, hogyan, mikor hozza fel ezt a dolgot, vagy egyáltalán mit tegyen? Lehet, hogy már késő? Ő annyira tapasztalatlan. Vagy a férfi ebben is toppon van, mint annyi másban? Óvszert nem használt, az biztos. Lehet, hogy sterilizáltatta magát, mint apa testvére? (Ezt a fia mesélte, hétpecsétes titok! Ehhez képest az egész család tudja!) Holnap minden-képpen meg kell beszélni, nehogy baj legyen. Ezekkel a gondolatokkal merült mély álomba.

A reggel sem kezdődött akárhogy! Elmúlt már nyolc, Ari fenn volt, de még szundikált. Nem mert mozdulni sem, nehogy zavarja a másikat. Mindig a jobb oldalán aludt, így háttal feküdt Karesznek, aki egyszer csak felemelve a paplant, egészen szorosan hozzácsúszott. Belecsókolt a nyakába.

– Jó reggelt! Ne, ne fordulj meg! – s keze a lány bal lábát áthúzta az övére, miközben a combján felcsúsztatva könnyeden elérte, és kedvére kalandozhatott ujjaival a nedves szeméremrésben. Ari a derekánál már érezte a merevedő hímtagot.

– Ó, te aztán értesz az ébresztéshez!

– Csináljuk rorátét! – csókolt a fülébe pajkosan, ne-vetősen. – Tudod, mi az?

– Hogyne, adventi hajnali mise. De hajnal elmúlt, és advent sincs!

– Az nem számít! A roráté jelentése *angyalmise*, *aranyos mise*. Az Angyalomnak, Aranyomnak!

– Csak vigyázz! Ezután én járok az eszedben, ha majd celebrálod!

Ezen nevettek. Aztán Arinak jött a csúcspont, így zihálás lett belőle. Közben magzatpózba húzta a lány lábait, így csusszant be a hímvessző a vonagló, élvező hüvelybe.

– Úristen! Úgy szorítod, hogy megőrjítesz! Ah! – A kiáltás meglepte az éppen eszmélő lányt, aki fogadta a vulkán kitörését. Ő ért először vissza a Földre.

– Hé, az Úr nevét hiába szádra ne vedd!

– Ajaj, azt sem tudom, mit mondtam! Nem lesz ez így jó, teljesen elveszed a józan eszemet!

– Akkor már megyek is, nehogy még a bolondokházában köss ki! – Úgy tett, mintha menni akarna. Nem akart, de Karesz ölelése szorosabb lett, forró csókban forrtak össze. Eszébe villant a megbeszélnivaló. Talán most ez jó alkalom.

– Muszáj komolyan tárgyalnunk.

– Tárgyalni? Ez nagyon hivatalosan hangzik! Tegyük reggeli utánra, mert éhesen roppant morcos tudok lenni.

– Vettem észre! Ha te minden reggel ilyen morcos vagy, akkor mindig veled akarok ébredni! Kár, hogy erre belátható időn belül nem lesz esélyem!

Mosdás után – amivel már megint elpepecseltek egy röpke órát – a férfi borotválkozott, a lány teát főzött, omlettet sütött sonkával, sajttal. Meglepte a jól felszerelt hűtő, eszébe jutott a házvezetőnő. „Meg kell majd kérdeznem, hogy mikor jön!" Párja a terített asztal láttán elismerően bólintott, mindkét kezét megcsókolta. Nekiláttak, de most nem maradt el az asztali áldás sem. Arinak olyan érzése támadt, mintha most ő lenne a házvezetőnője a szemben ülő, imádkozó papnak. Aki, miután befejezték az étkezést, kérdően nézett rá:

– No, itt vagyunk a tárgyalóasztalnál, miről akarsz velem komolyan beszélni?

– Nem védekeztünk. Mi lesz, ha teherbe estem?

– Hűha! Ez egyenes beszéd! Az áldóját! Mondtam, hogy teljesen elvetted az eszem! Annyira beléd feledkeztem, hogy erre nem is gondoltam. Ne ijedj meg, az én hibám! Talán azt hittem, annyira megterveztél mindent, hogy a közelembe juss, hogy szedsz valami fogamzásgátlót! De ez csak valahol mélyen a tudatalattimban lehetett, mert így konkrétan nem fogalmazódott meg bennem.

– Engem még nem látott nőorvos. Tapasztalatlanságom az egekig ér a fogamzásgátlás területén, hiszen tudod, hogy egyéb területen is az vagyok.

– Csak voltál, Aranyom! – A karjába emelte, bevitte a szobába, és a királyi trónusra ültette. Ő helyet foglalt vele szemben. „A király és a királynő tárgyal."

– Megbeszéljük a teendőket. Addig nem marad más hátra, mint az ima, ami már nem sokat segít, ha megtörtént a baj. Tudom, ez az én számból elég rosszul hangzik.

Az ezt követő eszmecsere alatt a lány csak ámult. Papja jártassága ebben a témában is lélegzetelállító volt. Legalább annyi és olyan szakmai tanácsot kapott, mintha az orvosnál lenne. Most értette meg, hogy miért szeretett bele az ő emberébe: nyílt, értelmes, egyszerűen, de mérnöki pontossággal fogalmaz, magával ragadó. Beszippantja őt. És most már tudta, hogy nemcsak a szavaival.

– A fenti lehetőségek tárháza széles, majd a doki javaslatot tesz, hogy melyiket ajánlja. De hétfőn mindenképpen az első legyen, hogy ezt elintézd! Ő azt is megmondja neked, hogy terhes lettél-e – fejezte be a „sex doctus" az előadást.

– Amíg ez nem rendeződik, addig nem is lehetünk újra együtt? – Olyan kétségbeesve kérdezte, hogy a másik nevetve mondta:

– Ki is itt a mohó? Nincs sok időnk a szabadságból, mert a hét közepén Éva asszony visszatér. Nekem kezdődik az adventi időszak, a roráték – itt kissé elmosolyodott –, meg az egyéb misék. Neked iskola. Valószínűleg rövid időn belül betöltik a másik plébánosi állást is. Ezért szeretném a pillanatokat kihasználni, hiszeeeen... – és itt elhúzta, hatásszünetet tartott –, én is tudok védekezni, és most már észnél leszek!

A két utolsó mondatot már előtte térdelve mondta, mélyen a lány szemébe nézve, s lassan lehúzta a farmert meg a bugyit. A pulcsit csak felhúzta a nyakáig.

– Kár volt felöltöznöd!

Ari nem akarta elhinni, hogy megint megtörténik a csoda. Úgy gondolta, hogy sem ő, sem a férfi nem képes újult erőre, hiszen annyira beteltek egymással. De amint a lábai a térdhajlatánál a jobb és bal karfára kerültek, szemérme kitárulkozott, újra borzongott. A forró nyelv játéka a „csikóján" gyorsan feledtette azt, hogy ő már „jóllakott." Az utolsó előtti pillanatban a száj is rányomódott, s úgy csókolta a húst egészen a végéig. A lány vergődött és kegyelemért könyörgött:

– Nem bírom tovább, kész vagyok, elszálltam!

– Az angyaloknak az a dolga! Most én jövök! – mondta olyan megelégedéssel, mintha ő élvezett volna el.

Kareszen csak egy fürdőköpeny volt, az már nyitva, hiszen az ágaskodó hímtagnak kellett a hely. A zsebéből előszedett valami kis négyzet alakú tasakot, a fogával felszakította. Kivette az óvszert.

– Húzd rá! – kérte.

– Ilyet sem láttam, illetve fogtam még!

– Hát most itt az idő! Te meg ne mocorogj!

És abban a kitárulkozott helyzetében kellett maradnia. Kapta az útmutatást. Finoman felgörgette a vékony gumit az előtte álló férfi péniszére. Az könnyedén hátraengedte a fotelt egészen a parkettára, a lánnyal együtt. „Mire jó a bodyzás!" Letérdelt, gyengéden maga felé, a bársonyülés peremére húzta a kitárulkozó altestet. Először a felajzott csiklót simogatta a makkjával, majd váratlan, erőteljes lökéssel hatolt be. Ari felnyögött, a trónus hátsó támlájának faragott tartóját markolta a feje fölé emelt karokkal. A megszokottnál erősebb lökések fergeteges tempót vettek fel. A lány mellei fel-le lifteztek, ugyanolyan ütemben, ami a férfi extázisát csak növelte, egészen a végső robbanásig. Most ő érkezett vissza hamarabb a Földre.

– Tudom, kényelmetlen a helyzeted! – A széket visszahúzta, majd a kissé elmerevedett lábakat emelte le a karfáról. – Gyere! – Mint pillét emelte fel és vitte az ágyra, betakargatta, egy csókot nyomott a homlokára. Óvatosan lehúzta az ondóval teli óvszert.

– Hát, így nem az igazi, de megjárja. Lehet, hogy most kissé durvább voltam, de muszáj, mert a gumi sokat csökkent az érzésből.

– Igyekszem az orvoshoz, hogy neked is maradéktalanul jó legyen!

– Jaj, ne aggódj! Örömet szerezni legalább olyan kielégülés, mint örömöt kapni. Nagyon jó volt, majd' elélveztem már nyalogatás közben is!

– Hogy nekem milyen szerencsém van veled!

– Az érzés kölcsönös. Akarod az ízed?

Bólintott. Egy pillanatra nem értette a kérdést, csak amikor a száj a száján kalandozott, majd a nyelv mélyen benyomult, ezt gondolta: „Á, szóval ilyen ízű a női nemi

szerv. Milyen kár, hogy az ember nem éri el a sajátját!
Kicsit sós, kicsit ragadós, ám az Ő ízével ez nagyon érzéki."

– Most olyan volt, mintha a sajátomat csókoltam volna odalenn.

– Hajlékony vagy, de nem ennyire, viszont én bármikor szívesen állok rendelkezésedre! Most megyek, tisztába teszem magam.

– Ne segítsek?

– Ha csak nem akarsz megölni... Egy kis pihenésre lesz szükségem!

– El sem hiszem! Nagyon jó veled, de zene füleimnek! Pihenés!

Nagyot nyújtózott, és azonmód álom nélküli álomba zuhant.

Karácsonyi csingilingire ébredt. Megjött a Jézuska? Kinyitotta a szemét. Egy pici ezüstcsengettyű lengedezett az orra előtt.

– Rorátéra harangoznak? – kérdezte mosolyogva.

– Többek közt ezt a finom kis humorodat szeretem. Angyalkám! Felőlem maradhatsz, de ebédidő van. Nem fognak téged hiányolni a vasárnapi ebédnél?

– Hány óra? – ült fel riadtan.

– Tizenkettő harminc.

– Hazamegyek, felpakolok, és hozok neked is.

– Mi a finom ünnepi étel?

– Nem tudom, anyu főz, mivel én itt vagyok.

Sebesen felkapkodta a ruháit, kiviharzott az ételesért a konyhába. Mire visszatért, Karesz a hatalmas dolgozóasztalnál ült, valamiféle papírmunkába temetkezve.

– Egyáltalán visszajöhetek, plébános úr?

– Visszajöhetsz, gyermekem. Mikorra várjalak?

– Egy órán belül itt vagyok, biztos éhes vagy, és nem szeretném, ha morcossá válnál.

– Helyes. Segítsd az éhezőket!

– Sajnos a barátnőmnél való alvást már nem tudom lenyomni az ősök torkán, és holnap suli!

– És orvos! Ha visszaérsz, megbeszéljük a továbbiakat. – Felkelt az asztaltól, a lány fejét tenyerébe fogta. Egy pici csókot lehelt a szájára, majd széles mosollyal mondta:

– Köszönöm, Angyalkám! Mielőtt kilépsz...

– Tudom. „Hagyj fel minden reménnyel!"

– Hihetetlen vagy! Ez jó! De inkább fésülködj meg! Nekem így, ziláltan is tetszel, hiszen miattam vagy ilyen kócos, de sajnos árulkodó jel arról, ami itt történt. – Mindkét kézzel beletúrt a vörös zuhatagba. Igazi, szenvedélyes csók következett.

Ari, miközben fésülködött, hangosan nevetett. Ha így állít haza, a szülei mindenre azonnal rájöttek volna. Így is necces volt, mert édesanyja hosszasan, vizsgálódva nézte:

– Bármilyen furcsa, te egy nap alatt rengeteget változtál! Az hagyján, hogy nyúzott vagy, karikásak a szemeid, de valami más is van! Nem viszed túlzásba a tanulást?

Erre aztán nem volt mit válaszolni. „De, túlzásba viszem, csak nem a tanulást!" Miközben újabb könyveket pakolt össze, hadarta:

– Vissza kell mennem, egy-két tételt még kidolgozunk. Vihetek kaját?

– Persze, bőven sütöttem rántott húst, saláta is van. Egy kérés: nyolcra gyere haza!

– Rendben! – Fölrántott magára egy kötött mini ruhát meg a hosszúszárú csizmát, és már rohant is.

– Nem leszel te kiöltözve a tételekhez?

– Anya! Vasárnap van. Különben is, nagyon kényelmes ez a kis ruci, te vetted!

Választ sem várva, egy gyors puszi után szélsebesen távozott.

Úgy gondolta, van oka sietni, mert már két óra, és kifutott az órán belüli ígéretből. Megint azzal az érzéssel nyomta le a kilincset, hogy hazaérkezett. Jóízűen ettek. (Faltak!) Hiába, kell az energia az érettségihez! Az íróasztalhoz ültek, ahol Karesz aprólékosan, egy asztali naptár segítségével elmondta, hogy mikor alkalmas az ő jötte. A határidő-noteszébe szépen bejegyezgette. Precízsége tetszett kedvesének, arcán elismerő elégedettséget vélt felfedezni. Ari figyelmét nem kerülte el, hogy egyetlen fénykép van a hatalmas asztalon, az viszont gyönyörű, kereszt alakú ezüst keretben. Egy pap arcképe. Megszólalásig Károly atya, csak idősebb kiadásban.

– Ki ez? Ilyen leszel te 20 év múlva.

– A tanítóm, a mesterem, a püspök, akitől a rózsafüzért is kaptam – mondta átszellemült, gyengéd hangon.

Arca szeretetet és tiszteletet sugárzott a fotó felé. Ari szerint egy kicsit többet is. „Majdnem úgy néz rá, mint rám, mielőtt belém hatol."

– Sokak szerint hasonlítunk. – Megköszörülte torkát.

– Rólad nincs fénykép? Szeretnék egyet!

– Lesz itt valahol. – A fiókban keresgélt, és egy bársonykötéses kis könyvecskét vett elő.

Ari azt hitte, most végre családi albumot fog látni. Éppen csak átsuhant a fejében, hogy semmit nem tud Kareszről. Valami vallásos tárgyú könyvet lapozott, mert linómetszetes képek tarkították, alattuk ismert, híres szólásokkal, mint: „Kelj fel, és járj!" Vagy: „Bocsáss meg nekik, nem tudják, mit cselekszenek!" Ennél a résznél – ahol

Krisztus a keresztfán szenved –, volt behelyezve három teljesen egyforma fénykép: Károly atya komolyan, feketén-fehéren, szemüvegben, papi gallérral.

– Válassz! – mosolygott.

A lány kirakta a három képet, a játék kedvéért úgy tett, mintha nehéz lenne a választás, majd a középsőért nyúlt, finoman a szájához emelte, megköszönte, és a kötött ruha zsebébe csúsztatta.

– Jobban szeretem, ha az élőt csókolgatod! – Megtörtént. – Nagyon csinos, nőies vagy ebben a kis miniben! Majd később lehámozom rólad, de most vedd fel a kabátod! Beavatlak egy újabb titokba! Két rejtett ajtót már megismertél, de három a magyar igazság!

Ez nagyon titokzatosan hangzott. Fogta a lány kezét, és húzta maga után a folyosó végéig. Beléptek egy raktárnak használt terembe. Volt ott minden. Régi bútorok, kopott, sérült templomi szobrok, festmények, székek, fogasok. Még egy fürdőkád is. Csodálkozott. Annyira nem illett ide! Karesz megelőzte a kérdését.

– Ez volt a régi fürdőben. A csempét meg a járólapokat nem tudom elvinni, ha áthelyeznének máshova, de a pezsgőfürdőmet viszem! Engedélyezték, hogy saját erőből felújítsam a fürdőszobát az én szájam íze szerint.

– Sikerült! A fürdőszoba gyönyörű. A szád íze pedig gyönyört ad! – és most ő csókolta a meglepett férfit.

– Viszont ezt a kádat nem avatjuk fel, ha nem haragszol. Nézzünk a titok után!

Egy félköríven futó vastag függöny mögött újabb ajtó bukkant elő. Valahogy nem illett az ódon képbe, mert ezt nemrég rakhatták be. Új volt. Karesz a kabátja zsebéből két kulcsot vett ki, az egyiket a lány tenyerébe tette:

– Nagyon vigyázz rá, és senkinek ne szólj róla!

– A Mennyország kapuját nyitja?

– Azt bizony! Gyere!

A másik kulcs fordult a zárban. 6–7 méter hosszan, kőlapokkal kirakott út vezetett a sűrű bokorsorig, amely a paplak kertjét erről az oldalról övezte. Kétoldalt áthatolhatatlan, legalább két méter magas örökzöld növényfal keretezte a kis utat, amelyen egymás mögött lépdeltek.

– Most figyelj! Nehéz észrevenni, főleg az utca felől, de itt van egy rés a kusza bokrok közt, ahol simán át lehet férni – és már el is tűnt. A lány utána.

Kint álltak az utcán. Itt kevesen jártak, mert ezen az oldalon végig a plébánia kertje húzódott, szemben pedig nem házak voltak, hanem a templomot körülvevő liget.

– Ha jössz, számolod a villanypóznákat, és a harmadikkal pontosan szemben van a bozótlyuk. Erről senki sem tud. Én csináltam az utacskát és az ajtót is. A kulcsot ne felejtsd hozni, mert itt hiába kopogtatnál, a kutya se hallja!

Most a lány fogta kézen, rögtön megtalálta a rést, és húzta maga után a Mennyország kapusát.

A kis úton szembefordult vele.

– Nem is tudod, milyen boldoggá tettél! Köszönöm! Köszönöm! – és csókolta, ahol érte. A férfi felkapta, és vitte. Ígéretéhez híven kihámozta az öltözékéből, és a hátralévő pár órában a Mennyország minden zegzugát bejárták.

A hét első felében még a legális úton közlekedett, de a kulcsra egy báránykás, Karesznek pedig egy szürke farkasos kulcstartót vett. Hétfőn olyan későn végzett az orvosnál, hogy már nem tudtak találkozni. Kedden pár órát loptak maguknak az iskola – mise – templomdíszítők kavalkádjában. A férfi érdeklődve hallgatta, hogy mit végzett a nőgyógyásznál. Ari elmondta, hogy kérnie kellett édesanyja segítségét is. Még este, mikor elváltak, szólt, hogy női dolgokban szeretne tanácsokat. „Rögtön gondoltam, hogy fiú van a dologban!" Anyja először kétségbeesett, amikor elmondta, hogy fogamzásgátlót akar íratni. Megnyugtatásképp azonnal biztosította róla, hogy még nincs erre szüksége. „Majd meggyónom!" Különben is, ő már nagykorú, és egyáltalán örüljön, hogy hozzá fordul, meg hogy előre gondolkozik. Ebben igazat adott, megenyhült annyira, hogy időpontot kért attól, akihez ő járt. Sőt, még az anyagiakat is állta, mert ez magánpraxis, fizetős.

– A doki kedves volt, ő persze tudja, amit anya nem. Kétféle tablettát írt, és ami a legfontosabb, nem vagyok terhes – fejezte be a történetet.

– Imáim meghallgattattak! Kérdeztek-e arról, hogy ki a végzetes szívtipró?

– Előástam egy iskolatársat, aki már két éve végzett, és egy rövid ideig járogattunk. Ha jól tudom, nem e városban él. Ne aggódj! Te bennem vagy, és egy hatalmas lakattal bezártalak az agyamba és a szívembe.

– Jó, hogy máshová nem raksz lakatot!

A kis, lopott időket alaposan kihasználták. Sajnos Éva asszony ígéretéhez híven megérkezett. A karácsonyi készülődés és ünnepkör – dacára annak, hogy iskolaszünet volt – nagyon böjtös volt számukra. A titkos bejárat viszont jól működött. Megbeszélték, hogy az ajtó kilincsére kötött ezüstcsengettyű azt jelzi, hogy valami közbejött, és akkor: „Nyergelj, fordulj!" Erre egyelőre nem került sor, mert precízen kicentizték az alkalmas idősávokat. A két ünnep között megint többször örülhettek egymásnak, de aztán januárban beköszöntött „a hét szűk esztendő!" Jött a félévi zárás, a szalagavató. Még vészesebben közelgett az érettségi, és Ari rádöbbent, hogy a tanulás helyett most már nem lehet titkos utakon járni. Ráadásul rosszul volt a „mindennap be kell venni" tablettától, s miután egész februárban feleslegesen szedte, áttért az esemény utánira. A húsvét elfoglaltabbá tette Károly atyát is. Sajnos megérkezett az új plébános: idős, hatvanas, szikár, szigorú tekintetű. Ha ő tartotta a misét, Ari el se ment. Annyira hiányzott már Karesz, hogy a sonkaszentelőn meg a körmeneten a lány elsírta magát, látva kedvesét, aki szinte idegennek tűnt a rituálékon. „Itt van, és számomra elérhetetlen!"

A tavasz elhozta a ballagást és az írásbeli vizsgákat. Ezek után tudtak találkozni. Ekkor viszont sűrűbben, hiszen az iskolába már nem kellett bejárni. Visszatért a szép időszak. Karesz egy nyaklánccal lepte meg, rajta a lánc finomságához képest egy nagy kereszt Jézussal, mindez aranyból. „Aranynak arany dukál!" Hatásosan, szex közben varázsolta a lány nyakába, aki örömében könnyezett.

– Köszönöm, gyönyörű! Egyvalami hibázik! – mondta pajkosan, hogy minél előbb palástolja a meghatottságát. – Van rajta ágyékkötő!

– Ó, kis Vörös Ördögöm! Hát sikerült! Megrontottalak! Most aztán vezekelhetek!

– Azt mondd meg nekem, hogy ha a katolikus vallás a szeretetet hirdeti, akkor Isten szolgáival szemben miért követeli meg a szerelem nélkülözését? Igazságtalan! És nem rontottál meg, csak jót tettél velem! Ezt közölheted imáidban a mennyek urával, biztos bűnbocsánatot nyersz!

– Ebben bízom én is! Tudod, hogy egyetértek azzal, amit mondtál, így nem tudok válaszolni a kérdésedre, hiszen nap, mint nap gyötör az önvád. A katolikus egyház nem nagyon törekszik a változásokra! Rettegek attól perctől, amikor ki kell lépned az életemből.

– Jaj, ne! Tegyük félre ezeket a gondolatokat! Evezzünk vidámabb vizekre!

– Én köszönöm neked, hogy nem követelőzöl, hogy elfogadod azt, ami van. Nem veszekszel velem, hogy miért így, miért úgy. Tudod, mit tervezgetek? Ha leértél, veszek ki szabadságot, és elutazunk pár napra valahová. Lehetséges lenne?

A lány örömében kibontakozott a fekvő férfi karjaiból és lovagló ülésben ráült.

– Hogy lehetséges-e? Neked van olyan, hogy szabadság?

– Hogyne volna! Most már van helyettesítőm is.

– Hová menjünk? Mikor? Mennyi időre? Uramisten! Megőrülök a boldogságtól!

– Már megint feleslegesen...

– Vettem a számra az Úr nevét! – fejezte be Ari kacagva.

– Ráadásul tudod te, hol ülsz?

A férfi mélykék szemében felcsillant a jól ismert vágy, amit a lány annyira szeretett. „Az Adria lehet ilyen vihar előtt." De nem csak a szemekben tört fel a kívánalom, nem is értette, hogy csusszant be a lába közé a hímtag. Ilyen pózban még nem szeretkeztek. Mindig elámult az új lehetőségeket látva/érezve. Most az erős férfitenyerek megmarkolták két oldalról a popsiját és úgy irányították csípőjének le-fel mozgását. Mivel mellei egy kissé nagyobb lendületet vettek, két kezével lefogta azokat.

– Ez az, Arany! Játssz velük, morzsold a bimbókat! – kapta az instrukciót olyan hevülettel, hogy gondolkodás nélkül simogatta magát.

Meglepte, hogy ez őt is feltüzeli, nem beszélve a lenti élvezetekről, és ez még fokozódott, amikor az izmos karok a mellkasára húzták. A helyzet maradt, de most a hímvessző a csiklóhoz is hozzáért, miközben a tempó gyorsult. Hosszú pecekig maradtak még így, pedig a lány rángásai már kilökték a forró, ernyedt péniszt. Füle a férfi szája vonalában, a feje a párnán. A halk suttogás indulásakor még azt hitte, imát hall.

„Minden mosolyod, mozdulatod, szavad
őrzöm, mint hulló tárgyakat a föld.
Elmémbe, mint a fémbe a savak
ösztöneimmel belemartalak,
te kedves, szép alak,
lényed ott minden lényeget kitölt."

A harmadik sortól már együtt mondták, egymás szemébe nézve.

    – József Attila: Óda. Az egyik kedvenc versem tőle. – Közben arra gondolt, hogy mennyi mindent nem tud még az ő „térítőjéről!" Az már eddig is kiderült, hogy ízlésben, mentalitásban egy cipőben járnak.

    – És ő az én legkedvesebb költőm. Nem ez az egyetlen verse, amit fejből tudok.

    – Ez nem igaz, ilyen nincs! Az írásbelin két versét kellett összehasonlítani, és minden vágyam, hogy a szóbelin vele kapcsolatos tételt húzzak! Nem furcsa, hogy ennyire rokon lelkek vagyunk?

    – Miért lenne az? Akkor nem itt és így lennénk!

„Szeretlek, mint anyját a gyermek,
mint mélyüket a hallgatag vermek,
szeretlek, mint fényt a termek,
mint lángot a lélek, test a nyugalmat!
Szeretlek, mint élni szeretnek
halandók, amíg meg nem halnak."

A sorokat Ari kezdte, közben futkosott a hideg a gerince mentén, különösen akkor, amikor a zengő bariton is vele együtt zsongott a fülében. Az utolsó soroknál már újra szeretkeztek.

– Ámen! Ez a vers olyan, mint egy fohász – mondta a férfi az újabb gerjedelem hevében. A lány sírva fakadt.

– Ne ijedj meg! Folytasd! Örömömben sírok: „Szeretlek, mint élni szeretnek halandók, amíg meg nem halnak!" – kiabálta az ég felé. Már a kezek irányítása nélkül is tudta a ringatózó mozgást, miközben vörös hajkoronája lobogott.

„Az ördöggel cimborálok!" – gondolta a pap.

„Ilyen lehet a Paradicsom!" – gondolta a lány.

A paradicsomi állapotok szüneteltek az érettségi alatt. Arinak nagyon sok inspirációt adott a tervezgetés: elutazhatnak! Kettesben. Sőt, tovább ment! „Hamarosan átlépünk a 21. századba, jön egy modernebb pápa, aki eltörli a cölibátust, és akkor...!" Nem merte magát beleélni a boldog család gondolatába. De reménykedett. Szinte szárnyalt. „Elvégre angyal vagyok!" Könnyedén vizsgázott. Szóbelin József Attila szerelmi költészetét húzta. Mindenből jeles lett, egyedül a matek hármas rontotta a képet, de ő ezzel teljesen meg volt elégedve. Hamar végzett, mert a névsor elején volt. A bankett egy hét múlva lesz. „De kit érdekel a buli, mikor ő már várja!"

Készülődött, és kitalálta, hogy lehet egy egész éjszakára nyújtani a pár órát.

– Anyu! Elmegyek Klárihoz, segítek neki a tanulásban, ő két nap múlva kerül sorra, a segítségemet kérte. Nála aludnék, ha lehet!

Anyja hosszan nézett rá, és nagyon felhős arccal, egy hatalmas sóhaj kíséretében hagyta jóvá a kérést:

– Nem bánom, kislányom, felnőtt vagy, úgymond leértél, menj!

Hangjában annyi aggodalom volt, hogy a lány egy pillanatra megállt a pakolásban. „Hogy fogom a pár napot vagy egy hetet beadni, ha már egy éj is ilyen szomorúságot okoz?" A várt találkozás izgalma azonban gyorsan túllendítette ezen. „Gyerünk, gyerünk az Édenbe!

Az úton szinte repült, dudorászott. Az átbújó után most is, mint mindig, görcsbe rándult a gyomra, hátha a kilincsen lengedez a csengettyű, de szabad volt az út a boldogság felé. Karesz gyertyafényes vacsorával várta, gratulált a sikeres érettségihez, örült, de valamiféle keserédes mélabú vegyült a hangjába. Különösen, mikor az utazás került szóba.

– Szervezés alatt van, majd ha kialakul, részletesen megbeszéljük. – Tömören ennyit mondott, és azonnal elterelte a figyelmét az újabb ajándékkal. – Fogadd minden szeretetemmel, megbecsülésemmel ezt a csekélységet!

Letérdelt. Arinak elkerekedtek a szemei. „Megkéri a kezem?" Lázálmából gyorsan magához tért, amikor a kis bokalánc több lábszárcsók kíséretében felkerült. Az arany ékszeren apró kereszt lengedezett.

– A gyönyörű lábak e nélkül is szépek, de majd vigyáz rájuk a Mindenható! – lehelte körbe a bokáját, miközben bekapcsolta a láncot.

– A csókokkal is beértem volna! Köszönöm. Már több lánynak is van hasonló, de ez elegánsan szolid. Bevallom, irigyeltem tőlük, most nagy divat ez. Már félek attól, hogy belém látsz!

– Ha nem is látok, de beléd igyekszem! – Könnyedén felemelte. – Hova vigyelek? Ágy, vagy fürdő?

– Nem kérdés! Fürdő!

Megismétlődött az első közös éjszakai szeretkezés-sorozat. Azóta sem voltak ennyit együtt.

Kiélvezték a pillanatokat, hogy egymásnak gyönyört nyújtsanak.

Sajnos korán fel kellett kelni, mert Éva asszony hamar megjelent a konyhában. Az ő lakrészéből nyílt egy ajtó az étkezőhöz. Szerencsére a papi szobák felé vezetőt be lehetett zárni. (Károly atya csak háromszor ellenőrizte, hogy ez így is legyen.)

Búcsúzáskor a lány szokatlanul nagy szomorúságot vélt felfedezni a mélykék szemekben. Az elválás előtti csók forróbb, hevesebb, az ölelés hosszabb, erősebb volt a szokásosnál, de ezt arra fogta, hogy most egy hétig nem tudnak találkozni. Ő a bankettel, a férfi a munkájával és az utazás szervezésével lesz elfoglalva. Ez utóbbi örömmel töltötte el, tervezgette, hogy mit mondjon a szülőknek. Aztán beugrott: az igazat. Elutazik a barátjával. Elvégre nagykorú, augusztustól már munkába áll, közalkalmazotti szerződéssel könyvtáros lesz. Kereső ember.

„Azt csinálok, amit akarok! Punktum!"

Árulások_k

Annak ellenére, hogy Károly atya most kimaradt a programjaiból – még templomba sem ment –, repült az idő. Az iskolában ünnepélyes eredményhirdetéssel mindenkinek kezébe nyomták az érettségi bizonyítványt, és sok sikert kívántak. A bankett remekül sikerült, Ari tündökölt. 18 fiú osztálytársa közül tíz próbálkozott nála randi kéréssel, vagy azzal, hogy „Ugye tartjuk a kapcsolatot ezután is?" Sokat táncolt, keveset ivott, bár volt egy elhatározása, hogy kirúg a hámból, de ez nem sikerült. Eddig sem szerette az alkoholt, de most még a szagától is émelygett. Az össznépi gratulációval megivott egy pohár pezsgőt, és kész. Onnantól ásványvizet töltött a pezsgőspohárba, ha megint valaki koccintani akart vele. Kipihenten, másnaposság nélkül várta a hétfőt.

A megbeszélt időben, zsebében a báránykás kulcsocskával, reményekkel telve igyekezett az ő Farkasához. Vajon hová, mikor, és mennyi időre tudnak kiszabadulni az eddigi kötöttségekből? Automatikusan szedte a lábát, egyiket a másik után, nem számolt ő már villanyoszlopokat. Könnyedén átbújt a bozóton, annyira nem figyelt a külvilágra, hogy a titkos ajtó előtt vette észre, hogy nincs. Befalazták! Méghozzá frissen. Nem tudta, mennyi ideig állt ott, kulccsal a kezében. Megfordult, s most ellenőrizte azt, hogy egyáltalán jó helyen jár-e. Az útként lerakott kőlapok megvannak. Az örökzöld tujasor kétoldalt – megvan! Bokrok, köztük az átjáró, megvan! (Különben hogy lenne itt?) Visszafordult. Még egy pillanatra azt gondolta, csak káprázott a szeme, az előbb rosszul látott, de nem: se ajtó, se kilincs, se kulcslyuk, se csengettyű! Ájulás környékezte. Nekitámaszkodott a friss falnak két tenyerével, és a homlokát is nekinyomta. A hidegsége kissé magához térítette. Abban biztos volt, hogy ez valaki másnak a műve. Karesz! Szent Isten! Mi lehet vele? Bajban van! Már nem a megdöbbenés, hanem a másikért való aggódás dobogtatta a szívét. Majdnem futva ment a paplak kis kapujáig, be a kertbe. Egy pillanatig sem gondolkodott azon, hogy bárki megláthatja, azon sem, mit fog mondani. Az öt lépcsőn szinte repült, de megtorpant, és megint úrrá lett rajta a kétségbeesés. A kétszárnyú ajtó míves rézkilincseit vastag lánc kötötte össze, és azon hatalmas lakat lógott. Megtántorodott. Le kellett ülnie a lépcsőre. Fejét kezébe temetve zokogott.

– Mi a baj, lányom?

„Anyu? Mit keres itt?" Azt hitte, hallucinál. Felnézett. Éva asszony állt mellette.

– Károly atyát keresem. Hol van? Mi történt vele?

– Jól van, nyugodj, meg! Gyere, menjünk be hozzám! – Felsegítette. – No, ne sírj, nincs olyan nagy baj! Rosszul vagy? – Érezte, hogy a lánynak támaszra van szüksége.

A könyökénél fogva felvezette az ő lakásába. Leültette, töltött neki egy pohár vizet. Adott egy zsebkendőt, majd ő is helyet foglalt. Türelmesen várt arra, hogy váratlan vendége meg tudjon szólalni. Ari kérdőn ránézett az asszonyra, miközben azt gondolta: „Milyen rendes nő! És nem is olyan öreg!"

– Mi történt? Hol van? Ugye nincs baja? – kérdezte hüppögve.

– Áthelyezték. Azt ugye nem akarod megkérdezni, hogy miért?

A kérdésből, a hangsúlyból rögtön rájött, hogy az asszony mindent tud.

– De. Mindent tudni szeretnék, ha lehet, leginkább azt, hogy hol van. A pokolba is utánamegyek! Kérem!

– No, csak lassan azzal a pokoljárással! Először is nem tudom, hogy hová helyezték. Két hete rendelte magához a püspök úr. A múlt héten pedig elköltözött. Valaki jelentette a tisztelt klérusnak a viszonyotokat. Ne nézz így! Ahogy én tudtam róla, úgy másnak is feltűnhetett! Valószínű, hogy az új atya volt. Lehet, hogy azért kapta ezt a posztot, hogy figyelje őt. Ide is valami zűrös dolog miatt került. Ez a hely a karrierjében visszaesésnek számított, hiszen évekig a püspök mellett tevékenykedett. Tudod, akinek a képét az asztalán tartotta. Én kedvelem Károly atyát, mert intelligens, kedves ember. De drága gyermek! Ő katolikus pap! Nem lett volna szabad! Nem ítélkezem, azt megteszi helyettem a Teremtő. Még mindig bocsánatosabb ez, mintha kis- vagy nagyfiúkkal tenné! Az élet szörnyű dolgokat dob az ember elé, amiken nehezen teszi túl magát. Te fiatal vagy, gyönyörű. Előtted az élet. Hagyd a sírást! Az nem segít.

– Nem hagyott nekem üzenetet? Címet, ahol elérhetem?

– Tőlem sem köszönt el, valószínűleg azt hitte, hogy én fújtam be. Csak a költöztető „brigádot" – csupa kispapot – láttam, őt magát nem. De abban biztos lehetsz, hogy súlyos fegyelmivel sújtották, és valami Isten háta mögötti helyre száműzték, szigorú titoktartást rendelve számára. Legjobb lesz, ha elfelejted! Most menj, de előbb mosd meg az arcod! Nem kell mindenkinek látnia, hogy innen kisírt szemekkel távozol! Enélkül is a szájára vett már a város!

Fel sem fogta az utolsó mondatot, úgy zakatoltak a fejében az elmúlt két hét történései. Megköszönte Éva asszony tájékoztatóját, de legfőképpen türelmét és jóindulatát. Átment a templom körüli ligetbe, és ott egy padon próbálta összeszedni magát. Visszagondolva az utolsó együttlétre, lassan minden megérzése nyilvánvaló ténnyé vált. Karesz már tudta, hogy elmegy. Mintha ott lenne előtte, tökéletesen kirajzolódott a szomorú, felhős arc, a bánatos kék szem. Hallotta a mély sóhajokat, és igen, most már emlékszik, úgy szeretkezett, mintha az utolsó lenne. Az is volt.

Fülében zúgott az Edda-dal. (Úristen! Szombaton vagy tízszer is táncoltak rá!) „Utolsó érintés, utolsó tévesztés, amit megőrzünk egymásból, az álomszép" – zengte az egész osztály, vele együtt. Ó, micsoda jelek! És benne nem szólalt meg a vészcsengő! Felelevenedtek az elhangzott mondatok, és a gesztusok, melyeknek a jelentőségére most, utólag jött rá. „Ezentúl a Mindenható fog vigyázni rád!" – mondta a bokalánc felcsatolásánál. Vagy ahogy kerülte az utazásukról való beszélgetést! Háromszor ellenőrizte, hogy zárva vannak-e az ajtók! Olyannyira érezte, hogy milyen görcsösen szorította magához, mielőtt kilépett a titkos ajtón, hogy hirtelen nem kapott levegőt. Felállt, kihomorított, hogy elmúljon a légszomj. Lassan hazafelé vette az irányt, miközben több súlyos gondolat marcangolta, tépte darabokra a lelkét.

„Miért nem szólt? Hogy tudott hallgatni? Hol a másik tisztelete? Megbecsülése? Nem vall rá!" Semmibe vette őt! Igaz, sokszor mondta: „Egyszer eljön a nap, amikor vége lesz." „A mi kapcsolatunknak nincs jövője." „Nem tudom, és nem is akarom a hivatásomat feladni!" Persze! Folyamatosan felkészítette, táplálta belé azt, ami törvényszerűen bekövetkezett. „Most váltam felnőtté! De ez iszonyú nehéz! Neki éppen úgy fáj? Biztosan. Legalábbis remélem! Tényleg fegyelmit fog kapni? Figyelik? Figyelni fogják? Titoktartást, vagy némasági fogadalmat tetettek vele?" Számtalan megválaszolatlan kérdés gyötörte. Megtorpant. A templomkert egyik hatalmas ágyásában liliomok pompáztak. Eszébe jutott Albine, Zola regényének hősnője. Kész volt a terv: éjszaka minden virágot leszed, a szobájába teszi, és szépen örökre elalszik. Még örült is, hogy milyen jól kifundálta. Azonnal megszólalt a fülében Karesz feddő hangja: „Arany! Ilyet még csak ne is gondolj! Az öngyilkosok lelkét nem fogadja be az Úr! Örökre bolyongani fogsz!" „Na és? Még mindig jobb, mint kínlódva élni!" Ekkor ért haza.

Szeretett volna észrevétlenül beosonni, senkivel sem beszélni. Az ajtajáig ez sikerült is, annál nagyobb volt a meglepetése, mikor a szobájába nyitott. Apja a fiókokban keresgélt, minden könyve, füzete szétdobálva, ágya széttúrva, melynek szélén keservesen síró anyja ült.

– Na, végre! Megjött a kisasszony! Papok kurvája! – kiabálta vörös fejjel az apja.

Ilyennek még sose látta!

Becsmérlő kifejezést még senkire nem tett, nemhogy a családtagjára! Éppen a Bibliát rángatta le a polcról, és átpörgetve nem más esett ki belőle, mint Karesz fényképe. Felkapta, és rohamléptekkel közeledett Ari felé, kezében lobogtatva, mint egy bűnjelet.

– Tessék! Itt van a főbűnös! Hát pap az ilyen? Megrontott egy ártatlan, hívő lelket! Hogy mehettél ebbe bele? Te! Céda! – Ütésre emelte a kezét, szeme szikrázott az indulattól.

A lány hátrébb lépett, nem tudta, honnan vette a bátorságot, de emelt hangon úgy rákiabált a férfira, hogy annak megállt a keze.

– Ha meg mersz ütni, szedem a sátorfámat, és soha többé nem láttok!

Leengedte karját, a másik kezében lévő képet összegyűrte, és a markában tartotta.

Nyugodtabb, de vészjósló hangon mondta:

– Tudod, mit? Helyes! Menj el! Nem vagy többé a lányom, kitagadlak! Adok egy hónapot, hogy elköltözz! Szégyent hoztál a családra! Hazudtál, paráználkodtál! Hát milyen hívő vagy te? Be ne tedd a lábadat a templomba se! A középkorban megégettek volna! Szerencse, hogy nem tudom, hova menekítette az egyház ezt a senkiházit, különben darabokra szaggatnám! – Dühösen odavágta a lány lába elé a csomóba gyűrt fényképet, és kiment. Csak úgy durrant a becsapott ajtó. Ari felvette a papírgolyót, és szórakozottan egyik kezéből a másikba dobálgatta, mint egy pingponglabdát. Leült az anyja mellé, már sírni sem tudott. Halkan, lehajtott fejjel maga elé suttogta:

– Én csak szerelmes vagyok. Boldog akartam lenni.

– Kislányom, érts meg minket! Csalódtunk benned! Apád túlzásba viszi, de azt meg kell értened, hogy nemcsak a családodat, hanem magadat is tönkretetted! Értéktelen vagy! Kinek kell egy megrontott lány? Nem tudunk majd férjhez adni! Egy nő legnagyobb kincse az ártatlansága! Ezt annak a parázna, hamis papnak is tudnia kellett volna! Remélem, a pokol tüzén ég el!

– Anya! Nem vagyunk már a középkorban! Ezek elavult nézetek! A véredről, a saját lányodról beszélsz! Értéktelen vagyok? Így vélekedsz rólam? Lehet, hogy azért lettem az övé, mert szeretetre vágytam! Vagy csak az a baj, hogy pappal? Ki segített a fogamzásgátló felírásakor?

– Ezt el ne mondd apádnak! Azóta is bánom! Arra gondoltam, hogy majd ha eljegyeztek, vagy ha az oltárhoz vezetnek, akkorra kell! Ráadásul az orvos később elmondott nekem mindent. Amikor legutóbb azt mondtad, hogy Klárinál alszol, tudtam, hogy a fiúdhoz mégy. Álmomban se gondoltam, hogy Károly atya az! Ezt egyébként apád tudta meg egy munkatársától. Nem győztem imádkozni meg gyónni! De azt beláthatod, hogy az mindennek a teteje, hogy egy katolikus pap a megrontód! Legalább mondanád azt, hogy megerőszakolt!

– Soha! Szeret és szeretem! Egyetlen egy pillanatot sem bántam meg, amit együtt töltöttünk!

– Elég! Nem akarom hallani! Azt vártam, hogy megbánást tanúsítasz, hogy térden csúszva kérsz majd bocsánatot! Hálátlan! – ezzel kiviharzott.

A „gyónás" szó elhangzásakor Ari előtt hirtelen kitisztult a kép. „Kinél tette mindezt anya? A másik plébánosnál! Hát megvan! Akkor viszont hol a gyónási titok? Jaj, mindenki tele van ármánnyal, nem mi vagyunk az elvetemültek! A többiekhez képest ártatlan báránykák vagyunk!" És nem is gondolta, hogy mennyire igaza van. Viszont felderengett Éva asszony mondata: „Szájára vett már a város." Tényleg így lenne? Az egész város tudja? Mit csináljon? Mindenekelőtt kisimította a képet. Tárgyi emlékként a két láncon kívül csak ez maradt. Fogta a vasalót, és ruhával letakarva többször végighúzta rajta. Nem lett tökéletes, de majd beteszi egy lexikonba és még préseli egy kicsit. „Nem válok meg tőle! Az emlékeinket senki nem űzheti ki belőlünk!" Most, ellentétben a templomkerti elhatározásával, erősen megfogadta, hogy felkeresi a férfit. Ezzel sírdogálta álomba magát.

Társulások_k

A városban nem akart maradni, ezért a könyvárba ment, elmondta, hogy nem tud ott dolgozni, mert elköltözik. Nem fogadták túl nagy meglepetéssel, ebből mindjárt kiderült: Éva asszonynak igaza volt. Valahogy mindenütt másképp néztek rá. Az is lehet, hogy csak képzelte a túlfűtött állapota miatt. Minden idegszálával a költözésre koncentrált, no és mindennap megnézte a postát, hátha Karesz írt neki. Azt csak nem tilos? Még bizakodott. Egy halom újságot vásárolt, olyanokat, amelyekben álláshirdetések voltak. Egyelőre az egész megye szóba jöhet, ha talál helyet, az majd kiindulópontja lehet a felderítésnek. Pakoláskor kezébe került egy régi fénykép: három mosolygó kislány a medencében. Eltette a másik, féltve őrzött kép mellé a József Attila válogatottba.

Vajon mi lehet velük? Sajnálta, hogy Zsuzsi címét nem ismerte. Milyen rossz, hogy nem törődtek a kapcsolatuk ápolásával! Most jól jönne egy igazi barát! Eszébe jutott Cili, neki még a lakhelyét is tudta, de őt nem ismerte annyira. Különben is, sok idő eltelt ahhoz, hogy csak úgy, egyszerűen beállítson. Kartondobozokat kért a közeli boltból, abba pakolta össze holmiját. Talán utána küldik majd a szülők, akik már nem azok, mert kitagadták, nem beszélnek vele. Ezt nehezen emésztette meg. „A szeresd családodat passzus hová tűnt? Na, mindegy, ha mégse teszik meg, akkor itt marad." A legszükségesebbeket magával viszi, s az egy bőröndben és egy sporttáskában elfért.

Már egy hét eltelt az ultimátum óta, és három Karesz nélkül. Ez utóbbi jobban megviselte, nem volt étvágya, nehezen aludt el. Ha sikerült, akkor vagy erotikus álmaiból riadt fel, vagy a szeretett férfihang sugdosott a fülébe különféle intelmeket, imákat. Mindkettőből leizzadva ébredt, és elviselhetetlen hányinger kínozta. Sokszor annyira intenzíven átélte a szeretkezést, hogy elélvezett. Nemcsak álmodta, tényleg megtörtént. Egy ilyen alkalomkor Karesz azt súgta a fülébe: „Fiú lesz!" Felült az ágyban és egy pillanatig azt hitte, a férfi tényleg ott van. Kirohant a fürdőszobába, de csak öklendezett, mert nem volt a gyomrában semmi. Miközben mosta a fogát, hasított bele a rémület: késik a menstruációja! Határidőnaplója szerint már egy hete el is kellett volna múlnia. „Állj! Egyetlen esemény utáni tablettám volt, és én azt bevettem! Bevettem?" Elképesztő gyorsasággal nyitotta ki a kis bársonytasakot, amiben tartotta. (Egyébként a bokalánc tokja volt.) Nem akart hinni a szemének: a tabletta benne lapult! Teljesen megfeledkezett róla! Az pontosan előtte volt, hogy búcsúzóul négyszer voltak együtt úgy, hogy a férfi magja beléömlött. (Még a gondolatra is nedves lett.) Arra viszont nem tudott visszaemlékezni, hogy utána mi vonta el a figyelmét. Hiszen akkor még nem került sokkos állapotba! Biztos az öröm vette el az eszét. Ó, mennyire készült az utazásra! Utazás, az lett, csak nem velem! Fojtott kacagás rázta, ami sírásba fordult. Négyszeres lehetőség a fogantatásra! Először dühös lett. Saját magát okolta. „Azt az idióta, feledékeny fejemet!" Most mit tegyen? Abban biztos volt, hogy terhes, ezért nem kell orvos! Kihez is menne?

„Egymagamra maradtam bajomban, ezt nekem kell megoldani!" „Fiú lesz!" – hallotta Karesz hangját, és villámcsapásként jött a megoldás: „Megtartom! Az ő gyermeke! Ez aztán maradandó emlék!" Olyan boldogság öntötte el, hogy megint mosolygott. „Tessék! Itt vannak a hirtelen hangulatváltások!" Az öröm nem tartott sokáig, mert sorra tolultak fel benne a kérdések, félelmek. Terhesen melyik munkahely alkalmazza? Ki fogják rakni az albérletből! Egyedülálló, úgynevezett leányanya lesz, kitaszítottja a társadalomnak! Meg kell találnia Kareszt! És akkor mi lesz? Nem nyomhatja rá még ezt a terhet is! Ki a hibás? Ki felejtette el bevenni az esemény utánit? Mennyire igaza volt a férfinak, amikor azt mondta, hogy Zola történetében a lány nem megnyugtató megoldást választott! Nemcsak a saját, hanem a másik életéért is felel! Talán tényleg beszipkázta volna a bódító virágport? De most felelős az új életért! Sőt ha belegondol, még örül is neki! Az a kis sejtecske mi vagyunk! „A gyereknemzés nem bűn!" – hallotta a kedves baritont. Ettől megint elérzékenyült.

„Vérköreid, miként a rózsabokrok,
reszketnek szüntelen.
Viszik az örök áramot, hogy
orcádon nyíljon ki a szerelem,
s méhednek áldott gyümölcse legyen."

„Ha Karesz írna nekem, én csak ezt a József Attila-idézetet küldeném el válaszul, a kedvenc versünkből. Mindjárt tudná, mi a helyzet, hiszen félszavakból is értettük egymást." Elfáradt. Ledőlt, s a verset felidézve mély kismamaálomba merült.

Úgy érezte, más ember lett. Még intenzívebben kereste az álláslehetőségeket. A könyvtárosi munkából volt egy kis spórolt pénze, úgy számolta, 2-3 hónapot túl tud élni fizetés nélkül is. Karikázgatta az albérleteket, nézte a helységeket, összevetette a munkahelyekkel. A pillantása az újság másik oldalára esett. Társkereső. Egy szokatlanul nagy, kerettel kiemelt hirdetés hívta fel a figyelmet. Az övét is.

„Megözvegyült, katolikus, hívő férfi keresi fiatal, gyermeket akaró párját. Kizárólag házasság céljából! Kölcsönös megbecsülés, boldogság egy életre!"

Ami szöget ütött Ari fejébe, az, hogy hívő, és gyereket akar. Ez a fuldoklónak egy szalmaszál, amibe ő bele tudna kapaszkodni. Ráadásul a telefonszámát adta meg, nem jeligét, tehát gyorsan lehet cselekedni. A körzetszám alapján kiderült, hogy egy tőlük majdnem száz kilométerre lévő városban lakik az illető. Nem sokat tiprodott. Otthonról nem akart telefonálni, így a postai fülkék egyikéből hívta a számot. Még mielőtt meggondolhatta volna magát, egy csörgés után egy nagyon kellemes, udvarias férfihang hallózott. A lány elmondta, hogy ki ő, és miért telefonál. Rövid csevej után Lajos, így mutatkozott be, felajánlotta, hogy átugrik ismerkedni. Éppen szabadságon van, és ugye a személyes benyomást nem pótolja semmi. Már másnap délelőttre találkozót beszéltek meg egy kávézóban. Ari adta az időpontot és a helyszínt; úgy remélte, hogy abban az intervallumban kevesen lesznek, a presszó bokszos elrendezése pedig eltakarja a bámész szemek elől.

„Szóval átugrik! Biztos autóval jön. Ha özvegy, akkor idősebb. A 11 év se számított! Mit is akarok én? Majd kialakul. Nincs vesztenivalóm!" Ilyen gondolatokkal szürcsölte a zöld teát a presszóban. A hányingeres időn már túlesett, remélte, hogy a rosszullét nem árnyékolja be az ismerkedést. Nem volt különleges elvárása. Apát a gyereknek, biztonságot magának. A jelenlegi helyzetnél minden jobb. Azt nem tudta eldönteni, hogyha összejönnek, bevallja-e, hogy terhes. Jobb lesz, ha vár, mert mi van, ha téved. Abban maradt, hogy a helyzet majd adja a döntést. Rögtön felismerte az illetőt, amint belépett, hiszen megbeszélés szerint a hirdetést tartalmazó újságot tartotta a kezében. Az alacsony, de jó kiállású, elegáns negyvenes férfi mindjárt rámosolygott, mivel egyedüli vendégként ült bent. A többiek a teraszt választották. Ari felállt, és a kezét nyújtotta. Meglepetésére a férfi kézcsókkal üdvözölte.

– Kedves Aranka! Üdvözlöm! Kegyed gyönyörű! Máris elbűvölt. Azt gondolom, az ön korát még bátran megkérdezhetem, annyira fiatal!

– Nemsokára 19 leszek. Ha jól emlékszem, fiatal hölgyet keres...

– Igaza van, hogy rám pirít. Ha nem zavarja, hogy én 38 vagyok, akkor maradok. Kér még valamit a teához?

A lány nemet intett a fejével. Miközben az úriember rendelt, kicsit bátrabban megnézte. Fehér farmernadrágot és hosszított, fehér farmeringet viselt. Kiemelte napbarnított bőrét. Hátrafésült, sűrű, hullámos haja hosszan a nyakába ért. Valószerűtlenül világoskék szeme, ápolt keze és simulékony – Arinak egy kicsit szokatlan –, kimért modora volt.

– Nos, kérdez, vagy mondjam, amit fontosnak tartok?

– Hallgatom, de előbb engedje meg, hogy részvétemet fejezzem ki a felesége elvesztése miatt – vette át az udvarias formulát.

– Köszönöm. Nos, orvos vagyok, és nagyon elfoglalt. Dolgozom egy kórházban és magánpraxisom is van.

Ari torkában gombóc lett. „El kell mondani az igazságot!” Gyorsan kérdezett:

– Milyen orvos?

– Fül-orr-gégész.

„Egyelőre altassuk a gyerek-dolgot" – nyugtázta, de nem könnyebbült meg.

– Nem szeretek a munkámról beszélni, csak szakmai berkekben. Nem akarom untatni. Ráadásul most szabadságon vagyok, kikapcsolódásra vágyom. Nem kertelek. Egy hét múlva az Adriára készülök, és szeretném magammal vinni a leendő, vagy már tényleges feleségemet. Aranka, kedves! Őszinteséget várok! Ha úgy gondolja, hogy szóba sem jöhet köztünk a házasság, akkor nyugodtan álljon fel, és nincs harag. Nincs olyan férfi, akit ön ne tudna a bűvkörébe vonni.

Ari majdnem lefordult a székről az ismerős kifejezés hallatán. A férfi folytatta:

– Azt látom az aranyláncról, hogy hívő ember. Ez jó. De miért akar egy ennyire fiatal lány máris férjhez menni?

– Természetesen elmondom. A szüleim kitagadtak, mert szerettem egy fiút, aki letörte a virágomat, aztán elhagyott. El kell mennem ebből a városból, mert az emberek megbélyegeztek. Hiszek Istenben, mert Ő ennél nagyobb vétkeket is megbocsát. Szeretnék gyermekeket, szerető családot. Megláttam a hirdetését, és nem haboztam.

– Ez egyenes beszéd. Tetszik, ahogy kegyed is. Első látásra azt kell mondanom – persze ez nem csak rajtam múlik –, szívesen kikötnék az ön karjaiban. Viszont a héten még három hölgynek ígéretet tettem ismerkedős találkára. Mivel udvarias ember vagyok, ezt még lebonyolítanám. A javaslatom a következő: ebédeljünk együtt. Úgy 10 km-re láttam egy megfelelőnek látszó vendéglőt. Közben beszélgetünk, hogy jobban megismerjük egymást.

A lány nem látott hibát a logikában, és éhes is volt. A lehengerlő stílus sodorta, segített a múltból kievickélni és előretekinteni. Amikor a hófehér Mercedesbe beszállt, csodálkozott azon, hogy milyen szédítő a gazdagság. Sokkal inkább érezte magát elcsábítottnak, mint valaha. Szégyenérzet öntötte el.

Egyelőre rendben ment minden, tán túl szépnek látszott ahhoz, hogy igaz legyen. Legkevésbé a Lajos névvel volt kibékülve, de hát a sajátja sem tetszett neki soha. A férfinak nagyon sok rigolyája – vagy nevezzük így: feltétele – volt. Érthető, hiszen a korral jár, hogy egyre több berögzült jó vagy rossz szokás keríti hatalmába az embert. Azért a közel 20 év korkülönbséget a lány kicsit sokallta. Mi derült ki az orvosról az ebéd, majd a délutáni séta alatt? Tiszta, ápolt. Túlságosan édeskés illat lengi körül. (Az impozáns kocsijára ugyanez vonatkozik.) Nyugodt, udvarias. Nem akar tegeződni, nem fogja becézni, és viszont is ezt kéri. „Az ágyban, intim helyzetben hogy hangzik? Megfoghatom a kebleit, Aranka?" Mintha olvasott volna a gondolataiban, ezt mondta:

– Persze otthon, négy fal között nyugodtan tegeződhetünk. A külvilágban, még akkor is, ha kettesben vagyunk, kérem a kimért formát. Nem a korkülönbség miatt; így szoktam meg. A szüleimet is magáztam, a családban ez a hagyomány. Nálunk ez a kölcsönös tisztelet jele. Éppen ezért semmilyen trágár, csúnya beszédet nem viselek el. Sőt a veszekedést, még az emelt hangot is kérem mellőzni! Mindent meg lehet beszélni normál hangerővel. Intelligens emberek között ez természetes, és eddig úgy ítélem meg, hogy ön az.

Ari teljesen egyetértett, az utóbbiakkal pláne. A magázódás rém furcsán hangzott, de ennyi kompromisszum még belefért. Érdeklődött a családjáról, ha már szóba került. A férfi szülei már nem élnek. „Nincs anyós! Jó pont! Bocs, Lajos!" Intenzív társasági életet él, rengeteg ismerőssel, sok baráttal. Orvos bál, jogászbál, alapítványi megjelenések.

– Ezért keresek fiatal, attraktív társat, hiszen sokszor kell reprezentálni. No meg utódokat szeretnék, örökösöket, hogy továbbvigyék a génjeimet, és el tudják költeni az örökséget. – Itt egy kissé elmosolyodott.

Ari homloka viszont felhős lett. „Majd a második, az saját lesz! Jól benne vagyok a slamasztikában!"

– Kedvesem, bocsásson meg a kérdésért. Hogy áll az alkohollal?

– Sehogy. – Nem is értette először a kérdést, viszont túl hirtelennek és udvariatlannak vélte a válaszát, ezért korrigált: – Nem iszom. Legutóbb a banketten ittam egy pohár pezsgőt.

– Még egyszer bocsásson meg a kérdésért, sajnos a mi köreinkben van bőven zugivó, alkoholista, sőt kábítószerekkel élő is. Nem kellett volna előhozakodnom ezzel, hiszen ebbeli tapasztalatlansága fiatalságának tudható be, és ez így van rendjén.

Rengeteg kérdéssel bombázta Arit, de a tönkrement kapcsolat témáját nagy ívben kerülte. Így ő sem kérdezett a volt feleségről. Pedig kíváncsi lett volna a részletekre, de nem akart tolakodó lenni. Tetszett neki, hogy a férfi méltányolja az olvasottságát. Elmondta, hogy eddig nyaranta hol dolgozott. Jelenleg állást keres, és három könyvtárban is lenne helye, de egyik sem abban a városban van, ahol Lajos él.

– Aranka! Egy telefonomba és három percembe kerülne, hogy önt bárhova felvegyék, ahova csak akarja! Ha nem kötnénk össze az életünket, akkor is megteszem, csak egy szavába kerül.

A lányt meghatotta, hogy egy olyan ember, akit pár órája ismer, ilyen könnyedén, természetesen segítséget ajánl fel. Eddig mindenért neki kellett küzdeni. Ez nagyon új! Abban maradtak, hogy a hétvégét együtt töltik, ha nem változik addig egyikük szándéka sem.

– Nyugodtan rám bízhatja magát, úriember vagyok, semmi olyan nem történik közöttünk, amit kegyed nem akar. – Ez volt az egyetlen utalás a testi kapcsolatra.

„Érdekes, fel sem merült bennem semmiféle aggodalom. Lehet, hogy ez óvatlanság részemről?" Címet, telefonszámot cseréltek. Lajos dizájnos névjegykártyája láttán kissé szégyenkezett a noteszlap miatt, de a férfi mosolyogva, kézcsókkal búcsúzott. Talán most egy hangyányival hosszabban tartotta a száját a törékeny kézfejen.

Másnap vonatra ült, elutazott abba a városba, ahol az orvos élt. Szép, folyóparti település színházzal – ami náluk nincs –, mozikkal és pezsgő élettel. Vett egy helyi hirdetőújságot. Három albérletet nézett meg, ami után a negyedik azonnal megtetszett. Egyszobás garzon, ízlésesen berendezve, telefonnal. Előre kifizette az egy hónapot, s elhatározta, hogy csak akkor mondja meg Lajosnak, ha őt választja. Ígérete szerint mindenképpen telefonál pénteken, ha igen, ha nem. Ari őszintén tudatta, hogy nem válaszolt senki más hirdetésére, tehát tőle nem függ a hétvége kimenetele, sőt a továbbiaké sem. Ez hosszas hallgatásra késztette a másikat, akin a lány kis meghatódottságot vélt felfedezni.

Megérdeklődte főbérlőjétől, hogy hány kórház van a településen. Megtudta, hogy egy, és az is itt van. „– Nézze csak, a szobaablakból látni a parkját!" Később elsétált oda, bement az előcsarnokba és tanulmányozta az orvosok névsorát, rendelési idejét. Fő helyen, vastag betűkkel kiemelve megtalálta Lajos nevét, aki főorvos, és az intézmény igazgatóhelyettese volt.

"Hűha! Még szerény is! Ez a névjegyén nem szerepel." Feljegyezte magának a szülész- nőgyógyászokat, mindjárt kiválasztotta az egyetlen nőt a névsorból. Elhatározta, őt fogja felkeresni később.

Visszautazott, otthon megcímezte a csomagokat, és feladta őket. Nagyon elégedett volt, hogy ezt így elintézte. Most már csak a telefonra várt. Akármi lesz, új életet kezd egy új helyen. Vagy magára hagyatva, szégyenben, mint leányanya, vagy előkelő feleségként, megbecsülésben. Megsimogatta a keresztet a nyakában. "A gyermeknek két apja lesz, de ezt majd Veled, egy új imazsámolyon megbeszélem." Karesz felkeresésének gondolata szertefoszlott.

Pénteken a megbeszélt időben óramű pontossággal csörrent meg a telefon. Ari ott ült mellette, bár a szülők még dolgoztak, tehát csak ő vehette fel.

– Halló, itt Aranka.

– Üdvözlöm, kedves Aranka! Van egy jó hírem! Nekem az, remélem, önnek is!

– Csak nem én vagyok a kiválasztott, és megnyertem a főnyereményt? – nevetett tréfálva.

– Ó, rendkívül megtisztel, ha úgy gondolja, hogy az vagyok! Holnap délelőtt kilenc órára ott tudok lenni magácskáért.

– Szeretném tudni, hogy hová megyünk. Csak azért, hogy mit pakoljak az útra.

– Van egy kis vityillóm itt, a folyóparton, ha megfelel, akkor odamennénk.

– Rendben. Szerintem nekem is van egy jó hírem.

– Lepjen meg!

– Ezen a címen ma vagyok utoljára – és megadta az új címét, telefonszámát.

– Ez igen! Tényleg meglepett! Nagyszerű, akkor holnap oda érkezem a megadott időpontban. Legalább kicsit többet alhatok! De mikor szándékozik ideutazni?

– Az esti vonattal.

– Kedvesem, ha még nem vett jegyet, akkor ne tegye! Elmegyek önért.

– Nem szeretném feleslegesen terhelni.

– Ugyan! Ragaszkodom hozzá! Csak nem hagyom, hogy koszos vonaton bumlizzon, cipelje a csomagokat! Állok rendelkezésére! Mikor menjek?

– Amikor tud. Így is nagyon köszönöm, hogy ilyen kedves, elkényeztet!

– Ez szándékomban áll a későbbiekben is.

Kellemes borzongás futott végig a lányon hirtelen. Ő egész másféle kényeztetésre gondolt.

– Ha rám bízza az időpontot, akkor 18 órakor ott leszek. Jó az a kávézó, ahol a múltkor találkoztunk?

Ari jóváhagyta a helyet; örült, hogy nem a szülői hajlékhoz jön. Egyáltalán nem akarta az ősöket bevonni semmibe, ők sem érdeklődtek. „Ilyen, ha az embert kitagadják!" Nem volt szándékában elbúcsúzni sem. Még levelet, vagy pár sort sem hagyott. Végül örült, hogy a csomagokat ő adta fel saját magának, így még a címét sem tudják. Úgy ment el a bőrönddel és a sporttáskával, hogy vissza se nézett. Nyugodtan helyet foglalt a teraszon, pedig tömve volt. Azt sem bánta, ha az egész város látja. Begördült a csodaautó, Lajos a szokott udvariassággal, kézcsókkal üdvözölte. Elegánsan, talpig olyan világoskék farmerszerelésben, mint a szeme. Könnyedén betette csomagjait, majd kinyitotta előtte az ajtót:

– Parancsoljon, hölgyem, a hintó előállt!

Az invitálást követően maga is beült. Elhajtottak. Néhány bámésznak leesett az álla. „Nem jövök vissza többé! Vége egy korszaknak!"

Útközben elmesélte, hogyan keresett lakást, és amikor kivette, akkor derült ki, hogy az orvos munkahelye milyen közel van. Azt sem titkolta, hogy benézett a kórházba is. „Szóval leellenőrzött?" A férfi mosolygott, tehát nem vette rossz néven. A csomagokat cipelve felkísérte a második emeleti garzonba. A postaládában már benne volt az értesítő, hogy mehet a pakkokért.

– Hétfőn, mielőtt elindulunk az Adriára, elhozzuk – ajánlotta fel azonnal.

– Tényleg elviszel? Bocs, ez itt már magánszféra, nem a külvilág... szabad tegeződni? Szóval, tényleg elmehetek a tengerhez?

– Természetesen! Elviszlek. Oda, ahová megyünk, már útlevél sem kell.

– Az jó, mert nem voltam még külföldön. Anyámékkal mindig a vállalati üdülőben nyaraltunk. Sosem láttam még a tengert!

– Akkor éppen itt van az ideje! Most búcsúzom, holnap, ahogy megbeszéltük. Jó éjt! – és lehelt a lány homlokára egy atyai csókot.

Kilenckor a „hintó" helyett egy taxi gördült a panel elé. Lajos elmagyarázta, hogy a folyami kikötőbe mennek, ott motorcsónakba szállnak, azzal érkeznek a vízparti házhoz. A Mercedes a garázsban jobb helyen van. Kevés a hely parkolásra, meg félti is. Ari innentől kezdve egy álomban lebegett. Miközben az orvos motorcsónakja – amit természetesen ő vezetett – szelte a habokat, déjá vu érzése támadt: „Mint mikor az oldalkocsiban motoroztunk a strand felé!" Nagyon élvezte, ahogy fújja a haját a szél. Nem tartott 8-10 percnél tovább, megérkeztek. A „vityilló" egy hatalmas, lélegzetelállítóan szép, teraszos ház volt. A magánkikötőből saját stég vezetett a zöld gyepes-virágos parkba. Innen az épülethez kaviccsal szórt út kanyargott, kétoldalt kerek, fehér lámpákkal övezve. Rendezett, tiszta, hívogató. Ari legszívesebben mezítláb szaladgált volna a kövér pázsiton.

– Lajos – vett fel egy kényes, királykisasszonyos hangot – szeretném megismerni a cselédséget! Kérem, sorakoztassa fel őket!

– Zsenge korodhoz képest meglepően jó a humorod! – és kezet csókolt.

– Ezek szerint kettecskén vagyunk – utalt a tegeződésre.

– Igen. Így van, s remélem, így is marad. Sokszor vagyunk itt grillpartin a baráti családokkal. A lakot magam tartom rendben, vagy ha nem, fogadok fel kertészt, takarítónőt, de akkor én nem vagyok itt.

– Ki főz?

– Tudok főzni, de még tegnap gondoskodtam az éléskamra és a hűtő feltöltéséről. Most nem akarom főzőcskére pazarolni a drága időt.

Bent minden tágas és modern volt. A teraszról elhúzható üvegajtón léptek be a hallba, ahol a sötétkék/fehér szín dominált. Két lépcső vezetett az amerikai típusú konyharészhez, melynek étkezője bárpulthoz hasonlított. A konyhasarokból egy boltíven át a kamrába lehetett jutni, mely pazarul fel volt töltve. Felmentek a csigalépcsőn. Az emeleti előtérből két hálószoba nyílt franciaággyal, a hozzátartozó fürdő- és illemhelyiséggel. Két teljesen külön rész, mint egy szállodában. „A választás a tiéd!" Ari a halványzöld/zöld szín-összeállításút választotta. De legjobban a folyosó végén kiöblösödő kis társalgó tetszett neki. Innen egy másik félkör alakú teraszra léptek, ha az üvegajtót elgördítették. Ezzel egy nagyon hangulatos, félig nyitott, félig zárt pihenőkör alakult ki. Itt a halvány- és püspöklila szín dominált. Elbűvölő volt, de a panoráma mindent felülmúlt. A stégre, kikötőre, és a fűzfákkal övezett folyóra lehetett látni. A fehér kavicsos utacska egy másik, számára kedves, kőlapokkal kirakott utat juttatott eszébe. Hosszan sóhajtott.

Arinak már az is elég lett volna, ha itt töltik a két napot, amely alatt annyi új látnivaló érte, ami összesen eddigi 18 és fél éve alatt nem. Motorcsónakkal mentek egy másik folyóparti városba ebédelni, ahol frissen sült törpeharcsát ropogtattak. „Milyen furcsa, hogy már másodszor idéződik meg a gyerekkor emléke!" Délután napoztak, a férfi úszott is, de ő nem mert, mert igaz, megtanult, de a folyó erős sodrása meg iszapossága visszatartotta ettől.

„Egyáltalán, lehet az én állapotomban egy nem túl tiszta vadvízbe belemenni?"

Vasárnap előkerült a kisházból a kettes kajak. Szédületes jó élmény volt, ahogy csendben hasították a vizet, s közben megfigyelték a vízi és vízparti növény- és állatvilágot. Sose evezett még, de saját magát is meglepte, hogy milyen gyorsan beletanult. Mindig szerette nézni az evezős Világ- és Európa-bajnokságokat, hiszen ebben az ország nagyhatalom. Drukkolt a sportolóinknak, s elérzékenyülve hallgatta a Himnuszt, amire nagyon sok alkalom nyílt. A lapát forgatásakor nézte az előtte ülő széles hátat, tartotta vele a ritmust. Ez az együttműködés harmóniával töltötte el, és azzal az érzéssel, mintha régóta ismerné a másikat. Milyen sokat takar ez a szólás: „Egy csónakban evezünk!"

Jól jött a segítség a hat csomag cipeléséhez, mert az izomláztól alig bírta a karját emelni. Lajos még abban is segített, hogy mit pakoljon a következő hétre. Amiből kettő lett, annyira jól érezték magukat. A férfinak az tetszett, hogy mindazt a szépséget, újdonságot ő mutathatja meg a lánynak, amit az Adriai-tenger nyújt. Arit nem volt nehéz elvarázsolni. Egyik ámulatból a másikba esett. Egész házat béreltek a vízparton, két külön hálószobával, saját medencével, amelyben úszott is. A tenger sóssága nála hányingert idézett elő. A reggeli rosszullétek azonban már elmaradtak. Az egyik csúcs a hajókázás volt. Jachtot béreltek, a férfi ezt is tudta vezetni. (Ilyet csak filmen látott.) Kicsit izgult a nyílt tengeren: „Mi lesz, ha jön a vihar?" Szerencsére egész idő alatt egy felhő sem volt az égen, így ez is feledhetetlen élményt jelentett. Attól félt álmodik, és keserű lesz az ébredés. (Ki tudja miért, a befalazott ajtó jutott eszébe.)

Már csak a hétvége volt hátra, mielőtt hazaindulnának, amikor Lajos szokása szerint kimért udvariassággal fordult a lányhoz:

– Kedves Aranka! Estére egy exkluzív, táncos étteremben foglaltattam helyet. Ha elfogadod, vásárolnék egy odaillő ruhát és cipőt neked.

– Köszönöm, tényleg elkényeztetsz. Megérdemlem én ezt?

– Ezt most nagyon komolyan mondom: soha más nővel nem éreztem ilyen jól magam, mint veled! Még a feleségemmel sem. Ezt a mai estén szeretném bebizonyítani.

Elautóztak a legközelebbi nagyváros áruházába. Ari egy halványzöld, egyszerű, de rafinált szabású, térdig érő ruhát választott, amely teljesen látni engedte barna hátát és formás, barna lábait. Ehhez egy sötétzöld, csillogó szandált nézett ki, nem túl magas sarokkal, mert nem akart párja fölé magasodni. Ezt még „le is csekkolta," mert a próbafülkéből kilépve köszönetképpen egy puszit adott neki. Éppen egyforma magasak voltak, amit elégedetten nyugtázott.

– Lenyűgöző! Most bennem vannak kétségek, hogy megérdemlem-e önt. Egy biztos: sok irigyem lesz. Kedvesem! Ma el fogja káprázatni a tengerpartot!

Lajos nem túlzott. Az étterem terasza egészen a víz fölé nyúlt, ők a legjobb helyet kapták, így alattuk mormoltak a hullámok, mintha a parton lennének. A vacsora ízletes, a zene kellemes volt. A férfi úgy táncolt, mintha ez lenne a foglalkozása. Könnyedén vezette a lányt, aminek ő különösen örült, mert nem tartotta magát a parkett ördögének. Még egy pohár pezsgőt is ivott. Koccintás után a világoskék szemek az övébe mélyedtek.

– Aranka! Tisztelettel megkérem, legyen a feleségem! – A zsebéből egy kis zöld bársonydobozkát húzott elő. És úgy, ahogy a cukormázas amcsi filmekből már ismerős, kinyitotta. – Ez eljegyzési ajándék. Ha igent mond, csináltatunk egyedi karikagyűrűt.

A halványzöld selyempárnán pihenő ékszer indában kapcsolódott össze, két smaragdkővel díszítve. A lánynak a lélegzete is elállt. Hogy leplezze meghatottságát, mosolyogva mondta:

– Lehet erre nemet mondani? Igen, a felesége leszek!

Míg a gyűrű az ujjára került, azon gondolkodott, mikor szerezte be ezt a férfi, hogy pontosan passzol a rajta lévő ruhához? A kezét elnézve meg kellett állapítania, hogy ízlésben nincs hiány. „Csak ne használna ilyen édeskés illatokat!" El is határozta, hogy a jegyajándék viszonzásaként egy férfiasabb illatanyagú szettel lepi meg. (És lassan, de biztosan idéződött fel a pezsgőfürdők zamata.) A férfi zökkentette ki emlékeiből:

– Köszönöm! A kövek az ön szemét juttatták eszembe, amikor kiválasztottam, még otthon. Úgy tűnik, van valami finom rezgés köztünk. Az áruházban majdnem leestem a székről, amikor a zöld ruhában kilibbent. Viszont lenne két kérésem. Ha jól gondolom, a vörös haj festés eredménye. Milyen az eredeti hajszíne?

– Barna.

– Szeretném, ha visszatérne arra a színre! Megoldható?

A lány kicsit gondolkodott. Mindenki szerint ez a szín jobb, mint az eredeti, de eszébe jutott, hogy „cserüzletet köthetne."

– Nincs akadálya, ha cserébe én is kérhetek. Megtartanám a nevem a házasság után. Mondjam az okát?

– Hallgatom.

– Nem akarok egy jól csengő név mögé bújni, különösen nem takaróznék a doktori címmel, mert nem vagyok az. Gond lenne?

– Képes vagyok kompromisszumokra. Ennek nincs akadálya.

– Mi a második?

– Ja, igen, a második kérésem... az kicsit komolyabb, és nagyon intim. Ma este a magamévá szeretném tenni.

A „vágyom rád", vagy „a megőrülök érted" jobban feltüzelte volna. Rábólintott. Aztán táncolni mentek.

Ari tudta, hogy eljön az idő, amikor a férfi előrukkol ezzel, nem érte váratlanul. Majdnem minden éjjel megadta az esélyt, de valahogy mindig megkönnyebbült, hogy nem történt semmi. Furcsállta azt, hogy nem voltak apró érintések, simogatások, hosszú, forró csókok. (Röpke, rövidek sem!) Egyáltalán, mintha a testiség Lajostól valahogy mérföldekre állt volna. Vagy csak udvariassága miatt fogta vissza magát? A külvilágnak szól ez a kimértség, és valójában féktelen vágyakat fojt vissza? Ma éjjel kiderül. „Csak nehogy túlságosan meglepődjek!"

Amíg zuhanyozott a külön fürdőszobában, ismét a mélyített kád jutott eszébe. Egyáltalán, a kádat hiányolta. Jobban szeretett elmerülni az illatos habokban, mert az átjárta minden pórusát. Nem aludt hálóruhában – az ember gyorsan átvesz bizonyos kényelmes megoldásokat –, ezért mezítelenül lépett a szobába. A franciaágyban Lajos várta derékig betakarva. Meglepődött, de nem takarta el magát. „Nem sokkal lát többet, mint amikor bikiniben vagyok!"

– Üdítő látvány! És szégyenlős sem vagy! Nincs is rá okod! Lekapcsolnád a villanyt?

A kék szemek úgy jártak fel s alá a testén, mint egy orvosi rendelőben, s mintha ezek hangzottak volna el: „Remek, nincs gerincferdülése, nagyszerű a csontozata!"

Lenyomta a kapcsolót, bár nem értett egyet a sötéttel, és mint a jó gyerek, bebújt az ágyba. Lajos őfelé fordult, közelebb húzódott, végigsimított tenyerével a testén és megcsókolta. A csók lagymatag volt, és minden érzékiséget nélkülözött. Ari megpróbált a nyelvével játszani, de abban a pillanatban a másik tenyerére támaszkodva a lány teste fölé gördült, és minden előjáték nélkül behatolt a hüvelybe. Ez egy kicsit fájt, mivel nem nedvesítette meg a vágy. A férfit ez nem zavarta, erős zihálással végezte a párzó mozdulatokat. A lány kereste a tekintetét, de nem kellett volna. Ahogy a homályban kirajzolódtak a vonásai, csukott szemeket, összeráncolt, küzdelemmel teli arcot, és halántékán kidagadó ereket látott. Ijesztő volt. „Ilyen küzdelmes velem a testi kontaktus?" Inkább ő is lehunyta a szemét. Abban a pillanatban egy másik, vággyal és szerelemmel teli arcot látott. Sírt volna, de az egyre gyorsuló tempónak váratlanul vége szakadt. Fel sem ocsúdott, egy gyors lehelést érzett a nyakán:

– Jó éjt, kedvesem! Ne haragudj, aludni külön ágyban szeretek.

Mire felült, addigra a férfi már becsukta az ajtót. „Mi volt ez? Egy orvos – még ha a fülek és orrok specialistája is – nem tudja, mi az, hogy erogén zóna? Nem tudja, mi kell egy nőnek?"

Kivánszorgott a fürdőszobába, és zuhannyal kimosta magából a férfit. Erős hányinger kínozta. Ilyen lehet, ha megerőszakolják az embert, de nincs kedve ellenállni, mert úgy hamarabb vége lesz. Kissé lenyugodva ült az ágy szélén, majd kiment a medencéhez és úszni kezdett. Nyugodt tempóban szelte a vizet, ahogy Isten megteremtette. Csak a kereszt lengedezett a nyakában, mintha a szeretett kéz simogatná. „Lássuk csak, mi történt! Az, amit akartál: eladtad magad a gyerek érdekében. Tessék, megkaptad! Biztonság van, boldogság nincs. Így jártál!"

Lassan kéthónapos terhes lesz. Talán nem derül ki, hogy nem Lajostól. Most már lehetne tőle is. „Már „csak" 7 hónapot kell kibírni, és ha megszületik a baba, minden szeretetemmel felé fordulok. Ő lesz a megváltóm!"

Elmosolyodott. „Karesz megdorgálna ezért a mondatomért!" Végül azzal a gondolattal hajtotta álomra a fejét, hogy tejben-vajban fürösztik. Luxusban él. A test örömei pedig tanulhatók, ő könnyedén elsajátította. „De milyen tanítómestertől!" Annyira elöntötte a vágy, hogy kénytelen volt a csiklóját simogatni, s olyan örömöt okozott önmagának, hogy majdnem felkiáltott. Ezután azonnal elaludt. Az esküvői előkészületekkel meg a költözködéssel rohantak a napok. Az orvos egy lakópark földszinti lakásában élt. Nappali, amerikai konyha, két háló, két fürdőszoba, csak mindez a földszinten, terasz és folyóparti kilátás nélkül. A következő hétvégén a „vityillóban" grillpartit rendeztek, ahol megismerkedhetett Lajos barátaival. Házaspárok voltak, többségben orvosok, jogászok. (Nevük előtt „dr." jelzéssel.) Nagyon méregették, különösen a nők. Úgy határozott, hogy nem foglalkozik a fürkésző pillantásokkal, mindenkivel egyformán, kimérten kedves lesz. Az italok olyan mértékben fogytak, hogy felülbírálta azt a gondolatát, hogy a kamra egy életre fel van töltve. Egy fekete, dekoratív negyvenes nő nagyon felöntött a garatra, és veszekedni kezdett párjával. „Mindig mondtam, hogy nem való közénk, színházi táncosnő volt, míg a férje ki nem emelte onnan!" – hallotta a teraszon Ari. A feleségek zöme a körterasz belső részében trécselt. Őt nem látták, mert nekik háttal, a külső részen ült, a magas háttámla eltakarta. „Mit szóltak hozzám, aki csak egy könyvtáros vagyok, érettségivel? Igaz, csak a nászút után kezdek el dolgozni. Lajos tartotta a szavát, elintézte." Elmélkedéséből az illuminált asszony erős hangja riasztotta fel. Felért a lépcsőn, és az épp róla pletykáló társasághoz intézte szavait:

– Á, itt vannak a kellékfeleségek! Ez az! Jól vagytok, drágáim? Luxusautó, luxusélet, kirakat a külvilágnak! Látszatházasságok! Miközben a férjeink nagy része... – Nem volt ideje befejezni, mert egy mély hang – valószínűleg a férj – félbeszakította.

– Drágám! Ideje hazamennünk. Többet ittál a kelleténél. Otthon kipihenheted magad.

– Otthon? Nekem nem az otthonom! Nem megyek! Megkeresem az újságíró barátomat és világgá kürtöljük, hogy mit csinálsz te meg a híres barátaid! Kiborítom a bilit!

Ezt már aközben mondta, hogy többen csitították, húzták lefelé a lépcsőn. Aztán már csak a kocsiajtó becsapódása, a „Ne haragudjatok, részeg, elnézést kérek, fiúk!" – mondat, majd az autó távoldó zúgása hallatszott. Nem mentek messzire; nekik is ezen a parton volt nyaralójuk, úgy tíz házzal feljebb.

Késő éjszaka volt már, illetve hajnal, mire az utolsó vendég is elment. A rendrakás a takarítónőre várt. (Szegény!) Ari, miután lezuhanyozott, egy topot meg egy sortot felrántott magára és bekopogott a másik hálóba.

– Bejöhetek?

– Természetesen. Miben segíthetek?

– Miről beszélt a becsípett hölgy?

– Nem tudom. Biztosan valami családi nézeteltérésük támadt. Kedvesem, nem vagy fáradt?

– Menjek el?

– Ne! Éppen arra kérlek, hogy maradj! Vesd le a ruháidat! – nyúlt a kapcsoló felé, de a lány megállította a kezét.

– Nem maradhatna a lámpa?

– Jó, legyen! Igazad van, egy ilyen gyönyörű testet jó látni! Tetszik, hogy nem vagy prűd!

„Ellentétben veled" – gondolta, de örült, hogy ő bújtatta ki a topból, miközben a mellét csókolta. „Lehet, hogy most végre más lesz?" – bizakodott a lány. De azon kívül, hogy jobban látta a férfit, nem lett élvezetesebb számára a szeretkezés. Az a gyanúja támadt, hogy az egész aktus figyelemelterelés volt. Nagyon érdekelte volna, hogy ki és mit csinált, amit az újságokban ki lehet kürtölni. Egyáltalán nem családi ügyekre célzott a hölgy. ... „Lehet, hogy fiatal vagyok, de nem buta!" Csodával határos módon egy ágyban aludtak el. Vagy ez is része a „tereljük el a figyelmet"-tervnek?

Együtt mentek a katolikus templomba, bejelentkeztek az esküvőre. Ari gyomra már a jellegzetes illatoktól összerándult. Ezer emlék tolult fel, torkában dobogott a szíve. Kicsit imádkozott, míg vártak. Nem tudta eldönteni, hogy örülne-e, ha Károly atya jelenne meg. Titkon remélte. De nem. Ötvenes, pocakos, szemüveges pap fogja őket összeesketni.

Elkészültek a gyűrűk, évszámmal, nevekkel. Lekötötték az anyakönyvvezetőnél a polgári szertartás idejét. Arinak mindennel kapcsolatban az volt a kérése, hogy egyszerű legyen. Bokáig érő fehér csipkeruhát választott; ha felhajtják, még más alkalomra is viselheti, mert ahhoz meg Lajos ragaszkodott, hogy mindent megvesz. „Aranka, kedves! Ne viseljen olyat, amit már más is hordott, és ne vegye fel más azt, amiben ön mondta ki nekem az örök hűséget!" Ari nem kedvelte a sallangokat: semmi uszály, semmi abroncs. Fátyolról szó sem lehet! Miután újra barna lett, abban egyeztek meg a fodrásszal, hogy vízesés-fonattal fonja be a haját, és kis fehér virágokat tűz bele. A csokra bordó gerberából készült, modern, elnyújtott formában.

Az orvost is rá lehetett beszélni a fehér szmokingra, bordó övvel és ugyanolyan színű csokornyakkendővel. Nagyon szépek voltak. A Mercedes és a motorcsónak is bordó virág- és szalagdíszítést kapott. Csak a szűk baráti társaság vette őket körül, itt-ott pusmogtak, hogy a leendő feleség tán árva, netán állami gondozott, hogy senkije sincs. Megkérdezni nem merték. Hagyományos értelemben vett lakodalmat sem tartottak, hiszen a folyóparti házban ettek-ittak, táncoltak hajnalig. A múltkori partiról már mindenkit ismert. A házaspárok – most néhány lurkó is szaladgált körülöttük – pár mondat kíséretében minden jót kívántak. A színházi táncosnőnek a férje volt csak szólóban, ezért amikor gratulált, Ari megkérdezte:

– És a kedves felesége? Később jön?

Egy pillanatra mintha megállt volna az élet, tapintani lehetett a feszültséget.

– Sajnos gyengélkedik. Elnézést kér, hogy nem lehet itt, de sok örömet kíván az ifjú párnak – hangzott a nagyon udvarias, begyakoroltnak tűnő válasz.

„Valamit nem tudok" – gondolta az ara. Párja lépett közbe, erőltetett vidámsággal:

– Drága barátom! Itt a párnak csak az egyik fele ifjú!

– A másik fél meg fiatalos! – tette hozzá széles mosollyal Ari, és polgárpukkasztás gyanánt hevesen megcsókolta férjét.

Reggel kettecskén nézték a napfelkeltét az emeleti teraszról, gyümölcsturmixot szürcsölve. Az utolsó vendégeket alig tíz perce kísérték ki. Lajos törte meg a csendet:

– Hálát adhatok Istennek, hogy nem egy hisztérikát vettem feleségül! Nagyon jól bírtad a napot. Azért pedig külön köszönet, hogy a sírból hoztad vissza a jó hangulatot. Még a csók is rendben volt, de ha kérhetem, mellőzzünk minden intimitást mások előtt!

– A templomban és az anyakönyvi hivatalban is volt csók!

– Az más, az egy elfogadott rituálé része.

– Nem akarok vitázni, de egy szívből jövő érintés vagy csók számomra sokkal többet jelent, mint amit kötelességből tesznek. Talán a külvilág is így ítéli meg. Ha mégsem, én nem foglalkozom velük.

– Annak, aki felelős pozíciókat tölt be, fontos mások véleménye.

– Rendben. Ezentúl ehhez tartom magam.

Közben ezt kérdezte magától: „Mi lehet az oka annak, hogy valaki ennyire féljen mások érintésétől?" Hangosan pedig ezt:

– Mi történt azzal a hölggyel, aki a múltkor kissé többet ivott a kelleténél? Úgy érzem, valamit nem tudok, amit viszont mindenki más igen.

– Depressziós. Kiderült, hogy gyógyszerre ivott, egészen kiborult. Annyira, hogy kezelés alá kellett vonni. A pszichiátrián van. Súlyos eset.

– Ó! Sajnálom.

– Ne is beszéljünk róla! Pihennünk kéne. A hagyományos értelemben vett nászéjszakánknak annyi! Bocsáss meg!

– Ugyan már! Nincs mit! És főleg nincs jelentősége. Majd a nászúton bepótoljuk!

Ari kérésére Olaszországba utaztak. Életre szóló élményben részesült! Legkevésbé az együtt hálás érdekelte, hiszen töményen kapta az új impulzusokat a csodálatos Itália révén. Repülővel érkeztek Rómába, ahol egy egész napot a Vatikánra, egy másikat Róma nevezetességeire szántak. Innen Firenzébe mentek két napra, majd Velence következett. Meglepetésére nem a pápai állam volt rá legnagyobb hatással, hanem Firenze. Nem amiatt, hogy a Ponte Vecchión kapott a smaragdgyűrűjéhez passzoló fülbevalót, hanem a város hangulata és művészi aurája varázsolta el. Legjobban Michelangelo Dávid-szobrának márványcsillogásán és monumentalitásán ámult el. Este az „Öreg Hídon" sétálva eszébe jutott, hogyan keresték azt a bizonyos nyakláncot, amit Cili keresztanyja itt vásárolt. Furcsállta, hogy ez a régi emlék egyszerre milyen élesen rajzolódott ki.

Ami még új volt számára, az Lajos minden esti közeledése. Úgy látszik, az itáliai levegő, vagy az egy ágyba való „összezárás" hatott így rá. Ám más nem változott: továbbra sem törődött, csak saját magával. (Bár a lány abban sem volt biztos, hogy egyáltalán örömforrás-e a szex a férje számára.) Ő ugyan próbálta irányítani, terelgetni párját, de olyan elutasításra, meg nem értésre talált, hogy feladta. Csak azért törődött bele, mert a gyerekre gondolt. Akkor is, amikor a „kötelesség" teljesítése után a fürdőszobában kielégítette magát. „Remélem, te majd úgy fogsz érteni a nőkhöz, mint apád, és nem Istennel kötsz házasságot!"

Jöttek a dolgos hétköznapok. A könyvtárban azonnal megtalálta a helyét. Sokkal felszabadultabb volt, mint otthon. Lajos szintén belevetette magát a munkába. Heti egy éjszakai ügyeletet is vállalt, illetve nagyobb, általa végzett műtét után bennmaradt a kórházban. A magánrendelőjéből sokszor este tízkor érkezett haza. Ilyenkor fertőtlenítő-, gyógyszer- és kórházszagot árasztott. Az sem nagyon segített rajta, hogy (kis vita árán) elfogadta a férfiasabb illatú tusfürdőt, arcszeszt, dezodort és parfümöt, ami mind egy márkacsaládba tartozott. A lány válogatta össze, miközben vágyakozva arra gondolt, milyen jó lenne egy ilyen arzenálban egy közös, erotikus fürdőzés. Ahogy elképzelte, máris egy másik testet és érintést érzett.

Ari erőt vett magán és felkereste a doktornőt, akit kiszemelt a listából. Hivatalosan is megállapítást nyert, hogy terhes. Csináltak ultrahangvizsgálatot, kapott képet a kis magzatról. Ő ugyan nem látta, hogy miből állapította meg az orvos, de egyértelműen kijelentette, hogy fiú. Neki semmi nem volt újdonság. Megbeszélték, hogy egy hét múlva visszamegy, akkor megkapja a hivatalos papírokat, amivel a terhesgondozóban kell jelentkeznie. A további kontrollvizsgálatokat és a szülés várható idejét is megbeszélik. Hazafelé azt latolgatta, miként fogja közölni hitvesével a jó hírt. Úgy döntött, hogy majd hétvégén, a kedvenc teraszán, naplementével körítve.

Így is tett. Férjét nem látta még ilyen boldognak. A még nem tapasztalt érzelmi kitörések megijesztették, főleg, ha az igazságra gondolt. Azzal nyugtatta magát, hogy minden rendben lesz. „Mindketten boldogok vagyunk, mert megkaptuk, amire vágytunk. Kell ennél több?"

Zuhanások_k

– Tegnap túl boldog meg nagyon fáradt voltam, és meg sem kérdeztem, hogy melyik orvosnál voltál – hozta elő a témát Lajos a reggeli kávézás közben.

Ari megnevezte. A hosszúnak tűnő, dermedt csend már gyanús lett. Az eddig háttal álló férfi lassan fordult meg, és most látszott, hogy a nyugalmat és az udvariasságot mennyire erőlteti.

– Egyet nem értek. Miért nem kérted ki a tanácsomat? Elfelejtetted, hogy hol dolgozom? A baráti társaságunkban „csak" három nőgyógyász van!

– Mi a probléma a doktornővel?

– Egyetlenegy: nő!

Olyan mérhetetlen undorral és megvetéssel mondta ki ezt a kétbetűs szót, hogy a lány tűszúrásokat érzett a tarkóján.

– Nagyon kedves volt, és valahogy szívesebben bíztam rá magam, mint egy férfi orvosra. – Ahogy kimondta, megbánta. Gyorsan hozzátette: – Szakmailag van valami gondod vele?

– Nem nagyon ismerem, de nem lehet valami sok tapasztalata. Nincs még egy éve sem, hogy nálunk dolgozik. Jobb lenne orvost váltani! – mondta nagyon elgondolkozva. – Most mennem kell, majd később megbeszéljük.

– De vasárnap van! Kajakozni akartunk, meg ebédelni.

– Pénteken műtöttem, meg kell néznem a lábadozókat, neked meg már nem ajánlatos evezni. Pihenj! Majd délután jövők.

Nem is hozta szóba a dolgot, akkor sem, amikor viszszajött, sem a héten. De ami késik, nem múlik. Ari a megbeszéltek szerint elment a doktornőhöz. Ez egy szerdai napon volt. (Később úgy gondolt erre a napra, hogy itt fejeződött be az élete.)

Megkapta a hivatalos igazolást, amivel felkeresheti majd a védőnőt a terhességi kiskönyvért. Az igazoláson minden rajta volt, az is, hogy mennyi ideje terhes. Ez, meg az ultrahangos fotó, amit nem kell látni a férjének. Éppen ezen morfondírozott, amikor elérték a szavak, amelyeknek nehezen fogta fel az értelmét.

– Kedves Aranka, új nőgyógyászt kell keresnie, mert másik városban fogok praktizálni. Adok névjegykártyát. Ő is itt dolgozik. A legjobb szülész, őt ajánlom! Gratulálok a gyermekhez, a továbbiakhoz minden jót kívánok!

Mielőtt bármit reagálhatott volna, már kint találta magát a váróban. Le kellett ülnie. Biztos volt benne, hogy neki annyi, Lajos keze van a dologban. Akkor viszont mindent tud. „Hogy én milyen naiv voltam! Nem a közös munkahelyről kellett volna nőgyógyászt választanom! Persze mindegy, itt valószínűleg minden orvos ismeri a másikat!" Elsétált a templomba meditálni, imádkozni, valami isteni jelet kapni, hogy mit csináljon. Nem lett okosabb, behúzott nyakkal várta a vihart, de nem történt semmi. Egyelőre. Az feltűnt neki, hogy Lajos szinte kerülte, érdektelen dolgokról, csak a legszükségesebbekről beszéltek. A hétköznapok amúgy is így teltek, hiszen alig találkoztak. Inkább az volt a furcsa, hogy gyerekről, terhességről és orvosról egy szó sem esett. Hétvégén a városi házban maradtak. Ilyen még nem volt; mindig a folyóparton töltődtek fel. Lajos az ágyba hozta neki a

kedvenc málnaturmix italát. Azt hitte, most jön a haddel-
hadd. Férje udvarias, de érzéketlen hangon ezt mondta:

– Jó reggelt, kedvesem! Hoztam turmixot. Szükséged
van az energiára.

Hideg tekintettel nézte, ahogy a lány kortyolja az
italt. „De furcsa íze van!" – gondolta Ari. A két vizenyős
kék szem volt az utolsó kép, amit látott. Aztán sötétség.

Amikor újra kinyitotta a szemét, vakító fehérséggel
hasított belé, hogy kórházban van. Az alhasa sajgott,
mintha kapcsokat lőttek volna bele. Karjában infúzió,
húgycsövében katéter. Ez volt a legkellemetlenebb, mert
iszonyú, csípő fájdalom lüktetett benne. Megmozdulni
sem tudott. Bejött egy orvos két nővérrel.

– Á, hát felébredt a mi nagybetegünk! Üdvözlöm,
Aranka! Túl van a veszélyen!

– Milyen veszélyen? Mi történt? – Azonnal felismerte
a baráti társaságuk jóképű dokiját. Az ő névjegykártyáját
kapta meg az orvosnőtől.

– Elájult, mentő hozta be. És – megfogta a kezét,
színpadias, drámai hangon folytatta – legyen erős! A
baba elment.

Ari lehunyta a szemét. „Az életem is, vele együtt!" És
már potyogtak a könnyei, rázta a sírás.

– Hohó! Ne, kérem, hagyja a sírást, felszakadnak a
varratok! Gyorsan egy nyugtatót! – szólt a nővérekhez.

Újra bezuhant a sötétségbe. Iszonyú, csípő érzés
ébresztette. A katéter okozta. Kiderült, hogy fertőzést
kapott tőle. Amikor kiszedték, elájult. Nyomták neki az
antibiotikumot meg a fájdalomcsillapítókat. Varratsze-
déskor látta, hogy a hasán hosszú vágás éktelenkedik.

– Nem csak a gyereket kellett kivenni, ugye?

– A magzat elhalt. A méhet és a petevezetékeket is eltávolítottuk.

– Szóval megszűntem nő lenni!

– Ne fogja fel ilyen tragikusan! Életben maradt. Rendbe fogsz jönni! – Ezt egészen előrehajolva mondta. Néha a társaságban is átváltottak tegeződésre, főleg, ha Lajos nem volt a közelben.

Három hétig volt a kórházban, ezalatt csak az orvosát, és mindig ugyanazt a két ápolónőt látta. Lajos rá sem nézett, legalább is olyankor, amikor ébren volt. Aztán eljött érte és hazamentek. A franciaágy melletti asztalka megtelt gyógyszerekkel, a férfi elmagyarázta, melyiket miért kell szedni.

– Ha majd megerősödtél, főleg lélekben, de testileg is, beszélünk. Szólj, ha erre készen állsz! És egyél, mert nagyon lefogytál!

– Nem akarsz elválni?

– Katolikus hívők nem válnak. Eszemben sincs. De mint mondtam, majd megbeszéljük a továbbiakat. Jó éjt!

– Amíg táppénzen vagyok, kivinnél a „vityillóba"?

Egy hét múlva elvitte. Már augusztus vége volt, de tombolt a nyár. A vízi jármű kölcsönzőtől vett egy egyszemélyes kajakot, és evezett. Egész jól haladt a testi regenerálással, ám szörnyű gondolatokkal, lelkiismeret-furdalással és önváddal kínozta magát. Hiába katolikus, ő bizony jobban örülne, ha elválnának. Várta a hétvégét, és lélekben próbált felkészülni arra, amit hallani fog. Neki is van pár tisztázandó kérdése.

Eljött a szombat, Lajos megérkezett. Ebédeltek, kiültek a teraszra kávézni. Ari jelezte, készen áll arra, hogy megértse, ami az elmúlt hetekben történt vele.

– Amit hallani fogsz, az nem kellemes. Szörnyű, hogy elvesztetted a gyerekedet, de az is rettenetes, ahogy történt. Nem vagyok rá büszke, de így döntöttem. Nem hibáztatlak, hiszen mindkettőnknek megvolt a jó oka, hogy beleugorjon ebbe a házasságba. Elkértem a leleteidet a doktornőtől, hogy átadjam annak az orvosnak, akinek a gondjaira akartalak bízni. Amint láttam, hogy hány hetes terhes vagy, azonnal tudtam, hogy nem tőlem. Három napig őrlődtem, hogy mit tegyek. Saját gyermekre vágytam. Ezt megértheted! Gondolom, ezért mentél bele ebbe a gyors házasságba, tehát nem akartad elvetetni. Becsapottnak éreztem magam. Altatót adtam neked. A barátom mentőt küldött. Rajtunk kívül csak ő a beavatott. Megállapította, hogy jó a kolléganő diagnózisa. Iszonyú sokat fizettem azért, hogy megtegye azt, amire kértem: vegye el a gyereket. Csakhogy ez időn túli abortusz volt, és úgy alakult, hogy ki kellett pakolni minden női ivarszervet. Ezt végképp nem akartam, csak saját vérvonalra vágytam!

– Én megszűntem nőnek lenni, ti pedig mindketten gyilkosok vagytok. Nem lesz ezt könnyű megemészteni. Hogy számolsz el Istennel? Ilyen kegyetlen büntetést nem érdemeltünk. Főleg az ártatlan gyermek nem! A te dokid, akiben bíztál, orvosi műhibák sorozatát vétette. Tudom, hogy a 18. hétig még meg lehet szakítani a terhességet hüvelyi úton is. Az sem normális, hogy a katétertől fertőzést kaptam!

– És az sem, hogy hallgattál az állapotodról. Ugye ezért tagadtak ki?

– Nem, a szüleim nem tudták, hogy babát várok, és én sem voltam benne biztos. Nekik értéktelenné váltam az ártatlanságom elvesztése miatt. Szerettem azt a fiút, és a gyermekét is. El akartam mondani, csak nem mertem;

nem tudtam, hogy fogjak hozzá. És szándékomban állt szülni neked is. Most itt ülünk: két romhalmaz. Legalábbis én az vagyok. Nem lenne jobb mégis elválni?

– Nem. Elmondom, hogyan tovább. A házasságunk kirakat lesz. A látszatot továbbra is fenntartjuk. Te reprezentálsz, cserébe mindened meglesz. Nincs többé szexuális együttlét köztünk, hiszen nincs értelme. Többet ezeket a dolgokat nem hozzuk szóba soha, senkinek. Élünk szépen egymás mellett. Én, a figyelmes, udvarias férj, te pedig a kedves, elragadó feleség. Rendben?

– Rendben. Ha enged az orvos, visszamennék dolgozni, és szeretném elvégezni főiskolán a magyar-könyvtár szakot levelezőn.

– Ennek semmi akadálya. Örülök, hogy vannak terveid.

– Megszerezném a jogosítványt is.

– Még autót is kapsz hozzá. A garázsban ott áll az előző kocsim, egy Opel. El akartam adni, de jó lesz az neked. Más kérés?

– Egyelőre nincs. Köszönöm. Ledőlök, fáradt vagyok.

Annak kimondottan örült, hogy nem lesz testi kontaktus köztük, mert nem vágyott rá. Ami nem megy, azt nem kell erőltetni! Csak az nem fért a fejébe, hogy miért ragaszkodik a látszatházassághoz. Ő megint feldobhatna egy hirdetést, találna bőven fiatal, szülni képes nőt! Vagy nem is akar gyereket? Ez csak a külvilágnak szólt? A példás családapa-modell! Hirtelen élesen hallotta a fekete hajú hölgy szavait: „Világgá kürtölöm, hogy te és a barátaid mit csináltok! Kiborítom a bilit!" Vajon mire utalt? Van itt valami a háttérben, amiről ő nem tud.

Mindenhez hozzá lehet szokni, még a boldogtalansághoz is. Ari mérlegre tette a dolgokat, amelyek történtek vele, felsorakoztatta az érveket, ellenérveket, és arra a következtetésre jutott, hogy a jó és a rossz dolgok arányban vannak. A mérleg nyelve egyik oldalra sem billent, egyensúlyban van. Igaz, nincs baba, viszont felvették a főiskolára. A szülinapja előtt egy héttel megkapta a jogosítványt. Ezáltal szabadabban mozoghatott. A tanfolyamot meg a vezetési gyakorlat anyagi oldalát a férj finanszírozta. Megszabadult a szexuális élet kényszerétől. Mert párjával sajnos az volt. Elámult azon, hogy most fogja betölteni a 19-et; sokkal idősebbnek érezte magát. Rövid idő alatt annyi minden történt vele, ami másokkal több év alatt sem. Lajos partit szervezett, kitett magáért tortával, gyertyákkal. A bulit még a folyóparti házban tudták tartani, de már be kellett fűteni a kandallóba, a hálókban pedig hősugárzók működtek.

Minden vendég mondott neki néhány vigasztaló szót. Szemtől szembe a kedves arcukat mutatták. Dicsérték, hogy milyen jól néz ki, de tudta, hogy a háta mögött sajnálkoznak. Félrevonult, a kedvenc emeleti pihenőhelyére. Az üvegajtót már nem volt tanácsos elhúzni, de a kilátás pazar látványt nyújtott. Belesüppedt a kedvenc bőrfoteljébe, és a kis, kavicsos, lámpákkal megvilágított utat nézte.

„Megnyugtató, hogy a végén nincs befalazott ajtó." Kicsit végre egyedül maradhatott, a többiek lent ropták a táncot. Harsány hang törte meg a nyugalmát:

– Á, itt a szülinapos! Hogy vagy?

– Az a doki kérdi, akinél három hete voltam kontrollon? Tényleg! Hogy vagyok?

– Testileg nagyon is jól! Csinosan! Lelkileg? Hoztam vidámító pezsgőt! Koccintsunk! Boldog születésnapot!

Ari bizalmatlanul nézett a pohárra. Egy idő óta csak olyan italt iszik, amit ő csinál, vagy tölt ki bontatlan csomagolásból. (Ki tudja, miért?)

– Kösz! Majd később koccintok, de nem alkohollal.

– Nagyon aggódtam érted, meg Lajosért is.

– Érte? Miért?

– Mert egy feleséget már elvesztett.

– Nem is tudom, hogy mi történt.

– Öngyilkos lett.

– Öngyilkos? Hogyan? Miért?

– Magára gyújtotta a házat. Az oka rejtély. De lehet, hogy Lajos tudja.

– Nem beszél róla, egyetlen emlék sem jelzi, hogy valaha volt.

– Nem gondoltam, hogy a barátom kievickél a megrázkódtatásból, és újranősül, méghozzá egy ilyen elragadó, csinos nőt vesz el!

A férfi kéretlenül és hirtelen a bőrfotel széles karfájára ült, felsőtestével nekidőlt Ari vállának. Az elhúzódott, amennyire csak tudott, és tréfásan figyelmeztette:

– Szerintem van itt még üres ülőhely!

– Aranka! Mióta csak megláttalak, azóta irigylem Lajost! Én meg tudnám adni neked, amit ő nem. Én férfi vagyok, és szeretem a hölgyeket. A múltkori vizsgálatnál alig tudtam magamon uralkodni. Csak az orvosi etika meg a kint ülő asszisztens tartott vissza!

A lánynál itt szakadt el a cérna. Ez beszél itt etikáról? Felugrott. Határozott, de nyugodt hangot ütött meg. A nyomaték kedvéért visszatért a magázódásra.

– Doktor úr! Nem hiszem, hogy önre tartozik az, hogy nekem mit tud, vagy mit nem tud adni a férjem. Arra kérem, hogy velem kapcsolatban tartsa továbbra is szem előtt az etikus viselkedést! Meggyógyultam, nem vagyok a páciense, de elvárom a diszkrécióját. Az orvosi titoktartást – amire felesküdött – meg pláne! Bizonygassa

143

otthon a feleségének férfiasságát! Ez a kis beszélgetés meg sem történt! További jó szórakozást!

Ezzel elvonult a hálóba, magára zárta az ajtót, belefúrta a párnába a fejét és sírt. Ugyanis eszébe jutott a vizsgálat. Akkor elhitette magával, hogy csak véletlen, amit érez. Vagy a zaklatott lelkiállapota vezeti félre. Ott ült abban a székben széttárt lábakkal, és próbált nem feszélyezett lenni, hiszen az orvos jó párszor látta kiszolgáltatott helyzetben. Igaz, akkor ő nagyon rosszul érezte magát, nagy fájdalmak közepette, nem e világon járt. Most döbbent rá, hogy nagyon is valós volt az érintés. A doki gumikesztyűs kezének mutatóujja a hüvelyében járt, és mintha másképp mozgatta volna, mint a vizsgálathoz illik. Ám a hüvelykje a csiklójához ért, nem is egyszer! Ari hátrahúzta csípőjét – már amennyire ilyen helyzetben lehetséges –, és ez megállította a folyamatot. Akkor azt hitte, téved, de most biztos volt abban, hogy nem. Ezt támasztotta alá a férfi iménti vallomása, és még ez az ember beszél etikáról!

Később bekopogott hozzá Lajos. Beengedte. „Most kérdőre fog vonni, hogy ünnepelt lévén nem illik otthagyni a társaságot!" De nem ez történt.

– Hogy vagy, kedvesem? – Kettesben régóta nem szólította így.

– Kösz, tűrhetően. A vendégek?

– Elmentek.

– Remélem, nem miattam.

– Maguk miatt. Már nem fért több ital beléjük. Csak meg szeretném köszönni a korrektségedet!

– ?

– Köszönöm, hogy nem aláztál meg azzal, hogy elfogadod a barátunk közeledését. Ne nézz ilyen csodálkozva! Tőlem

144

kért „engedélyt" rá. Megzsarolt. Azt mondtam neki, tőled függ. Ha te elfogadod őt, szemet hunyok a liezon fölött. Ne haragudj! Te nagyon értékes ember vagy. Jóváteszem.

– Kettőnket más-más céllal hozott össze a sors. Én apát akartam a gyermekemnek, te anyát a gyermekednek. De ez már a semmibe veszett. Te mondtad, hogy elég intelligensek vagyunk ahhoz, hogy ne marjuk egymást. Neked lenne lehetőséged egy új családra, mégis kitartasz mellettem. Ezt tolerálom. Nem foglak hátba döfni! A veszteségeink tartanak bennünket össze. Nincs mit jóvátenned.

– Bölcs asszony vagy, meghazudtolva korodat! – Ari egy pillanatra Karesz arcát látta, és a hangját hallotta, ahogy ezt mondja: „Korodhoz képest igencsak bölcs vagy!" De a férje visszahozta a jelenbe, ahogy szomorúan zárta mondandóját: – Meg sem érdemellek.

A kórház nagy karácsonyi összejövetelre készült. Dupla ünnepelnivaló volt, mert Lajost nevezték ki főigazgatónak, mivel elődje nyugdíjba ment. Ari gyönyörű kék estélyi ruhát kapott hozzáillő cipővel, és zafírkék fülbevalót, gyűrűt, mivel a smaragdzöld nem passzolt színben a ruhához. Ő egy márkás órával ajándékozta meg férjét, amibe belegravíroztatta az orvos nevét az új titulussal és az évszámmal. Eljátszották a harmonikus házaspárt. Táncoltak. Az mindig jól ment nekik.

– Nem látom a társaságban kedvenc nőgyógyászunkat.

– Nem is fogod. Legalábbis remélem! Közös megegyezéssel felmondott. Ez volt az első hivatalos papír, amit igazgatóként aláírtam.

– Mi lesz, ha újra megzsarol?

– Egy új, fővárosi klinikára ajánlottam be. Nem járt rosszul.

„Megígérte, hogy jóváteszi." A vesztesek továbbra is összetartanak.

A tennivalók sűrűsödtek. Vizsgaidőszak, munka, báli szezon, jótékonysági partik. Színházi bérlet a páholyban. Három évig ezek ismétlődtek. Ari az irodalom helyett átnyergelt a számítástechnikára, látta benne a jövőt. Lediplomázott. A könyvtár beszerzett jó néhány számítógépet, s internet hozzáférést kínált az olvasóknak. Ennek a részlegnek lett a vezetője. A helyi újságtól megbízást kapott, hogy írjon az új könyvekről ajánlót. Állandó rovata lett. Ő járt a fővárosba, az Ünnepi Könyvhétre, ahol tájékozódhatott a legfrissebb kiadványokról, és beszerezhette azokat a könyvtár számára. Egyik karácsonyra új autót kapott. Még Olaszországban megcsodált egy tűzpiros Alfa Romeo-t, most egy ilyenbe ülhetett bele. Rég nem érzett ekkora örömet. A vezetésben és a munkájában szabadságra lelt, ezek tudták enyhíteni a nőiesség és az anyaság utáni vágyat. A hormonális változások miatt felszedett néhány kilót, de arányos testalkata megmaradt. Templomba csak nagyobb vallási ünnepeken mentek. Károly atya emléke ugyan halványult, de nem múlt el. Bármilyen könyvet olvasott éppen, a könyvjelzője a szeretett férfi kissé gyűrött fényképe volt.

Az évek múltak. Lajos 50., Aranka 30. évének betöltését egy európai körutazással tették emlékezetessé. Mindketten jól beszéltek angolul, Ari letette a nyelvvizsgát. Londonban, városnézés közben felvetette, hogy költözzenek külföldre, dolgozzanak itt, most már ezt is lehet, ám a férfi egy csöppet sem gondolkodott a nemleges válaszon. Pedig a nő úgy érezte, számára több ország is szóba jöhetne egy új, más élet kezdetéhez. Újra visszatértek Olaszországba. Ahány templomban jártak, Ari annyiszor gyújtott gyertyát fia lelki üdvéért. Az értelmetlen elvesztése, és az, hogy nem lehet saját gyermeke, soha nem múló hiányérzetet hagyott benne.

Példaképének tekintette az olasz riporter-írónőt, Oriana Fallacit. Minden munkáját, ami magyarul megjelent, olvasta. Különösen a Levél egy meg nem született gyermekhez könyve volt a kedvence. Annak idején kétszer rugaszkodott az elolvasásához. Először nem ment, túlságosan mélyen érintette, de később nagy hatást gyakorolt rá. Firenzében megvette az olasz kiadást, és elhatározta, hogy megtanulja ezt a nyelvet is. Titkon azt tervezte, hogy ő mégis külföldön vállal munkát. Így is lehet távházasságban élni! Nehezen bírta az érzelemmentes darálót, amiben forogtak vég nélkül. Vágyott már valami kis borzongásra, érzelemmel telített kapcsolatra. Tudta, hogy amíg egy fedél alatt él Lajossal, nem fogja kijátszani a másikat. Képtelen az alakoskodásra. Nem lenne korrekt. Nem értette, hogy férje hogyan képes egy ilyen se hal, se hús viszonyt fenntartani. Micsoda ósdi nézet, hogy a testi együttlét csak a gyereknemzésre való! Neki kellett volna papnak menni, ha ennyire aszexuális, nem Karesznek! „Az élet nem könnyű, gyermekem. Naponta ismétlődő háború, az öröm percei csak rövid zárójelek, súlyos árat kell értük fizetni." Még nem tudta, mennyire igazak ezek a szavak, amelyeket Fallaci könyvében olvasott.

Tavasz közepében jártak. A langymeleg szellő és a napsütés jó időt ígért. Ari egy nappal előbb végzett a fővárosi könyvhéten. Suhant az Alfával. Nagyon szerette ezt az autót. „Milyen kevés kell a boldogsághoz! A vezetés, a jól végzett munka szabadsága! Már csak a szeretni és szeretve lenni szabadsága hiányzik!" Mivel péntek volt, úgy tervezte, hogy egy nappal megtoldja a folyóparti hétvégét. Végre előszedheti a kajakot és egy jót evez, de előbb hazaugrik, összepakolja, amire szüksége lesz. Nem is állt be a garázsba, ilyen rövid időre minek? A furcsa az volt, hogy Lajos kocsija is kint állt.

„Ezek szerint itthon van. Mintha azt mondta volna, műtétei lesznek, és még a hétvégén is be akart menni a kórházba. Ha változott a program, rábeszélem, hogy jöjjön velem." Összepakolt, közben keresztül-kasul robogott a lakásban, de az üresen kongott a léptei alatt. Akkor csak a garázsban lehet. Meglepetésére egy idegen fekete autó állt a Mercedes helyén. Benézett az ablakán. A visszapillantó tükrön hagyományos rózsafüzér lógott, s a vezető melletti ülésen egy papi gallért látott. Az érzés, ami elöntötte, egyszerre volt felkavaró és felvillanyozó.

„Vendégünk van? No, jó. De hol? És ki?" Mintha férfihangok szűrődnének a kis üveges ajtó mögül, ami a vezetőülés felőli oldalról nyílt. Megkerülte az idegen járművet. Alig fért el. Ari úgy tudta, egy szerszámoskamra bejárata. Egyszer akart oda bejutni, tán kalapácsot keresett, de talált magának a polcon, így el sem ment odáig. Emlékezete szerint a párját sem látta soha oda bemenni. Most viszont fény szűrődött ki. Lenyomta a kilincset. Az ajtó nem nyílt. A két, fejnagyságú ablakocskát belülről csipkefüggöny takarta, de most betekintést engedett, különösen, hogy a garázs sötét, a belső helyiség meg világos volt. Közelebb lépett. Megdermedt. Szerszámos helyett egy hangulatos kis szobába nézett. Fotelekkel, hangulatlámpákkal, ággyal, annak végén egy asztallal, ahol két meztelen férfi szeretkezett. Éppen oldalról láthatta őket. Az egyik férfi a felsőtestével az asztalra hajolt. A másik mögötte állva, teljes extázisban, erőteljes lökésekkel, hosszú péniszével hatolt be a felkínálkozó ánuszba. Tudta, hogy létezik ilyen, de nemhogy élőben, még filmen sem látott hasonlót. Egészen odanyomta a homlokát az üveghez, támaszt keresett, mert szédült kissé. Ekkor ismerte fel az asztalon nyögőt: Lajost. Ilyen átszellemült élvezetet még sosem látott az arcán! Az álló, adoniszi testalkatról az arcra pillantott, és nem kapott levegőt! „Alig változott, csak a halántéka ősz. A teste még kidolgozottabb." Az erős karon egy tetoválás lüktetett az izmok játékának ritmusával. Egy rézvörös hajú angyalka könyökölt a kék felhőn. A felhőben nagy, aranyszínű, fekete kontúrú betűkkel: Arany.

Ari előtt elsötétült minden. Kiszaladt alóla a lába. Koccant a feje, iszonyú fájdalom hasított bele. Utoljára teste puffanását hallotta a betonon, aztán bezuhant a mélységbe.

Leborotvált fejű, sápadt nő feküdt a kórházi ágyon, turbánszerű kötéssel. Karjában infúzió. Csukott szemhéjai sokszor megrebbentek, néha nyögdécselt, kezének ujjai remegtek a takaró fölött. Orvosok jöttek-mentek, ápolónők cserélték, amit kellett. Messziről hangfoszlányok úsztak az éterben. Időnként egész mondatok hasítottak a levegőben.

– Doktor úr! Doktor úr! Ébredezik!
– Mikor szedjük ki a varratokat?
– Mondott már valamit?
– Hogy van a feleségem?
– Sajnálom, erős agyrázkódást szenvedett. A fejseb is elég nagy.
– Persze, fel fog épülni, türelem!

Két hét múlva már nem volt turbán a betegen, a haja fél centis tüsire nőtt. A csukott szemek mögött villództak a képek és a hangok. Ezek váltásánál a nyilalló fájdalom miatt fel-felnyögött. Különböző ajtók váltották egymást: nagy, duplaszárnyú faragott, függöny mögötti, festménybe rejtett, üveges, csipkefüggönyös. Szélesen kitárva, kinyithatóan, zárva nagy lakattal és lánccal, végül befalazottan. Ari – mert ő feküdt a kórházi ágyon – ezekkel az ajtókkal küzdött. Át akart rajtuk jutni. Némelyiken sikerült. A végén mindig a homloka koppant a kemény betonon. „Fejjel megyek a falnak! Jó ez nekem?” A hangokban az volt a jó, hogy meg tudta különböztetni azokat, amelyeket csak ő hallott, ilyenkor balták hasogatták a fejét. Ha a körülötte lévők beszéltek, akkor tompán lüktetett a halántéka. Most ezek szálltak a kórteremben.

– Magához tért.

– Nagy fájdalmai vannak.

– Nem hiszem, hogy emlékszik bármire. Nem beszél.

– Ha mond is valamit, az érthetetlen.

– Összefüggéstelenül mormol.

– Nincs javulás.

Néha egyenesen a fülébe duruzsolt egy ismerős hang, az orrába fertőtlenítővel kevert, édeskés arcszeszillat kúszott.

– Kedvesem! Én vagyok. Megismersz?

A héj lassan nyílt fel a smaragdzöld szemekről, melyek csillogás és értelem nélkül bámultak a vízkék szemekbe. Egy injekciós tűt tartó kéz az infúziójába nyomta annak tartalmát, és ő felszállt egy kék felhőn, amire az volt írva: Arany. „Én vagyok az Arany Angyal.” És repült.

A legközelebbi ébredésnél már „csak” tompa fájdalom lüktetett a fejében. Kivették a katétert, levették az infúziót, és az ápoló segítségével tett pár lépést. Fürdőszobás, WC-s kórtermet kapott, ahol egyedül volt. „Kivételes helyzetben vagyok?" Ahányszor megmozdult, mindig várnia kellett, hogy a dolgok leálljanak, és ne menjenek vele. Mozgott az ágy, a padló, a szekrény. Mellé nyúlt a tárgyaknak. Biztosabbnak tűnt a vízszintes helyzet. Óvatosan megtapogatta a fejét. A centis haj simogatása, különösen visszafelé, bársonyosan cirógatta tenyerét. Hátul, a tarkója fölött keresztben egy 10 centis sávban leragasztott sebet tapintott ki. „Műtét? Vágás?" Ahogy a kezét a nyakához érintette, rémület szállta meg: volt egy aranylánca kereszttel. „Kereszt, Krisztus, templom, Károly atya!" És akkor hirtelen a villámként cikázó képek megálltak: Karesz és az ő férje abban a helyzetben! Most a homloklebenye hasogatott. Megint zuhant.

Surrogtak a hangok, a feje lüktetett.

– A testiség az élet velejárója.

– A püspököm, a tanítóm.

– Valami zűr miatt került ide.

– Még mindig bocsánatosabb, mintha kis- vagy nagyfiúkkal tenné!

– Rettegek attól a naptól, amikor ki kell lépned az életemből!

– Ez a lánc fog rám emlékeztetni, Krisztus Urunk meg vigyáz rád!

A lánc a húsába vágott. Felriadt, felült. A váratlan/ hirtelen mozdulattól a fejében kések vagdalkoztak.

– A láncom! – A kezével a nyakát tapogatta.

– Megvannak! A boka- és a nyaklánc egy lezárt tasakban, a szekrényke fiókjában – mondta az éppen bent lévő nővér. – Odaadjam? Most már felveheti.

Feltette az ékszereket. Ari megsimította a jól ismert medált, és visszazuhant a saját világába. Már nem hallotta, amint az ápolónő fejcsóválva mondja:

– Ha ezt elmondom a főorvos úrnak, hogy mi az első szó, amit egy hónap után kiejtett!

Aranka már a baldachinos ágyban volt, őbenne Karesz, aki észrevétlenül a nyakába varázsolja az érettségi-ajándékot, közben forró suttogásaival árasztja el.

– Az álmaink nem a valóság!

– Nagyon szép, de bármikor vége lehet!

– Bármi is történik, a hivatásomat nem adom fel.

– Miért volna a nemzés bűn?

– Fiú lesz!

Eltűnt az ágy és Karesz. Ő egy műtőasztalon feküdt. Egy érdes hang ezt kiabálta:

– A gyerek nem az enyém! El kell venni! Ki vele!

Éles fájdalom térítette magához. Látta, hogy a mellette álló fehérköpenyes a férje.

– Kedvesem! Hallom, jobban vagy!

– Mi történt velem?

– Elcsúsztál, és beverted a fejed.

– Megműtötték az agyam?

– Nem, dehogy, csak felrepedt a fejbőröd, kicsit betört a fejed, össze kellett varrni. Viszont súlyos agyrázkódásod van. Emlékszel arra a napra?

Csak óvatosan ingatta a fejét. Lecsukta a szemét. Hogy emlékszik-e? Van, amire igen. A villódzó képek közül legtöbbször Lajos ismeretlen arca kísérti. Egyre csak abban a helyzetben látja, ahogy az asztalra hajolva kéjesen élvez. És a hab a tortán az, hogy ki okozza neki ezt az élvezetet! De elhatározta, hogy ezt magában tartja. Nem is tudna róla beszélni. Migrén kínozta. Élni is nehezére esett.

– Vedd be a gyógyszereket! Pihenj!

Lenyelte a pirulákat. Most nem felfelé szállt a felhők közé, hanem spirálisan zuhant egy mély kútba. Üvegajtó.

Kinyílt magától. Egy hatalmas asztalra Lajos hajol, mögötte egy orvos barátjuk nyújt neki élvezetet, és még hárman állnak sorba. Egy női hang alig forgó nyelvvel mondja:

– Kiborítom a bilit! Hívom az újságírót! Na, most már tudod, hogy a férjeink mit csinálnak!

– Látszatházasság! Ez a legjobb mindkettőnknek! – kiabált az élvezet extázisában Lajos.

Ari dobálta magát az ágyon és önkívületben, látszólag összefüggéstelenül beszélt. Legalábbis így látta a körülötte álló, vizitelő orvosi slepp. Csak a főorvos igazgatónak vágtak elevenébe a szavak. „Korrekt voltam, nem játszottalak ki! Gyilkosok! Képmutatók! Nem iszom meg, keserű! Borítsd ki a bilit! Nem mi vagyunk az elvetemültek! Emelj fel! Vegyél ki a kútból!" Karesz izmos karja könnyedén felemelte, és ezt kérdezte: „Ágy? Fürdő?"

– Fürdő – válaszolt, és felébredt.

– Szeretne fürdeni? Segítek – nyújtotta Lajos a kezét.

Ez az átkozott magázódás! Mi van, konzílium? „Soha eszedbe sem jutott nekem a fürdésben segíteni!" Nemet intett. Egyedül akart lenni. A zuhanyra gondolva eszébe jutott a kád, a pezsgőfürdő. Aztán a frissen berakott ajtót látta. Karesz kiket fogadott még a rejtekajtón keresztül? Nem miatta készítette! Ez a felismerés az elevenébe hasított. Erre még sosem gondolt. Felismerte-e eszméletlenül, véres fejjel, és felfedte-e kettejük ismeretségét? Biztos, hogy nem! Mit nem adott volna azért, hogy láthassa a két férfi arcát, amikor felfedezték őt a garázsban! Bárcsak tudná, mi zajlott le bennük! Lajos pedig szeretne az ő fejébe beletekinteni, de nem hagyja! Eszi a kefét, hogy vajon mit látott, mikor és kinek fogja elmondani, de őt ez már nem érdekelte. Egyet tudott: nem akarja az eddigi életét. Bármi más jobb!

A reggeli vizitre ébredt, de úgy tett, mint aki még alszik. Hallgatta, ahogy döntenek a sorsáról.

– Nem javul.

– De nem is beteg. A fejseb szépen gyógyul, a haja is kinőtt.

– Viszont a feje nem tiszta.

– Memóriája sem a régi.

– Azt gondolom, állandó migrén fogja kínozni.

– Azt karban lehet tartani gyógyszerekkel.

– Viszont foglalja a kórházi ágyat más betegek elől.

– Következhetne a rehabilitáció.

– Szanatóriumot javaslok. Mit szóltok hozzá?

– Jó. Megnézem a lehetőségeket.

Öt év vegetálás következett egy Isten háta mögötti szanatóriumban. Ugyan külön szobát kapott, de közös zuhanyozóban lehetett fürdeni. Az intézményt a világ végén építették, földesúri kúriaként. Vastag falait nehezen tudták kifűteni, nyirkos és dohos levegője nem használt senkinek. Többségében rendellenességgel született értelmi sérültek, és különböző stádiumban lévő elvonósok lakták.

Néhány orvos és ápoló összetéveszthető volt az ápoltakkal. Ari minden hónapban küldött egy levelet a férjének, amiben kérte, majd könyörgött neki, hogy vigye onnan máshová. Amint ide került, pár hónap múlva rájött, hogy tudatát a gyógyszerek teszik homályossá. Szépen, fokozatosan elhagyta a szedésüket. Egyedül a fájdalomcsillapító maradt, azt pedig csak akkor vette be, ha szükséges volt. Rendszeres, körültekintő munkájába került, hogy ezt senki ne vegye észre; a nem szedett tablettákat gondosan eltüntette. Leveleiből férje is érzékelte, hogy egyre letisztultabban és pontosabban fogalmaz, de mindig udvariasan azzal nyugtatta, hogy keresi a lehetőségeket. A gyors változást az hozta, hogy egyik éjjel randalírozott egy beteg, aki az elvonási tünetek miatt őrjöngött. Éppen Ari szobájába tört be, ráugrott és fojtogatni kezdte. Alig tudták róla leszedni. Másnap megérkezett Lajos.

– Kedvesem! Bocsásson meg! Mit tehetek? – kérdezte riadtan, miközben a lila foltos nyakat vizsgálta.

– Hagyjuk ezt a negédes udvariasságot! Te is tudod, én is tudom, hogy miért távolítottál el a közeledből! Tisztában vagyok vele, hogy gyámság alá tettél, és a gyám te vagy. Nem akarom a köreidet zavarni, de a korrektségemért viszonzást várok! Nyisd ki a pénztárcádat, vesd be a kapcsolataidat, és vegyél nekem egy élhető helyet! Külön fürdőszobás lakhellyel, ahol a személyes holmim vár. Legfőképpen a könyveim. Kérek egy számítógépet is. Egy hét múlva már nem akarok itt lenni! Te nem akarsz válni, akkor teremts emberi körülményeket nekem! Nagy kérés?

– Nem. Igazad van. Meglesz.

Egy kastélyból átalakított szanatórium következett, amit hatalmas park vett körül. Ezen a helyen a pénzes, legtöbbször depressziós vagy abból kigyógyult betegek rehabilitálódtak. Olyan hírességek is meghúzták magukat itt, akik valamilyen botrány elől menekültek, vagy csak egyszerűen pihenni akartak. Külön apartmanban lakhatott. Megkapta a könyveit, ruháit és egy laptopot is. Legelőször József Attila kötetét vette kézbe. Magától kinyílt, és kiesett belőle a két féltve őrzött kép. A gyűrődések, de a frissen szerzett emlékek sem rontottak a szeretett arcon. „Te bennem vagy, és egy hatalmas lakattal bezártalak az agyamba és a szívembe." Ezt mondta neki, amikor kétségei voltak a diszkrécióját illetően. Elmosolyodott, mert eszébe jutott a válasz.

„Látod, még te sem tudtad azt a lakatot feltörni. Miért tudok neked megbocsátani és a férjemnek nem? Mert te szereted az embereket. A nőket, és – Isten bocsássa meg – a férfiakat is."

Mint egy darázscsípés, hasított belé a felismerés: a püspök és Karesz! Épp úgy nézett a képére, mint rá szeretkezés előtt! Ezért kellett mennie? De ha a fiúkat szereti, hogy ért ennyire a nőkhöz? Biszexuális? Soha egy mozdulata nem utalt másságra! Vele nem próbálkozott az anális szexszel! Ami viszont arról győzte meg, hogy őt nem felejtette el, az a tetoválás a karján. Uramfia! Hányszor jelenik meg neki az a vörös hajú angyal, aki tulajdonképpen ő! Képes volt pap létére elmenni tetkót varratni! Biztos nem verte nagydobra a foglalkozását, nem reverendában jelent meg a tetováló szalonban. „Hol találkoztatok ti Lajossal?"

Azon kapta magát, hogy beszél Karesz képéhez. Vágyott arra, hogy egyszer ezt személyesen is megtehesse. Vajon ő miért nem keresi? Bűntudata van? Azt nem tudta elképzelni, hogy ott, a garázsban átlépett rajta és elhajtott. Megsimította a keresztet és imádkozott. Elhatározta, hogy berendez magának egy kis „oltárt", ahol központi helyet kap Károly atya fényképe. Vesz, vagy csináltat valami szép keretet is. Kezébe vette a másik fotót. Elmosolyodott. A három ártatlan kislány! Rég volt, szép volt, igaz sem volt. „Biztos jobb sorsuk van, mint nekem. Vajon hová fújta őket az idő szele? No, mi is megérdemlünk egy szép keretet!" Elhatározta, ha legközelebb bemehet a városba (volt kimenő), megvalósítja a tervét.

Már egy hónapja lakott az új helyen. Étkezésekkor érezte, hogy egy nagyon sovány, ráncos, ősz hajú néni figyeli őt. Nem látszott rajta az őrületnek semmi jele.

Csendes, nyugodt, nem balhézós „lakónak" tűnt. Ari igyekezett minél távolabbi asztalhoz ülni, mert zavarta, hogy evés közben bámulják. Épp a vacsora végénél jártak, amikor bekiabálták a nevét, és kérték, hogy menjen a telefonhoz. Lajossal beszélt, aztán leült a társalgóban, újságokat lapozgatott. Érezte, hogy nézik. Vele szemben ült az öreg hölgy, és valami hihetetlen fanyar mosollyal a szája szegletében ezt mondta:

– A kislány! Aranka! Lajos felesége, ugye?

– Ismerjük egymást?

– Alig. Neked sem sikerült kiborítani a bilit?

– Á, tudom már, a táncosnő!

– Ági vagyok, balerina. Voltam, csakhogy a férjem azt mondta, ne dolgozzak. Nincs rá szükségünk. Neki nem is volt. Képzeld csak el, elvett engem, aki táncosok közt nőttem fel! Azt hitte, nem láttam még homokosokat! Kacagnom kell! Persze palástolta, csak két év házasság után bizonyosodtam meg arról, amit már sejtettem, hogy a mintaférj a fiúkat szereti. Tudtad, hogy a férjeink szeretők voltak?

– Nem.

– De rájöttél, különben nem lennél itt.

– Ezt hogy érti?

– Jaj, hagyd a magázódást! Megőrülök tőle! Tudom, hogy öregebb vagyok, mint te, de sorstársak vagyunk. Egyébként a férjeddel vagyok egyidős.

– És hogy vagy?

– Ezt meg hogy érted? Élve eltemetve! Ahogy te is!

– Nem a depressziód, majd a súlyos gyógyszerfüggőséged miatt kerültél kórházba?

– Sose szedtem semmilyen gyógyszert. Amikor rájöttem, hogy a férjem homoszexuális, egy újságíróval csaltam meg. Arra készültünk, hogy egy cikkben lerántjuk a leplet a mintaférjekről. Amikor ott voltunk nálatok, a folyóparti házban, beszélni akartam veled. Valamit tettek az italomba, mert nem ittam annyit, hogy aztán ne emlékezzek semmire, és a pszichiátrián ébredjek begyógyszerezve. Férjecském még azt is rám kente, hogy öngyilkos akartam lenni. És ha egyszer a Doktor Team összedugja a fejét, mindjárt meg tudják oldani a problémát, simán félre tudnak állítani feleségeket, barátokat, nemkívánatos embereket. Hát ezért ülünk mi is itt. De élünk!

Ari e néhány mondat után sok mindent másképp látott.

– Élünk? Vegetálunk.

– Azt tudod, hogy Lajosod előző feleségével mi történt?

– Öngyilkos lett.

– Terhes volt. Rajtakapta Lajost meg az én férjemet a leendő gyerekszoba szőnyegén. Rájuk gyújtotta a házat, csak a szétlocsolt benzin rámegyik, így ő égett halálra, a két férfi kijutott valahogy. Ha így történt. Ez volt a hivatalos verzió. Persze a szőnyegen történtek nélkül. Láttál bármilyen fényképet, emléket az előző házasságból?

– Nem, semmit.

– Minden elégett, porig. Gyönyörű nő volt, természetes vörös hajjal. Pontosabban az arany és rézszín között. Irigyeltem. Mi a baj? Hová mégy?

– Fáradt vagyok. Majd még beszélgetünk.

„Átalakított, átformált, elvette a hajam színét, az érzékiségemet, a gyerekemet, az életemet! Mindezt udvariasan, mosolyogva! Miért legyek én korrekt? Megölöm!" Ezeket gondolta, miközben könnyeivel küszködve sietett lakásába. Fürdővizet engedett magának. Az illatos fürdő mindig megnyugtatta. A tükörből egy idegen nézett rá: negyvenes, őszülő hajú, nyúzott, megviselt néni. Az ifjúság elszállt, és ő élt 19 évet. A saját „oltárához" ment, letérdelt a piros bársony zsámolyra, s Karesz képe előtt egy sajátos imát mondott:

„Az ifjú nyár
könnyű szellője, mint egy kedves
vacsora melege, száll.
Szoktatom szívemet a csendhez.
Nem oly nehéz –
idesereglik, ami tovatűnt,
a fej lehajlik és lecsüng
a kéz."

Végigmondta az Ódát. Valóban olyan, mint egy fohász. Szinte a bőrén érezte, hogy valaki valahol ezt a verset mondja, mint imát, egy igazgyöngy rózsafüzérrel a kezében. A fenyőillatú vízbe merülve ennek a kéznek az érintését képzelte, miközben kielégítette magát.

Megpróbált az interneten kutatni Karesz után. Semmi. Azt sem értette, hogyan vált meleggé az a férfi, aki annyi gyönyört tudott neki okozni, nem úgy, mint a férje. Törte a fejét, hogyan tudna törleszteni Lajosnak. Archív híreket olvasott egy régi tűzesetről. Annak idején semmi gyanúsat nem találtak a tragédiában. A homoszexualitás kapcsán arra a következtetésre jutott, hogy a másság ma már több toleranciát kap, sokat változott a világ. Persze ahogy ő mondta, a fontos pozícióban lévőknek vigyázni kell a jó hírükre. „No hiszen! Annak már annyi! Legalábbis az én szememben." Ahogy teltek a hónapok, évek, úgy halványodott a visszavágási szándék. Ági rendesen fel tudta szítani a tüzet, ha néha beszélgettek, de beteg lett, kórházba került.

Aztán a sors elintézte helyette a bosszút. Hatodik évét töltötte az újabb „száműzetésében", amikor kopogtak az ajtaján. A szanatórium igazgatója volt, személyesen. Rögtön tudta, hogy valami történt; egy kezén meg tudta számolni, hogy hányszor látta az intézményben. S most a nagyember ereszkedett le a kis porszem lakóhoz. (Ami azt illeti, elég fényűzően élt belőlük!)

– Kézcsókom, kedves Aranka! – és nem csak mondta, meg is tette. Arinak összerándult a gyomra a mesterkélt, udvarias hangtól és gesztustól. Még az émelyítően édes illat is olyan, mint az *övé*! Csak nem azért vagyok itt, mert ők ketten…

– Nagyon szomorú hírt hoztam. Engedje meg, hogy szívből jövő mély együttérzésemet és részvétemet fejezzem ki! A kedves férje tegnap szívinfarktust kapott, és ma hajnalban elhunyt.

„Özvegy lettem" – gondolta, miközben lezöttyent a fotelba. Kezével intett az igazgatónak, hogy foglaljon helyet. Arcát a tenyerébe temette, leginkább azért, hogy ne látszódjon a megkönnyebbülése. Bár ha ezek ismerik egymást, akkor nincs mit takargatni.

– Köszönöm. Mi a teendőm?

– Itt az ügyvéd névjegykártyája. Őt kell felhívni, ő tájékoztatja a továbbiakról.

Így tett. Az utasítás az volt, hogy azonnal utazzon a városba. Buszra, majd vonatra szállt, és az első útja az ügyvédhez vezetett. Ismerték egymást, mert a baráti társaságukhoz tartozott. Többször jártak náluk. Még a feleségére is emlékezett. Miközben adogatta a hivatalos iratokat, Ari azon gondolkodott, hogy vajon milyen szexuális irányultságú. Nem tudta eldönteni, de az üresjáratokban jó szórakozásnak tűnt.

Először megkapta a gyámság alóli feloldást. Lajos ezt egy hivatalos, ügyvéddel és két tanúval aláírt dokumentummal tudatta, melyet orvosi vélemények is alátámasztottak. Csatolt mellé egy neki szóló, nagyon hosszadalmas, udvarias levelet. Ebből kiderült, hogy sokat vívódott, boldogtalan volt, de leginkább önmagát sajnálta. Persze bocsánatot is kért. Végrendeletében mindent Arankára hagyott. „Hát ez szép tőle!" Visszakapta a házak, a motorcsónak és egy autó kulcsát. „Nocsak, egyszerre képes vagyok mindenféle felelősség vállalására?" Nem érdekelték az ingatlanok. Az a bizonyos pláne nem! Megbízott egy közvetítőt, hogy adja el őket. Megnézte az autót. Fekete BMW. Eszébe jutott, hogy rég lejárt a jogosítványa. Úgy döntött, nem kell. A tanulást tortúrának érezte. A bankszámla láttán majdnem elájult. „Hát pénzem, az van!" Már a terve is kész volt. A város legjobb szállodájába ment, majd a fodrászhoz, visszafesttette a haját rézaranyra, és Kleopátra-frizurát készíttetett. A kozmetikus kicsit fiatalosabbá változtatta. Vett néhány fekete, és más divatos ruhát. Rég érezte ennyire szabadnak magát.

A temetést a kórház intézte. A főigazgatót saját halottjának tekintette. Az ügyvéd és férje kezelőorvosa felajánlották Arinak, hogy kísérői lesznek a szertartás alatt. Ezért hálás volt, mert amikor a ravatalnál várták a temetést vezető papot, a várakozása szinte rettegéssé vált. Ha Károly atya jelenik meg, ő elájul. Amint meglátta a számára idegen reverendást, abban a pillanatban már sajnálta, hogy mégsem ő. „Döntsd már el, hogy mit szeretnél!" Elhatározta, hogy egy imára betér abba a templomba, ahová annak idején jártak, és tiszteletét teszi a vasárnapi misén, amit Lajos lelki üdvéért tartanak. Nem gondolta, hogy az ottani légkör, az illatok, a szertartások túlságosan felkavarják, még Karesz nélkül is. Megint azon kapta magát, hogy a megjelenését várja. „Amíg élünk, remélünk!"

Az interneten böngészve látott egy hirdetést, ami megragadta a figyelmét. A nyugati országrészben, dombok között, egy régi kastélyszanatórium melléképületét felújítják, és olyan lakókat keresnek, akik egyedülállók, önellátók, és meg tudják fizetni. Ha szükséges, igénybe vehetik az orvosi, ápolói szolgáltatásokat is. Arinak nagyon tetszett a klasszicista stílusú, görög oszlopsoros épület, ami inkább előkelő udvarháznak látszott, mint melléképületnek. Nyolc külön lakást kínáltak, két szobával, fürdőszobával, főzőfülkével, terasszal. Teraszonként két faragott kőoszlop jutott. Az önálló bejárat mellett jobbra-balra hosszúkás kertecske húzódott. És a lényeg: a kiskaputól kőlapokkal kirakott utacska vezetett a három lépcsőig. Ez az apró részlet, no meg az emlékek indították arra, hogy azonnal jelentkezzen és foglalózzon. Az igazgató megrendült, amikor közölte, hogy költözik. Mindjárt azt látta, hogy neki pénzt kell visszafizetni. A bérlet Ari élete végéig szólt. (Lajos rendezte.) Mivel megtehette, semmit nem kért vissza. Mindenki megnyugodott.

Amikor beköltözött, akkor látta, hogy a főépületnél (ami nem volt olyan impozáns) egy tornyos kápolna áll. Ráadásul vasárnap még miséznek is benne. A közeli faluból átjárt a plébános. „Csak nem? Már megint a remény!" De nem; Károly atyát a föld nyelte el. Lassan megtöltötték élettel a lakók a hosszú udvarházat. A kastélyban élők csak elitnek nevezték őket. Ari a jobb és a bal oldali két szomszédjával tartott laza kapcsolatot. A két hölgy pontosan olyan szótlanul, magányosan éldegélt, mint ő. Őket is megtépázta a sors. Valószínűleg. De erről nem beszéltek. Szerettek együtt üldögélni. Mindig olyan érzése volt a társaságukban, mintha valahol, tán egy másik életben már találkoztak volna. Csak imádkozni nem akartak, illetve nem tették be a lábukat a kápolnába. Ezért vette ki az ezüst keretből Karesz képét, hogy dicsekedhessen a másik kettőnek. Neki saját, gyönyörű, fiatal plébánosa van. Megsimította az aranykeresztet, melynek érintése bátorságot adott arra, hogy kicsit megnyíljon. Előhúzta zsebéből a fotót, és lassan csúsztatta az asztalon:

–A papom.

Elhatározások_k

Zsuzsinak akkor kezdődött az élet, amikor elköltöztek a nagyvárosba. Igaz, megszűnt a falusi nyaralás, mert a nagyszülők is velük mentek. Csak így tudták megvenni azt a villát, amelyet egy egyedülálló karmester lakott haláláig. Mivel a város díszpolgára, és a színház híres dirigense volt, ezért nem darabolták szét a sokszobás, egyemeletes, teraszos házat, és nem utalták ki munkásoknak. Kevés ilyen akadt. Amikor később már játszották a mozikban a dr. Zsivágó című filmet, a pártelvtársnő mondata jutott eszébe, ahányszor belépett az impozáns házba. A frontról hazatérő orvos elhűlve látja, hogy mindenhová munkáscsaládokat költöztettek, és csak egy szobát hagytak nekik. Az indok a következő: „Maguknak túl nagy ez a ház, kell a hely a proletároknak!" (Sajnos nem csak ezt vettük át az oroszoktól!) Valami véletlen folytán ebben az esetben az értelmiségiek „tobzódhattak." Természetesen nem kevés pénzért.

A család nagyon jól érezte magát, belakták az öszszes helyiséget a nagyszülőkkel, szülőkkel, és a lány két testvérével. A nála jóval idősebb nővére és bátyja inkább vendégek voltak, mert más városokban tanultak, majd családot alapítottak, és az ország különböző pontjain telepedtek le. Így Zsuzsinak külön rezidenciája volt. Amikor nagykorú lett, még azt is megoldották, hogy a garázsból úgy jusson be a lakrészébe, hogy senkit ne zavarjon.

Sajnálta, hogy Arankától nem tudott elbúcsúzni, mivel éppen a vállalati üdülőben nyaraltak. Szüleinek nagyon gyorsan és váratlanul jött az a lehetőség, hogy mindketten az egyetemen kaptak állást. Mert ahová költöztek, egyetem, főiskola, sok jó középiskola, színházak, mozik tették lehetővé a pezsgő életet. Csak előre nézett, semmi nosztalgia a múlt iránt. Őt pedig felvették abba a szakközépbe, ahol iparművészeti tervezést fog tanulni. Ez volt a szíve vágya. Textiltervezés. Mivel érdekelte, amit tanult, jól ment neki. Egy pillanatra sem állt meg. Szülei óva intették: „Nem lehet egy fenékkel hat lovat megülni!" Miért is mondogatták ezt? Kiválóan úszott, mind a négy úszásnemben. Minden hétköznap reggel hattól hétig rótta a hosszakat. Egy héten kétszer formációs táncra járt. Egyik osztálytársa, akivel barátságot kötött, sportszerűen lovagolt. Ő félt a hatalmas állattól, de csodálta is. Az a kis gyomorideg sem tartotta vissza, vagy éppen a félelmét győzte le azzal, hogy beiratkozott a lovasiskolába. Először csak száron, aztán az iskola-karámban lovagolt, majd egy-két rövid túrára is elmerészkedett. Bevallása szerint először nem tudta irányítani a lovat, csak ment a többiek után. De ahhoz foghatót sosem érzett, mint amikor vágtázott. Az összhang ló és lovasa között igazi szabadságérzetet adott.

Érettségi ajándékként egy varrógépet kért, és még azon a nyáron elvégzett egy szabás-varrás tanfolyamot. Főiskolára is jelentkezett, de nem vették fel. Elhelyezkedett a textilgyárban ruhaipari technikusként. Az üzemnek varrodai részlege is volt. Itt a szabásminta készítéstől a varrásfázisok ellesésén át a modellezésig mindent magába szívott. Otthon állandóan új ruhákat tervezett és varrt. Mivel ideális alkat volt: 95–58–95, minden remekül állt rajta, és kitűnt egyediségével. Futottak utána a fiúk. Randizgatott velük, de ártatlan csókokon kívül nem lépett tovább. Barátnői kérdezték is, hogy mire vár? Ők már rég túl voltak az első/második szexuális élményen. Zsuzsi azt válaszolta: „Azzal fogok lefeküdni, akit szeretek." Persze ósdi nézetnek tartották, kinevették.

Egy év után felvették textil- és ruhatervező szakra, a főiskolára, de nem mondott fel, hanem levelezőn végezte, munka mellett. A tervezéssel nagyon jól keresett, más textilgyáraknak is bedolgozott. Letette a vezetői vizsgát, vett egy kis városi autót. Az első hoszszabb útján a kedvenc rockzenei válogatást hallgatva ütötte a ritmust a kormányon, és fürdött a szabadság mámorában. Hasonlóan érzett úszás, lovaglás és alkotás közben. Ne hagyjuk ki a táncot se! Minden nagyobb bulin ropta a többiekkel együtt. A főiskolák, egyetemek gólya-, farsangi és egyéb saját rendezésű báljain a város legmenőbb rockegyüttese adta a talpalávalót. Egy ilyen estén ismerkedett meg a zenekar gitárosával. Nem a frontember volt, de szerinte a leghelyesebb. Hosszú, vállig érő hajjal, szakállal, bajusszal. Amíg játszottak, Zsuzsi észrevette, hogy a fiú lapos pillantásokat vet rá. Ő meg direkt úgy húzódott a tánccal, hogy mindig előtte legyen. A „csücss" után a srác letette a hangszert, leugrott a fél méter magas emelvényről. Megfogta a lány könyökét, és a büfébe invitálta.

– Mit iszol? Gyere, meghívlak egy italra!

– Köszi, kedves vagy. Bírom a zenéteket.

– Ennek örülök. Péter vagyok.

– Zsuzsa. – Közben a büféhez értek. – Egy tonikot kérek.

– Mi mehet bele? Gin?

– Nem iszom alkoholt.

– Nocsak! Úgy táncolsz, olyan hévvel, hogy azt hittem, használsz valami gyorsítót. Egyébként csak neked pengettem.

– Kösz! Szeretek táncolni, jó kedvem van, nem kell hozzá alkohol.

– Na, csak egy kicsit!

– Autóval vagyok, vezetek. A barátnőimet is én szoktam fuvarozni.

– A mindenit! A tojáshéj még a popsidon van, és már sofőr vagy?

– Elmúltam húsz!

– Én meg huszonnyolc. Mi lenne, ha buli után most nem a barátnőket fuvaroznád, hanem a fáradt gitárost?

– Később meglátjuk. Kár, hogy zenélsz, táncolnék veled egy jó rock and rollt!

– Lesz rá alkalom, ha te is akarod. Most viszont vissza a melóhoz! Lejárt a szünet. Jön a rock-blokk! Táncolj előttem! Ilyen karcsú derekat még nem láttam! Inspiráló.

– Mire?

– Majd négyszemközt! – és felugrott a pódiumra, majd belecsapott a húrokba.

Fergeteges buli volt. Zsuzsit több fiú is felkérte, akikkel táncórákra járt, az egyikükkel jól összeszokott párost alkottak. Hajnali három volt, mire a zenekar összepakolt. Addig amelyik barátnőnek nem akadt hazakísérője, azt elfuvarozta. Visszament Péterért, aki nála szerette volna tölteni az éjszakát. Erről sikerült lebeszélnie, de a lány tudta, hogy itt van az a férfi, akivel szívesen megismerné a testi szerelmet. Ezt persze nem mondta, de ő már eltökélte magát. Pedig biztosan sokan lebeszélnék. A rockzenészeknek rossz a hírük.

Megérkeztek a lakótelepre, a parkolóba érve üldögéltek a kocsiban, Péter mesélt magáról. Elmondta, hogy nős volt, elvált, és van egy kislánya is. Zsuzsi mindebből azt szűrte le, hogy nyolc év alatt mennyi minden történhet. Köztük éppen ennyi a korkülönbség. Ez egy csöppet sem zavarta, mint ahogy a fiú múltja sem. Nyilván lezárta, hiszen elváltak. Nem kérdezte, miért. Ha akarja, elmondja, ha nem, úgy is jó. Nem szeretett vájkálni mások életében. A gyerek, az más, az kötöttség, felelősség. Mint kiderült, a volt nej énekesnő, külföldön él a kislánnyal és az új férjjel együtt.

– Sajnálom.

– Ne sajnáld. Túl vagyok rajta. Most inkább rád koncentrálnék. A fiúd volt, akivel olyan sokat táncoltál?

– Nem, csak a táncpartnerem. Szabad vagyok, mint a madár, és rád koncentrálnék.

– Egyenes lány vagy. Megcsókolnálak, de útban van a kormány.

– Majd az ajtóig kísérlek, és adhatsz egy búcsú puszit.

– Csak lassan a búcsúval! Kérni szeretnék valamit. Jövő hétvégén egy közeli városban játszunk. Jó lenne, ha eljönnél.

– Rendben.

– Ott is alszunk. Így is oké?

– Remélem, nem az egész zenekarral kell együtt aludni!

– Nem, be kell érned velem.

– Oké, de lehet, hogy még te is sok leszel. Késő, vagy inkább korán van, mennem kell. Lássuk azt a csókot! – Kiszálltak a kocsiból. Péter átfogta a lány derekát.

– Egész este erre vártam! Átérem a derekadat!

– Nagy kezed van.

– Inkább az ujjaim hosszúak, elvégre gitározom! De a te karcsúságod hihetetlen!

A fiú puha szája, kellemesen csiklandozó bajusza lágy csókocskákkal kalandozott Zsuzsi rajzolt, telt ajkain. Aztán hevesen ráforrt azokra, és nyelvének gyors csapásaival zsibbasztotta el a lányt.

– Finom vagy. Jó lenne folytatni. Nem jössz fel?

– Nem, de ami késik, nem múlik. Nem árt, ha egy kicsit jobban megismerjük egymást. Hétvégén lesz rá alkalom.

– Rendben. Megadom magam.

– Én is, még egy csók erejéig.

Még vagy tíz percbe telt, mire el tudták engedni egymást. Mindketten várakozással telve néztek a hétvége elé.

Míg a zenekar tagjai bepakolták a cuccot a mikrobuszba, Zsuzsi mindenkinek bemutatkozott. Kiderült, hogy a zenészek idősebbek a fiújánál, és a legtöbbjük családos. Érezhetően irigyen méregették a fiatal, csinos lányt. Volt, aki egyenesen mázlistának nevezte Pétert. A szólóénekesnek nemrég született meg a kisfia, őt nem kísérte el senki, a dobos elvált volt, ők ültek be a hangszereket szállító buszba. A billentyűs és a basszusgitáros feleséggel, gyerekkel egy-egy saját járgánnyal utaztak, Zsuzsi és Péter a lány autójával zárták a konvojt.

Az órányi út alatt kiderült, hogy nem csak a zenei ízlés terén van köztük összhang. Mindketten film- és színházrajongók. Az irodalomról is könnyeden cseverésztek. Az éppen divatos bestsellerek terén nem egyezett a véleményük, de megbeszélték, hogy könyveket fognak cserélni, aztán eszmét. A fiú középiskolában sprinter úszóként érmeket nyert. Zeneiskolába járt, ahol akusztikus gitáron tanult. Aztán jött a rock, és mindent vitt. A város legismertebb bandája gitárost keresett. Jelentkezett, és azóta együtt játszanak. Beleszeretett az énekesnőbe, aki négy évvel idősebb, Péter szerint főleg tapasztaltabb volt. Az első együttlét után teherbeesett, és ő elvette.

– A kislány születése változtatott meg mindent.

– Mennyiben?

– Két hónappal előbb jött világra. Koraszülött, gondoltam. De a kórházban nem úgy kezelték, a súlya, fejlődése is rendben volt. Aztán ahogy cseperedett, feltűnően nem hasonlított rám.

– Kiderült valami?

– Volt egy menedzserünk, aki szervezte nekünk a fellépéseket. Nagyon sokat voltunk úton. Egyszer váratlanul lemondtak egy bulit, és hamarabb hazaértem. Kit találtam a feleségemmel egy ágyban?

– A menedzsert?

– Talált! Akkor arra is fény derült, hogy a gyerek az övé. A többit már tudod.

– De miért nem hozzá ment feleségül?

– Mert a fickó nős.

– Mennyi idős a kislány?

– Négyéves. Ő az apjának hisz, de már van nevelőapja, sőt egy féltestvére is. A volt nejem nagyon gyorsan tud változtatni és változni. Olyan, mint egy forgószél.

Megérkeztek a tett színhelyére, ahol szüreti mulatság volt. Este a kultúrházban játszottak a fiúk a fiataloknak, míg a kisebb teremben népzenére mulattak az idősebbek. Viszont lovas felvonulás zajlott éppen. A városka sportistállót tartott fenn. Lehetett lovagolni. Zsuzsi bánta, hogy ezt nem tudta; bepakolta volna a nadrágot meg a csizmát. Magas sarkúban és szoknyában nem ülhet lóra. Mikor emiatt sajnálkozott, Péter reakciója igazi férfi megnyilvánulás volt.

– Majd éjjel lovagolhatsz! – mondta sejtelmes mosollyal.

– Nyerítesz is hozzá? – ütötte le a ziccert a lány, de közben ezt gondolta: „Csak tudnád, amit én igen!"

Egész héten foglalkoztatta az elhatározása, és várakozással teli feszültségben töltötte napjait. Az üzemorvossal íratott fel fogamzásgátlót, amit csak a ciklus után kezdhet szedni. Bízott partnere tapasztaltságában. Olvasgatott szakkönyveket az első aktussal kapcsolatosan. Azon kívül, hogy a konzekvencia mindig az, hogy egyénenként más, nem lett okosabb. Nem nevezik nevén a dolgokat, az orvosi könyvek köntörfalaznak. Látta az Emmanuel című filmet, ami egészen másról szólt. A bátyja megszerezte a fotókkal illusztrált 50 szexuális pozíciót, amit aztán a haverok rongyosra tanulmányoztak, bár a képeken csak imitálták az aktust. Innen volt némi elképzelése a szeretkezésről. De leginkább abban bízott, hogy nem választott rosszul, a másik majd irányítja. El sem tudta képzelni, hogy egy vele egykorú, ugyanolyan tapasztalatlan fiúval szerencsétlenkedjenek. Mégsem fulladhat nevetésbe vagy kudarcba egy ilyen, egész életre kiható döntés.

Nem könnyű zenész barátnőjének lenni. A helyi fiúk nem merték felkérni, mert a gitáros csaja. A két feleség egész este a gyerekek után rohangászott, míg végre rá nem jöttek, hogy jobb lesz lefektetni őket. Egy vendégházat bocsátottak a zenekar rendelkezésére. Ebben egy szoba fürdőszobával az övék volt. Zsuzsi kettő felé már nem bírta kivárni az utolsó ráadásokat, ezért a szállásra ment. Megfürdött, s mire kész lett, Péter is megérkezett.

– Hm. Milyen jó illatod van! – vonta magához a lányt, és belecsókolt a nyakába. – Jó lesz, ha igyekszem felzárkózni. Gyorsan lezuhanyozok. El ne aludj!

– Majd felébresztesz – válaszolta, de tudta, hogy a szunyáláshoz túl feszült.

Egy szál mosolyban bebújt az ágyba. Közben meglepetten hallgatta a szomszédokat. Annyira vékonyak voltak a falak, hogy majdnem mindent lehetett hallani. Az egyik oldalról a gyerekkel vitáztak, hogy aludjon. Másik oldalon veszekedtek, hogy mi hol van, mit hagytak otthon, ki a felelős a rossz pakolásért. Zsuzsi mosolygott. Ekkor lépett be Péter, csípőjén egy törülközővel.

– Min mosolyogsz?

– A műsoron. Hallgasd csak!

– Ajaj! Nem semmi! Bekapcsolom a rádiót. Luxin találok jó zenét.

Megtalálta, épp a Rolling Stones játszott. Abban a pillanatban mély, dörgő hang szólt.

– Peti! Felébresztett a gyereket! Halkíts!

Egymásra néztek és nevettek. Lehalkította, de így nem ért semmit.

– Mi mit kiabáljunk át? – suttogta a lány.

– Semmit. Most szeretkezhetünk lábujjhegyen! – Ledobta a törülközőt, bebújt a lányhoz.

– Köszi, hogy itt vagy! – Megcsókolta. – Hogy így vagy itt! – És tenyerével végigsimított a meztelen testen. – Nem kell vesződnöm a ruhákkal. – Az ám! – és feltérdelt. – Most megnézem az inspiráló derekadat. És tényleg ilyen vékony! Semmi trükk.

– Azt hitted, fűzőt hordok, mint nagyanyáink?

– Mint egy homokóra! Gyönyörű mellek. – Végigcsókolta mindkettőt. – Gyönyörű csípő! – Sok kis csók a köldöknek, hasnak, szeméremdombnak.

Ekkor Zsuzsi megfogta a fiú fejét és felült. A térdelő férfinak a hímvessző je már készen állt a behatolásra. A lány alig tudta palástolni meglepetését, látva azt. A valóságban nem látott még erekciót. Nem is a hosszúságán, hanem a vastagságán lepődött meg. Nyelt egyet, finom csókot adott a széles mellkasra, igyekezett megelőzni a kérdést.

– Valamit tudnod kell.

– Védekezzek?

– Az se árt, de a leglényegesebb, hogy én még nem szeretkeztem.

– Azt akarod mondani, hogy te még szűz vagy? – Az arcuk összeért, szemük egymásba kapaszkodott, a suttogásnál is finomabban, csendesebben, de annál kétségbeesettebben lehelte a kérdést a lány felé. Ezzel együtt a férfiassága is lelohadt.

– Igen. Ez ekkora baj?

– Nem, dehogy! Gyere, feküdjünk le! Ezt vegyük át még egyszer!

Hanyatt feküdtek, a lány feje a fiú vállgödrében, a hosszú ujjak az arcát, haját simogatták.

– Mondhattad volna! Megleptél! Bátor egy lány vagy!

– Most mi a baj? Ez olyan rettenetes, hogy nem kívánsz? Azt hittem, a férfiak kifejezetten vágynak arra, hogy csak az övék legyen a nő, senki másé.

– Nem erről van szó. Hogyne kívánnálak! De nézd meg a körülményeket! Ez nem az a hely, ahol egy első együttlétet nyélbe üthetnénk. Nem tudok így koncentrálni, hogy közben a zenekar magánéletét hallgassam! Nem beszélve arról, hogy minket meg ők hallanak. Figyelj!

Közben odaátról jól hallható ágynyikorgás, nyögdécselés szüremlett. Kissé jobb volt, mint a vita. Most mindketten kuncogtak. Péter csókkal csendesítette magukat.

– Pedig én a tiéd szeretnék lenni! Készültem, legalább is lélekben. Azt hittem, meghatódsz, örülsz, hogy téged választottalak.

– Igazán még magamhoz sem tértem. Hihetetlen, hogy egy érintetlen lányt tartok a karjaimban. Megtisztelő. Nem is tudom elhinni, hogy ez velem történik! De ha őszinte akarok lenni, Bébi, piszkosul be vagyok tojva. Nem voltam még szűz nővel. Félek, hogy fájdalmat okozok.

– Te félsz? Azt nekem kéne. Én nem láttam még erekciót! Nem simogattam, nem érintettem fiú nemi szervet! Nem is tudom, hogy érezzem magam.

– Jól, Bébi, csodás vagy! Hidd el! Én nem állok a helyzet magaslatán. Ha nem gond, most azt javaslom, hogy halasszuk el a dolgot. Nagyon mélyen érint, hogy élvezhetem a bizalmadat. Fel kell készülnöm, a lehető legjobbat szeretném neked. Most fáradtak is vagyunk, pihenjünk! Ígérem, felnövök a feladathoz!

– A te szádból ez kissé furán hangzik. Mégiscsak nyolc évvel, meg egy házassággal előrébb vagy!

– Még sincs elég tapasztalatom. Örülök, hogy itt vagy! Nekem, velem! Enyém vagy!

– Csak leszek.

– Azon leszek!

Az utolsó szónál már aludt is. „Hát erre nem számítottam!" – gondolta félálomban Zsuzsi, de végül igazat adott a másiknak. Valóban nyugodtabb körülmények kellenek egy ilyen kényes helyzethez. Az is elnyerte tetszését, hogy egy kemény rockzenésznek ilyen finom lelke van. Nekieshetett volna, csak a saját vágyaival törődve. (Egyszer az egyik barátnője mesélte, hogy 16 évesen egy erdő fájának nyomva veszítette el szüzességét.) Azzal aludt el, hogy jól döntött.

Nem volt túl szerencsés számukra, hogy a munkájuk miatt nehéz volt összeegyeztetni a találkozókat. Péter hét közben ért volna rá. Szilveszterig minden szombat-vasárnap játszottak valahol. A lánynak a hétvégék feleltek volna meg. Randizgattak egy-egy lopott órára kávéházban, cukrászdában. Karácsonyi szünetben meghívta a fiút a szülői házba, bemutatta mindenkinek. Zsuzsi nem is gondolta, hogy az apja ilyen feszült, majdnem ellenséges lesz.

„Az apák nehezen viselik, ha nővé válik szeretett kislányuk. Ne törődj vele, ez természetes féltékenység!" – nyugtatta meg az anyukája másnap. Az apja két hétig nem szólt hozzá. Ha tudta volna, hogy mennyire nem történt semmi, nem szívta volna fel magát ennyire. Igaz, Péter ott maradt éjszakára, de nem sokkal jutottak előbbre. Jól indult a dolog, mindkettőjükben megvolt az akarat. A fiú megmutatta hogyan simogassa a péniszt, ő is rátalált a csiklóra, és amikor kezdett a lánynak jó lenni, és felnyögött kissé, megpróbálkozott a behatolással. De vagy ő volt túl határozatlan, vagy a hüvely nem volt kész a befogadásra, abbahagyta.

– Túl szűk vagy, nem akarok fájdalmat okozni. Tudod, mit? Pettingeljünk! Ujjai visszatértek az érzékeny pontra, majd a nyelvével ingerelte azt.

– Ez nagyon jó! – sóhajtott a lány, mire a másik nekibátorodott, belenyomta a száját a szemérembe, ezáltal a bajusza, szakálla irtózatosan szúrta a finom bőrt. A kellemes érzésből fájdalom lett.

– Ne tovább, hagyd abba! – kérte, és elhúzta a fejét az öléből.

– Jó volt?

– Igen. – Nem tudta, mit mondjon. Úgy látszik, a másik félreértette.

Viszont megmutatta Zsuzsinak, hogyan simogassa a férfiasságát, hogy eljusson a kielégülésig. Büszke volt magára, hogy ő juttatta a szeretett embert a csúcsra. Megtapasztalta, hogy vulkánkitörésként tör fel az ondó, egy hangos kiáltással kísérve. Ekkor eszébe jutottak a vékony falak az első közös éjszakájukon. Nem csoda, ha Péter visszafogta magát. Ez igazán nem tartozik másra. Bár ő is el tudná mondani, hogy mi a teendő vele! Nem mert beszélni róla a férfival, de senkivel sem. Egyikük sem teregette ki a köztük lévő problémát. A külvilág meg volt róla győződve, hogy íme, itt egy szerelmespár, akik odavannak egymásért. Ami – leszámítva Zsuzsi érintetlenségét – így is volt.

A vizsgaidőszak után a farsangi bulik ritkították a fiatalok találkáit. Viszont végre együtt táncolhattak! Egy másik együttesben zenélő srácnak ellopták a gitárját. Péter kölcsönadta neki az övét, így vendégként lehettek ott. Nagyon jól érezték magukat, összehozta őket a tánc.

– Most foghatod a derekamat – súgta a lány egy lassú, érzelmes zene közben.

– Nagyon erotikus veled táncolni. Majdnem felér egy szeretkezéssel.

– Azért ugye nem mondtál le róla végképp?

– Nem figyelsz! Azt mondtam: majdnem.

– Jó – sóhajtotta Zsuzsi. – Türelmes leszek. Nem sürgetlek.

– Nem gondoltam volna, hogy ezt egy nő fogja nekem mondani!

A zenekar gyorsra váltott, és ők úgy járták a rock and rollt, hogy egy kör alakult ki köröttük, és elismerő tapssal kísérték táncukat.

Zsuzsi bebocsátást nyert a fiú garzonjába, ahol minden a rockról szólt. A kis asztal és körülötte az ülőkék dobfelszerelést imitáltak. A szekrény egy óriás akusztikus gitárt formázott. Csak az ágy lógott ki a sorból, mert az autó alakú volt. Az egyedi bútorzatot Péter bátyja készítette, ő asztalos. A fal nem látszott az óriási poszterektől. Az egyik részét zenekarok uralták, mint a Led Zeppelin, Deep Purple, Rolling Stones. A másik oldalon Jimi Hendrix, Janis Joplin, Jim Morrison, Brian Jones plakátjai.

– A 27-esek klubja – jegyezte meg a lány.

– Imádom, hogy ilyen jártas vagy a zenetörténelemben!

– Hendrix- és Joplin-rajongó vagyok, de szeretem a The Doors zenéjét is. Ebben nőttem fel. Rocknevelést kaptam a bátyámtól. Látom, a gitárvirtuózok sem maradtak ki – mutatott a harmadik falra, ahol Santana, Gary Moore, Eric Clapton bűvölte nagy átéléssel a kedvenc hangszert. Alattuk egy kis szintetizátor tetején két fényképre lett figyelmes. Egyiken Péter egy gyönyörű nővel, a másikon egy szeplős, vörös hajú kislány mosolygott huncutul.

– Gondolom, a kislányod. Tényleg nem hasonlít rád!

– Nem nehéz észrevenni, főleg ha látnád a menedzsert, aki egy nagy, behemót vörös ember.

– Ez a szépséges hölgy a feleséged?

– A volt nejem, igen. A szépség nem minden! Először én is csak azt láttam. Ha tudnád, hogy milyen felszínes, számító nőmber! Itt vagy te. Szép is vagy, értelmes, mélységes. Hozzá sose írtam dallamot! – Szembe állt a lánnyal, átfogta a derekát. – Mondtam, hogy inspiráló vagy. A fiúkkal már készítjük a saját számot, a gitárszólót én írtam, a címe: Suzy. Ha megengeded, szeretnélek így szólítani.

– Tök jó! A Zsuzsa sose tetszett. Bármelyik nyelven jobban hangzik. Meg vagyok illetődve. Még nem voltam múzsa. Eljátszod?

– Természetesen, hiszen ez a dallam te vagy. Most csak az akusztikus verzióban hallhatod, de ma este próbálunk. Gyere el, mert igazán jól az elektromos Fenderen hangzik.

Péter gitárjával a kezében leült az egyik dobszékre, és teljes átszellemüléssel pengette a húrokat. A lány mindig imádta a gitárszólókat, a hangszer hangja elbűvölte. Varázslatos, semmihez sem fogható érzés kerítette

177

hatalmába a fiú játéka alatt. Abban a pár percben úgy érezte, egybeforrtak. Ennél már csak az lehetne teljesebb, ha magában érezhetné végre a másikat, miközben ez a zene szól. Vagy túl sok, amit kíván?

– Csodálatos! Köszönöm! Egészen elérzékenyültem.

– Örülök, hogy tetszik. Gyere, indulnunk kell! Össze kell fésülnünk a szöveget meg a hangszerelést. Majd meglátod, hogy szól erősítővel! Kíváncsi vagyok a véleményedre.

Suzy kicsit sajnálta, hogy menni kellett. Most inkább vágyott volna meghitt együttlétre, ugyanakkor hajtotta a kíváncsiság. Volt már az együttes próbáján párszor, de most megilletődötten és könnyes szemmel hallgatta a jól sikerült dalt. Mindenkit felpörgetett az alkotói láz, neki pedig felemelő érzés volt a múzsa szerepe. Elismerően, csodálattal mondták neki a zenésztársak:

– Valamit tudsz, te lány! Ez igen!

– Jól felpörgetted ezt a Peti fiút!

– Irigy vagyok! Fogadom, szeretkezés közben szállta meg az ihlet!

Zsuzsi szabadkozott, hogy az érdem nem az övé. Péter tehetséges, mint ahogy mindenki az együttesben, hiszen mindannyian hozzátették a maguk tudását. Az eredmény nagyon jó lett. A többi most már a rajongókon múlik. Felvették az új számot a műsorrendbe. Nagy siker volt, a koncerteken legalább háromszor visszatapsolták. „Vajon milyen dalt fog komponálni, ha dűlőre jutunk? Drukkolok, hogy ne szálljon el az inspiráció!" Zsuzsi ezeket gondolta, miközben egyre jobban marcangolta az önvád. Úgy hitte, benne van a hiba. A „tudok várni" túlzásnak tűnt, átvette helyét a türelmetlenség. Az újabb vizsgaidőszak kissé elterelte a figyelmét, belevetette magát a tanulásba.

A zenekar országos ismertséget szerzett, ami még több elfoglaltságot jelentett. Péter nagy örömmel újságolta:

– Képzeld, egész júliusban egy koktélhajón fogunk játszani!

– Nagyszerű! Egyszer nyaraltam a híres tavunkon, és voltam ilyen hajón. Akkor a Gemini játszott.

– Mennyi szabid van?

– Két hét. Miért?

– Miért? Hogy velem jöhess!

– De te dolgozni mégy!

– Figyelj, Suzy! Minden másnap játszunk, este egy órát. Külön apartmant kötöttem le. Nem fogunk senkivel közösködni, tulajdonképpen nyaralunk.

– Ez olyan jól hangzik, hogy el sem hiszem!

– Boldoggá tennél, ha velem lennél!

– Azon vagyok, hogy boldoggá tegyelek, és viszont is ezt várom.

– Meglesz! Ígérem.

Zsuzsinak a gyárban július 5–25-ig engedélyezték a szabadságot, így bepakolt a kocsijába és kényelmesen elgurult a tóhoz. A szállásuk a parthoz közel volt egy magánházban. Végre édeskettesben lehetett azzal, akit szeret! Tanulástól, munkától és minden zavaró tényezőtől távol. Úgy időzítették az érkezését, hogy Péter is szabad legyen. Aznap este nem zenéltek. Tombolt a hőség, így először úsztak egyet, majd házhoz rendelték a kaját. Vacsora után ittak egy kis vörösbort. Az ágyban simogatták egymást. A fiú kicsit kalandozott ujjaival a csiklón, majd rágördült a lányra, aki meggyőző határozottsággal bátorította.

– Figyelj, egyetlenem! Ne törődj vele, ha nekem fáj! Az első aktusnál ez természetes. Kérlek, tégy magadévá!

Szeretném! Dúdold magadban azt a gyönyörű dallamot! Gyere!

– Suzy! Édesem! – Lassan, de határozottan hatolt be az eleinte szűknek bizonyuló résbe.

Zsuzsi amennyire csak tudta, szétnyitotta a combját, összeszorította a fogát, és felfelé tolta a csípőjét. Kezével a fiú kemény hátsóját magához húzta. Egy hangot sem mert kiadni, nehogy visszafogja partnerét. A feszítő érzés pár pillanatig tartott, a fájdalom elmúlt, de az élvezet nem jött. Négy-öt párzó mozdulat után a hímvessző lüktetett benne, majd elöntötte a meleg ondó. Lankadtabb állapotban jobban érezte a másikat. Így egész kellemes volt, ám rövid ideig tartott.

– Nagyon boldoggá tettél! – lehelte a fülébe Péter.

– Örülök. – És valóban, inkább megelégedettséget érzett, mint csalódást. Hosszú volt a készülődés, lehet, hogy túl sokat várt az egésztől, de határozottan megkönynyebbült. Innentől kezdve jobb lesz. Ugyanazt gondolták, mert a fiú ezt mondta:

– Egyre jobb lesz neked, majd meglátod! A bizonytalanságom oka, hogy a volt nejem irányításmániás, úgy szeretkezik, mint egy gép. Hidd el, nem túloztam, amikor azt mondtam, olyan, mint a forgószél. Nem törődött vele, hogy a másik mit akar, én meg hagytam magam sodródni. Eleinte tetszett, de volt, hogy úgy éreztem, megöl. Válás után meg rám akaszkodtak a lányok, a rajongók. Volt, amelyikkel elmentem, kivétel nélkül mind tudta, mit akar.

– Úgy hangzik, mintha a nők erőszakosak lennének.

– Látod, fordított világ van! Persze mindenki azt hiszi, hogy aki rockot játszik, az durva. Odavagyok érted, mert lírai alkat vagy, ezért ihlettél meg. Ráadásul még a zenét is értően szereted.

– Meg a zenészt, aki játssza.

– Finom vagy! Sokat segítettél! Számomra egy csoda vagy!

Feldobta őket a pihenés, a sikeres együttlét. Úgy tűnt, hogy a fiúnak nem munka a zenélés, inkább kikapcsolódás. A koktélhajó egy úszó diszkó volt, amely kivilágítva szelte a habokat. A rajta utazók ittak, táncoltak, a zenekar játszott. A fárasztó rész utána jött, mert a többieknek eszébe sem jutott magukkal hozni a családot. Így aztán belevetették magukat az éjszakába. Diszkók, bárok, szórakozóhelyek. Zsuzsi legjobban a biliárdtermet szerette. „Nőhöz képest egész jól lököd!" – mondták neki, miután Péterrel ketten tönkreverték a dobos-szólós párost. Minden pihenőnapos estén szeretkeztek. A fiú bátortalansága elszállt, egyre hosszabban és vehemensebben időzött a lányban, akinek már-már voltak olyan pillanatai, amelyek után azt hitte, talán jön a csoda. Ez egyelőre váratott magára. Sajnos elmaradt az előjáték, az erogén zónák ingerlése, ami hiányzott ahhoz, hogy felkészülten fogadja a másikat.

– Gyere! Ülj rá! Nézzük, hogy ülöd meg a lovat! – mondta Péter sejtelmes mosollyal.

A hanyatt fekvő férfi szép, kreol bőre, fekete haja, szőrzete és vágytól égő szeme nagyon impozáns volt. A férfiassága majdnem a köldökét verdeste, amikor Suzy lovaglóülésbe helyezkedett, és a hüvelye felé irányította azt. De ő pusztán a látványtól nem nedvesedett be. A hosszú ujjú kezek átfogták a derekát, és rányomták a csípőjét a hímtagra.

– Lassabban, óvatosan! – kérte a lány. Pont olyan feszítő volt, mint először.

Péter viszont beindult, s miután a vékony derekat könnyedén marokra tudta fogni, le- föl mozgatta az egész felsőtestet. A lefelé történő mozdulat viszont komoly alhasi fájdalmat okozott. Egy kis idő után kénytelen volt szólni, főleg miután a tempó is gyorsult.

– Ne haragudj, nekem ez nagyon fáj!

A fiú azonnal leállt. Leemelte magáról a lányt.

– Bocs, akkor hagyjuk abba!

– Folytathatjuk, de nem ebben a helyzetben.

– Már elment a kedvem.

– Ne haragudj! – „Nekem meg sem jött!"

– Nincs semmi baj. Jó éjt!

Befordult és úgy tett, mint aki alszik. A viselkedése mást mutatott, mint a szavai. Zsuzsi megdermedt, meglepődött. Most mi legyen? Sírjon, kiabáljon, vagy könyörögjön? Nem tudta kezelni a helyzetet. Kezdett minden jól alakulni, erre beüt a krach! Óvatosan felkelt, magára kapta selyem köntösét, és kiült a nyáréjszakába egy pohár borral a teraszra. Az járt a fejében, hogy ő a megalkuvó ebben a kapcsolatban. Neki ez kalitka, ő pedig rabmadár. „Szállj fel, szabad madár!" – dúdolgatta, aztán úgy döntött, zuhanyozik. Ahogy felállt a párnázott, fonott székből, érezte, hogy a combján végigcsorog a vér. A párnán és a köntösön is virított a sötét folt. Na, ja! Tudhatta volna, hiszen a fogamzásgátló utolsó tablettája után megjön a havi vérzés. Lehet, hogy ez volt a fájdalom oka, és nem vele van a baj. (Már megint saját magának keres mentséget! Miért is?) Megfürdött, beáztatta a holmit és lefeküdt.

Arra ébredt, hogy egy fürt szőlő libeg az arca előtt, a gyümölcs mögött pedig frissen mosolyog Péter.

– Bocsánat, bocsánat, bocsánat! Ugye csak megjött, és nem én szakítottam szét a méhedet?

– Hogy jut ilyen az eszedbe? Honnan tudod?

– Hagytál egy kis csíkot az erkélytől a fürdőig.

– Feltakarítom.

– Már megtettem.

– Kösz. Tudtuk, hogy a nyaralás utolsó két napján ez lesz. Hazautazzak?

– Eszedbe se jusson! Jó, hogy itt vagy, én meg egy ökör vagyok. Jóváteszem.

– Oké. Ez az utolsó esténk, a hajókázás után tönkreverjük a fiúkat biliárdban.

– Helyes. Megyek úszni.

– Veled tartok. Ne nézz így! Tudod, hogy az uszodában is úszom tamponnal. Semmi problémám nem volt még ezzel.

Szaladtak az órák, a lány indult a hétköznapok verklijébe, az együttesnek még volt egy hete. Szabadság alatt mindig feltorlódik a meló, ez várta a textilgyárban. Külföldi partnereknek is dolgozott. Teljesen beletemetkezett a munkába. Közben tervezett egy-két nőiruha-kollekciót, megmutatta a főnökének, aki azonnal rácsapott a lehetőségre. Annyira el volt havazva, hogy a határidőnaplóba nézve egyszer csak azt látta, hogy augusztus nyolcadika van.

„Hoppá! Péter nem jelentkezett! Vagy én nem kerestem?" Bűntudattal ment el a próbaterembe, ahol a fiúk már zenéltek. Épp a Suzy gitárszólóját gyakoroltatták egy ifjonccal.

– Sziasztok! Hát Peti?

– Kilépett. Azt mondta, megírja neked.

A dobos látta Zsuzsi megdöbbenését, és szolgálatkészen meghívta egy kávéra a közeli presszóba.

– Az utolsó napon egy külföldre szakadt hazánk fia, aki menedzser lett, szerződést ajánlott, sajnos csak Péternek. Vendéglátózni fog, szédületes pénzért, Svédországban. Már el is utazott. Biztos írt, csak nem kaptad meg.

– De mindig azt mondogatta, hogy egy igazi zenész eladja magát a vendéglátós zenéléssel! Mi van a lakásával, a cuccaival?

– A lakásában most én lakom. Egyébként volt itthon. Összepakolt és elment. Mi többször beszélgettünk, és tudom, hogy kisebbségi komplexusa volt veled kapcsolatban.

– Mi? Nem értem!

– Amikor először járt nálatok, és látta a villát, ahol élsz, azt mondta, nem vagytok egy súlycsoportban. Az is frusztrálta, hogy te diplomás leszel, neki meg csak egy érettségije van.

– De ez engem soha nem zavart, nem is beszéltünk ilyesmiről!

– Azért vállalta el az ajánlatot, hogy megszedje magát, és akkor bátran eléd áll. Ezt mondta, mielőtt elutazott, gondolom megírta neked is. Szívesen megvigasztallak!

Látva a lány arcát, hozzátette:

– Bocs, de tényleg, számíthatsz rám!

– Kösz. A címét nem tudod?

– Hát, elég viharosan váltunk el, gondolhatod! Derült égből a villámcsapás! Ő nagyon jó zenész. Hiányoljuk. Lehet, hogy szétesünk. Nem akarunk vele levelezni. Egyébként rajtam kívül mindenkivel összeveszett. Nekem épp lakás kellett. Addig maradhatok, míg vissza nem tér. Egyszer lejár a szerződése. Hidd el, visszajön!

Mint egy alvajáró, úgy ment haza. Közben emlékezete hátsó sufnijában lapozott. Mit beszéltek meg? „Ha újra találkozunk, gyengéd leszek hozzád! Már alig várom!" Forró csók. Ez volt az utolsó momentum, mielőtt rálépett a gázra. Otthon azonnal átnézte a postát. Semmi. Megkérdezte, kereste-e Péter. „Nem, hála Istennek!" – morogta az apja az újság mögül.

– Megnyugodhatsz, mert egy darabig nem fog. Külföldön zenél.

– Nagyszerű, úgyis dolgod lesz. Nagyapád kórházban van. Holnap mi anyáddal elutazunk nyaralni. Látogasd, és vidd be hozzá nagyit!

– Rendben.

Nem örült, hogy ez a nyakába szakadt. Eredetileg házibulit szerveztek volna az egyik szülőmentes hétvégére. Még Péterrel tervezgették. A gondolatra összerándult a gyomra; nem akarta elhinni, hogy csak így itt hagyta, ennyire semmibe vette. Ez a jóvátétel?

Eddig sem unatkozott, de a következő év nagyon sűrűre sikeredett. A lejtőn tényleg nincs megállás. Az eddigi világa dominóelv-szerűen dőlt össze. Augusztus végén meghalt a nagyapja, egy hónap múlva a nagymama. A bánat vitte a párja után, egyszerűen elaludt a díványon, és többé nem ébredt fel. Annyira békés volt, hogy Zsuzsi azt gondolta: „Én is így szeretnék elmenni, örök álomba zuhanni!"

Indult az utolsó tanév a főiskolán, épp vizsgaidőszakra készült karácsony előtt, mikor Svédországból jött egy levél. Két napig nézte, nem merte felbontani. Lehet, hogy nem kellett volna, mert nem lett jobb. A borítékból egy karácsonyi képeslap esett ki. „Naná, alig fér rá valami! Nehogy többet írjon a kelleténél!"

„Suzym! Ne haragudj, képtelen voltam tőled elbúcsúzni! Januártól Amerikába megyek. Hiányzol. Boldog ünnepeket! Péter"

„No komment!" – sóhajtott, s betette a fiókba. Belemerült a szakdolgozatába, ami teljesen új, kreatív téma volt. A

185

textil- és divattervezés ötvözése, azaz amikor a designer saját anyagaiból tervezi és készíti el modelljeit. Azt is elhatározta, hogy ilyen irányú saját vállalkozásba kezd, ha túl lesz a diplomán. A munkában, tanulásban ment a szekér, a magánélete kész csőd. És amikor az ember azt hiszi, hogy nincs lejjebb, a sors bebizonyítja, hogy de. Alig lélegzett fel a vizsgákból, februárban az édesanyja belázasodott, félrebeszélt, láthatóan nem volt magánál. Mentőt kellett hívni. Agyhártyagyulladás. Négy nap múlva meghalt. Az mentette meg Zsuzsit az összeomlástól, hogy neki kellett apjában a lelket tartani. Egyedül csak őrá számíthatott. Nyakába szakadt az egész háztartás. Nem volt könnyű.

Nyár elején óriási megkönnyebbüléssel és családi összejövetellel ünnepelték meg diplomáját. Még az igen morcos apja is dagadt a büszkeségtől. Néhány napra megelevenedett a villa, élettel töltötte meg két testvérének családja. Annál nagyobb lett a csend, miután elutaztak.

Vonzódások_k

Zsuzsa teljes gőzzel készült a bankettre, végre egy kicsi kikapcsolódásra vágyott. Varrt magának egy fehér koktélruhát, bordó paszpóllal díszítette. Vett egy ugyanolyan színű övet, és szandált. A vastag bordó öv hihetetlenül kihangsúlyozta vékony derekát. Nagyon vonzó volt, körüldongták a fiúk. Egy fővárosból érkezett zenekar játszotta a talpalávalót. Péter együttese – ahogy azt a dobos megjósolta – feloszlott. A lány nem bánta, hogy nem ők zenélnek; nem akarta, hogy felkavarják az emlékek. Inkább előre tekintett, a múltnak hátat fordított. Egy magas, sötétbarna, bajuszos, vékony fiú feltűnően sokszor kérte fel táncolni, és meghívta a büfébe is. Kiderült, hogy egy évfolyamtársának a bátyja, és rezidens. Ha majd leteszi a szakvizsgát, belgyógyász lesz. Zsuzsi el sem tudta képzelni, mint komoly orvost, mert annyira bohém, laza fickó volt. Tetszett neki a humora, egész jól táncolt, és kedves pimaszsággal csapta a szelet. Mindjárt a következő hétvégére meghívta egy táncos szórakozóhelyre, ahová egy baráti társasággal mennének. A lány még nem is válaszolt, máris odavitte egy csoporthoz, ahol húgának és a körülötte rajzó fiataloknak bemutatta. A banda nagy részét látásból ismerte.

– Vigyázz Dokival! Imádom, mert a bátyám, de az a típus, aki a legyet is röptében. Ha érted. A gatyájában hordja az eszét, és ha csinos nőt lát, máris elmegy! – mondta Viki. A társaság harsányan nevetett. Kiderült, hogy a barátok mind Dokinak szólítják a srácot.

Hétvégén három kocsi gördült a villa elé, teli vidám, jókedvű párokkal. Már csak Zsuzsi hiányzott, aki Doki mellé pattant be. Szokatlan volt, hogy nem ő vezet. A csendes, magányos ház után magával ragadta a fiatalok frissessége. Feldobta az is, hogy végre nem a zenekarnak fenntartott asztalnál üldögélt. Egy összetartó kis csapatba került, ahol természetesen és egyenrangúan kezelték egymást. Még őt is, aki csak most csöppent bele. Mindenki mindenkivel táncolt. Doki vidám és szórakoztató volt, mint a többiek alkohollal, pedig, mint kiderült, sosem iszik. Nemcsak azért, mert vezet. Antialkoholista.

Nem élő zene szólt, de nem is diszkó. Egy zenefelelős pakolgatta a lemezeket, kazettákat, kezelte az erősítőt. Az úgynevezett „gyerekcsináló" blokk következett. Játékosan így nevezték az összebújós, érzelmes számokat. Zsuzsi nagy kedvence, a világ egyik legszebb zenéje, Ray Phillips *Little bird* dala csendült fel. Doki erősen magához húzta, rendkívül jó ritmusérzékkel vezette, miközben egyik tenyere a lány hátán kalandozott.

– Nincs rajtam.

– Érzem. De nem csak a tenyeremmel! Nagyon erotikus, ahogy a mellbimbóid súrolják a mellkasomat.

– Igen, ennyire? Nagyon érzékenyek, minden kis fuvallatra merednek.

– Remélem, hogy most én vagyok a fuvallat! Nekem is meredezik. Nagyon izgató vagy!

– Igaz, amit a húgod mondott?

– Az utolsó szóig. Szeretem a nőket, és remélem, ők is engem. De egyszerre csak egyet! Most ezt az egyet! – és a hónaljánál megemelte Zsuzsit, így mellei a fiú arcát súrolták. Megpuszilta mind a kettőt. – Imádom őket!

– Hé! Tegyél le! Mindenki minket néz.

– Dehogy! Magukkal vannak elfoglalva. Mi meg egymással. Tudod, milyen izgató áttetsző anyagon keresztül csókolni a női testet? Feljössz hozzám?

– Te aztán nem tétovázol! Majd meglátjuk.

A lányt meglepetésként érte, hogy Doki szavai alhasi bizsergést váltottak ki belőle. Elámult azon, hogy férfi és férfi között ekkora a különbség. Lehet, hogy először rossz lóra tett? „Bocs, Péter, nem vagy ló, de tudod, hogy értük is rajongok!"

Hajnali kettő felé járt, mikor a másik párt hazafuvarozták, ketten maradtak az autóban.

– Hogy döntöttél, feljössz?

– Oké!

„Tegyünk fel mindent egy lapra, aki mer, az nyer alapon!"

Egy hatemeletes háznál parkoltak le. Doki a liftben csókolta meg először. Lágy, puha, rendkívül érzéki szája volt. Nagyon tiszta, rendezett, kétszobás lakásba érkeztek. Nem legénylakásnak tűnt.

– Mi egy kisvárosban nőttünk fel, a szüleim még ott laknak, de ezt megvették, hogy amíg az egyetemet végzem, ne kelljen ingázni.

– Te tartod ilyen rendben?

– Persze. Tudok takarítani. De nem sokat vagyok itt, csak ha huncutkodni van kedvem.

– És most van?

– De mennyire! – Csókolóztak, és vetkőztették egymást.

– Megfürödnék, ha lehet.

– Én meg társulok. – Vizet engedett a kádba. – Válassz fürdőhabot!

Hatféléből Zsuzsi a fenyőillatra mutatott. Tovább vetkőztek. Először a lány merült bele a habos vízbe, Doki mögé ült.

– Fürdessük meg egymást! – Tusfürdőt nyomott a tenyerére, a hátát és a karcsú derekát mosta, aztán előrenyúlt, és finoman masszírozta habos kezével a mellét. Kissé megemelte a csípőjét, maga felé húzta, ő lejjebb csúszott. Így Zsuzsi a hasán ült, és a két lába között megjelent a felajzott férfiszerszám.

– Add a tenyered! – Nyomott rá az illatos fürdető szerből. – Moss meg vele!

„Úristen! Hogy ez milyen izgató!" Nagyon érzéki volt látni és érezni, ahogy a bőrt csúsztatta a makkon. A fiú közben a szeméremrésben kalandozott a kezével. Rátalált az érzékeny gombra, és hihetetlen finomsággal ingerelte azt. Zsuzsinak eszébe jutott a padlásjáték, de megállapította, hogy ezerszer jobb, ha más csinálja. A türelmes ujj megérezte, hogy keményedik, nagyobbodik a csikló, és nem hagyta abba félúton, a testén ezer hangya futkosott, majd robbant az élvezet, erős hüvelyi összehúzódásokkal. A lány arra tért magához, hogy nyögdécselő hangokat ad ki valaki. Ő volt. Doki megfordította, és mire feleszmélt, már beléhatolt. Belül még pulzált, és teljesen új, ismeretlen érzés kerítette hatalmába, amitől úgy érezte, hogy gyengül, összeomlik. „Semmi feszítés, semmi fájdalom!" A víz a kádban velük együtt hullámzott. Látta a másikon, hogy mindjárt élvez, és beléhasított, amit elfelejtett.

– Bocs! Vigyázni kell! – Ugyanis jó ideje nem szedte a tablettát.

– Oké, semmi gond! – lihegte, majd gyorsított, és az utolsó pillanatban könnyedén leemelte a lányt. Az ondó szanaszét lövellt. Így a végén még a zuhannyal is játszottak egy picit, egymás erogén zónáira irányítva a vízsugarat.

Szó szerint bezuhantak az ágyba. Zsuzsi most értette meg, amit már többektől hallott: a jó szex a legjobb altató.

Számára a legmegnyugtatóbb az a felismerés volt, hogy képes élvezetre. Mégiscsak igazi nő, ha ehhez megfelelő partner is van. Úgy aludt, mint a bunda.

Minden második hétvégén tudtak találkozni. Doki a kórházban ügyeletet is vállalt. A lány gőzerővel tanult angolul, mert egyre több külföldi megrendelője volt, és személyesen akart velük tárgyalni. Diplomával lehetősége nyílt ráfejelni még egy éves képzésben számítógépes divat- és stílustervezést. Ebbe is fejest ugrott. Két szobát teljesen átalakított. Egyet varrodának, egyet tervezőhelyiségnek rendezett be. Számítógépet, tervezői programokat vett. Arra készült, hogy önállósítja magát.

Úgy döntött – bárhogy fogadja az apja –, bemutatja új barátját. Végül is felnőtt nő, a kert kivételével az egész háztartást viszi, akkor a magánéletét is hazaviheti. Meghívta Dokit ebédre, ami várakozáson felül jól sikerült, minden tekintetben. Na, persze, a presztízs! Egy orvos mindjárt más, mint egy rockzenész! „A fene vigye az előítéleteket!" Ebéd után mindenki visszavonult a saját területére. Zsuzsi megmutatta az új munkáit. A fiú elámult a sok szép anyag láttán. Mindről megkérdezte, melyiket hogy nevezik. A lány először nem értette, hogy mire ez a nagy érdeklődés. (Később kiderült.) Doki kiválasztott egy organza- és egy muszlintekercset, ujjaival morzsolgatva az utóbbit tette fel a szabóasztalra.

– Le lehet ebből vágni két métert?

– Persze, bármelyikből vihetsz. Mire kell? Függöny-nek?

– Nem. Nem akarom elvinni. Majd meglátod!

Nagyon sejtelmesen hangzott a válasz. A lány lemérte a kívánt hosszt, bevágta egy kissé, majd egy határozott mozdulattal végigtépte.

– Már a hangja is csodás. Merre van a háló? Hozd az anyagot! – Kézen fogva bementek a hálószobába. – Egész ebéd alatt ezt a tizennégy gombot néztem a ruhádon, és azt terveztem, hogyan foglak kibontani belőle.

A sötétkék maxiruhán valóban ennyi vakító fehér gomb volt, amit a fogával oldott ki. Mindegyik után csókolta az előbukkanó testet. Amikor a csípőig jutott, a ruha lehullt a földre. Zsuzsi is kibújtatta az erős szőrzetű mellkast az ingből. Miután mindketten megszabadultak gönceiktől, a fiú rátekerte a lányra a finom kelmét, s mint egy görög tunikát, a vállánál megkötötte. Könnyedén felemelte, a franciaágyra tette.

– Mondtam már, hogy milyen érzéki leheletfinom anyagon keresztül csókolni? Lehet, hogy a muszlinodnak annyi! Nem baj?

– Van még belőle, de ha akarod, méterszámra gyártatok még.

– Akarom. Akarlak! – A csók után módszeresen, lassan kalandozott a muszlinnal fedett testen.

Körbecsókolta a mellbimbókat, a köldököt, a combhajlatokat. Ahol járt, kellemes, bizsergető érzés után az odatapadó textil átsejlett. Ez a férfinak izgató látványt, a lánynak borzongást nyújtott. Széthúzta a combokat, a szemérmet, melyre rásimította az anyagot. Ezen keresztül nyalta, majd csókolta az érzékeny, egyre jobban kiugró csiklót, egészen addig, míg a lány az élvezet hevében összerándult. Az anyagot felrántva azonnal behatolt a vonagló hüvelybe, még egy kicsit nyújtva a lecsengő extázist.

– Most én jövök! – lihegte. Az arca a másik arc fölött, szeme a másikéba kapaszkodott.

– Élvezem, ahogy élvezel! Mehet?

– Nem kell vigyázni, szedem a tablettát. Gyere! Csodás vagy!

Amikor már csak pihegtek egymás mellett, és később együtt lubickoltak a kádban, Zsuzsi csak remélte, hogy a ház elég nagy ahhoz, hogy apja semmit nem észlelt a viharos szerelmeskedésből.

A lány tervezői kreativitására is jó hatással volt a kiegyensúlyozott szerelmi élet. Rendkívül mondén ruhákat tervezett merész szín- és anyagvariációkkal. Amikor bizonyos áttetsző textíliákat vett kézbe, kellemes érzések járták át. (Már az organzát is kipróbálták.) Elvarázsolta az a változatosság, amit Doki nyújtott. Hihetetlen széles repertoárja volt, amit könnyedén, természetesen tálalt. Nem frusztrálta a másikat, és nem jött zavarba semmitől. Zsuzsi úgy vélte, szerelmes a fiúba. Elmentek kettesben szilveszterezni egy híres gyógyfürdővárosba, ahová hónapokkal előbb kellett lefoglalni a szállást. A hotel első osztályú volt, uszodával, szaunával, szoláriummal. Egy gond feszélyezte: éppen menstruált. Egész úton emésztette magát, hogy mondja meg a „jó hírt", hogy a szexnek annyi. Doki csak mosolygott este az ágyban, amikor előrukkolt a dologgal.

– Tampont használsz, nem? Hiszen úsztál ma.

– Így igaz.

– Akkor ma 69-ezünk!

Zsuzsi képen látta a pózt, volt róla valami halvány fogalma, neki pedig már része is volt benne, de ő még nem elégített ki senkit orálisan. A férfi kedvesen irányította, miközben vele törődött, hogy ő élvezzen el előbb. Így legalább jobban tudott koncentrálni a másikra. És valóban, boldogság az örömöt viszonozni.

– Attól, tartok, hogy én nem vagyok olyan jó ebben, mint amilyen te nekem.

– Nem tudom, miből gondolod ezt. Nagyon érzéki a szád és a nyelved is. Még három napig itt leszünk, gyakorlat teszi a mestert! Különben sem ijedek meg egy kis vérzéstől. Az is testnedv, mint az ondó. Ha neked nem okoz fájdalmat, szeretkezhetünk hagyományosan is.

– Fantasztikus, hogy milyen laza fickó vagy!

– Ha egy férfi azt akarja, hogy szeressék a nők, azzal éri el, hogy feltétel nélkül szereti őket.

– Nemcsak bohém, bölcs is vagy, és a melletted fekvő nőnél elérted: szeret.

A következő pár hónapban ritkultak a találkozások, mivel mindketten tanultak, aztán vizsgáztak. Siker minden tekintetben. Ezt meg kellett ünnepelni. Zsuzsi legnagyobb örömére a szokásos társasággal egy lovastanyát béreltek. Tereplovaglás, szállás, eszem-iszom három napig. Előásta a csizmát, nadrágot. Végre felfrissítheti lovaglótudását! Éppen itt volt az ideje, hogy kikapcsolódjanak. Váratlanul érte, hogy nem Doki jött érte, hanem húga a barátjával. Ő hátra ült, a csapathoz tartozó, de már rég nem látott srác mellé. Ismerték egymást, beszélgettek. A lány azt hitte, Dokihoz mennek, és ő majd átül hozzá. Miután nem álltak meg a háznál, Vikihez hajolt:

– Nem a bátyádhoz megyünk?

– Ők már elindultak. Megyünk utánuk.

Kis feszültséget érzett a lány hangjában. Biztos kellett a hely valakiknek, mert bővült a banda. Ennyi erővel jöhetett volna saját kocsival, neki úgyis kikapcsolódás a vezetés. A „tanya" tornácos udvarház volt. A vezető fogadta őket pálinkával, lángoskenyérrel. Zsuzsi egyikkel sem élt, a szállás felől érdeklődött. Viki azonnal karon fogta:

– Gyere, megmutatom a szobátokat! A miénk mellett van.

Furcsállta, hogy az útitársa is abba a szobába jött, sőt, a táskáját letette az egyik fotelbe.

– Doki hol van?

– Gyere át egy pillanatra hozzánk, beszélnünk kell! – és már húzta is magával.

– Valami baj van, ugye?

– Az én drága bratyóm másik nővel jött. Mondtam, hogy vigyázz vele! Ő ilyen.

– És a srác a szobámban?

– Doki szerint jól elleszik.

„Jól elleszünk! Egyszerűen se szó, se beszéd, odadob valakinek. Miért? Miért így? Mit is ünnepelnénk?" Annyira megdöbbentette az egész, hogy nem bírt megszólalni. „Lám, lám, a lazaságnak is van határa!" Visszament a szobába, ahol a fiú már pakolta a holmiját.

– Bocs! Azt hittem, tudod. Kínos nekem ez az egész. Majd a társalgóban alszom.

– Maradj! Ez nem neked kínos, hanem Dokinak vagy nekem! – Kirángatta a lovaglós cuccot, és azonmód átöltözött, nem foglalkozott a megilletődött sráccal. – Félóra múlva indul a túra, kezes lovat szeretnék, és még fel kell nyergelni – mondta, és kiviharzott.

„Dokimat egy lóért!" – alakította át a szállóigét. Csizmája sarka alatt csak úgy kongott a folyosó. Az istálló, a gyönyörű lovak ideiglenesen kikapcsolták. Egy almásderest ajánlottak neki, összehaverkodott vele a zsebéből elővarázsolt kockacukor segítségével. Nyereg, zabla, szár. Mire a többiek is felcihelődtek, ő már néhány kört ügetett, aztán a lovász vezetésével elindultak terepre. Doki és az új nő sehol. Amikor a pusztában vágtába ugrasztottak, megint megcsapta a szabadság szele. A deres fújtatása, lobogó sörénye, a pata dobogása mind azt sugallta, hogy meneküljön, és hátra se nézzen. Azt kívánta, bár hazalovagolhatna. Visszatérve látta, hogy a csapat másik fele a grillező körül ül. Doki mellett egy vörös hajú, dekoratív lány kacarászott. Megérdeklődte a panzióstól, hogyan juthat a városba.

– Velem. Egy félóra múlva indulok. Szívesen elviszem. Miért nem marad? Valami baj van?

– Nincs. Én csak lovagolni jöttem. Nem tartozom a társasághoz. – És ezt nagyon komolyan így is gondolta.

Az úton megint elhatalmasodott rajta az önvád. Vajon mivel váltja ki a férfiakból azt, hogy egyszer csak levegőnek nézik? „Egy év zökkenőmentes kapcsolat után ezt érdemlem? Egyik nap: „akarlak, vágyom rád, izgató vagy!" Másik nap szóra se méltatják. Miért? „Annyi buta, hisztis, számító liba van, akik előtt térden csúsznak, és bármit tehetnek, mindig az imádat tárgyai maradnak! Dobtak. Nagyot estem. Felállok, leporolom magam. Nem nézek hátra, csak előre." Így tett. Kerülte azokat a helyeket, ahol bárkivel összefuthatott volna a társaságból. Doki sem kereste.

Munkahelyével szerződéses viszonyba lépett, egyéni vállalkozó lett. A legjobb két varrónőt magasabb fizetéssel alkalmazta a saját varrókuckójában. A belvárosban, frekventált helyen bérelt egy üzletet, amelyben az általa tervezett ruhákat kínálta. A fővárosi divathéten óriási sikert aratott. Több nagykereskedés is rendelt tőle. Mivel nagyobb tételben kellett elkészíteni a kollekcióját, a textilgyár varrodájának egy részlege az ő vállalkozásához került. 25 évesen sikeres üzletasszonnyá vált. Vett egy garzonlakást a fővárosban, mert sok ügyet kellett ott intéznie. Lecserélte kisautóját egy hófehér Toyotára. Kevés szabadidejét tartalmasan szerette volna tölteni, például utazással. Igen ám, de egyedül? Magánélete nem volt, viszont sok társasági eseményen részt vett hivatalból. Lassan egy év telt el úgy, hogy csak a munkának élt. Nagy eseményre készült a divatszakma. A Nina Ricci-ház tartott divat show-t a fővárosban. Kapott rá két meghívót.

Az egyik varrólányt vitte magával; azt, aki szemmel is látta az apróbb, rafinált kis trükköket a bemutatott ruhákon, és később alkalmazni tudta némi változtatással. Az impozáns rendezvényen, kis parfümmintát kaptak ajándékba. A modellek a valóságtól elrugaszkodóan, sznobizmust tükröztek. Itthon a hordható holmikkal lehetett aratni. A fogadásra is hivatalosak voltak, ahol több embernek bemutatták azok, akiknek eddig dolgozott, mint tervező. Közülük szokatlan megjelenésével kiemelkedett egy magas, vörös szakállas, bajuszos férfi. Vesébe látóan nézett meleg barna szemével, és határozott, erős kézfogása volt. Alaposan kirítt az öltönyös társaságból, de úgy látszott, ez sem őt, sem a többieket nem feszélyezte; otthonosan mozgott, sokakat ismert. Úgy öltözött, ahogy a lovasok: hosszú szárú bőrcsizmát, farmert, és bő lenvászon parasztinget viselt. A lány még a lóistállóra jellemző – szerinte jó illatot – széna-, abrak- és bőrszagot is érezte róla. Mint később kiderült, nem véletlenül! A férfi egy lovastanyát működtetett az Alföldön. Nem messze attól a várostól, ahol ő lakott. Ez úgy derült ki, hogy az egyik butikos, aki az ő ruháit is árulta, odasietett hozzá:

– Jaj, Zsuzsikám! Itt van ez a tüneményes ember, Táltos! Mindenki így hívja, mert ez a panziójának a neve. Bajban van, mert ellopták az autóját, és mindenképpen haza kell érnie még ma este. Holnap reggel egy busznyi

német vendége érkezik. Neked hazafelé útba esik a lo-
vastanya. Megtennéd, hogy elviszed?

– Természetesen, nem gond.

– Gyere, összeismertetlek benneteket!

– Már bemutatkoztunk.

– Ó, hát már ismered?

– Azt nem mondanám, csak kezet fogtunk.

Közeledtek egy társasághoz, ahonnan Táltos – milyen
jó név! – egy fejjel kimagaslott. Zsuzsi a délután folyamán
többször is azon kapta, hogy a szemével követi őt. „Vagy
fordítva? Én nézem őt?" Többször eszébe jutott Péter,
aki azt mondta, hogy nagydarab, vörös emberrel csalta
a felesége. Nem, ő nem lehet, hiszen nem menedzser!

– Drágám, nézd, milyen csinos sofőrt szereztem
neked! – mondta a lehető legharsányabban a nő. A férfi
feléjük fordult, szemében csodálkozás és egy kis öröm
csillant.

– Nocsak, már a gimnazistáknak is adnak jogosítványt?
Nem akarok a terhére lenni!

– Bóknak veszem, hogy ennyire fiatalnak nézel, de
tegeződjünk, ha kérhetem! 25 vagyok, és hat éve vezetek.
Csak megnyugtatásképp, hogy merj beülni a kocsimba.

– Köszönöm! Szerencsém, hogy egyfelé tart az utunk,
és élvezhetem egy kellemes hölgy társaságát.

Egy óra múlva már az autóval robogtak. A varrónő
hátul aludt, ők csendesen beszélgettek. Zsuzsi nem kér-
dezett rá, mert a csevejből kiderült, hogy Táltos soha
nem menedzselt zenekart. Amióta csak az eszét tudja,
lovakkal foglalkozik, tenyészti is őket, ad-vesz, de főleg
külföldi csoportokat részesít pusztai romantikában:
tanyája lovastúrák állomása.

– Hogy keveredtél a divatvilág berkeibe?

– Kilógok a sorból, ugye? – kérdezte nevetve. – A feleségem révén, aki manöken volt, most pedig butikot visz.

– Ő is ott volt ma?

– A fogadáson már nem. Otthon maradt a gyermekünkkel. Egyébként tegnap írtuk alá a válási papírokat. A legszebb benne, hogy közben ellopták az autómat.

– Ajaj! Szerencsétlenségek sorozata!

– Ahogy vesszük. A válás régóta érett, megkönnyebbülés volt. Az autó eltűnése az bosszantó, különösen az intézkedések sorozata, de remélem, megkerül. Viszont ha nem viszik el, akkor most nem ülnék itt egy friss, jó illatú lány mellett.

– Nina Ricci. Kipróbáltam az ajándékparfümöt. Te is kaptál férfi változatot.

– Ja, igen. Neked adom. Én nem használok ilyesmit.

– Kösz, néha jobban kedvelem a férfiaknak szánt kozmetikumok aromáját. Rögtön kiszagoltam, hogy mivel foglalkozol, mert lóistálló illatod van – bocs, jó értelemben –, én kimondottan kedvelem. Tudod, amikor vágtatsz a lovon, és a párája keveredik a nyereg bőrszagával, az semmihez sem fogható.

– Most megleptél! Lovagolsz?

– Azt túlzás lenne állítani. Maradjunk annyiban, néhányszor már ültem rajta.

– Aki így meg tudja fogalmazni ló és lovasa közti összhangot, az tud valamit. Téged én feleségül foglak venni.

– Nem elhamarkodott kijelentés ez kissé? Ne ijesztgess! Még a végén árokba hajtok.

– Nagyon rutinosan, biztonságosan vezetsz.

– Miért van az, hogy a férfiak lenézik a női autóst?

– Ezt nem tudom, én a hölgyeket egyenrangú félként kezelem.

– Bocs, semmi közöm hozzá, de mégiscsak elváltál.

– Ráadásul másodszor. Én 35 vagyok, három gyerekem is van, de egyik feleségemtől sem haraggal váltam el. Tartjuk a kapcsolatot, a gyerekek heteket töltenek nálam. Így alakult, egyikünk sem fúj a másikra. Próbáljuk a dolgokat intelligens emberként megoldani. Figyelj, mert nemsokára jön a reklámtáblám, attól 200 méterre le kell fordulnod a mellékútra, amely a tanyához vezet.

A Táltos Panziót hirdető táblán egy hatalmas fekete ló ágaskodott, patáival mutatta a lefordulás irányát. A mellékúton még 2 km-t kellett menni, amíg egy fehér kerítéssel körülvett, kivilágított parkba és parkolóba értek. A nádtetős, kétemeletes panzió társalgója bárnak volt berendezve, ahol a pult előtt nyeregszékek sorakoztak, valódiak, kengyellel, kápával. Ebből nyílt a tágas étterem, faragott fabútorokkal. A lócákon szarvasmarhabőrök. Mindent fa és bőr illata lengett körül. „Táltos-illat!" Az emeleteken 8-8 szoba, fürdőszobával. A hátsó kijárat egy úszómedencéhez vezetett. Körben kerek fehér lámpasor világított, ahogy a keskeny út két oldalán is, amin egy újabb, szállást nyújtó épületbe lehetett belépni. E mögött istállók és személyzeti lakások húzódtak meg.

– Holnap ezeken a lovakon fogunk terepre menni a vendégekkel – mondta a férfi az istállóba lépve. Olyan rend és tisztaság uralkodott, hogy a kövezetről enni lehetett volna. – Ha felajánlhatom, maradjatok itt éjszakára, holnap meg tartsatok velünk!

– Itt alvás? Jó ötlet! Én nagyon fáradt vagyok, de a lovaglás Zsuzsi asztala, én nem ülök rá! – szólt közbe a varrónő.

– Vannak szekerek. Azon visszük a félősöket meg a nyugdíjasokat, és mi is azzal megyünk túzoklesre. Nos, hogy döntesz?

– Végül is, még 50 km vezetés várna rám, és elég késő van. Ha nem foglaljuk senki elől a helyet, miért ne? – Közben erőteljesen a csomagtartóban lapuló lovagló holmijára gondolt, és arra, hogy egy éve annak, hogy olyan balul ütött ki ama bizonyos tanyasi kaland.

A szoba a medencére nézett. Zsuzsi elhatározta, hogy kora hajnalban úszni fog. A nappal együtt kelt, szobatársa még az igazak álmát aludta. Abban reménykedett, hogy mások is. Egy nagy törülközőt csavart magára. Haját szoros kontyba tűzte, hogy ne legyen útban az úszásnál. Se úszósapka, se szemüveg, se fürdőruha nem volt nála. Kinézett, egy lelket sem látott. Erre számított. Majd csak gyorsban meg mellben úszik, hogy ne legyen túl kihívó egy szál semmiben, ha véletlenül arra jár valaki. A víz kellemesen simogatta, nagyon élvezte, hogy egyedül van, olyan volt, mintha saját medencéje lenne. Átlóban rótta a hosszakat, mivel 50 méteres etapokhoz szokott. Jó tíz perce úszhatott már, éppen a sarokhoz ért gyorstempóval, és fordulni akart, mikor félszemmel látta, hogy valaki térdel a parton. Táltos mosolygott.

– Megengeded, hogy csatlakozzak?

– Végül is, van hely, meg nem az enyém a medence! Bocs, azt hittem, egyedül leszek.

– No, hogy ne érezd magad feszélyezve, én is ledobom a textilt.

Azonmód megtette, és egy fejessel beugrott. Így ketten rótták a köröket anyaszülten. A személyzet már megszokta főnökük szokásait, szemük sem rebbent, láttak már ezt-azt. Az egyik fordulónál a férfi bevárta a lányt.

– Élvezet volt együtt úszni, de lassan mennünk kell, nemsokára érkezik a csoport. Gyere reggelizni, aztán 9-kor indulunk az istállótól.

– Én szálljak ki először? Valld be, ezt szeretnéd!

– Most rajtakaptál. Hölgyeké az elsőség!

Zsuzsi nem tétovázott, felhúzta magát a három lépcsőn, maga köré tekerte a törülközőt, visszafordult.

– Megérte?

– Hát, így reggeli előtt megteszi. De majd ha feleségül veszlek, behatóbban foglak tanulmányozni.

– Vicces vagy.

– Egyáltalán nem vicceltem.

A lány ezt már nem hallotta. Ahogy átment a báron, három férfialkalmazott tapsolt.

„Mégsem voltam annyira egyedül." Nem szokott reggelizni, ezért fürdött, hajat mosott. A vizes haját két copfba fonta, lovagláshoz öltözött, és sietett nyergelni. Közben hallotta a zajos csoportot, itt-ott találkozott a vendégekkel. Legnagyobb meglepetésére a lovak útra készen álltak, tizenkettőt számolt meg. Táltos egy robosztus pej mellett igazgatta a hevedert. Mellette egy fekete, kicsit alacsonyabb, de erőteljes ló kapart az első lábával, mintha már indulni akarna.

– Helló, Sellőlány! Itt a lovad, mi megyünk ketten, elöl.

– De ez egy nóniusz, ha bemelegszik, nem tudom majd visszafogni!

– A dolog eldőlt: tényleg elveszlek!

– Most komolyan! Nem tudok én annyira lovagolni, hogy egy ilyet irányítsak!

– De azt elsőre tudtad, hogy Sátán nóniusz. Mellettem jössz, majd én vigyázok rátok.

Közben jókedvűen megérkeztek a német turisták. A tolmács beszélt nekik, mindenki felkapaszkodott a nyeregbe, harsányan nevettek.

– Min kacarásznak? Nem beszélek németül.

– Azon a jó szokáson, hogy aki a vezető lovast – aki én vagyok – megelőzi, az fizet a társaságnak egy-egy pohár pezsgőt. A vezetőnek egy üveggel.

– Na, akkor mélyen nyúlhatok a pénztárcámba, mert az én leszek!

Elindultak, kis séta után ügetésre, majd vágtára váltottak. Táltos lova jóval nagyobb volt, tehát sikerült mögötte maradni. Megálltak egy düledező, régi, nádfedeles épületnél. Ez a múlt században Nyakvágó betyárkocsmaként működött. Azért hívták így, mert állítólag itt vágta el a nyakát kikapós feleségének a kocsmáros.

– Ezt is megvettem, fel fogom újítani. Egész jó borospince van alatta, lesz borkóstoló is.

– Jó üzleti érzéked van.

– Ahogy hallom, a tiéd se kutya! Jó, hogy másban utazunk, és nem vagyunk egymás konkurenciái.

A visszaút már nem volt sima, illetve bevált, amit a lány megjósolt. Ahogy közeledtek az istállók felé, a nóniuszt, akit nem véletlenül hívtak Sátánnak, lehetetlen volt visszafogni. A szár egészen feltörte a kezét, úgy húzta a zablát, de a ló csak vágtatott. Maga mögött Táltos hangját hallotta:

– Hajolj rá, mert be fog rohanni veled az istállóba!

Így tett, ezzel megúszta, hogy homlokon csapja a szemöldökfa. A cseles ló lépésre váltott, és szépen besétált a helyére. Amint kivette a szájából a zablát, már falatozta is az odakészített szénát. Lenyergelt, és sietett megrendelni a pezsgőt.

– 12 pohár pezsgőt, meg egy üveggel a főnöknek!

– Sátánt kaptad?

– Ja. Táltos ezzel szórakozik?

– Nem szokott a vendégekkel lovagolni. Mindig a lovászok valamelyike megy velük. Az üveg pezsgőt beszéld meg vele, ő nem iszik alkoholt. Már jön is!

– Rendben vagy? – mosolygott szélesen Táltos.

– Most jegeltem le a púpot a homlokomról! Körbeviszem a pezsgőstálcát! – és ment. A vendégek ittak, emelgették felé a poharat.

– Azt mondja a mixer, hogy nem iszol. Gyerekpezsgő?

– Kösz, nem. Kár, hogy nem vártál meg. Megoldottam volna. A vendégem vagy, nem várom el, hogy ennyi embert itass!

– A fogadás, az fogadás! Mi az, hogy nem vártalak meg? Beszéld meg Sátánnal!

– Köszönöm, hogy rendben hagytad. A lovász is csak nézett, hogy milyen profi vagy.

– Szóval, mivel tartozom a vezető úrnak, amiért galád módon lehagytam?

– Ezen még töröm a fejem.

– Most viszont meg kell köszönnöm a vendéglátást, mennünk kell.

– Nem maradtok ebédre?

– Nem. Otthon apám vár, meg némi munka is.

– Akkor csomagoltatok az ételből, hogy legalább főzni ne kelljen.

– Köszi, ha nem fáradság, nagyon kedves vagy!

– Neked ennél sokkal többet is megtennék. Szólj, ha indultok!

Búcsúzásnál kölcsönösen köszöngették egymásnak a szívességeket. A szakács három ételessel érkezett, melyeket Táltos átvett tőle.

– Egy apukádnak! Ismeretlenül is üdvözlöm, gratulálok a lányához!

A varrónőhöz fordulva odanyújtotta a második étel-hordót, az utolsót Zsuzsi másik kezébe nyomta. A lány így védekezésképtelen volt, de talán eszébe sem jutott, hogy ezt tegye. A férfi egészen közel lépett hozzá, két kezébe fogta az arcát, és leheletfinoman megcsókolta.

– Még találkozunk.

Nem is a csók volt maradandó érzés, hanem kezének, főleg a hüvelykujjainak érintése. Zsuzsi még este is érezte az arcán a körkörös simogatást.

Hétfőn ő már a számítógép előtt ült, amikor a varrónő nagy mosolyogva letette a szabászasztalra az ételhordót.

– Alighanem elcseréltük.

– Nem ugyanaz volt mindháromban?

– Ebben a sütik mellett egy levél lapult. Bocs, de nincs megcímezve, és nem volt leragasztva. Viszont neked szól. – Átadott egy Táltos Panzió-logóval ellátott borítékot.

– Biztos nincs benne olyan, amit ne olvashatnál. Kösz.

A nagyon szép, kézzel, kalligrafikus betűkkel írt pár sor valóban neki szólt:

Kedves Zsuzsa!

Tudom, hihetetlen, nekem is az, pedig egy tízessel több ta-pasztalatom van. Ennyire rövid idő alatt ilyen nagy hatással még senki nem volt rám. Nem szeretném, ha ez semmivé válna, kisétálnál az életemből, olyan hirtelen, ahogy beléptél. Mindketten elfoglalt emberek vagyunk, tiszteletben tartom, hogy önálló személy vagy, aki megvalósítja elképzeléseit. Pedig legszívesebben azt kértem volna, hogy maradj nálam. De nem lehetek önző, és nem tudom, te hogy vélekedsz. Mel-lékelem a következő két hétben előre tudható programjaimat. Ezek biztosak, de mindig közbejöhet bármi. Ha van kedved,

időd, örülnék a „váratlan" találkozásnak. A panzió telefonja
a borítékon. Azt nem garantálom, hogy én veszem fel, de az
üzeneteket átadják. Köszönet mindenért. Sátán üdvözöl.
(Irigylem, mert érezhetett!) T.

– Ez nagyon szép. Túlságosan is! – sóhajtott Zsuzsi,
közben a múlt szép szavaira gondolt. Jutott belőlük bőven!
Aztán jött az ébredés.

– Én ilyet kapnék, a popsimat a földhöz ütögetném
örömömben.

– Te inkább tedd a hátsódat a varrógép elé! Odaké-
szítettem a kiszabott új modellt. Hajrá!

„Nézzük csak! Hogy vélekedek én?" Vonzotta a férfi.
A vörössége sem zavarta. Még a testszőrzete is az volt, és
egészen közelről a szeplőit is megcsodálhatta. Arányos,
kisportolt alkata varázslatos. A szakáll és a bajusz egyenesen
a gyengéje. És az aurája, a kisugárzása, a foglalkozása! Persze,
hogy hatott rá! „Na, ebből elég! Nézzük a programokat!" Az
egész repertoárból egy dolgon akadt meg a szeme, amiről
tudott is, hiszen lépten-nyomon hirdették, az ország nagy-
hatalom ebben a sportban. A Fogathajtó Világbajnokság itt
zajlik, ennek lesz záró rendezvénye két hét múlva. Tudta,
hogy a magyar hajtók jól állnak kettesben is, de négyesben
pláne. A négyesek akadályhajtására el tudna menni, de a
bankettre bizonyára meghívó kell. „Tehát fel kell hívnom.
Na tessék, egy kis lovas rendezvénnyel máris le lehet ven-
ni a lábamról! De előbb a munka, utána a szórakozás."

Mire felnézett a szabásmintákból, már eltelt egy hét.
Elővette a programsort. Merre kalandozik az ő Táltosa?
Lovat szállít fedeztetni, pontosan megadva, hogy honnan
hová. Szép kis út! Akkor üzenetet hagy. Legjobb, ha ez a
telefonszáma lesz. Felhívta a panziót.

– Táltost? Mindjárt adom. – Erre nem számított.

– Sellőlány! Megvárattál.

– Nincs a tengerben telefon. Azt hittem, úton vagy.

– Egy perc múlva már nem értél volna el. Most indulok. Megkerült az autóm és át kellett vennem, ezért csúszott a program. Nem jössz velem?

– Nem tudok, de jövő héten ellátogatnék a négyes fogatok terephajtására. Látom, ott lesz a tanyáid környékén.

– Igen, én az ötös akadálynál leszek bíró. Várlak!

– Ha lehet, elkísérnélek a záró bulira, ha még nincs partnered.

– Megtisztelsz! Te leszel a bálkirálynőm. Akkor egy hét múlva.

– Megadom a telefonszámom, fel tudod írni?

– Milyen figyelmetlen vagyok, nekem kellett volna elkérnem, még egy héttel ezelőtt.

– Jó lesz az most is. Vigyázz magadra! Sátánt üdvözlöm, és ne irigyeld, mert köztünk volt a nyereg.

Már meg is bánta, hogy előjött belőle a kisördög. „Tessék, még lovat is adok alá! Mi lenne, ha előbb gondolkodnék, és utána szólnék?"

Milyen jó, hogy ráerőszakolta a számát; „csak" kétszer hívta naponta, vagy többször is, de ennyiszer volt telefonközelben. Megbeszélték, hogy már délelőtt elautózik a Táltosba, és onnan együtt mennek az akadálybejárásra. Amíg a férfi végezte a bírói munkát, addig Zsuzsi váltogatta a helyszíneket. Végül a vizesároknál maradt, mert ott történt a legtöbb esemény, ez volt a legnagyobb kihívás a hajtóknak. Az ünnepélyes díjátadó a közeli város stadionjában zajlott. Jó későn értek haza, a panzióban rengeteg vendég nyüzsgött, ki ilyen, ki olyan állapotban. Többen a medencében ugráltak. Zajlott az élet. Kiderült, hogy egy különálló épületben van a főnöklakás. Ide vezette Zsuzsit.

– Nem sokan nyernek ide bebocsátást. Ez szigorúan magánterület.

A tágas nappali kandallóval, előtte zebrabőrrel, kényelmes bőrfotelokkal, kanapéval hívogató kényelmet kínált. Körben a falon nagy kudu- és más antiloptrófeák, afrikai állatbőrök. Innen nyílt a háló, amely egy hatalmas ágy volt, hangulatlámpákkal, kétoldalt tükrös tolóajtós szekrényekkel. Kiderült, hogy az egyik tolóajtó nem szekrényt, hanem egy pezsgőfürdős szobát rejt.

– Itt fürödhetsz, alhatsz, sajnos nem foglak zavarni, mert még meg kell beszélnem a holnapi menetet, ki kell adagolnom az alapanyagokat, és még a lovakhoz is benézek.

– Rendben leszel holnapra? Embertelenül hajtod magad!

– Kedves, hogy aggódsz értem, de nekem kevés alvás is elég. Érezd magad otthon!

Nem kellett ringatni, ide nem hallatszott a vendégek zaja. A csend úgy ölelte körbe, mint puha vatta. Ő aztán tudott aludni 10-12 órát is akár, ha lehetett. Kilenc tájban ébredt, egyedül. Táltos tán le sem feküdt? Felfrissítette magát. A nappaliban a kanapén takaró, előtte a csizma, ruhák a fotelben. Egy tálca az asztalon. Limonádé, a jég még el sem olvadt benne. Gyümölcsök, szendvicsek. Kortyolt a limonádéból, amibe még egy fél citromot belecsavart. Csemegézett a gyümölcstálból, amikor a férfi csuromvizesen megérkezett.

– Jó reggelt, álomszuszék!

– Jót aludtam, veled ellentétben.

– Igaz, nem sokat pihentem. Kora reggel az állatorvosért kellett mennem.

– Baj van?

– Kólikás az egyik hátas. – Közben ledobta a vizes fürdőgatyát, komótosan megtörülközött, és felöltözött. – Azért így nem volt az igazi!

– Mi?

– Az úszás.

– Miért? Mert fürdőnadrágban kellett?

– Tudod te azt nagyon jól! Még a víz is másképp simogatott, amikor melletted úsztam! – Közben beleharapott egy szendvicsbe és tejet ivott. – Van friss juhsajt, most hozta a gazda. Kóstold meg, ilyen finomat még nem ettél! – Egy hatalmas vadászkéssel lekanyarított egy darabot a hófehér, kerek sajtból. Zsuzsi elismerően hümmögött.

– Ez isteni! Mi lesz a mai menet? Mikor, mivel indulunk a gálára, mit tanácsos felvennem?

– Egyszerre csak egy kérdést! A divat nagyasszonya kérdezi tőlem, hogy mit vegyen fel? Engem már beengednek öltöny és nyakkendő nélkül, mert ismernek. Fekete lovaglónadrág, fehér ing és fekete csizma lesz rajtam. Szeretek táncolni, csak veled fogok, tehát kényelmeset javaslok, különösen cipő terén. Mivel benne vagyok a fogadóbizottságban, ötre oda kell érnünk a város legnagyobb szállodájának báltermébe. Innen 4-kor indulunk. Ha nem gond, javaslom, hogy a te autóddal menjünk, mert nehezen viselem, hogy az enyémben idegen majmok ültek. Csupa kosz, és beporozták az ujjlenyomatosok. El fogom adni, és veszek egy másikat.

– Ez kimerítő válasz volt. És négyig mi a program?

– Délben ebéd, sokan leszünk, legyél mellettem, mint háziasszony, ha nem nagy kérés! Utána indulunk lovaskocsikkal túzoklesre. Az nem biztos, hogy látni is fogunk, mert nehéz őket lencsevégre kapni, de nagy volt az érdeklődés, és a turisták kívánsága parancs.

A vendégsereg nemzetközi volt, hiszen a fogathajtóra a világ minden tájáról jöttek. A különböző nyelvek hangzavarában és az ebéd előtt, alatt és után elfogyasztott szesz gőzében zötykölődtek a lovas kocsikon. „Lóháton jobb lenne!" Jól érezték magukat, annak ellenére, hogy túzokot, azt nem láttak. Viszont fácánt, őzet, üregi nyulat igen, aminek különösen a gyerektársaság örvendezett. Mire visszaértek, egy órájuk maradt az indulásig. Zsuzsi előresietett, kikészítette a fehér csipkeruháját fekete selyemövvel, és kényelmes szandált választott, követve a tanácsokat. Vizet engedett a pezsgőfürdős kádba, és már benne ült, amikor megérkezett Táltos is.

– Társulok. Miért nem kapcsoltad be a pezsegtetőt?

– Fogalmam sincs, hogyan kell. – Már intézkedett is, nagyon kellemes bizsergető buborékok vették körbe, most már mindkettejük testét. A lány az ülőkén foglalt helyet, a férfi elé térdelt, és arcát a kezébe fogta.

– Kérnék tőled még két dolgot. Szeretnélek ma este úgy bemutatni mindenkinek, mint menyasszonyomat! Pszt! Még ne válaszolj, ez csak egy volt! A másik: legyél a feleségem! És ha most azt akarod mondani, hogy ne vicceljek, inkább számolj tízig! Miért hallgatsz?

– Számolok. Ötnél járok – mondta belezuhanva a barna bociszemekbe, a szeplőkbe, a szőkés vörös szőrzetbe. Átfogta a férfi derekát, melynek keménysége legalább úgy meglepte, mint a kérés. – Épp, hogy elváltál! Nem elhamarkodott kérdés ez? Lehet, hogy elájulok.

– Foglak. Negyedszerre hallod a szándékom, kezd eljárni felette az idő. Nos, még ma válaszolsz?

– Rendben. Ha komolyan gondolod.

Elementáris erővel csókolta meg és szorította magához a lányt, miközben felállt és felhúzta őt is. Hogy ne csússzon le, átkulcsolta lábaival a férfi csípőjét. Az úgy és oda emelte, ahová csak akarta, nem volt neki gond. A combokat és a fenekét tartotta a karjával és a tenyerével, majd egyetlen kis helyezkedéssel ráhúzta a lányt a felizgult hímvesszőre. Zsuzsi sikkantott egyet, miközben az izmos nyakba kapaszkodott. Váratlanul érte a feszítő érzés, kicsit fájt is. A férfi leült vele együtt, így még beljebb hatolt, de megállt a mozgásban, s újra a lány fejét fogta. Ijedten kérdezte:

– Csak nem voltál érintetlen? Bocsáss meg!

– Nincs mit megbocsátanom... – De nem tudta befejezni, mert vadul, mohón újra és újra csókolt. A lány számára új volt, hogy az összegyűjtött nyálát az ő szájában kente szét a nyelvével, de nem ért rá ezen a furcsaságon merengeni, mert a párzó mozdulatok egyre erősebbek és gyorsabbak lettek, majd egy oroszlánüvöltés kíséretében a feszítő érzés alábbhagyott. A hímtag lüktetett a hüvelyben, és Zsuzsi számára ez már kellemesen ismerős volt. A férfi felemelte, és kiültette a kád szélére. Végigcsókolta, a testét, majd habfürdős kézzel alaposan megfürdette. Minden hajlatát végigsimította, még a fenékvágásba is benyúlt. „Kár, hogy nem így kezdtük!"

– Most te jössz! – és Táltos az ő tenyerébe nyomta a tusfürdőt. Ő is csókolgatta, majd megmosdatta a másikat. Megint elámult a betonkeménységen. Amikor a férfiasságot vette a kezébe, már nem csodálkozott azon, hogy szűznek hitte. A hímvessző vastagsága Péterét is überelte; igaz, rövidebb volt. Még így, nyugalmi állapotban is alig érte át a marka. (Vagy a keze túl kicsi?) „Milyen összehasonlítási alapjaim vannak nekem?"

Siettek, mert már négy óra volt. Hallgatagon öltöztek, a férfin megilletődöttség érződött. Zsuzsi úgy döntött, majd nyugisabb körülmények között tisztázzák, amit kell. Nem akarta tévhitben hagyni társát. Amikor a férfi meglátta a fehér csipkeruhában, átfogta vastag fekete selyemövvel még karcsúbbnak látszó derekát, lágyan megcsókolta, és elővarázsolt egy gyűrűt. Felhúzta a lány ujjára: egy vékony aranykígyót formázott, a szeme kis piros rubin.

– Zsuzsa! Eljegyezlek ezzel a gyűrűvel. Legszívesebben az innen nem messze lévő kápolnába vinnélek lóháton, és szólnék a pap haveromnak, hogy adjon össze bennünket.

– Köszönöm. Ezt tartsuk evidenciában, jól hangzik. Meghatottál! Gyönyörű ékszer.

– Afrikából hoztam.

– Ó, jártál ott?

– Mit gondolsz, hogy került ide ennyi afrikai állatbőr és trófea? Majd mesélek, de most indulnunk kell. Jól vagy? – A lány csak bólintott. – És gyönyörű! És csak az enyém!

Zsuzsi azzal szórakoztatta magát – amíg több százszor nyújtotta a kezét, miközben Táltos ugyanennyiszer bemutatta, mint menyasszonyát –, hogy a megdöbbent arcokon mosolygott. Fogadásokat kötött: „Ez nagyot néz, ez nem fog meglepődni!" Legalább 70%-ban jól tippelt. Különösen a nőknél volt erős megrökönyödés. Eszébe jutott, amit az úton Táltos mondott:

– Nincs túl jó hírem. Nőfalóként tartanak számon, és van benne némi igazság. Míg nem nősültem meg, nem tudtam ellenállni, meg utána sem. Elgyengülök a gyengébb nemet illetően. Az első feleségemet imádtam, és a hűséget komolyan gondoltam. A munkám miatt nem vagyok otthonülő. Megcsalt. Két gyermekünk a bölcsőben sírdogált, míg ő a konyhaasztalon szerelmeskedett. Sajnos rájuk nyitottam. Onnantól kezdve nem feküdtem

le vele, pedig könyörgött, meg azért is kérlelt, hogy ne
váljunk el. De hajthatatlan voltam. A válás huzavonája
alatt nyíltan kalandoztam más nőkkel. Ha elkötelezem
magam, korrekt tudok lenni, amíg a másik fél is az. Nem
vagyok szent, de bármit hallasz rólam, azt felezd meg!
     – Jókor szólsz! Most, mikor már igent mondtam? –
kérdezte nevetve. – Komolyra fordítva a szót. Egyáltalán
nem foglalkozom mások véleményével. Értékes embernek
tartalak, lenyűgöztél, még nem akartak feleségül venni.
Szeretek előre tekinteni, nem az elmúlt dolgokon rágódni.
     – „Minek a múlton töprengeni?" – hangzott egyszerre
mindkettőjüktől. Nevettek. Ki gondolta volna, hogy ez a
mondat A dzsungel könyve műből a kedvenc szállóigéjük?
     Táltos kifejezetten élvezte azt a helyzetet, amit ő
stimulált az új menyasszony debütálásával. Szinte für-
dött a csodálkozó tekintetekben, és büszkén fogadta a
gratulációkat. „Biztos ő is jól szórakozott az arcokon."
Zsuzsival kedves, figyelmes volt. Beváltotta ígéretét, csak
vele táncolt, méghozzá profi módon. Mindegy, milyen
zene szólt: twist, rock and roll, tangó, csacsacsa, keringő.
Otthonosan mozgott és határozottan vezetett. A lassú,
összebújós táncban minden érintése – gyengédsége el-
lenére is – erőt sugárzott. Kár, hogy nem így kezdték
délután a szeretkezést! „A szelíd erőszak fegyvere oly
nagy!" Könnyedén, ritmusra forgatta a lányt, és ő úgy
érezte, a talaj felett lebeg, hihetetlen biztonságban. És
abban volt. De vajon meddig? Ezt a kérdést félve tette fel
magának. Arra ocsúdott, hogy a zenekar a Suzy-t játssza.
A gitárszóló sikítva hasított bele a levegőbe és a szívébe.
Legördültek a könnyei.
     – No, mi baj?
     – Semmi, örömkönnyek.

213

A férfi nyelve hegyével letörölte a cseppeket, majd puszit nyomott a szemek alá, aztán a száját csókolta, cseppet se törődve azzal, hogy igen nagy a nézőközönségük. Zsuzsi annyira meglepődött, érezve a saját könnyeinek sósságán át Táltos erejét, hogy visszacsókolt. A táncot abba sem hagyták. Megtapsolták őket.

A következő héten félig-meddig szabadságolta magát, mert segített a gépkocsi-probléma megoldásában. Táltos – óriási ismeretségi körének köszönhetően – két nap alatt eladta az autóját. Így elutaztak a fővárosba, ahol a lánynak üzleti ügye is volt. A férfi közben az autókereskedéseket járta. Meglepett örömmel vette, hogy Zsuzsinak lakása van, és nem kell azonnal visszaindulni. Mindjárt ötlete is támadt: ahogy felértek az ajtó elé, ölbe kapta, hogy átvigye a küszöbön és a fülébe súgta:

– Avassuk fel! Most gyengéd leszek. Legalább is megpróbálom.

– Csodálom az erődet, kemény vagy, mint a vas. – És összeszedte minden bátorságát, hogy tudjon erről beszélni: – A férfiasságod mérete meglepő.

– Ezt többen mondták – nevetett –, de nem panaszképpen!

– Nem panaszkodom. Lehet, hogy én vagyok szűk. – Vetkőzni kezdett, és úgy döntött, még maradjon a tévhit.

– Fokozatosan megoldjuk a problémát. Ne, én szeretnélek kicsomagolni!

Aprólékosan fejtegette le a ruhákat, miközben minden porcikáját csókokkal borította. Zsuzsi rájött, hogy attól más az érintése, hogy érdes a keze, de nem bántóan, hanem borzongatóan. A férfi körbenyalta a mellbimbókat, majd csókolta azokat, olyan szédületes nyelvforgatással, hogy a lány teljesen elzsibbadt, azt hitte, elélvez. „Most oldjuk a problémát?" Kiment a lába alól a talaj, elgyengült. Táltos felkapta, az ágyra tette, és hagyományos pózban magáévá tette türelmesen, lassan, fokozatosan. Kis pihegés után a lány törte meg a csendet.

– Bemutatnálak apámnak, mielőtt az újságból tudja meg, hogy férjhez mentem.

– Rendben. Hétvégén jó?

– Oké. Szombaton ebéd? Én főzök. Házassági teszt. Ha túléled, elvehetsz!

– Nem is tudom, vállaljam-e ezt a rizikót. Szép, csinos, sikeres vagy, és még humorod is van! Levettél a lábamról.

– Valljuk be, nem törtem össze magam a nagy igyekezetben!

– Azt mondod, könnyű préda vagyok?

– Sosem tekintettem senkit befogandó vadnak. Nem vadászom. Az ember vagy rátalál a társára, vagy nem.

– Egyetértek.

– A te szüleid merre vannak?

– Meghaltak.

– Bocs, sajnálom. Akkor a gyerekeiddel kell összehaverkodnom.

– Az ikerlányaim tízévesek, a fiam négy. Fogsz velük találkozni, sőt az exnejekkel is. De én szeretnék neked is gyereket csinálni.

– Most?

– Akár most is.

És tényleg készen állt rá. Olyan kedvesen és vágyakozó szemmel nézett, hogy a lánynak nem volt ereje ellenállni.

„Mi ez a gyerekmánia?" A baráti társaságaiban eddig azt tapasztalta, hogy a fiúk inkább menekülnek a gyerekáldás felelősségétől, de még a házasságtól is. Tudott olyanról, aki orvos barátjától szerzett hamis igazolást, hogy nem lehet gyereke. Egy másik ismerőse elköttette magát. Ez egyre jobban terjedt. Táltos életfilozófiája az volt, hogy az emberiség feladata az utódnemzés. Különösen, a genetikailag értékes, erős egyedek fennmaradása fontos.

„Szaporítsuk az értelmes, szép embereket! Végül is ez a világ rendje!"

Csodák csodája, reggel sem kellett sietni. Közösen zuhanyoztak, és közben beszélgettek.

– Képzeld el, milyen gyönyörű gyerekeink lesznek! Jó lenne, ha a lány rád, a fiú meg rám hasonlítana!

– Én már láttam nagyon szép vörös kislányt. Egyébként egy a lényeg: egészséges, okos legyen. Akkor is szülnék neked, ha nem vennél feleségül. Két ember kapcsolatát nem a papírok teszik.

– Szívemből szóltál, de azért én elkezdem szervezni a dolgot. Még mindig megfelel a kápolna és a lóhát?

– Naná! Semmi nagy hajcihő! Két tanú, meg mi. Varrok magamnak fehér lovas kosztümöt. Csak ne Sátánt add!

– Két hófehér ló?

– Inkább almásderesek. A fehér ló egyeduralmat szimbolizált a történelemben.

– Túl van beszélve! Sosem gondoltam, hogy találok egy olyan nőt, aki nem faksznizik, aki nem a külvilágnak akar hivalkodni. – Elzárta a csapot, magához húzta, felemelte a lányt. Az átkulcsolta lábával, és kapaszkodott a nyakába. – Valóban szülsz nekem?

– Naná! Téged ezzel lehet levenni a lábadról?

– Most rájöttél, mi a gyengém. Lebuktam! – Azon mód, ahogy csuromvizesen voltak, már vitte is a szobába, de nem az ágyra, hanem az asztal szélére ültette.

– Legalább tudom a varázsigét, ha rá akarlak venni egy kis szexre!

– Nem fog nagy fáradságodba kerülni! Húzd fel a lábad, így! Óh, csodás vagy!

Alig érte a popsija az asztal szélét, így az előtte álló férfi hímvesszője több erőteljes nekirugaszkodás után fokozatosan hatolt kitáruló szemérmébe. Az erős karok biztonságosan tartották, mint egy kis csomagot, szorították. A térdei egészen Táltos vállához nyomódtak. Néhány mozdulatnál mintha a hímtag súrolta volna az érzékeny gombocskát, de ahhoz nem elég intenzíven, hogy bekapcsolódhasson a végső extázisba. Így is magával ragadta Táltos öröme.

Zsuzsi nem volt hozzászokva a sűrű, gyors, egymás utáni szeretkezésekhez, ezért az alfele érzékeny lett. Táltos férfiasságának mérete még mindig túlzottnak tűnt. Üléskor kicsit helyezkednie kellett, hogy elmúljon a kellemetlen érzés. Ezért is örült, hogy egyedül ült a kocsijában. Előtte valahol párja száguldott a frissen vásárolt Opellel. Ki-ki a maga otthonába tartott. Lélekben készültek a szombati kis családi összeröffenésre. „Van öt napom, hogy kíméletesen adagoljam a fejleményeket. Apu nem könnyű eset." Elhatározta, hogy csak az eljegyzésről szól. Egyszerre ez és a házasság kemény dió lenne.

Szülejének nem is a „meggyűrűzéssel" kapcsolatosan voltak aggályai, hanem az ismeretség rövidségével. Hát még ha tudta volna, hogy a vőlegény válási papírjain alig száradt meg a tinta! A sokkot a szombati meghívás okozta. Apja társaságkerülő, morc medve lett felesége halála óta. Minden változást nehezen viselt. A lány abban bízott, hogy pár nap alatt csak sikerül megemésztenie a dolgot. Táltos megjelenésekor mindenkinek elállt a szava, most sem volt másképp. Lehengerlő udvariassággal dicsérte a házat, a kertet. Elhozta – kis túlzással – a panzió konyháját, egy hatalmas fonott kosárban: bor, juhsajt, házi sütésű kenyér, hurka, kolbász, gyümölcs. „Honnan szedi, hogy mivel lehet az öreget levenni a lábáról?" Ugyanis Zsuzsi nem fogyasztott disznóhúst, amit a férfi pontosan tudott. Ebéd előtt koccintottak, pálinka, száraz Martini, ásványvíz. Ki-ki vérmérsékletének és ízlésének megfelelő itallal.

– Kedves Sándor bátyám! Tisztelettel megkérem Zsuzsa lánya kezét.

– Ha már ő úgyis odaadta, nincs mit tenni, vidd, fiam!

Hál' Istennek az esküvő és a házasság nem került szóba. Az apja meglehetősen visszafogott volt egész ebéd alatt. Szótlansága mögött lapos pillantásokkal méregette a váratlan vőlegényt. Sajnos neki menni kellett, főszezon volt. A panzió külföldieknek szervezett lovastúra egyik állomásaként prosperált. Ment a szekér. (Szó szerint.)

– Na, mi a véleményed? – kérdezte Zsuzsi, mikor a férfi kocsija eltűnt a kanyarban.

– Hát, kislányom, te tudod!

Ennél többet úgysem lehetett volna kihúzni belőle. Rövid, velős, sokat sejtető. „Én tudom. Én tudom?"

A nyár vége együttlétek szempontjából szűkös volt. Zsuzsi egy háromnapos hétvégére átautózott a panzióba. Megismerhette a gyerekeket. A két kislány valószínűleg az anyjára hasonlított. A nagyon bájos, majdnem egyforma, kreol bőrű, sötétbarna hajú, élénk ikrek szinte csüggtek az apjukon. Táltos könnyedén cipelte a nyurga tízéves lányokat egyszerre. Jobb karján az egyik, balon a másik kucorgott, fejecskéjük a széles, vörös szőrzetű mellkasra hajtva. Megkülönböztetésükben az segített, hogy az egyiknek rövid, míg a másiknak félhosszú haja volt, és nem hordtak egyforma ruhát. Ráadásul különbözött az egyéniségük is. A kisfiú nagy, kerek gombszeme, de még a nézése is az apját idézte. Fülére érő szöszi haját és kék szemét az édesanyjától örökölte. Ő is megjelent az utolsó napon. Zsuzsi azonnal felismerte, mert annak idején sokat szerepelt a divatlapokban. Természetesen és kedvesen üdvözölte a lányt. Egyetlen szúrós megjegyzést tett, de az nem neki szólt:

– Ákoskám, látom, követed a trendet és egyre fiatalabbra váltasz. Végül is érthető.

Furcsa volt, hogy ő keresztnevén szólította a férfit. Az egész lovas életmód távol állt tőle. Tízpercenként elmondta, hogy milyen büdös lóistálló-szag van. Ilyenkor Táltos és a lány összenéztek. A barna szemek ezt mondták: „Csodálod, hogy amikor dicsérted a lovak szagát, azt mondtam, hogy elveszlek?"

Zsuzsi élvezte a gyerektársaságot; úsztak, lovagoltak, társasoztak, kártyáztak. Több időt töltött velük, mint leendő párjával, aki időnként elégedetten nyugtázta, hogy milyen jól kijönnek.

– Megnyugtató, hogy rád bízhatom őket, ha nem érek rá, márpedig ez sűrűn előfordul. Sokat segítettél ezzel.

– Nagyon jó gyerekek, csak foglalkozni kell velük.

– Látod, ez az! Te, a 25 éveddel tudod, a lányok anyja nem.

– Nem vagyunk egyformák. De ha azok lennénk, unalmas volna a világ.

– Bölcsek bölcse vagy! Ha elmegy a társaság, ugye tudsz maradni? Megnéznélek végre közelebbről.

– Csak nem tört rád a gyerekprojekt?

– Szerinted? Okos Sellőlánykám…

Persze, hogy maradt, hiszen eddig az óriás ágyon a lányokkal aludt, míg Táltos a kanapén, fiával. Felszabadulás volt kettesben egymással törődni. Bár, ha mélyen magába nézett, nagyon hiányzott neki Doki kreativitása, igazi örömöt okozó nyelve. Nem volt elég bátor ahhoz, hogy elmondja vágyait. A férfi nem forszírozta az orális szexet. Legalábbis eddig. „Ember küzdj, és bízva bízzál!"

Októberben gyönyörű vénasszonyok nyara tombolt, ekkorra lecsengett a lovas turizmus dömpingje, így egy csodálatos hosszú hétvégét tudtak együtt tölteni. Csütörtökön színházban voltak, Zsuzsinál aludtak. Ez volt az első alkalom, hogy Táltos éjszakára is ott maradt. Az apja mindent megtett, hogy a lehető legkevesebbet találkozzon a fiatalokkal. Ebben a ház nagysága is segített. Pénteken két autóval mentek a tanyára, mivel hétfőn már két irányban volt dolguk. Erre csak az volt az öregétől a megjegyzés: „Felesleges rongyrázás!"

Aznap délután felnyergelték a két almásderest, hogy megnézzék a kápolnát. Az épület valamiért két falu közt volt, állítólag egy nagy udvarházhoz tartozott, aminek a gazdája még a tanácsköztársaság idején külföldre menekült. Az a szóbeszéd járta, hogy az egyik falu az ő házának tégláiból épült, mert az teljesen eltűnt a történelem viharában. Viszont a kápolna kis ékszerdobozként virított a mesterséges domb tetején: hófehéren, piros tetővel, tornyocskával. A felfelé vezető utat jobbról és balról Jézus kálváriájának stációi övezték, oszlopokba vésett domborművekben. Minden alkotás előtt gondozott, mini virágoskert virított. A bejárat mellett két hatalmas vadgesztenyefa állt, ide kötötték a lovakat. Táltos a csizmája szárából egy arasznyi nagyságú kovácsoltvas kulcsot húzott elő.

– A Mennyország kapuját nyitja?

– Remélem! Majd vissza kell adnom. Meglátogatjuk a főnököt visszafelé.

A hatalmas kulcs zajtalanul fordult a zárban. Meglepő tisztaság, hűvös, virág- és gyertyaszag fogadta őket.

– Ki tartja ezt ennyire rendben?

– Az én pap barátom házvezetőnője. Maradjon köztünk, nemcsak az. Meg néhány megözvegyült öregasszony a gyülekezetből. A szívügyük. Nagy egyházi ünnepeken komoly forgalma van. És tartottak itt már mások is esküvőt! Többek közt én is.

– Nem gond az, hogy én egy megátalkodott ateista vagyok? – A férfi úgy nevetett, hogy könnyek szöktek a szemébe:

– Zsuzsa asszony! Itt az ötödik ok, amiért elveszlek! Nálam ateistább nincs a Földön!

– Csak én. Ki fog összeadni bennünket? Sátán? Vagy a te papod nem katolikus, hogy asszonyt is tart?

– Az egyház jó pénzért bárkit esket, temet. Mit gondolsz, miből tudják ilyen jó állapotban tartani ezt a helyet? Gábor atya a barátom, 16-17 évesen együtt hajkurásztuk a lányokat. Gyere, megismerkedünk vele!

Gábor atyáról nehéz volt elhinni, hogy Táltossal közel egykorú. Nagydarab, mackós testalkatú, mélyhangú, harsány fickó volt. Zsuzsit felemelte, körbecuppogta, a lánynak csak egy gondolata volt a borgőzben: „Egy kis szódát is kérek!"

– De hiszen ez egy kislány! Nincs rajta mit fogni – tette le a lányt nevetve.

– Ízlés dolga. Legalább nem veszünk össze, hogy ki vegye el.

– Ugyan már! Ez egyértelmű. Mégiscsak pap volnék!

– Örülök, hogy időnként tudatában vagy. Itt a kulcs, köszönjük. A kápolna áll.

– Már miért ne állna! Mikor legyen a nagy nap?

– Tavasszal, vagy kora nyáron. Zsuzsa? Mit szólsz?

– Májusban.

– Gyertek be! Megnézzük a naptárban, mi a helyzet.

Döngő léptekkel előrement. Senki meg nem mondta volna, hogy mi a foglalkozása, mert kertészfarmert viselt csíkos trikóval. „Piszkos Fred, a kapitány." Bent a paplakban kaotikus rendetlenség, és főleg könyvek mindenhol. Néhány holmit átdobált a fotelokból, hogy mindenki le tudjon ülni, közben kikiabált:

– Margitkám! Szívem! Hozz egy kis frissítőt!

Kisvártatva csaknem akkora darab asszonyság jött be egy hatalmas tálcával, mint ő. Vörösbort, szódát, és három félliteres korsót hozott. Bemutatkoztak, ő is körbenyálazta a lányt. Ugyanolyan borpára lengte körül, mint az atyát. Látva, hogy a pap a korsót csordultig tölti magának borral, és egy hajtásra a felét legurítja, már mindent értett. Ők szódát ittak.

– Lássuk csak, május. Jó messze van az még – lapozgatott egy nagy határidőnaplóban.

– Biztos találunk egy üres helyet. Május harmadik szombatja. Jó lesz? Hány fő jön?

– Négyen leszünk. Két tanú, meg mi.

– Viccelsz? Legutóbb a fél főváros itt volt!

– Panaszkodtál is, hogy a rengeteg gépkocsi tönkretette a gyepet. Hát, most nem fogja.

– Bocsáss meg, kedvesem! – szorította meg Zsuzsi Táltos karját. – Hatan leszünk. Fitos és Kisasszony is velünk jön.

– Ja, a két almásderes! Most is velünk vannak.

– Lovak nem jöhetnek Isten házába! Az ki van zárva!

– De kár, pedig én azt szerettem volna! – mondta nyafka hangon a lány, miközben Táltosnak kacsintott. Ő vette a lapot.

– Gáborkám! Hívőbb a két paci, mint mi, és nem akarod őket beengedni? Gondolkodjál rajta, hogy mennyivel többet ejtsek a templomi perselybe, jó? Na, ezt még megbeszéljük, számolgass, májusig valóban van még idő. Addig is egy kis előleg, írj csak be bennünket, hogy el ne felejtsd!

A visszaúton a heccen kacarásztak, este még otthon is. Egyszer csak egymásra néztek, aztán már nem tartották olyan lehetetlennek az egész ötletet.

Benne jártak az őszben, Zsuzsi bútorszövet nagy volumenű tervezésére kapott megbízást, miközben már a báli szezon ruháit készítették. A két varrónő nagyüzemben berregtette a gépeket, ezért ő nyitott ajtót a csengetésre a vállalkozói bejáratnál. Majdnem hanyatt esett: Péter állt ott.

– Szia! Hogy vagy? Bemehetek?

– Eléggé elfoglalt vagyok, de gondolom, messziről jöttél. Gyere!

– Várj, lezárom az autómat!

Ez a lány fülében így hangzott, miután meglátta a Volvót, pláne: „Nézd, milyen autóm van, már én is vagyok valaki!" Bevezette az étkezőbe.

– Adhatok valamit inni?

– Egy teát. Köszi! – Le sem ült, hanem a neki háttal álló lány mögé lépett, átfogta a derekát, és a nyakába csókolva lihegte: – Hazajöttem, Bébi, hiányoztál!

Zsuzsi lassan fordult meg, hogy összeszedje magát. Próbált úrrá lenni feltörő, nagyon vegyes érzelmein. Lefejtette a kezeket, fogta a hosszú ujjakat, és udvariasan közölte a tényeket:

– Úgy gondolod, hogy az elmúlt években az ablakban könyökölve arra a fiúra vártam, aki szó nélkül eldobott, mint egy használt papírszalvétát? Menyasszony vagyok, és férjhez fogok menni.

A fiú hátralépett, és a lányra meredt. Szinte hitetlen-
kedve nézett rá.

– Életem nagy szerelme vagy!

– Ezt elfelejtetted időben közölni, meg abban a rengeteg
levélben sem említetted, amit kaptam tőled! Elkéstél!

– Akkor én most megyek. Sok boldogságot! Ne kísérj
ki, tudom az utat.

Mély csend borult a házra, amit kisvártatva éktelen
motorbőgés, gázfröccs, és hirtelen kuplungfelengedés
okozta csikorgás tört meg. „Remélem, tényleg tudod az
utad!" Zsuzsi még hosszú percekig ült, szinte traumatikus
állapotban. A karácsonyi ünnepkör meg a szilveszteri
bulira való készülődés segített abban, hogy elmosódjon
Péter arca, de feledni nem tudta. Többször feltette ma-
gának a kérdést: „Mire számított?"

Egy egész hetet töltöttek a panzióban. Leesett a hó, és
ló-húzta, csengettyűs szánfogattal járták körbe a vidé-
ket. Táltos maga vágta ki a fenyőfákat, amiket közösen
díszítettek fel. Két napra a gyerekei is megérkeztek. Na-
gyon családias volt a légkör, egymásra is több idő jutott,
egészen az év végéig. Viszont a Táltos Panzió híres szil-
veszteri báljának minden évben nagy volt a keletje. Már
októberben lefoglalták az összes helyet, ezért sok munka
volt a megrendelésekkel, a dekorációval, a menüvel és a
szállások előkészítésével.

Táltos még az ősz végén fűtött sátort húzatott a me-
dence fölé, így annak üzemeltetése is megterhelő volt.
A buli fergetegesen sikerült, Zsuzsi háziasszonyként
fogadta a vendégeket, miközben párja hátul az istálló-
ban világra segített egy csikót. (Hiába, Kedves fütyült
rá, hogy szilveszter van, beindult a szülés.) Mintha a
nap 48 órás lett volna, a végén még táncolni is tudtak.

A férfi szinte eufóriában volt az új jövevény érkezésétől. A lány látta a szemében azt a jól ismert csillogást, amely minden szeretkezés előtt megjelent. És valóban, hiába nem aludtak, már pirkadt, a pezsgőfürdőben hevesen és hosszasan magáévá tette. Az aktust csuromvizesen a hálóban fejezték be. Akkor derült ki, hogy nemcsak vizes az ágynemű, hanem véres is. Zsuzsinak közben megjött. Tisztába rakták magukat, meg a fekhelyet.

– Tudod, min gondolkoztam? – kérdezte elmerengve Táltos.

– Min?

– Hogyhogy nem estél még teherbe? Ugye nem védekezel?

– Még a feltételezés is sértő! Megbeszéltük. Nem csinálnék semmit a hátad mögött, ami kettőnkre tartozik. Nélküled nem döntenék ilyesmiben.

– Bocsáss meg, csak ahhoz vagyok szokva, hogy villámgyorsan teherbe tudom ejteni, akit akarok. Szeretném a gyerekünket!

– Hidd el, én is! Nincs két ember között mélyebb kapocs. És ezt én mondom, akinek még nincs sajátja. Nem tudom, mi az oka, hogy még nem vagyok várandós.

– Fel kéne keresned az orvosodat.

– Engem még nem látott nőgyógyász.

– A mindenségit! Hát persze! – és úgy nézett a lányra, mint aki most fedezte fel a spanyolviaszt. – Ha megyünk a fővárosba, kérünk időpontot az exnejem orvosától. Ő nagyon jó hírű doki, meg a barátom is. Valószínűleg ismered, hiszen több rendezvényünkön jelen volt.

Ebben maradtak. A férfit jobban izgathatta a probléma, mert még január elején sor került a vizsgálatra. Elvitte a rendelőbe, de otthagyta, mert sürgős ügyeit kellett intéznie.

Az orvossal valóban találkoztak már társaságban, de nem beszélgettek. Arra viszont élénken emlékezett, hogy a fekete, kreol bőrű férfit körülzsongták a fiatal nők. Az egész helyzet miatt rettenetesen idegesen, szorongva ült be abba szörnyű székbe. Széttett lábainak bokáit csípte a hideg vas. A doki egy kis forgószékkel begördült a lába közé, s miközben kéjesen a szemébe nézett, az ujjaival a hüvelyében kotorászott. Valahogy túl soknak találta a ki-be mozdulatot. Majdnem olyan volt, mintha egy vékony hímvessző járna benne. Végül egészen a méhszájig nyúlt, ami kifejezetten fájt. Egy örökkévalóságnak tűnt a dolog, Zsuzsinak hányingere lett.

– No, készen vagyunk. Jöhet az ultrahang.

Ez, eltekintve a hideg, takonyállagú zselétől, egy fokkal tűrhetőbb volt. Miközben tologatta a műszert a hasán, a képernyőn látható maszatból diktálta a sok latin kifejezést, amit az asszisztens gépbe vitt.

– A készített felvételeket még kielemzem. Majd Táltossal megbeszéljük a teendőket.

– Már ne haragudjon, doktor úr, de mégiscsak rólam van szó, szeretném tudni, hogy mi a helyzet!

– Első ránézésre petevezeték-szűkületet vagy -elzáródást látok. Ezért nem esett még teherbe. Még kellene néhány vizsgálat, megejthetünk egy átmosást is.

– Kérem, hogy a továbbiakat velem beszélje meg, és a lelelteket nekem adja oda! Mivel tartozom?

– Ezt majd...

– Ha ezt is a párommal akarja rendezni, kérem, ne tegye! Láttam kint az árlistán, hogy mi mennyi. Tízezer a vizsgálat, tízezer az ultrahang. Tessék! Rendben vagyunk?

Az orvos csak bólintott. Bár úgy beszélték meg, Táltos érte jön, ő még nem volt ott. Nem várt a liftre, majdnem futva robogott le a harmadik emeletről, taxit fogott, és a lakásába érve félóráig mosta magáról és magából az emléket. Erős fogadást tett: soha többé nem megy ehhez a dokihoz! Ha lehet, egyáltalán orvoshoz sem, csak ha viszik, mert magatehetetlen lesz!

Amikor Táltos megérkezett, már látszott rajta, hogy mindent tud. Letett egy nagy, sárga borítékot az asztalra. Abban lapultak a leletek.

– Most útilaput fogsz kötni a talpamra, mert nem lehet gyerekem?

– Eszembe sem jutna ilyen! Nincs még minden veszve! A doki petevezeték-átmosást javasol.

– Remélem, nem beszélted meg vele máris az időpontot!

– Nem. Rád bízom. Abban igazad van, hogy a döntés a tiéd.

– És miben nincs?

– Az anyagiakat én rendezem, ez a férfi dolga. – Letette az asztalra a pénzt.

– Rendben. Talán jobb is, hogy így alakult, és nem nagy pocakkal lovagolok a kápolnába, ha még mindig el akarsz venni májusban.

– Ne légy ilyen zaklatott! Minden megy tovább, ahogy megbeszéltük. Semmi baj!

– Ha még egyszer születek, férfi szeretnék lenni! Ti nem tudjátok, mit él át egy nő, amikor idegen kezek turkálnak benne! Megalázó! – Nem akart, de sírva fakadt.

– Ne sírj! Én örülök, hogy nőnek születtél! Az én kezemet elfogadod? – Lecsókolta a könnyeket. Ölébe vette, gyengéden az ágyra tette. – Finom illatod van!

– Félóráig mosakodtam.

– Felejtsd el ezt az egészet! Megfürdök én is, aztán megvigasztallak.

Zsuzsi bármi másra szívesebben vágyott, mint szexre, de ezt a világért el nem mondta volna. Ő jött, frissen, illatosan és szeretkezésre készen. Viszont a szokásos, vágyakozó tekintet elmaradt. Többé nem is jött elő.

A tavasz nehezen érkezett, hosszú és hideg volt a tél. Alig látták egymást, ezt mindketten az elfoglalt emberek felelősségtudatával nyugtázták. Még egy bál belefért, ahol megcsillogtatták tánctudásukat. Együtt mentek Szlovéniába, ahová Táltos egy lovat adott el. Nagyon szép, vadregényes, patakos, völgyes tájakat szeltek keresztül. Maradandó élményt nyújtott.

Aztán valami megváltozott. Eltelt három hét úgy, hogy a férfi nem jelentkezett. Bármikor hívta a panziót, ugyanazt a rövid, de velős választ kapta: „Üzleti úton van!" További beszélgetésre nem adtak lehetőséget. Mintha betanított mondat lett volna. Egyértelművé vált, hogy baj van. Táltosra az nem volt jellemző, hogy szó nélkül eltűnjön. „Igaz, Péterről sem feltételezted, Dokiról sem gondoltad! Három a magyar igazság?" Egy hónap múlva esküvő! Mi lesz? Kocsiba ült, és irány a panzió. Ott nagy felfordulást tapasztalt. Idegen emberek pakoltak bútorokat, használati eszközöket teherautókra. A medence sárosan, elhanyagolva, a ponyva leengedve. Sehol egy ismerős arc. Egy pisztolyos biztonsági ember megállította, nem akarta az istállókhoz engedni.

– Kérem, hagyja el a helyszínt! Hatósági intézkedés van folyamatban!

– A házigazdát keresem! Kérem, segítsen!

– Nem lehet. A tulaj nincs jelen! Menjen el!

Megfogta a lány karját, és a parkoló felé irányította, amikor Táltos ügyvéd barátja lépett ki az épületből. Ismerték egymást.

– Zsuzsa! Üdvözöllek! – Az őr felé: – Engedje el, beszélek a hölggyel!

– Mi történik itt? Hol van Táltos? Találkozni akarok vele!

– Gyere, üljünk be az autódba! Jó, hogy összefutottunk, engem bízott meg, hogy keresselek fel. Nagy a zűr!

– Miért nem ő beszél velem? Hol van? Megőrülök a bizonytalanságtól!

– Előzetesben van. Letartóztatták.

– Micsoda?

– Sajnos óriási kölcsönt vett fel egy takarékszövetkezettől. Ők bebuktak, és rántottak minden ügyfelet magukkal. Adócsalással és deviza-kereskedelemmel is vádolják.

– De jól ment a panzió! Miért nem fizeti ki abból a kölcsönt? Én is tudok neki segíteni!

– A baj az, hogy hónapok óta nem törlesztett, csakhogy ezt a szövetkezet vezére elnézte, mert barátok. De most, hogy a takarék az államot károsította meg, csődbe jutott. A partnereknek meg azonnali inkasszót nyújtottak be. Amikor a medencét téliesítette, már akkor tudtuk, hogy baj lesz, de ő abban bízott, hogy behozza az árát.

– Hol van előzetesben?

– Azt kérte, ne mondjam meg. Azt üzeni, felejtsd el!

– Üzeni. Aha! Kérve kérlek, add meg az infót! Tudok rajta segíteni! Beszélnem kell vele! Bármit kérsz, megadom!

– Ugyan! A legjobb barátja vagyok. Azt hiszed, nem látom rajta, hogy mennyire szenved? Megmondom, hol van, de nem tőlem tudod! Még egy: készülj fel, hogy nagyon megviselt! Valószínűleg ő viszi el a balhét. Rossz állapotban van. Ezt sem tőlem tudod: behúzták a csőbe. Valamelyik pénzes ember 20 km-re tőle nyitott meg egy új lovastanyát, a lovas turizmussal foglalkozó utazási irodák mind avval kötöttek szerződést. Így fizetésképtelenné vált. Végrehajtják.

– Álljon meg a menet! Te nem azért vagy, hogy kihúzd a csávából? Mi lesz?

– Valószínű, hogy több évre leültetik. A kérdés az, hogy mennyire.

Úgy száguldott hazafelé, mint akit üldöznek. Szerencsére nem mértek, a forgalom se volt erős. Otthon azonnal felhívta Gábor atyát. Tudott mindenről, valószínűleg egy csomó dolgot el is hallgatott. Zsuzsi lemondta az esküvőt. Érdekes, ezt a férfi nem tette meg. (?) Megnyugtatta a papot, hogy az előleget nyugodtan fordíthatja bármire. „Úgyis elverted azt már, ha másra nem, egy pár hordó miseborra!"

Táltos abban a városban volt, ahol a fogathajtó bankettjét is tartották. Telefonált az ottani rendőrkapitányságra, hogy megérdeklődje a látogatás mikéntjét. Kapott időpontot, meg felhívták a figyelmét egy pár szabályra. Tudva, hogy a férfi nem kíván vele találkozni, az egyik varrónője adatait adta meg. Majd elkéri tőle az igazolványt, a képek alapján úgysem lehet őket megkülönböztetni. A megbeszélt időben jelentkezett a portán. A csel nem kellett, mert öt perces várakozás után megjelent Táltos egyik régi barátja, aki minden lovas- és más megmozduláson jelen volt. Ki hitte volna, hogy magas beosztásban a kapitányságon dolgozik?

– Zsuzsi! Gyere, felviszlek hozzá!

– Tudja, hogy én jövök?

– Nem, én sem tudtam. De miért nem kerestél meg?

– Fogalmam sem volt, hogy mi a foglalkozásod!

– Mindig irigyeltem őt miattad. Te soha, semmilyen pletykálkodásban, áskálódásban nem vettél részt. Senkire nem mondtál semmi rosszat. Őt meg elfogadtad olyannak, amilyen.

– Ő egy csodálatos ember. Most is irigyled?

– Nem annyira. Sajnos bajban van. Gyere, ülj itt le! Ez egy kihallgató helyiség, de senki nem fog benneteket zavarni. Félórátok van. Ennyi kiváltságot tudok neki nyújtani.

– Mi van, ha sarkon fordul?

– Nem fog, de ha igen, hová menne? Várj nyugodtan!

Kisvártatva nyílt az ajtó. Belépett rajta Táltos farmerben, ingben, és abban a bőrmellényben, amit Zsuzsi varrt neki karácsonyra. Szabad ember benyomását keltette. Persze, hiszen ez nem börtön, „csak" előzetesben van. Rögtön mögötte viszont kattant a zár. A lány felállt. A másik arcán se meglepetés, se öröm, se bánat nem tükröződött. Szeméből egyszerűen eltűnt az élet. Már nem e világon járt. Sovány volt és sápadt. A szeplők élesen kirajzolódtak a bőrén.

– Tudom, nem örülsz nekem, de szeretnélek megölelni. – Közben elindult felé. A felemelkedő karok biztatták, és ahogy a mellkasra borult, szorosan átölelték. Jó percig tartották így egymást.

– Tévedsz, örülök neked. Szabadságillatod van. Gyere, üljünk le!

– Azt mondd meg, hogyan segíthetek!

– Sehogy, és minél kevesebbet tudsz, annál jobb.

– Mi az, hogy nem tudok segíteni? Vannak ingatlanjaim, eladom őket, van megtakarított pénzem, kifizetjük az adósságaidat!

– Rengeteg pénzről van szó, de ha te lennél maga Rockefeller, akkor sem fogadnék el ekkora segítséget. Sajnos belementem törvénytelen üzletekbe is. Ne, ne szólj közbe! Hallgass meg, Sellőlány! Én leborulok a te nagylelkűséged előtt, nagyra tartalak téged, de felesleges áldozatot hoznod értem! Ezeknek bűnbak kell. Valakire rá kell húzni a vizes lepedőt. De tudnod kell, nem megyek börtönbe! Most örülök annak, hogy mégsem lettél terhes, mert jobban marcangolna az önvád.

– Én meg sajnálom, mert lenne bennem valami belőled! Hidd el, nevelném, és együtt várnánk téged. Így is megvárlak.

– Nem, nem kell rám várnod, nem megyek börtönbe! El tudsz engem képzelni rácsok mögött? Felejts el! Fiatal vagy, gyönyörű, sikeres.

– Csak azt a sztereotípiát ne, hogy „előtted az élet!"

– A vesémbe látsz, mert ez jött volna. Neked van jövőd. Nekem nincs.

– Azt kéred, szakítsak ki magamból egy darabot, ami te vagy!

– Azt kérem, lépj tovább! Hidd el, ha tudnád a részleteket, hátat fordítanál, és szó nélkül elmennél.

– Most a földön fekszel. Rúgjak beléd?

– Nem, lépj át rajtam!

– Te lépsz át rajtam! Neked ez ilyen könnyedén megy?

– Nem, egyáltalán nem könnyű, de meg kell tennem. El akartalak venni, veled akartam élni, de mint szabad ember. Mindent elvettek tőlem. Téged is. Tedd nekem könnyebbé ezt az egészet, és ne gyere többet! Ne keress!

– Nekem ki teszi ezt könnyebbé?

Kopogtak az ajtón, valaki szólt kintről, hogy lejárt az idő. Táltos felállt, magához húzta a lányt, megölelte, és a fülébe súgta:

– Köszönöm, hogy az enyém voltál! Minek a múlton töprengeni?

Zsuzsi, miközben a férfi hátát fogta, óvatosan levette az ujjáról a gyűrűt, és mikor elengedték egymást, úgy húzta a kezét, hogy észrevétlenül a mellényzsebbe tudja azt pottyantani. Sikerült. A széles, távozó hátat nézve ismét erős fogadalmat tett: nem megy férjhez soha. Élni és élvezni fogja az életet, felelősség nélkül, hiszen gyereke sem lehet.

A következő hónapokban nagyon sok minden keringett a Táltos Panzióról meg a tulajáról. Ő meg volt győződve a férfi szavai miatt, hogy végezni fog magával. Valóban nem tudta elképzelni rácsok mögött. Mivel sokat járt a fővárosban, elkerülhetetlenül belebotlott közös ismerősökbe. Nem ült fel minden pletykának, viszont ősszel, mikor egy svájci üzletemberrel tárgyalt blúzanyagok tervezéséről, váratlanul összefutott Táltos volt nejével. Tőle tudta meg egy kávéházi bokszban, suttogva a hétpecsétes titkot. Meg kellett esküdnie, hogy soha, senkinek nem beszél erről. A férfi szabadlábon védekezhetett volna, de mihelyt szabadon engedték, illegálisan elhagyta az országot. Disszidált. Jó messzire. Azt még ő sem tudja, hová. Zsuzsi egészen megkönnyebbült, hogy nem a haláláról szerzett tudomást. Érdeklődött a kisfiúról – szerette azt a gyerkőcöt –, aki jövőre már iskolás lesz. Megbeszélték, hogy majd még találkoznak, telefonszámot cseréltek. Táltos valamikor jelentkezni fog, az idő múlásával elévülnek a dolgok, a gyerekeihez meg nagyon is kötődik. De ez az idő még messze van.

Teltek a hónapok, közben megjelentek az első vezeték nélküli telefonok. Először rádiótelefonnak, majd mobilnak hívta a köz, a németeknél „hendiként" futott. A kommunikáció felgyorsult. A svájcival annyira bejött az üzlet, hogy már csak oda tervezett. Megszüntette az otthoni varróműhelyt, de előbb gondoskodott új állásról a két dolgozó részére. A belvárosi butik jól ment. Elutazott a Comoi-tóhoz, a svájci partner meghívására.

Autóval mentek, a hosszú út miatt társult egy üzletemberrel. Felváltva vezették az Audit, mert a férfi ragaszkodott a saját gépkocsijához. Szép út volt. A tó és Como városa egy kis ékszerdoboz Olaszországban, Svájchoz közel. Az útitárs egy fővárosi textil-nagykereskedés üzletkötője volt. Régóta ismerték már egymást, de most a hosszú úton kiderült, hogy több közös is van bennük. Elsődlegesen a zenei ízlésük. A kocsiban kazettás és CD-lejátszó is volt, nagyon jó minőségben ontották a jobbnál jobb zenéket. Akkoriban volt nagy sláger a The Road to Hell, Chris Rea gitáros-énekes dala. Igazi utazónóta. Sikerült „rongyosra" hallgatni. A szóló résznél Zsuzsi mindig az ő hosszú ujjú gitárosát látta. Vajon mi lehet vele? Merengéséből Soma – így hívták a férfit – kérdése hozta vissza. A lány magában Keanunak hívta. Fekete haja, szakálla, bajusza, és főleg mandulavágású szemei miatt a színészre hasonlított.

– Van egy javaslatom. Most, hogy elintéztük az üzleti részt, nem nézünk kicsit körbe Olaszországban?

– Nem vár otthon a családod? Feleséged és gyereked van.

– Jelenleg külön vagyunk. Anyámhoz költöztem.

– Nem mondod!

– De. Sajnos olyan gyorsan balhéztunk össze az asszonnyal, hogy bevágtam magam mögött az ajtót, és hirtelen nem tudtam, hová menjek. Azért nem döntöttem rosszul, mert egy rózsadombi kis kertes ház. Elférünk.

– Én is apuval lakom egy villában, mi is elférünk. És a fiad? – A kissrác egy fényképről mosolygott rájuk a műszerfalról.

– Most is nálam, illetve a nagymamájával van. Nagyon apás, imádom. A feleségem elfoglalt, adóellenőr, sokat utazik. Nagyon eltávolodtunk már egymástól, én válnék.

– Nemsokára mutatja a tábla a Velence felé vezető kihajtót. Mit szólsz, ha arra vesszük az irányt? – kérdezte Zsuzsi, mivel éppen ő volt a soros sofőr.

– Ez igen! Imádom a rugalmas nőket! Hajrá! Velence! Jártál már ott?

– Nem, de terveimben szerepelt.

– Én már voltam, gyönyörű. Egy csinos nővel meg egyenesen romantikus! Téged nem várnak otthon?

– Úgy érted, apun kívül más fickó? Szabad vagyok, mint a madár. Akkor irány a lagúnák városa!

Régen érzett borzongással repítette az autót az újdonság felé. Útitársával eddig is egy szobában voltak elszállásolva, mivel külföldi partnerének meggyőződése volt, hogy ők együtt vannak. Mindketten lazán kezelték a helyzetet, de mint nő és férfi nem közeledtek. A lány nem akart nős embert, nem egyezett az elveivel, hogy házasságokat dúljon szét. Még nem tudta azt, amit az imént a másik közölt vele. Így persze „más a gyerek fekvése!" Tetszett neki Soma. Majdnem egyidősek voltak, csak két év plusz írható a fiú javára. Kalandra fel!

Velence előtt a férfi átvette a kormányt, mivel ő tudta, hol lehet leparkolni a kocsival, hogy aztán egy Vaporettoval bemehessenek a tengerre épült városba. Már a vízibuszozás is nagy élményt nyújtott, de Velence különlegessége mindenkit magával ragad. Kerestek egy szállásokat kínáló irodát, és egy magánlakást néztek ki. Egyet béreltek közösen. Ahhoz a lány ragaszkodott, hogy mindent felesben fizessenek. A bérházat – melynek középkori kinézete és szaga volt – gondolával, de a hátsó bejáratát gyalog is meg lehetett közelíteni. Itt mentek be kísérőjükkel. Egyelőre két éjszakát fizettek. A két szoba és fürdő érdekes elhelyezkedésű volt. A pici előszobafülkébe két lépcsőn le, majd a szobákba három lépcsőn fel, aztán a fürdőbe megint két lépcsőn le lehetett bejutni.

– Jó lesz, ha éjszakára hagyunk valami világítást, mielőtt kitörnénk a nyakunkat! – aggodalmaskodott Zsuzsi.

– Miért? Alvajáró vagy? Ezt eddig nem tapasztaltam.

– Csak furcsa ez a sok kőlépcső. Tudsz valami jó helyet, ahol vacsorázhatunk?

– Hogyne! Itt egyébként most kezdődik az élet. Nézd! Van egy kis kilépő, gyere!

Egy nagyobb lábnyi széles, erkélynek nem nevezhető kiugró tartozott az egyik szobához, szép, fehér kőből faragott oszlopokkal. Alattuk a vízutca póznákkal, ahová a vízi járműveket ki lehetett kötni. Épp arra evezett egy üres gondolás, Zsuzsi angolul lekiabált neki, hogy szabad-e. Igenlő volt a válasz, kértek két perc türelmet, és a Rialto hídig mentek vele.

– Azt mondtad, nem voltál még itt, de úgy navigálsz, mint egy idegenvezető.

– Jaj, dehogy! De ez a híd volt a legelső, amit a Canale Grandén Velence városa megépített. Ez a leghíresebb.

– De azt nem tudod, hogy hol sütik a legfinomabb rákot! Szereted?

– Jöhet! Amorózóm, vezess! Kinézetedet tekintve besimulsz az olasz nép közé.

– Egy a bibi, hogy nem beszélem a nyelvet.

– Nem baj, majd kézzel-lábbal mutogatunk, ha nem tudnának angolul.

Egy eldugott, szűk utcában lévő, családias hangulatú kisvendéglőbe mentek. A piros kockás terítőkkel borított asztalon Chianti Ruffino, az olaszok híres vörösbora volt odakészítve a jellegzetes szalmaborítású, öblös üvegben. Mindjárt töltöttek is. „Végre egy férfi az absztinensek után, akivel lehet együtt inni és koccintani vörösborral!"

– Hm. Kellemes! Holnap veszek pár üveggel. Nem olyan testes, mint a hazaiak, de talán ez a jó benne, hogy nem árt meg olyan hamar. Legalábbis remélem! Ritkán iszom alkoholt, mert majdnem mindig vezetek.

– Én is így vagyok, de igyál nyugodtan, majd haza-viszlek, különös tekintettel a lépcsőkre.

A garnélához valami isteni finom, ház specialitása szószt hoztak. A bor csúszott rá, megitták az egész üveggel. Zsuzsi nem érezte, hogy a fejébe szállt volna, és Somán sem látszott a legkisebb megingás sem. Visszagondoláztak a szálláshoz. Az egyik szoba inkább étkező/nappaliként funkcionált, és csak egy kis kanapé szolgált ideiglenes fekhelyül. A másikban egy hatalmas franciaágy volt. A puha szőrmeterítő alatt ropogós, kétszemélyes ágynemű várta a fáradt vendégeket.

– Ha akarod, kint alszom a kanapén.

– Viccelsz? Eddig is egy szobában aludtunk, már úgy megszoktam a szuszogásodat.

– Az jó, de most szívesebben szuszognék a füledbe egészen közelről, és nem vagyok álmos sem. – Közben közel lépett a lányhoz, átfogta a derekát.

– Nem gondolod, hogy gyors lesz a tempó?

– Gyors? Másfél éve nézegetlek és azon töröm a fejem, hogyan kéne a közeledbe jutni! Az utóbbi négy nap maga volt a pokol. Te le-fel lejtettél előttem neglizsében. Tudod, hogy egy férfinak ez milyen? A vendéglőben csak a szádat néztem, most megízlelném! – és megtette.

– Egyet tisztáznunk kell. Azért nem bátorítottalak eddig, mert nős vagy.

– Két hónapja külön vagyunk. Válni akarok, s most talán nyomós okom is lesz rá.

– Ne miattam válj! Nem venném a lelkemre, ha szétszakítanék egy családot, különösen, hogy gyerek is van.

– Sajnos a miénk már szétszakadt. De most, hogy a karomban tartalak, nincs szándékomban összeforrasztani.

Közös zuhanyozás után a franciaágyon ismerkedtek egymás testével. Somának selymes érintése és türelmes, elidőzgető simogatása volt. Könnyedén érintett meg olyan területeket, melyeket Táltos sose. Ezt a lány hosszú, kéjes sóhajtásokkal nyugtázta. A normál méretű fallosz könnyedén siklott be az előkészített, nedves hüvelybe. Semmi kapkodás. Lassú, érzéki mozdulatokkal élvezték a misszionárius pózt. Egészen addig, míg férfi egy lendülettel megfordította a lányt, így ő került felülre térdelő helyzetben úgy, hogy közben a hímtag benne maradt. Most ő irányította a mozgást. Egy darabig fogták a kezek a csípőjét, aztán meglepetésére jött a kérés:

– Húzd szét a szeméremajkaidat!

Megtette. Soma megnyálazta ujjait és simogatni kezdte a lány csiklóját. Így még nem szeretkezett! A kettős kéjérzés, amit a hímvessző mozgása és az ujjak egyre fürgébb simogatása okozott, leírhatatlan volt. A hatalmas élvezet, az összeránduló hüvely elgyengítette. Ekkor a fiú – erősen tartva a derekánál, gyors mozgással – a vonagló nemi szervbe ontotta magját. Egyikőjük sem akarta még elengedni a másikat. Zsuzsi ráhajolt a ziháló testre, belefúrta fejét a nyakába, és csókolta.

– Élmény veled az élvezet! Csodás vagy! – lihegte Soma.

– Te idézted elő. Ilyenben még nem volt részem! Nincs erőm megmozdulni. Egyszerűen csak dobj le, ha úgy érzed, hogy nehéz vagyok!

Együtt fordult a lánnyal, most már szétcsúsztak, de a fiú rajta maradt. Nyugtató csókokkal halmozta el. Újabb zuhanyozás után elnyújtóztak az ágyban. Mindketten egyetértettek abban, hogy nem tudnak összebújva aludni, ki-ki a maga térfelén álomba merült. A reggelit is átaludták. Zsuzsi kelt fel először. Azt hitte, a víz zubogása, az ő mászkálása felveri a másikat, de mozdulatlan maradt a feje búbjáig betakarózva. Mellé ült, megsimogatta az arcát. Megnyugodott, mert kinyitotta a szemét, mosolygott.

– Már azt hittem, szívinfarktust kaptál a tegnap este miatt.

– Még csak az kéne! Mindennap meg szeretném ismételni! Felfrissítem magam, és kezdhetjük is!

– Nono! Csak lassan a testtel! Mindjárt dél, és amit hallasz, az a gyomrom harangozása.

– Dél? Gyerekkorom óta nem aludtam ilyen sokáig és ilyen jót!

– Jó szex, jó alvás, jó étvágy! Együnk! És szeretném nappali világosságban látni a várost. Tanulmányoztam a térképet, javaslatot tennék a további úticélokra. Innen vegyük az irányt Firenzébe. Ott eltölthetnénk három napot úgy, hogy átugrunk Pisa városába. Az nincs messze. Majd Siena érintésével Róma következne. Aztán haza. Ha túl hosszúnak vélnénk egyvégtében az utat, újra megállhatnánk itt. Mit szólsz?

– Azt, hogy levettél a lábamról, mint ahogy ez az ország. Legszívesebben örökre itt maradnék veled! Azt csinálsz velem, amit akarsz! Imádlak!

– Vigyázz, nehogy a szavadon fogjalak! Szeretem, ha a felek egyenrangúak egy kapcsolatban. Most úgy tűnik, én dirigálok, de döntsünk közösen!

– A program tökéletes, mint ahogy te is. Éhes vagyok, menjünk kajálni!

Így tettek. Most gyalog vették nyakukba a várost, mert a gondolázás húzós volt, egyébként is, már kipróbálták. Minden látványosságot megnéztek, ami csak belefért a napba. Zsuzsi ennyire felhőtlenül már rég kapcsolódott ki, s felvette a szabadságérzetet növelő dolgok sorába a külföldi utazást is. Miközben könnyedén lépkedett a Dózse-palota előtti téren, eszébe jutott Táltos, aki remélhetőleg valami szép, távoli helyen szintén élvezi a szabadságot. „Így legyen!"

A szállás fürdője egy mélyedésben volt, hiszen lépcső vezetett le. Magasított ülőkádban, egy padkán ülve lehetett zuhanyozni. Ők, még ha szűkösen is, de elfértek egymás mellett. Itt üldögéltek este „Ádám-kosztümben", fürdeni készültek. Bontottak egy üveg Chiantit, és azt kortyolgatták. Zsuzsi a koccintás után mohón felhajtotta az italt. Soma huncut mosollyal nézte, ő hagyott a pohárban. Lassan öntött belőle egy kicsit előbb az egyik, majd a másik mellbimbóra, s azonnal lenyalta a nedűt, finoman szopogatva. Szembetérdelt a lánnyal, gyengéden széttolta a térdeit, majd a maradék vörösbort a két melle közé csorgatta. Az, mint egy kis ér, végigfolyt a köldökön át egészen a szeméremvágásig, amit a fiú széthúzott. A hideg lé váratlan, borzongató érzését a meleg nyelv simogatása váltotta fel.

– Úristen, ez nagyon finom, megőrjítesz!

– Azon vagyok!

Folytatta a kitörő élvezetig. Felállt, beállította a zuhanyt, és a klitoriszra irányította. Habfürdővel megmosta.

240

A lány átvette a zuhanyrózsát, és most ő fürdette meg a merev hímvesszőt, aztán szájába vette, körbenyalta a makkot, majd az ajkaival juttatta a fiút orgazmushoz. Ezután a franciaágyon pihentek. Zsuzsi úgy érezte, mindenképpen meg kell kérdeznie azt, ami foglalkoztatta.

– Bocs, nem akarok vájkálni a házaséletedben, de én nem akarnék elengedni magam mellől egy ilyen érzéki pasit!

– Hasonló szeretkezést már öt éve nem éltem át a feleségemmel.

– Miért?

– Amikor terhes lett, nem engedte. Utána nem kívánta. Aztán fáradt volt, fájt a feje. Mikor mi volt a kifogás. Meghízott, ellustult, és nem ilyen hajlékony, mint te. Nem engedi, hogy nyaljam, viszont se teszi, elutasítja az orális szexet. Ha ilyet kértem tőle, vérig sértődve otthagyott.

– Ezt nem értem. Miért zárkózik el valaki attól, ami jó? Te még a kősziklából is nedvességet fakasztasz!

– Te vevő vagy, érzékeny a kis játékokra, messze állsz a „kősziklától"! Mi nagyon egymásra találtunk. De amikor a partnered rendre visszautasít, egy idő után feladod. Máshol keresed a boldogságot. Azt hiszem, nem vagyok ezzel egyedül.

Zsuzsi elgondolkozott az ő sikertelenségein, és igazat adott Somának. Azt a kérdést tette fel magának, vajon mikor fulladt volna kudarcba a házasélete egy olyan partner mellett, aki nem tudta kielégíteni. És ő, mint a Fal klipjében a diákok a húsdarálóba, vakon menetelt előre, és ugrott volna bele a házasságba. Miért?

Firenze legalább akkora hatással volt rá, mint a szeretkezések Somával. Az Öreg Hídon ültek egy rakás fiatal között, akik gitároztak, énekeltek, és körbeadták a cigit.

(Nem azért, mert csak egy szál volt!) Még nekik is kínálták, de egyikük sem szívott bele. Eszébe jutott barátnőjének aranylánca, ami innen származott, az egyik aranyműves boltjából. Látott hasonlókat, sőt olyan gyűrűt is, amivel eljegyezték. Vajon mi lehet Cilivel? Arival? Hű, de régen volt az! Táltos és a gyűrű? Nesze neked örök barátság, szerelem, házasság! Nincs olyan, hogy „örök". Vagy mégis? Ez a város az örök. A régi neve Florentia (Virágzó), amit az etruszk uralmat megdöntő rómaiak adtak neki. Az olaszok most is Florence-nek hívják. Nem véletlenül lett a világörökség része az Uffizi Képtárral, Pitti-palotával, az Arno hídjaival. És igaz, hogy ő az újításokat szereti, hiszen tervező, de a reneszánsz a modernkori embert is magával ragadja. Azt sugallja, hogy érdemes meríteni a múltból, és újragondolni azt. A híres Dávid-szobrot kétszer is megnézték az Akadémia Kupolacsarnokában, végigvárva a sort. Képekről az ember ismeri, de azok töredékét sem adják vissza az eredetinek.

Pisában a csodák tere felejthetetlen volt, de Zsuzsira Siena városkájának legyező alakú főtere tette a nagyobb hatást. Ebben az itáliai ékszerdobozban szívesen élne! Innen sajnos hazafelé kellett venni az irányt, sürgős munka miatt. Milyen „jó", hogy van mobiltelefon! Egyiküknek sem akarózott visszafordulni, Zsuzsi sóhajtott:

– Azért annyira nem sürgős, hogy Velencét kihagyjuk, és szeretgessük egymást egy kicsit! És igazad van: nem kéne hazamenni. Bár megtehetnénk, hogy itt maradjunk!

A főváros még hagyján, de otthon olyan volt Itália után, mintha lassított felvétel menne. Az út kihaltnak, a nagyváros csendesnek tűnt. Várták az általa tervezett, kiválasztott anyagok, amelyekből mintakollekciót kért a külföldi partner, rövid határidővel. Zsuzsi nagy kedvvel és kreativitással vetette bele magát a munkába, melyre az olasz élmények erősen hatottak. Három hét múlva elküldte a mintadarabokat, a hozzátartozó szabásmintákat és anyagokat. Az elismerést az jelentette, hogy a húszból 18-at fogadtak el, és kezdték meg a gyártását. A lány majdnem elájult, mikor a devizaszámlájára érkezett svájci frank összegét látta. Ráadásul már a téli kollekció tervezésével is megbízták. Ez a munka bőven kitöltötte hétköznapjait. A városi üzletének bérleti jogát, valamint berendezését és árukészletét eladta. Minden hétvégéjét Somával töltötte a fővárosi garzonban. Felajánlotta a férfinak, hogy költözzön oda. Kulcsot is adott.

– Ne ijedj meg, nem akarlak férjül venni, de úgyis itt vagyunk, kényelmesebb neked a belváros, közel van a munkahelyed is.

– Nem ijedtem meg, jólesik, hogy így bízol bennem. Ha elválok, elveszlek, és csinálok neked egy kislányt!

– Ezt majd még megbeszéljük! – Gyorsan másra terelte a szót: – Egyébként hogy álltok?

– Még nem írta alá a papírokat, egyelőre be sem enged. Kiteszi az ajtón a fiunkat, ha érte megyek. Még jó, hogy a kissrác szeret velem, sőt velünk lenni! Csíp téged, akárcsak az apja.

– Jó vicc, amikor kényeztetjük, visszük mindenhová! Mit szólt a nejed a múltkori nudista strandoláshoz?

– Nem volt visszhangja, valószínű, hogy hallgatott róla a gyerek. Végül is megeskettem rá!

– Hiányzik az utazás szabadsága, meg Olaszország illata! Nem különös? Néha az orromban érzem, főleg, amikor ölelkezünk.

– Nyáron elmegyünk újra, akkor már Rómáig és tovább. Addig is hunyd le a szemed, visszarepítelek a mi kis Velencénkbe! És beváltotta az ígéretét.

Teltek a munkás hétköznapok, a programdús ünnepek. Az őszi ünnepkört Zsuzsiéknál, a karácsonyt Rózsadombon, Soma tüneményes anyukájánál töltötték. Az újévet Bécsben köszöntötték, végre kettesben. Zsuzsi még egy hetet az osztrák fővárosban töltött ezután, mert a svájci partner is idehozta barátnőjét. Összekötötték a kellemest a hasznossal, hogy a további gyümölcsöző együttműködést megbeszéljék. A vállalkozó végleg Olaszországba költözik, így meghívta nyárra őt és Somát egy kéthetes comói-tavi nyaralásra. Még csak január vége volt, de mindketten nagy örömmel készültek az újabb élményekre. Néha az idő szalad, és van, hogy ólomlábakon jár. Most ez utóbbit tapasztalták. A válás még nem történt meg. Kora tavasszal, alig múlt el húsvét, nagy hírrel jött a férfi.

– Képzeld, jövő héten nagysága végre méltóztatik velem személyesen egy asztalhoz ülni, és megbeszélni a részleteket!

– Nagyszerű! Csak nem talált magának valakit, hogy így megenyhült?

– Ezt nem tudom, de szeretnék már pontot tenni a végére.

„Így legyen!" – gondolta a lány. Soma többször szóbahozta már a közösgyerek-projektet, ő azonban mindig másfelé terelte a szót. Most eszébe jutott, hogy meg kellene beszélni a helyzetet, de aztán jobbnak látta a válás utánra halasztani. Nagyon feszültnek látta párját, nem akarta fokozni. Következő hét végén érdeklődéssel várta a fejleményeket.

– Nos, mi a helyzet? Sikerült közös nevezőre jutni?

– Könnyebben ment, mint reméltem – felelte a férfi, de fátyolosan rekedt volt a hangja.

– Megegyeztünk az elosztásban, a láthatásban. Szokatlanul kedves és kompromisszum kész volt.

– Nagyszerű! Hol találkoztatok?

– Hát ez az! Beengedett a lakásunkba, sőt még vacsorát is készített.

– De jól vagy, tehát nem mérgezett meg – élcelődött Zsuzsi.

– Egy hónap múlva az ügyvédje jelenlétében aláírja a közös megegyezéses válást.

– Remek! Miért csak egy hónap múlva?

– Állítólag akkor ér rá az ügyvéd. Valahová elutazott. Mindegy, már látjuk a végét.

A bizakodó mondatok ellenére valami kis zavar érződött Soma hangjában és viselkedésében is. Az egy hónapból kettő lett, mire végre jött a régen áhított nap. A lány otthon, a tervezőasztalnál szabásmintákat készített. Várta a nagy hírt. Megbeszélték, hogy hétvégén ünnepelni fognak, és tervezgették a nyári utazást. Gyönyörű május volt. Megszólalt Adele-től a Rolling In The Deep részlete, ez volt mobiljának csengőhangja. (Nem is sejtette, milyen aktualitása lesz.)

– Szia! Mesélj! Szabad ember vagy?

– Sajnos van egy kis bökkenő. Majd ha jössz, megbeszéljük. Most sietek. Szombaton találkozunk.

„Ez rövid, és velős volt!" Rögtön tudta, hogy baj van, és ő húzza a rövidebbet. Miközben robogott a főváros felé, meghallgatta az egész Adele-nótát. Most jobban figyelt a szövegre. Déjá vu érzések keringtek benne. Előbb érkezett, mint Soma. Amint meglátta, mindent értett.

– Nem váltok, ugye?

– Honnan tudod?

– Rád van írva. Elmondod, vagy szó nélkül elmész?
Már edzett vagyok.

– Elmondom, de nem szeretnék menni. Veled akarom
tölteni az estét.

– Hallgatlak. Aztán majd meglátjuk.

– Ne haragudj, nagyot hibáztam.

– Ki a hiba? Én vagy ő?

– Rájöttem, hogy mindkettőtöket szeretlek.

– És hármasban fogunk élni?

– Ne gúnyolódj! Amikor elhívott a házunkba, annyira
más volt. Elgyengültem. Arra kért, hogy még egyszer
utoljára szeretkezzünk.

– Semmi fejfájás? Fáradtság? Ne folytasd! Megtetted.
Utána engem öleltél. Elmondhattad volna. Ez még nem
ok arra, hogy ne váljatok szét!

– Van más is. Terhes lett.

– Biztos tőled?

– Az aktus után lefagyasztott egy kis kenetet, majd ami-
kor nem jött meg neki, orvoshoz ment, ott megállapították,
hogy terhes, leadta a spermamintát, úgyhogy papírja van
róla, hogy én vagyok az apa. Tudod, hogy mennyire szere-
tem a gyerekeket! Sőt már a fiam is várja a testvérkéjét.

A lánynak három másodperc kellett ahhoz, hogy min-
dent átlásson. A nő pontosan az ovuláció idejére időzítette
a találkozót, csábított, és győzött. A csapda sikerült. Ezzel
nem tud versenybe szállni. Nem is akar. A szerelem nem
vetélkedő.

– Most elmegyek, kiszellőztetem a fejem. Egy órát
kapsz, hogy összeszedd a holmid! A kulcsot dobd a pos-
taládába!

– Nem maradhatnék? Nem tudok nélküled létezni. Ha
nem is minden héten, de néha találkozhatnánk!

– Kérlek, ne folytasd, mert minden képet, ami rólad bennem él, összetörsz! Menj el! Ja, és gratulálok az apasághoz!

Becsukta maga mögött az ajtót. Lent céltalanul kóvályogott, látszólag kirakatokat nézett. Talált egy zárakat kínáló portált, benne egy reklámszöveget: Zárcsere gyorsan, megbízható szakemberrel. Felírta a telefonszámot. Beült egy kávézóba, már onnan felhívta a zárast. Kiderült, nonstop vállalt munkát. Két óra múlva visszament, a ládában ott volt a kulcs, holmik kipakolva. Megérkezett a szakember, új zár fent. Lezárult a Soma-korszak. Egyelőre nem a férfi álságosságán döbbent meg, hanem a feleség aljas húzásán. Ez nem szerelem, hanem hideg számítás. „Nem baj! Az édes, cuki gyerekek majd felnőnek, ti meg ketten ott maradtok egymásnak, hogy veszekedjetek, szenvedjetek, és te máshol keresd a boldogságot. Mert ez az időszak mindig közétek áll majd! De ez már nem az én dolgom!" Csak akkor eredtek el a könnyei, amikor a hazafelé vezető úton lélekben újra Adéllal gördült a mélybe. Meg kellett állnia, mert nem látott a sírástól. Közben teljes hangerővel dübörgött, persze angolul:

„Minden a miénk lehetett volna!
Azt fogod kívánni, bárcsak soha ne találkoztunk volna!
Hánykódunk a viharban, könnyeink majd hullnak.
Ott volt a szívem a két kezedben,
És játszottál vele a dobbanások ütemére."

Kallódások_k

Az elkövetkezendő időben jöttek az üzenetek, SMS-ek Somától, de nem reagált. Néhányszor még telefonvégre kapta, ha nem nézett a kijelzőre. Nagyon udvariasan, de mindig leszerelte. Tartotta magát az „előre nézünk, és nem tekintgetünk hátra" elvhez. Minek a múlton töprengeni?

Azért is elutazott a tóhoz, csak most repülővel. Egyedül ment. Milánóban szállt le a gép, oda jött érte autóval a „főnöke". Nevezhetjük így, hiszen jóformán csak neki dolgozott. Egyébként Klaus. Amikor Zsuzsi meglátta a Monza táblát Milánó északi kijárójánál, nem bírta ki, hogy ne csodálkozzon rá. Ráadásul épp itt zajlott a Forma–1 versenyhétvégéje. Igaz, hogy még csak a szabadedzések folytak, de Klaust semmi sem tartotta vissza attól, hogy vendége kedvéért ne tegyen egy kis kitérőt.

– Ha ezt előbb tudom, hogy rajongó vagy, szerzek jegyet a futamra.

– Nem tudtam, hogy Milánó és Como közt van Monza! Meg az utazás izgalmában megfeledkeztem a versenyről, pedig követem a közvetítéseken keresztül. De nem akarok a vendégszeretettel visszaélni!

– Ugyan már, ez semmiség!

Néhány telefon, és az egyik hátsó bejáraton egy szervező várta, és felkísérte őket a legközelebbi lelátóra. A pilóták köröztek, őrületes hangzavarban. Zsuzsi megjegyezte, hogy a tévében élvezetesebb nézni, és lebeszélte a férfit, hogy jegyet vegyen, mert az mindenáron el akarta kápráztatni a lányt. Elámult, hogy nő létére milyen tájékozott a száguldó cirkuszt illetően. Neki bizony harcolni kell családja nőtagjaival, hogy nyugodtan nézhesse a futamokat. Többször voltak a barátaival az olasz és a monacói nagydíjon.

– Most nem akartatok menni?

– A költözködés, az új ház, meg a jacht most nagyon lekötött.

Az első héten hajóval körbejárták a tavat. A vízi járműben bárki szívesen ellakott volna. Mindenütt luxus, egyszerű modernség, kényelem. Mikor Zsuzsi dicsérte, a férfi csak annyit mondott: „Ebben neked oroszlánrészed van, a jacht háromnegyede a tiéd. A kollekciódnak köszönhetjük. Te itthon vagy."

Tetszett a lánynak, hogy milyen könnyeden kezelte az egész család a helyzetet, amibe Klaus hozta őket. Úgy is mondhatjuk, szerette a változatosságot. A három gyerek, két volt feleség és az új barátnő zavartalanul együtt buliztak, nevetgéltek. Időnként az anyósok, apósok, meg a rokonság is be-benézett. Kész átjáróház volt a kastély, mert inkább nevezhetnénk annak, sok szobájával, beékelődve a domboldalba. Saját kikötő, stég, park és úszómedence tartozott hozzá. A tóban nem úsznak, hideg és veszélyes, hiszen Európa egyik legmélyebb állóvize. Zsuzsi nagyon jól érezte magát, feltöltődött.

Két megoldatlan problémával küzdött. Az egyik, hogy angolul csak a családfő és a gyerekek beszéltek. A másik: nem volt mellette társ, így az élményeket nem tudta megosztani senkivel. És mit szépítsük, Soma elkényeztette szex terén, és a jót könnyű megszokni. Eredetileg mindennap akart neki küldeni egy képeslapot, hadd egye a penész, de aztán mégsem tette. „Nehogy elbízza magát, még azt hiszi, hiányzik!" (És jól hinné!) Klaus és családja összeesküvést szőtt. Naponta más facér férfit hívtak meg, és „alig észrevehetően" kettesben hagyták őket. Végül a lány kínosnak érezte ezt, és szólt, hogy „kár a gőzért!" Persze nem így, udvariasan. Különben sem tudta az angol megfelelőjét ennek a szlengnek.

Habár egyedül nyaralt, a keserű szájíz emiatt hamar elmúlt, csak a kellemes élmények, emlékek maradtak meg. Beletörődött abba, hogy jól elvan ő és ő. Közeledett a 30 felé, és lássuk be, ebben a korban a nők már férjnél vannak, épp ezért a másik oldal meg nős, egy vagy több gyerekkel. Ezért nem csoda, ha a körülötte zsongó és ajánlatot tévő férfiak foglaltak voltak. A próbálkozások sztereotip dumái váltogatták egymást, mint:

„Nős vagyok, de évek óta nem élünk házaséletet."

„Éppen válófélben vagyunk."

„A feleségem frigid, elnézi, ha félrelépek."

„Érted elválnék, Bébi!"

„Külön élünk, de a vagyon miatt nem válunk, nyitott a házasságunk."

„Izgató, ha két ember titokban szereti egymást."

„A tiltott gyümölcs mindig édesebb!"

És ez csak néhány a sok közül. Zsuzsi meg volt győződve arról, hogy botorság volt a piroslámpás házakat megszüntetni. Régen a fenti problémák felét kiküszöbölték azzal, hogy a férfiak levezethették a feszültséget, ráadásul biztonságos, ellenőrzött formában. Természetesen nem értett egyet az egyoldalúsággal. Mert mi van a nőkkel? De nézzük a házas férfi, független nő kapcsolatot! Először is, ő már megégette magát, járt, ahogy járt, remélte, tanult belőle. Több ismerős nő esett abba a csapdába, hogy csak lopott órákra tudott találkozni „szerelmével," aki vég nélkül hitegette azzal, hogy majd ha szabad lesz, akkor... Nincs *akkor*! A legtöbb férfinak esze ágában sincs elválni, és nyugodt lélekkel kihasználja mindkét (vagy több) nőt. Ő leginkább azt nem tudná elviselni, hogy nincsenek nyílt programok, ünnepek, nyaralás, utazás a nős férfival. Tehát az egész kapcsolatból hiányzik az, amit a legfontosabbnak tart: a szabadság!

Munkájukból adódóan elkerülhetetlen volt, hogy hébe-hóba keresztezzék egymás útját Somával. Majdnem egy évre rá sikerült ez, egy textilbörzén. A férfi széles mosollyal körbepuszilta, dicsérte csinosságát.

– Jól nézel ki, mi van veled? Jó volna találkozni! Mit szólsz? Hiányzol!

– A családod? Jól van a fiad? És az új jövevény?

– Jaj, látnod kéne! Édes kislányom született, imádom! Üljünk be valahova, beszélgessünk!

– Majd máskor. Sok boldogságot! Most mennem kell, szia.

Zsuzsi igyekezett minél gyorsabban egyre távolabbra kerülni a férfitól és a feltörő emlékektől.

„Valószínűleg bennem van a hiba, de nem értem, hogy tudnak a férfiak ilyen könnyedén átlépni a dolgokon, semmibe venni, sárba tiporni a másik lelkivilágát. Az egoizmus csúcsa! Csak magáról beszélt! Jó, hogy nem hívott meg babanézőbe!" Remélte, hogy nem futnak össze mostanában.

A nyárra meghívta bátyja családját. Apjának akart kedvezni, hogy láthassa két unokáját, akik már serdülőkorban voltak. Jó volt kicsit együtt lenni, beszélgetni, rég nem találkoztak. Kiderült, hogy a nagyobbik gyerek egész jól lovagol. Mély levegőt vett, és utánanézett a Táltos Panziónak. Működött, még a neve sem változott. Felkerekedtek, hogy egy napot ott töltsenek. Míg a többiek napoznak, úsznak, addig ő lovagol a sráccal. Ez volt a terv. Első ránézésre, legalábbis ami a főépületet érinti, nem látszott változás. A bárnak a nyeregülésekkel nyoma sem volt, egy igénytelen, társalgószerű terem lett, ócska asztalokkal, székekkel. Az étteremből is hiányzott a „Táltos-légkör." Beültek fogyasztani, mert a medence sajnos műszaki okok miatt nem üzemelt. Nem volt benne víz. Zsuzsi úgy volt vele, hogy inkább üres gyomorral lovagoljanak, így ketten az istállók felé vették az útjukat. Előtte kifizette a vezető és a lovak óradíjait. Míg a lovász nyergelt, benézett az istállóba. Most örült csak igazán annak, hogy nem ebédelt. A szag, amely megcsapta, arról tanúskodott, hogy több napja nem volt alomcsere. A legyek százával döngtek, az állatok nem győztek csapkodni farkukkal, rázni a sörényeiket. Mindenütt kosz, rendetlenség.

– Na, eleget láttunk, menjünk ki innen! Bocs, ez a hely fénykorában nem ilyen volt! – mondta a fiúnak, mélyen megbánva, hogy egyáltalán bevezette ide.

Még be sem fejezte a mondatot, amikor az istálló végéből nyerítés hangzott. Zsuzsi perdült-fordult, és mikor odaért az utolsó előtti bokszhoz, Kisasszony feje jelent meg egy újabb elégedett nyerítés kíséretében. A lány megsimogatta a sovány almásderes fejet, amit a hálás állat egészen a vállgödréhez és arcához nyomott. A mellette lévő állásban egy hasonló fej bukkant elő: Fitos volt.

– Uramisten! Hát megismertek? Mi van veletek? Hogy néztek ki? – Miután a nyakukat megpaskolta, bement Kisasszony mellé. Megsimogatta a hátát, akkor látta a hosszú, frissebb és régebbi csíkokat: vesszőcsapások nyomait. Nem csak éheztetik, verik is őket. Ekkor ért oda a lovász, messziről rászólt a lányra:

– Jaj, oda tilos bemenni, még megrúgja a ló! – Ekkor látta meg, hogy ki az. – Zsuzsa! Ti lesztek a lovasok? Már felnyergeltem nektek.

Táltos egyik régi dolgozója volt a fiú.

– Mi történt? Miért vannak ilyen rossz állapotban? Őket nyergeld fel!

– Nem lehet, őket szekér elé fogják. A kocsisunk egy részeg állat, üti-vágja szegény párákat. Egyszer szóltam neki, ez lett belőle. – Levette csikóskalapját, és a másik arcélével fordult a lány felé. Hosszú, vékony forradás éktelenkedett a halántékától az állkapcsáig.

– És a tulaj? Ezt tűri?

– Amikor Táltost kicsinálták, az lett az igazgató, aki mellettünk nyitott lovastanyát. Az csak álca volt. Állítólag ő állt a háttérben, ő intézte úgy, hogy Táltos bukjon. Valamivel magára haragította, vagy csak irigyelte. Majdnem ingyen az övé lett a tanya. A fickó jól megjárta, mert Fitos úgy fejbe rúgta, hogy elpatkolt. Nem a ló volt a hibás, de kezelhetetlennek lett kikiáltva. Azóta négy főnök váltotta egymást. Meg sem tudom neked mondani, hogy ki vezeti ezt a kócerájt, mert az lett.

– Azt látom, de legalább ti, régi dolgozók, miért nem csináljátok úgy, mint régen?

– Egyedül én maradtam. A szomszéd faluból nősültem. Hová menjek? Nincs pénz semmire. Napokat várunk takarmányra, szénára, szalmára.

– Tudod mit? Adok egy kis plusz pénzt zsebbe, ha megígéred, hogy miután visszajöttünk Fitossal és Kisasszonnyal a terepről, mert velük megyünk, lecsutakolod és rendesen megeteted őket.

– Rendben, csak meg ne tudják odabenn!

– Tőlem nem fogják, bár szeretnék elbeszélgetni a vezetővel!

A két paripa legalább annyira örült a nyargalásnak, mint lovasaik. Azon kívül, hogy lefogytak kissé, egész jól bírták a strapát, vagy imponálni akartak kisgazdájuknak. „Még hogy kezelhetetlenek!" Ennek a napnak is lett konzekvenciája. Zsuzsi többé nem akart a panzió közelébe se menni. Viszont sokszor álmodott a két almásderessel. Vagy azt, hogy megvette őket, a saját istállójában vannak, jól tápláltak, ragyog a szőrük, vagy vágtázik hol egyik, hol másik hátán, a sörényük lobog, az ő haját fújja a szél, és boldog. (Érdekes, Táltossal sosem álmodott!)

A következő téli és farsangi báli szezonban megismerkedett egy elvált (csodák csodája) férfival. Borzasztó magas rangban és rettentő fontos beosztásban dolgozott. Az ügyekről, amiket vitt, nem beszélhetett, de minden más témában jó beszélgetőpartnernek bizonyult. Zsuzsi három hónapig udvaroltatott magának, mire beadta a derekát, hogy az ágyban is megismerjék egymást. Rezignáltan nyugtázta, hogy talán mégsem kellett volna. A nála 8 évvel idősebb, napbarnított bőrű, kopaszodó, arányos testalkatú féri szexuális téren – a pózok váltogatását kivéve – ötlettelen volt. Úgy szeretkezett, mintha könyvből olvasná, szóval semmi érzékiség, semmi túlfűtöttség. A kezét és a nyelvét nem hasznosította, és viszont sem várta el. A lány az első pár együttlét után látta a kapcsolat végét, de valahogy nem vitte rá a lélek, hogy kerek perec egyenes legyen és megmondja: „Olyan veled, mint egy géppel!" Nem akarta megbántani a másikat. (Persze fordított esetben nem sokat lacafacáznának!)

Beköszöntött a nyár, és őket még együtt találta. A férfi nagy örömmel állt elő a tervével: utazzanak Görögországba! „Hurrá! Jó terv. Az ország varázsán még egy sótlan férfi sem ronthat." Már tervezték is: repülővel Athénba, onnan Olympic Beach, ahol a szállásuk lesz. Innen kiindulva Tempi-völgy, Meteorák, meg amihez még kedvük lesz. Szép út volt. A tenger, meg az „ő" mormolása kifejezetten megnyugtatta a lányt, annyira, hogy rendre elaludt napozás közben. Szép barna színt vett fel. Az úszás viszont nem jött be, mert hányingere lett a sós víztől, marta a szemét, kiszárította a bőrét. Ezért, bár fájt a szíve egy pár kiadós karcsapásért, az első napot kivéve nem ment a tengerbe. A férfi viszont büszke volt az úszástudására és mennyiségére. Mindennap, mikor nem kirándultak, bójáig és vissza a partig szelte a habokat, de mindig csak mellben tempózott.

Két hét múlva viszonzásképpen – mert a görög utat a férfi állta – Zsuzsi vendégül látta otthonában. Apja a nővére családjához utazott, így nem kellett vesződni egy újabb delikvens bemutatásával. (Nem is látta értelmét.) A sors megoldotta ezt, és a kapcsolat bontásának problémáját is. Kimentek az uszodába. A fickó elment a lány mellett, mert azon már úszósapka és szemüveg volt. Úgy kellett neki bizonygatni, hogy a „vadmotoros" szerelés alatt tényleg ő van.

– Úszunk pár hosszt? – kérdezte.

A másik csak bólintott. Együtt indultak, de Zsuzsi gyorsban kezdett, ezért a fordulónál már több testhossz előnyre tett szert. Minden héten úszott 1500-1600 métert, megállás nélkül, váltogatva az úszásnemeket, ezért formában volt. Az ezredik méter körül vette észre, hogy párja nincs már a medencében. Megállt, körülnézett, a lelátó padján meglátta. Integetett. Odaúszott.

– Menjünk, jó? – javasolta a férfi.

– Jó. – Bár ő még úszott volna, de látta az arcon, hogy valami nincs rendben. Hazafelé harapófogóval lehetett kihúzni belőle a szavakat. „Mi van? Vajon mi baja?"

– Nem tudtam, hogy ilyen jól úszol. Görögországban ezt eltitkoltad.

– Nem titkoltam, csak nem tudok úgy úszni, hogy a fejem ne legyen a vízben. A tenger sóssága zavart. Hányingerem volt, marta az arcom, és csípte a szemem. Ezért nem mentem bele. (A tengeri herkentyűktől való félelméről hallgatott.)

– Én most hazamegyek. Legjobb lesz, ha nem találkozunk többet.

– Jó, ha te így gondolod... De most az a baj, hogy tudok úszni?

– Nem. De nem illünk össze.

„Ezt már régóta tudom, semmi újat nem mondtál!" – gondolta óriási megkönnyebbüléssel.

Később „homályosította fel" egy barátnője:

– Nem tudtad, hogy semmilyen sportban nem szabad legyőzni azt a férfit, akivel együtt vagy? Sokan nem bírják elviselni, hogy a gyengébbik nem erősebb legyen valamiben, mint ők!

– De a nők erősebbek lelkiekben, tűrőképességben, problémamegoldásban!

– Igen, ezért legalább fizikumukban ne legyenek azok. De sportban semmiképp!

Ez egy jó tapasztalat volt, és legalább érzelmileg nem tépázta meg.

Szárnyalások$_k$

Az országban dúlt az aerobic-őrület. Zsuzsinak hiányzott a tánc meg a jazz balett, régen nem tette be lábát a klubba, így kipróbálta a zenés tornát. Nagyon tetszett, mivel ritmusra mozoghatott. Egy év múlva már ő vezetett ilyet. Ennek az volt a legnagyobb előnye, hogy közben a saját kedvenc zenéit hallgathatta. Több helyen is bérelt termet, aztán egyszer csak felkérte a város művelődési központja, hogy ott tartson órákat. Elvállalta, ez heti három alkalmat jelentett. Az intenzív sport után törzsvendég lett a büfében, ahol frissen facsart narancslét ivott. Sokan jártak oda, egy jó kis társaság kovácsolódott össze. Néha még a büfés srác, Dini is csatlakozott a törzsvendégekhez. Azt is megtehette, hogy a ház zárása után még nyitva legyen, amíg a jókedv és az ital tartott. Az utolsó vendégeket a hátsó raktáron keresztül engedte ki, ami az utcára nyílt.

Úgy alakult, hogy a hivatalos egy óra aerobic után az egyik hölgy megkérte, hogy mutasson néhány speciális has- és combizom erősítő gyakorlatot. Mire a büféhez ért, az zárva volt, de Dini (Dénes) még pakolt. Kopogott, természetesen beengedte, és már készítette a gyümölcslevet.

– Meghívhatlak egy Martinira? Én innék egyet, mielőtt hazaindulok, de egyedül nincs kedvem.

– Jó lenne, de autóval vagyok. Ettől függetlenül te nyugodtan ihatsz! Hazavigyelek?

– Nem, kösz, két percre lakom. Viszont lenne egy javaslatom. Hétvégén el kell autóznom a nyaralóba. Velem tartanál?

– Bocs, de van egy kérdésem: ha nem én, hanem bárki más jött volna ide, akkor neki tennéd fel ezt a kérdést?

– Ha férfi az illető, semmiképpen sem!

– Ez megnyugtató. Szóval a nőket szereted.

– Bizony! A viccet félretéve: három hete keresem a lehetőséget, hogy jobban megismerjük egymást. Téged hívlak.

– Rögtön egy hétvége?

– Hosszú az út, azalatt beszélgetünk, ismerkedünk. Mit veszíthetünk?

– Láncainkat? – Mindketten nevettek. Dininek nagyon csibészes mosolya volt.

– Az jó, hogy van humorod.

– Ha nem lenne, már nem élnék!

– Nos, mit csinálsz hétvégén?

– Beülök egy félig idegen kocsijába, és ugrás a sötétbe!

– Ez az! Veled ugrom, fogom a kezed. Aki mer, az nyer.

– Vagy vakmerő. Fontos kérdés: nős vagy?

– Nem. De voltam. Négy éve elváltam.

– Gyerek?

– Nincs. Nem is lesz, mert elköttettem magam. Hozzak vallatólámpát?

– Kihallgatásnak vége. Egyelőre. Hacsak nem akarsz rólam többet tudni.

– Amit látok, az nagyon kedvemre való, és tudod milyen sekélyesek a fiúk, nekik a látvány 90% vágy.

– Mi van a többi 10%-ban?

– Az összes más. Majd később. Mi marad az útra?

Még egy órán keresztül trécseltek, vagy mondhatni bemutatkoztak, hogy ne idegenként ugorjanak a randevúba. Dininek már csak az anyukája él. Felszínes köztük a kapcsolat, mert az új élettárssal a fiú nem jön ki.

Testvérei nincsenek. Mikor elértek oda, hogy mindketten rockzene-rajongók, belemerültek a témába, amivel jól eltelt az idő. Menni kellett. Telefonszámot cseréltek, és abban maradtak, hogy pénteken indulnak. A lány már majdnem egy éve élt böjtös életet. „Miért van az, hogy hónapokig nem történik semmi, aztán meglódulnak az események? No, majd meglátjuk, mit veszíthetünk vagy nyerhetünk!" Nem is értette, miért mondott igent. Szerinte ezzel inkább magát lepte meg, mint a másikat. Nézzük csak, milyen a fickó? Magasságra, alkatra Péterhez hasonló. Barna szem, barna haj. Három meglepő dolog: se bajusz, se szakáll, és dohányzik. A legvonzóbb benne a telt szája, és az érdekes, rejtélyes mosolya. Vagy ő maga a rejtélyes? „Vagy én vagyok kiéhezve? Túl sokat elemzem a dolgokat!" Ezt már mások is megállapították.

Óramű pontossággal begördült a villa elé egy vadiúj Toyota. Dini kiszállt, a lány táskáját a csomagtartóba tette, majd udvariasan kinyitotta az utas felőli ajtót.

– Parancsolj! Te itt laksz?

– Igen.

– Tudod, hogy gyerekkoromban hányszor néztem ezt a kastélyt, és mennyire szerettem volna benne bújócskázni? – Közben már nyomta is a gázt.

– Kastélynak túlzás nevezni, de elbújni lehet benne. Ha jó leszel, esetleg lehet róla szó.

– Ha jól tudom a színház karmestere lakott ott előttetek.

– Igen, a halála után vettük meg a várostól tizenhat éve.

– Ó, akkor pont nem a városban éltem! Húszévesen elvettem az első nőt, akibe belezúgtam. Egy főváros melletti településen laktunk, a szüleivel egy fedél alatt. Csoda, hogy csak öt évig bírtam?

– Nem, szerintem túl sok is ennyi idő. Nem baj, ha nem vagyok házasságpárti?

– Most meg kell állnom! Jól hallottam? – Bekanyarodott egy pihenőbe. – Rá kell gyújtanom. Tényleg azt mondtad, hogy nem vagy házasságpárti?

Zsuzsa úgy döntött, az elején tiszta vizet önt a pohárba, hogy később ne küzdjön a félreértésekkel.

– Pontosabban fogalmazva: nem akarok férjhez menni, és gyerekem se lehet. Mi van? Mindjárt leesik az állad! Most még visszafordulhatunk, kirakhatsz, elszaladgálok a kastélyomban!

– Hogy éreztem! Ráéreztem! – Mély slukkot szívott a cigiből. – Attól tartok, hogy nem fogsz tőlem megszabadulni! Sem nősülni nem szándékozom, és gyereket sem akarok, indulhatunk! – nyomta el a csikket. Visszaültek a kocsiba.

– Jól érzem és látom, hogy ez egy vadiúj autó?

– A héten vettem, illetve érkezett meg. Tetszik?

– Hogy a viharba ne tetszene, gyönyörű! Nem fogod elhinni, nekem is ilyen van, azzal a különbséggel, hogy ötéves. Szeretem az új kocsi illatát, de az illatosítód is nagyon kellemes. – Finom vaníliaaroma lengett a fejük körül.

A nyaraló a tó déli partján, ráadásul tóparti telken állt, így saját lejárat vezetett a vízhez. Egyszerű, földszintes ház két szobával, konyhával és fürdőszobával. Minden oldalról terasszal körülvéve, egyik oldalon üvegfalas zárt résszel. Nagyon okosan arról az oldalról, ahonnan a viharos szél szokott érkezni. Berendezkedtek. Dini azonnal elindította a villanyórát, hogy a bojler bekapcsoljon, és legyen estére meleg víz. Aztán elmentek vacsorázni. A vendéglő még működött, bár a főszezon befejeződött.

Egy zongoristából, dobosból és gitárosból álló zenekar kellemes dallamokat játszott.

– Most jöhet a Martini, de csakis a száraz, mert a többit nem szeretem.

– Ebben is egyezünk. Citrommal vagy olajbogyóval?

– Citrommal, jéggel.

– Meg sem kellett volna kérdeznem.

– Amíg elkészítik a kaját, nincs kedved táncolni?

– De, menjünk!

Most értek egymáshoz először. Kellemes volt a testi kontaktus. Zsuzsi szandáljának hat centis sarka miatt éppen azonos magasságúak voltak. A fiú az eddigi táncos lábú partnerektől messze elmaradt, de az összebújós lassúzás egészen jól ment. Miközben a hátát finoman simogató kezek felmérték, hogy mi nincs a ruha alatt, a lány elámult, hogy partnerének milyen jó illata van. Az arcáról, a ruhájáról egységes, férfias aroma áradt. Nyilván márkás kozmetikumcsaládot használhat, hogy este, a nap végén is ilyen intenzív. Éppen dicsérni akarta, amikor Dini megelőzte. Már megint ugyanarra gondoltak.

– Igéző a parfümöd illata! Szeretkeztél már tánc közben? Mert ha nem ülünk le, az lesz.

– Inkább felcsigáztál, mint megijesztettél. Én meg a te arcszeszedtől bódulok éppen. Hozzák a vacsorát. Menjünk, mielőtt összegabalyodnánk a parketten.

– Igazad van, azt hiszem, szükségünk lesz az energiára – és már megint megjelent az a kis kópé mosoly a szája sarkában.

Még sétáltak egyet a parton, egy pohár vörösborral koccintottak a privát móló lépcsőjén.

– Holnap, ha lesz egy kis szél, szörfözni fogok. Csak azt ne mondd, hogy te is tudsz, mert csak egy deszka van.

– Bitorolhatod, nem tudok, és nem is vágyom rá. Én majd lustulok a parton, csodállak, ahogy hasítod a vizet, és integetek.

– Jó program! Engedek vizet a kádba. Ki fürdik először?

– Egyszerre?

– Á, a kis ínyenc!

A fürdőszoba impozáns fekete/halványzöld színben pompázott, aranyszínű csapokkal. A mosdó melletti asztalkára kipakolták a tisztálkodáshoz való arzenált. Mókáztak azzal, hogy felváltva, egyenként rakták ki a dolgokat, mindig jelentőségteljesen a másikra nézve és egyet elismerően hümmögve. „Tiszta Csupasz pisztoly!" Mindketten márkás, igényes holmikat használtak. A kád nem volt túl nagy, de elfértek benne. A lány ült a férfi combjai közt, a fiú a hátát mosta, simogatta, majd a hóna alatt előre nyúlva a melleivel játszott.

– Mit szólnál, ha feljebb ülnék a hasadra? Én is megmosnék valamit!

– El foglak bírni. – Már emelte is a popsiját. – Akár a számra is ülhetsz!

– Vigyázz, mert még szavadon foglak!

Diniből már csak sóhaj jött, mert közben Zsuzsi a hímvesszőt vette kezelésbe. „Végre egy cuki, aranyos hímtag! Se hosszban, se széltében nem túlzás, pont belefér a markomba! Jó vele játszani!"

– Isteni, amit csinálsz, de még nem akarom a végét, hiszen el sem kezdtük. Gyere, törülközzünk, helyezzük magunkat kényelembe!

Miután dezodoráltak, parfümöztek és fogat mostak, betekerte a lányt egy fürdőlepedőbe, felkapta, rátette a franciaágyra, és egy mozdulattal kigördítette a törülközőből. Élvezettel nézte a meztelen testet. Ahogy ott állt

Zsuzsi felett, a lányban csak most tudatosult: mindenütt szőrtelen. „Na, erre még rákérdezek!"

– Most én foglak kényeztetni!

Az ágy végéhez sétált, megfogta a karcsú bokákat, és terpeszbe húzta a lábakat. Ahogy bemászott közéjük, felváltva csókolta végig mindkettőt, egészen a combok hajlatáig. Hüvelyk- és mutatóujjával széthúzta a szeméremajkakat, és kinyújtott nyelvével ide-oda tologatva ingerelte a csiklót. Így még nem „kényeztették"! (Ahogy a fiú nevezi.) Semmi nyomás, semmi türelmetlenség, semmi szúrás! Nincsenek kidagadt erek a homlokán, erőlködős szenvedés az arcán. Dini nem borotválkozott, tehát borostás lehet, de oda sem ért sem az állával, még a szájával sem. Viszont fergeteges nyelvmozgása alatt az érzékeny gombocska kiugrott, megtelt vérrel, és a lány úgy érezte, elmegy alóla az ágy.

– Ez nagyon jó! Megőrjítesz! Elájulok! – Ez a szó már kiáltásba torkollott, miközben alteste tőle teljesen függetlenül vonaglott.

Az összeránduló vaginába hatolt be a férfi. Megint semmi türelmetlenség. Szép lassan nyomult előre, miközben a könyökére támaszkodva tenyerébe fogta Zsuzsi arcát.

– Jó az ízed! Szopd le a nyelvemről! – Kinyújtotta a nyelve hegyét, a lány ajkaival körbefonta. Az újdonság és az érzékiség további hüvely-összehúzódásokat eredményezett. Dini most sűrű levegővételek között suttogta: – Éreztem, hogy te vagy az a nő, akire ha egyszer egy enyhe fuvallat ráfúj, egy tornádó sem fog lesöpörni. Így még nem láttam és éreztem senkit élvezni! Szoríts!

Egyre gyorsuló tempóban simogatta a még mindig összehúzódó hüvelyt. A lány átkulcsolta lábával a fiú derekát, és ezzel egyre mélyebbre és beljebb engedte, míg

Dini hirtelen megállása és szorítása jelezte kielégülését. Lassan ernyedt el, ráengedte magát a másik testére, de aztán egy gördüléssel megfordította magukat.

– Nem akarlak agyonnyomni, mégiscsak jobb, ha te vagy felül. Most elszívok egy cigit, aztán folytathatjuk.

Azt hitte, csak viccel. (De nem.) Amíg fújta a füstöt, Zsuzsi megmerült a fürdővízben, ami még ki sem hűlt.

– Tényleg nem lehet gyereked? – kérdezte, miközben kedvtelve nézte a mezítelenül közeledő lányt.

– Tényleg. Papírom van róla. És neked?

– Gyere ide, megmutatom.

Egy pici, alig észrevehető heget mutatott a herén. A lány kis csókot lehelt rá.

– Azt mondtad, elköttetted magad. Mikor? Miért?

– Egy évig Németországban dolgoztam, ott csináltattam meg. Néhány nő alattomosan akarja a férfit magához kötni, például gyerekkel. Engem nem fog, ha csak én nem akarom.

Dini nem is sejtette, mennyire ismerős és fájó seb ez a lánynak.

– Te alapból szőrtelen vagy?

– Dehogy, akkor hajam se lenne. Szőrtelenítek. Elkezdtem gyúrni, csak még nem látszik rajtam. Mit szólnál egy kis zenéhez?

A feje fölé nyúlt, megnyomott egy kapcsolót, zöld/ piros kis gombok világítottak, és a két sarokból sztereóban megszólalt a Led Zeppelin együttes.

– Az egyik kedvenc zenekarom! – lelkesedett Zsuzsi.

– Már megint nem csodálkozom! Azt az iménti kis csókot megismételnéd?

Betérdelt a fiú combjai közé, puszit adott a sebhelyre, látta, hogy máris tettre kész. (Nem viccelt.) A szőrtelen, bársonyos heréket hirtelen ötlettel csókolni, nyalni kezdte. A ritmust a zene adta. Dini felült, és a lányt a hóna alatt megfogva egy emeléssel felhúzta.

– Ülj rá! Lassan! Finoman! – Miközben szemérmébe fokozatosan csúszott a hímtag, még mindig tartotta, szinte fékezte a lányt. Amikor aztán teljesen beleült, elengedte, rábízta a mozgást partnere csípőjére. A fergeteges zene ugyanolyan tempót adott az egymásban elmerülő párnak. „Ilyen ritmus, ilyen dal csakis szex közben juthatott eszébe a szerzőnek!" – gondolta Zsuzsa. Két hétperces koncertfelvételt végigszeretkeztek, mire Dini eljutott a csúcsra.

– Maradj még egy kicsit így! Nem tudok veled betelni, a ritmusérzéked hihetetlen! Most vagyok én bajban! Nélküled ez a zene már nem lesz az, ami eddig! Tisztálkodjunk, aztán elszívok egy cigit és folytathatjuk.

– Ezt ugye nem mondod komolyan?

– Hallottad már azt, hogy három a magyar igazság? Én szeretem ezt a számot.

– Jó szám, valóban!

– Jó a szád – már a kádban térdeltek és mosakodtak, Dini megcsókolta –, szeretném még érezni az érzéki ajkaidat, nyelvedet, aztán alhatunk.

Úgy tűnik, mindig komolyan kell venni, amit a férfi mond. Rágyújtott, három mély slukkal a végéhez ért. Párnákkal feltámasztott háttal ültek az ágyban. Ahogy elnyomta a csikket, átkarolta a lányt. Először csak az alsó ajkát csókolta, szívta be az ő ajkai közé, majd a felsőt is, végül a nyelvük vívott egy döntetlen csatát. Közben Zsuzsi kezét rávezette a nemi szervére, amely ismét harcra készen állt. „Ilyen nincs!"

– Most te jössz! Kényeztess kicsit a száddal!

„Igaza van, kölcsönkenyér visszajár!" Kinyújtott nyelvével körbejárta a makkot, majd ajkait rászorította úgy, hogy a fogaival ne érjen hozzá. A finom illat az ágyékán, a heréken kifejezetten stimuláló volt. Miközben kezével is simogatta a felajzott férfiasságot, nyelvével, szájával gyorsuló tempót diktált egészen addig, míg egy kiáltás kíséretében forró lávaként tört fel a spermium. Most csalt ki először az élvezet hangot is a férfiból. A lánynak új élmény volt a mélyről kitörő öröm, amely most nem őt gyengítette el, hanem párját. Egy újfajta kielégülést érzett.

Mosakodás, fogmosás, ágy, kattan a gyújtó, száll a füst.

– Mi van a cigiben? Valami stimuláló szer?

– Tudtommal semmi. Nincs köze a szexhez. Fiatalabb koromban hatszor egymás után képes voltam szeretkezni, most már csak háromszor. Öregszem.

– Igen, tapasztalom. Mennyi lehet köztünk? 4–5 év?

– 35 leszek.

– Én meg 30, de én meg tudtam volna állni az első után. Nem hiszem, hogy képes lennék többször rövid idő alatt elélvezni, főleg egy olyan után, mint amit te idéztél elő.

– Azért majd próbálkozunk! Hidd el, gyakorlat teszi a mestert!

– Mi vagy te, nyelvész, hogy így ontod a szólásokat? Ugye nem most akarsz próbálkozni, mert kifacsartál!

– Nyelvész, sőt nyelvmester vagyok. Így van? Add ide a szádat! Még egy jóéjt-csók, aztán szunya!

Zsuzsi úgy aludt, mint a bunda, azt sem érzékelte, hogy van még rajta kívül más az ágyban. Se mozgás, se horkolás, de még egy szusszanás sem! Felébredve tapasztalta, hogy egyedül van. A hűtőben frissen facsart narancslé várta. Az asztalon pohár, alatta cetli egy vörös rózsával: kövesd a szirmokat! A vékony, vörös út a stéghez vezetett.

Kissé csípős volt a délelőtt, 15 fokot mutatott a teraszon lévő hőmérő, a tó felől fújt a szél. A vízben egy szörfös szelte a habokat, talpig beöltözve. Mikor észrevette a lányt, integetett, és a part felé navigálta a szerkentyűt. Mint egy hatásvadász amcsi filmen, száguldott felé az ő hőse. A bokájától a feje búbjáig elöntötte a vágy. „Mi vonz ebben a fickóban? Bagózik, amit nem bírok. Nincs szakálla, de legalább bajusza, amiért eddig odavoltam. Nem magas, nem táncos lábú. Átlagos? Nem, arról szó sincs! A telt szája szélén az a kis ferde, titokzatos mosoly! A rockzene-imádata! Tudja, mire való a klitorisz! Mesterien bánik saját és partnere testével!" Mikor idáig jutott gondolataiban, a magától régen nem érzett alhasi zsibbadás jelezte, hogy mennyire kívánja a fiút, aki megérkezett. Kihúzta a deszkát és a vitorlát, majd a lányhoz lépett.

– Jó reggelt, Csodalány! – Magához szorította, és megpördült vele. Hideg, nedves és halszagú volt, csorgott róla a víz a másik nyakába, ami aztán folyt lefelé tovább a ruha alatt.

– Tegyél le! Tiszta víz lettem! Megfagyok!

– Ez se rossz, de ha másért könyörögsz, azt jobban szeretem! – Ölben vitte a ház felé.

A kötött kardigán szétnyílt, és az alatta lévő vékony blúzon át kirajzolódtak a hideg víztől megkeményedett mellbimbók. A férfi meg sem állt, miközben csókolta azokat. Zsuzsinak eszébe jutott a muszlin és Doki. A fürdőszobában kötöttek ki.

– Na, most neked is van okod a fürdésre. – Közben húzta le magáról a neoprén overallt.

– Nem fáztál a vízen?

– Nem, mert ez melegen tart – mutatta a kezeslábast. Alatta semmi nem volt. – Látod, ezért is szőrtelenítek.

Nehéz ezt a cuccot le- és felhúzni így is, pláne, még ha húzza az ember szőrzetét! Tudod, milyen érzés az, amikor sebesen visz a szél, az arcodat hasítja a levegő, uralod a testedet, meg a vizet?

– Tudom. A szabadságé. (És a lovaglásra meg az úszásra gondolt.)

– Szuper! Ennél pontosabban én sem tudnám megfogalmazni. Gyere, mosdass meg! Szeretem a kezed.

A lány a kád szélén ült, már ruha nélkül, és igéző illatú tusfürdővel tüntette el a tó szagát. Dini beemelte maga mellé, ő is minden hajlatot végigjárt habos tenyerével. Mindketten álltak a kádban. A fiú háttal magához húzta szorosan, de kicsit oldalvást. A gerjedelme Zsuzsi csípőjénél ágaskodott, miközben az egyik keze becsúszott a szeméremajkak közé. A mutatóujj azonnal megtalálta az érzékeny pontot.

– Elgyengítesz! El fogunk zuhanni! – lihegte a lány, miközben a robbanás felé lebegett.

– Foglak, ne félj! Tudod, miből lehet a másikról sokat megtudni?

– Nem hiszem, hogy most bármire tudnék válaszolni. Mindjárt az eszemet vesztem!

– Az jó, azon vagyok! Nézz le balra! Most magamnak fogok örömet okozni. Nézd, mert izgató, és láthatod, hogyan jó a másiknak! Sokat lehet így megtudni a partneredről.

Lenézett, bár már félig extázisban volt. A fiú a másik kezével simogatta a farkát egyre szédítőbb tempóban, úgy, ahogy a csiklót is. Annyira stimuláló volt a látvány, hogy egy picit késleltette a vulkán kitörését.

– Szállok! Tarts! – és már csak egy sikkantás hagyta el remegő ajkait. Közben látta a kilövellő ondót, amit a fiú szétkent a csípőjén, combján, majd a felajzott csiklóra is

268

rásimított. Ettől és a belső rándulásoktól elgyengülő test térdre rogyott, de Dini visszafogva csúsztatta.

– Ne! Ne tovább! Ez őrjítő! Nem vagyok magamnál – és sírva fakadt. Őrületes érzelmi viharban vergődött.

A fiú beállította a víz hőmérsékletét, és lassú alapossággal zuhanyozta le magukról a habot és a szeretkezés maradványait. Közben felhúzta a lányt, megmosta az arcát, csókokkal borította szemét, ajkát, nyakát, közben egyre lejjebb haladt a zuhanyrózsával.

– Nyugodj meg! Nincs semmi baj, csak élveztük egymást.

– Nem is azért sírok, mert baj van.

– Tisztában vagyok vele. Az élvezet néha nem várt érzelmi kitörésekbe torkollik. Ilyenkor szokták a pasik megkérni a nő kezét. – A zubogó vizet egyszer csak a lábak közé irányította, kissé széthúzva a nagyajkakat. Zsuzsi összerándult.

– Ez kegyetlenség! Ha újra akarod kezdeni, hívok egy másik nőt! Nekem pihennem kell! Nem is értem, honnan van ennyi energiád!

– Hm. Másik nő? Nem rossz, de nekem te kellesz! Nyugi, nem akarom újra kezdeni, csak játszottam. „Játszótársam, mondd, akarsz-e lenni?"

– „Akarsz-e mindig, mindig játszani?"

– Kosztolányi. Szeretem ezt a versét.

– Nem csodálom, jó vers, én is kedvelem. Neked mi a végzettséged?

– Érettségi után a finommechanikai műszerész szakmát tanultam. Ezért értek a finom műszerekhez, mint például a nők.

– Szépségednél már csak a szerénységed nagyobb, de félek, igazad van. Mégis miből áll a munkád?

– Orvosi műszereket javítok. Megyek az országban mindenfelé.

– És a büfé?

– Azt is viszem, mint vállalkozó. Tudod, hogy nem én szoktam benne dolgozni?

– Nem. Én még csak téged láttalak a pult mögött.

– Az unokatesóm az alkalmazott, de nősülésre adta a fejét és kéthónapos nászúton vannak.

– Nem hosszú az egy kicsit?

– Nem, ha azt vesszük, hogy a leányzó görög származású. A nagyszülők nem tudtak a nagy eseményre eljönni, ezért meghívták őket hosszabb időre.

– Görögország csodálatos!

– Majd egyszer mi is elmegyünk, lerovom a hálámat nekik. Sokkal tartozom, mert téged köszönhetlek az öregeknek. De most nézzünk valami jó helyet, ahol ehetünk...

– Mert kell az energia estére! Vagy nem ez következett volna?

– De! A számból vetted ki a szót. A trilógia előtt még elviszlek táncolni.

– A háromból egy már megvolt!

– Nincs alku! Három az esti magyar igazság! Ez csak egy kis reggeli előjáték volt.

– A „csak" meg a „kis" szót törölheted. Ha este belőlem még bármit kifacsarsz, akkor egy varázsló vagy.

– Majd meglátjuk! – S a szája szélén megjelenő mosoly még sejtelmesebb volt, mint eddig.

A lány férfiúi kérkedésnek vette, de a mágus nem túlzott. Varázspálcájával ugyanazt a műsort végigvitte, mint előző este, csak a helyszín változott. A zárt teraszon lévő kanapén, gyertyafénnyel körbevilágítva.

Vasárnap indultak vissza. Zsuzsi a lábait a műszerfalon nyugtatta. Zsongítóan hatott rá a halk motorzúgás, épp szenderegni készült, mikor térlátása érzékelte, hogy Dini őt nézi.

– Az utat nézd, ha nem tudnád, te vezetsz!

– Jó, hogy szólsz! Mondtam már, hogy gyönyörű lábaid vannak?

– Igen, de azért jólesik hallani. Most az következik, hogy nézni is szereted őket, de legjobban...

– Köztük érzem jól magam – fejezte be a mondatot.

– Koncentrálj a vezetésre, én meg mindjárt elalszom. Jöhetne úgy 10-12 óra alvás, ehelyett indul a meló.

– No, egy kis élénkítő zene jöhet? Kíváncsi vagyok, tudod-e, kik ezek.

És felcsendült a világ egyik legjobb metálbandájának zenéje, amit mindig csak egyedül, full hangerőn hallgatott, mert mást elüldözött ezzel. Nevetett:

– Iron Maiden, imádom!

– Két taktusból! Ilyen nincs!

– Ha megérkezünk, átülünk az autómba, és beindítom neked a bekészített zenét. Meg fogsz lepődni. Ugyan nem a Powerslave albumuk, de ők fognak megszólalni.

– Honnan ez rock/metál-rajongás?

– Bátyám, nővérem nevelése, meg ebben nőttem fel. Ja, és ritmusőrült vagyok. Az első szerelmem gitáros, ha jártál bulikra, akkor lehet, hogy ismerted is a bandáját. A Suzy című szám gitárszólóját én inspiráltam.

– Persze, ismerem, az egy szép lírai zene. Ha nem zaklat fel, egyszer kényeztetnélek arra a szólóra.

Zsuzsit váratlanul érte a rázkódás, ami végigszaladt testén a fiú mondatára. Nem akarta elhinni, hogy valaki csak szavakkal így tud rá hatni, és eszébe jutott, hogy mit kívánt, amikor először hallotta az általa ihletett dallamot.

– Ez felkavaróan hangzik, lehet, hogy nem állnék ellen, mert neked nem tudnék, de ezt borítékoljuk a távoli jövőre.

– Ne izgulj, minden második hétvégén tudunk ilyen kimerítően találkozni! Ha visszatér Öcsi Görögből, van egy csomó melóm, amit el kell végeznem. Sokat leszek úton.

A héten torna után rövid találkozás erejéig beszélgettek a büfében, aztán megjött az unokatestvér, és Dini útra kelt, ahogy ígérte. Öcsi laza, jó humorú srác, ő is ugyanúgy vitte a boltot, mint a főnök. A szokott társasággal beszélgettek, amikor két férfi toppant be. Zsuzsi felnézett, és Doki állt mellette. Úgy csinált, mintha tegnap váltak volna el azzal, hogy ma itt találkoznak. Odahúzott egy széket, szorosan a lány mellé.

– Szevasz! Ú, de csinos vagy! Tornáztál?

– Megismersz? – Jó nagy adag gúnyt tett ebbe a kérdésbe, de a másik figyelmen kívül hagyta.

– Miért ne ismernélek meg? Nagyon kellemes emlékeim vannak az együtt töltött időről!

– Nem akarsz velem valamit tisztázni?

– Mit is?

– Egy hétvégét, amikor engem felajánlottál valaki másnak, miközben te is valaki mással óhajtottál lenni!

– Ja, az a lány csak akart egy jó hétvégét! – Közel hajolt a füléhez, és súgta: – Egy jó dugást!

– Én is azt akartam, veled! Azt beszéltük meg, hogy ünnepelünk! Ha minden nőt elviszel, aki csak egy jó hétvégére vágyik, akkor az ajtód előtt hosszú a sor.

– Valahogy úgy. Fátylat a múltra! Ráérsz most? Elmehetnénk hozzád. Folytathatnánk, ahol abbahagytuk!

– Ez komoly? – Sok más tolult volna a szájára, de túl sokan voltak körülöttük, így csak ennyire tellett. Igazán az járt a fejében, hogy ő a hibás abban, hogy Dokit félreismerte, túl sokat várt tőle. Link volt akkor is, most is. Ő ilyen. A hugica megmondta. – Mindjárt jövök. Ki kell mennem. – Azt is hozzátehette volna: hányni.

Öcsi épp a pultnál italt töltött, odament hozzá és halkan kérte:

– Kiengednél a hátsó ajtón? Ha lehet, észrevétlenül.

A fiú látta, hogy gáz van. Dinitől tudta, mennyire fontos neki a lány, sőt még meg is bízta, hogy figyeljen rá. Azonnal cselekedett. A raktáron át kikísérte.

– Tehetek érted még valamit?

– Nem, köszi, most már minden oké. – „Tényleg nem szabad visszanézni, csak előre."

Nagyon várta Dini visszatértét. Nyugtalan volt. Soha nem érzett még így, nem tudott aludni. Ha végre igen, akkor erotikus álmaiból arra ébredt, hogy elélvez. És tényleg. Bizonyos illatokra, zenékre élénken érezte magán, magában a férfit és az illatát. Ami pedig végképp nem fordult még elő vele, hogy munka közben is elmélázott. „Szerelmes vagyok!" Egyre csak a következő találkozásra tudott gondolni. Meghívta a villába. (Bújócskázni.) „Addig előkészítem aput az új fejleményre, amennyire lehet." Az öreg mind jobban begubózott, különösen, hogy egy özvegy hölggyel próbálkozott, de nem sikerült tartós kapcsolatot kiépíteni. „Hiába, anyádat nem pótolhatja senki!" Az új barátra való reagálás is agresszívabb volt. „Hál' Istennek! Mikor lesz már ennek vége? Nem akarok együtt ebédelni, jópofizni egy újabb idegennel! Elég nagy a ház, van hátsó bejárat!" Végül abban maradtak, hogy mégse legyen kínos, ha mégis összefutnának, hogy legalább kávézzanak együtt. A döntő érv az volt, hogy közben rágyújthatnának. „Cigarettázik? Végre egy rendes ember! Szekálod érte, úgy, mint engem?" Nem merte megmondani, hogy nem; örült, hogy valamelyest megnyugodtak a kedélyek.

A vártnál előbb, már pénteken megérkezett Dini, egyenesen a lányhoz. A két, majdnem egyforma fehér autó most egymás mellett állt, Zsuzsi beindította az ő kazettáját. Dübörgött a metál. A férfi félmosollyal csóválta a fejét. A lány élvezte, hogy most ő kápráztathatja el párját. Megmutatta neki a villa összes zegzugát.

– Szeretnél még bújócskázni?

– Nem, jobb ötletem van. Az összes helyiségben szeretkezni akarok veled! Ja, és a kertet sem hagyjuk ki! Nehéz volt a héten a munkára koncentrálnom. Állandóan a fejemben jártál, és ha még csak ott jártál volna! – Magához vonta és megcsókolta, közben a fenekénél fogva az ágyékához húzta. A lány érezte, hogy tettre kész, de türelemre kellett intenie.

– Nyugi! Én is nagyon vártalak, de relax! Először: kihűl a vacsora, másodszor: apám is mindjárt megjelenik. Még nem beszéltünk róla, de egy fedél alatt élek vele.

Végszóra meg is jelent. Meglepően udvarias volt, és bár ő már evett, mégis leült hozzájuk. A „fiúk" a teraszon kávéztak és dohányoztak, majd vörösboroztak, míg a ház asszonya rendet rakott a konyhában.

– Apukád jó fej – mondta Dini, mikor már visszavonultak, ki-ki a maga territóriumába.

– Így igaz, csak nehezen viseli a változásokat.

– Viszont mi szeretjük a változatosságot! – És megjelent a kópé mosoly.

– Mire gondolsz?

– Arra a hatalmas szabóasztalodra. Ott szeretnélek magamévá tenni, hogy munka közben is én jussak eszedbe! Lehet, hogy fokozná a kreativitásodat!

– Nem vagy te egy kicsit narcisztikus?

– De, azt hiszem, nagyon is. Úgy látom, megihlettelek, mert elpakolsz a tett helyszínéről!

– Nem szeretném, ha a szex hevében szanaszét túrnánk a dolgaimat. Nem fogod elhinni, akkor is magamban érezlek, ha nem vagy itt. És gondolok rád, kicsit többet is, mint kéne. Hozd a pipere arzenálodat, engedem a fürdővizet!

Miután mosdatással kellően felcsigázták egymást, Dini az asztal szélére ültette, majd beléhatolt. Most mintha türelmetlenebb lett volna, de hát két hét „hosszú" böjt után! Azért most sem kapkodta el. Pózt váltottak. Arra kérte a lányt, hajoljon az asztalra, tegye terpeszbe a lábát. Hátrébb húzta a csípőjét, hogy egyik kezével a csiklót tudja ingerelni, míg hímtagját a hüvelyhez nyomta, de épp hogy csak a makkot tolta be. A másik élvezetére koncentrált és finoman, körkörösen masszírozta a pöcköt, amely kiugró és kemény lett. A lány „Megőrjítesz, ááá!" kiáltására és a hüvely lüktetésére azonnal gyors lökésekkel támadt és élvezett. Ráhajolt az elnyúló hátra, és a fenékvágattól fölfelé haladva végignyalta a gerince mentén, egészen a nyakáig a még össze-összeránduló testet.

– Ez csodás volt! – súgta egy elégedett sóhajjal a lány fülébe. Újabb illatos fürdő után elnyújtóztak az ágyon. Dini rágyújtott.

– Remélem, most nem három slukk pihenőt adsz, mert momentán még a beszéd is nehezemre esik. Egyébként is azt hiszem, én ma már „jóllaktam."

– Csiklóélvező vagy, és az intenzívebb, nagyobb örömöt ad. Bocs, nálad kirobbanót. Van, aki csak hüvelyen keresztül tud kielégüléshez jutni, de ez a kevesebb, kb. a nők 10 százaléka. Van olyan, aki nem enged a klitoriszához nyúlni, mert azt hiszi, hogy akkor ő leszbikus. Sok a tévhit. A szexben minden megengedett, ami a másiknak örömet okoz.

– Én sokáig azt hittem, hogy velem valami baj van. Aztán kiderült, hogy a partnerek nem voltak a helyzet magaslatán. Nem mindenkivel lehet beszélni a szexről nyíltan. Nem minden férfi használja a kezét, még kevesebb a nyelvét. Sokan azt hiszik, hogy a nő megpillantja a fiút és már begerjed, mint ők. Nem tudják, hogy a lányok lassabban „melegszenek be". Nálunk fel kell szítani a tüzet, a látvány nem elég.

– Nehogy azt hidd, hogy én nem találkoztam olyan nővel, akit nem tudtam kielégíteni!

– Ezt nem hiszem.

– Pedig így van. Igaz, csak eggyel, de akármit csináltam, feküdt, mint egy darab fa. Nagy nehézségek árán magamévá tettem, de úgy éreztem magam, mint egy nekrofil. A „majd hívjuk egymást!" mondatot szerintem egyikünk se gondolta komolyan. Rémálom volt!

– El sem tudom képzelni. Azt viszont olvastam valahol, hogy a nők 60–70%-a élete végéig nem tudja, mi a kielégülés.

– Ennek a férfiúi önzőség az oka. Csak a saját élvezetükkel törődnek. Pedig örömöt okozni a másiknak legalább olyan jó, mint kapni. A te örömöd felvillanyozó. Alig bírom visszafogni a magömlésem, amikor vonaglasz az érintésemtől vagy a nyelvem alatt. Na, tessék! Addig elemeztük a szexuális életünket, míg a végén kedvem lett hozzá!

– Csak nem?

– Megvan neked az a Suzy című szám?

– Ajaj, gyanús a kérdés! Persze. Megkeressem? Ha az ígéretedet akarod beváltani, félek, hogy én képtelen vagyok az élvezetre ilyen gyors egymásutánban.

– Azért tennék egy próbát.

– Nem adod fel, ugye? Na, jó! Beadom a derekamat, de csak hogy bizonyíthass. Jót tesz az egódnak.

– „Nem adom fel, míg egy darabban látsz!" – énekelte a jól ismert dalt. Zsuzsi folytatta:

– „De nem adom fel, míg életben találsz!"

Majd együtt fejezték be:

– „De nem adom fel, míg akad egy kerék, mi tovább forog még, mi tovább vihet még."

A duett alatt megtalálta és elindította a kért zenét.

– Soha nem beszélném ki a partnereimet, de tudod mi az érdekes? Aki ezt nekem írta, nem bírt velem dűlőre jutni.

– Ezt hogy érted?

Zsuzsi elmondta, hogy járt élete első aktusaival. Most Dini nem akart hinni a fülének. Azt viszont bebizonyította, hogy a lány képes még egyszer az extázisra. Behasalt a lába közé, és pergő nyelvtechnikával a csúcsra repítette. Igaz, kicsit hosszabb ideig tartott, több dal is leforgott. Egy újabb cigi után ő is viszonozta az orális szexet a fiúnak. Egyiküket sem kellett álomba ringatni.

Kiderült, ugyanazon a napon születtek, persze öt év különbséggel, de ez is nagy szó. Mikor a férfi megtudta, hogy Zsuzsinak fővárosi lakása van, mindjárt utánanézett, milyen program kínálkozik, ami a vacsorán kívül megadja az ünnep fényét. Azon a hétvégén nem kisebb esemény, mint Guns N' Roses-koncert volt. Mindketten bevetették ismeretségüket, és tudtak szerezni két jegyet. Ez már több mint elég lett volna, de Dini másnapra nagyon elegáns étterembe foglalt helyet. Jó, hogy nem aznapra, mert a koncert, ahogy azt várni lehetett, csak egy órás késéssel kezdődött. De megérte! Az őrületes zene a paradicsomi városba, meg a „Dzsungelbe" vitte őket. Zúgó füllel aztán otthon is ezek ritmusára szeretkeztek, tartva a triplázás jó szokását. Kopogtak a mennyek ajtaján, és bebocsátást nyertek.

Zsuzsi még otthon sütött egy tortát, melyre 30 piros, és 5 fehér tortagyertyát tett. Közösen fújták el, mielőtt kívántak valamit. Azt nem tudni, hogy a férfi mit kívánt, de a lány azt, hogy ennek a kapcsolatnak sose legyen vége. Másnap majdnem az ágyból mentek ebédelni, mert sokáig aludtak. Újra köszöntötték egymást, kedvenc italukkal, száraz Martinival koccintottak. Ebéd után sétáltak egy hatalmasat, már sötétedett, mire fáradtan megérkeztek. A szokásostól eltérően szex nélkül merültek bele a habfürdős vízbe, maguk mellé készítve a jeges, citromos Martinit.

– De jó ilyen édes semmittevésben lazítani veled! – sóhajtotta Zsuzsi.

– Van még egy meglepetésem, nem tudom, mit szólsz hozzá.

– Mikor kimondod azt a szót, hogy meglepetés, már futkos a gerincemen a hideg. Mire készülsz? Ki vele!

– Hoztam egy pár filmet. Gondoltam, kedvcsinálónak megnézzük. Pornó. Illetve inkább szexfilmek, vagy könnyed pornó. Mit szólsz?

– Jó. Jöhet. Bécsben voltam szexfilmet vetítő moziban. Majdnem én voltam az egyetlen női néző. Nem volt rossz, de az ember inkább megkívánja, és csinálni szeretné, mint nézni.

– Na, erre koccintsunk! Imádlak! Félve hozakodtam elő ezzel, mert a legtöbb lány reakciója: „Fúj, pornó!"

– Álszenteskedés, prüdéria! Ha nem vadállatias, bántalmazós, vagy túl perverz, akkor még tanulni is lehet belőle. Nekem inkább az tűnt fel azokból, amit láttam, hogy férfiközpontúak. A nők egyáltalán nem élvezik, csak dobálják a fejüket, meg adják azokat a hangokat, amit a rendező előír. Kíváncsi vagyok, hogy milyen filmjeid vannak. Jöhetnek. Lássuk! Van egy fogadásom: egy idő után nem nézni fogjuk, hanem csinálni!

– Nem fogadok, mert valószínű így lesz, de hogy ezt késleltessük, kezdjük egy kis előjátékkal!

Szokatlan módon teljesen hagyományos, misszionárius pózban kezdték, majd Dini – kihasználva a lány hajlékonyságát – kérte, hogy tegye a lábait a nyakába. A szép vádlik az erős vállgödörben nyugodtak, így a hímvessző sokkal hosszabb utat járhatott be, új érzéseket szítva. Szájuk összeért, játszottak a nyelvükkel, ajkukkal kedvükre, míg az egyre gyorsuló tempó végén a férfi lüktetve elélvezett.

Ezután kényelmesen elhelyezkedtek, és elindították a filmet. Zsuzsinak tetszett, mert története volt. A feleség visszautasította a férj közeledését, aki megunta és prostikhoz járt. Az asszony kifigyelte, és megirigyelte a kreatív együttléteket. Egyszer csak szexin, kiöltözve várta a férjét, és ő csinálta azt, amit a profiktól látott. A végén ez mentette meg a házasságukat. (Lehet, hogy tanfilmként se lenne rossz!) Zsuzsi még mindig nehezményezte, hogy a színésznők megjátszották az élvezetet, és egy kicsit férficentrikus volt a rendezés. A másik filmen rendkívül szokatlan pózban nyalta a férfi a nő csiklóját. Gyönyörűen, izgatóan látszott minden. A nő, mintha hátrabukfenchez készülne: a térdei a vállai mellett voltak letéve. Férfi partnere a fejénél térdelt, és úgy játszott nyelvével a pöckön. Így a nőt még a vizuális élmény is stimulálta.

Egymásra néztek.

– Kipróbáljuk? Szerintem vagy ilyen hajlékony – javasolta Dini.

És valóban. Innentől a film a falaknak forgott, mert velük meg a világ. Jó születésnap volt! Suhantak a hónapok, és még mindig tudtak újat felfedezni egymásban. Zsuzsi észrevett néhány ősz hajszálat, így kísérletezett a hajfestéssel. Először vörösesbarna, aztán vörösesszőke lett, végül az aranyszőkénél kötött ki. (Jó félévet ölelt magába a kísérletezés.) Mind a három alkalommal lehengerlő volt párja reakciója. Arcán örömmel, szemében vágyakozással:

– Új frizura! Új nő! A változatosság gyönyörködtet!

– Tudod mit? – kérdezte a lány, miután úgy döntött, hogy végleg marad az utolsó színnél. – Hogy teljes legyen a változás – régóta pedzegeted –, most beadom a derekamat, borotválj meg!

Látni kellett volna azt a boldogsággal vegyülő csodálkozást! Zsuzsi mindenhol gyantázta magát, csak a nemi szőrzetét nem. Így egyértelmű volt, hogy mire kéri a férfit. Filmeken, képeken régóta figyelte a trendet, sőt irigyelte is a piheszőrű nőket, a teljesen csupaszokról nem is beszélve.

– Rám bíznád a legszentebb szentély borotválását?

– Vállalod?

– Hogy a viharba ne! Hihetetlen bizalmat jelent! Megleptél!

– Végre nekem is sikerült elbűvölnöm az én varázslómat!

A nagy elhatározás felspannolta őket. A tóparti házba tartottak. Az áprilisi húsvét elmúlt, és nyárelőt idéző kora meleg indította őket a nyaralóba. Vacsora után megfürödtek, Dini hozott a fürdőbe egy támlás széket, és új borotvát készített elő. Nagyon komolyan csak ennyit kérdezett:

– Tényleg?

– Naná! Navigálj, mester!

– Nagyon laza vagy!

– Ez csak látszat! Izgulok, de bízom benned, hogy vigyázol az érzékeny részekre.

– Az én érdekem, nyugodt lehetsz! Ülj ide, csússz le, amennyire csak lehet! A mosdó szélére felpakolhatod a lábad, én meg közéjük ülök, a szokott helyemre.

Így tett, egy sámlira telepedett, és óvatos mozdulatokkal húzta a kézi borotvát. Zsuzsi attól félt, hogy előjön a rossz érzése, ami a nőgyógyásznál elöntötte. De nem így lett! Nagyon erotikus volt a művelet. Diniről folyt a víz, de gondos és precíz munkát végzett. Az ujjaival végigsimított többször is a borotvált területen, gyakran vissza-visszatért egy-egy részre. A popsit és a combtöveket sem kímélte. Ha elégedett volt az eredménnyel, egy puszit nyomott a sima bőrre.

– Csodás, finom lett! – nyugtázta. – Azt hiszem, le sem fogok szállni róla! Őrjítően szexi!

Amikor a lány lezuhanyozta és megmosta a borotvált részt, elámult a puha simaságon. Még neki is izgató volt az érzés. „Azt hiszem, hosszú éjszaka elé nézünk!"

Amikor Dini a nyelvével kényeztette, nagy kedve lett a 69-es pozícióhoz. Elővezette két lihegés között az ötletet, de a fiú nem kapott rajta:

– Nem tudok úgy figyelni rád, nem fogok teljes élvezetet nyújtani. – Félmosoly. – Meg attól félnék, hogy extázisodban még belém harapnál! Hidd el, hagyni fogom, hogy kibontakozz, de előbb hallani akarom azt az édes könyörgést: „Ne tovább, hagyd abba, megőrjítesz! Elájulok!"

Kis idő múlva hallotta. Amikor behatolt a magán kívül élvező lányba, a fülébe/nyakába lihegte:

– Ilyen nőm még nem volt! Fogalmad sincs, mit jelentesz nekem! – És egy mélyről indult sóhajjal adta ki feszültséggel teli örömét.

Erejük sem volt felkelni. Kattant a gyújtó. Zsuzsi oldalra fordult, benyomta a zenegombot. Üdvözlünk a dzsungelben, szólalt meg Axl, mindkettőjükben élénk emlékeket idézve. Dini szorosan a lány mögé húzódott. Oldalt feküdtek, egyik karját a karcsú derék alá csúsztatta, szorosan fogta. Másik kezének két ujjával benyúlt a tőle ragadósan nedves hüvelybe, majd kihúzta és a popsi bejáratára kente.

– Tudod, mit szeretnék?

– Mire készülsz?

– Inkább hova. Ebbe a kis édes, forró, szűk lyukba! – Az ujja a hüvelyből besiklott az áhított járatba.

– Au! Ez merénylet! Ott még nem járt senki!

– Akkor pláne! Kérlek, nagyon szeretném! Gyengéd leszek! – Közben már masszírozta az ánuszrózsát, és egyre beljebb nyomult az ujjával.

– De ha fáj, abbahagyod, ugye?

– Tudod mit? Menjünk a kanapéra! Térdelj rá, a felsőtesteddel támaszkodj meg a támlán! Úgy! Told felém a popsid!

A lány mögé állt, megint benyúlt a nedvességért, amit szétkent a szűk bejáraton. Aztán ingerelni kezdte a felajzott klitoriszt. Ezzel elterelte a másik figyelmét, és lassú, de határozott mozdulattal benyomult. A lány kiáltott, de most fájdalmában.

– Nyugi, jobb lesz! Érzem a csiklódon, hogy mindjárt jó lesz!

Kettős érzés öntötte el. Egyrészt jött a kéj, de amit a hímvessző okozott, az kényelmetlen volt. Nem tartott sokáig, mert Dini kiáltása és a feszítés megszűnése jelezte az orgazmusát.

– Köszönöm, hogy ezen a területen elvehettem a szüzességedet! Így még jobban felszítottad a tüzet. Gyere, megfürdetlek! – Együtt indultak, de Zsuzsinak sürgősen a kétbetűs kitérőbe kellett menni.

Mikor belépett a fürdőszobába, a férfi nyakig merülve ült a kádban, ránézett, egy darabig fürkészően, majd „mindent tudok"-mosollyal vigasztalta:

– Tudom, olyan, mintha beöntést kapnál. Végül is az. Van némi utóhatása. Nem neheztelsz, ugye?

– Akarsz még velem egy vízben mosakodni?

– Ne viccelj! Gyere, megfürdetlek!

– Most hagyd rám! Kérhetek valamit? – Dini bajt szimatolt. „Csak nem fogom elveszíteni a bolond vágyam miatt? Pedig milyen jó volt!"

– Bármit. Csak gyere ide, érezni szeretnélek! – Lassan beereszkedett a kádba, háttal a másiknak. Féloldalasan ült, nekidöntötte a hátát a fiú mellkasának, fejét hátrahajtotta a vállára.

– Ne csináljunk az anális szexből rendszert, ha nem nagy kérés.

– Hú! Nagy kő esett le. Azt hittem, fel is út, le is út!

– Hagyd a nyelvészkedést! Annyira szeretlek téged, hogy bármit megtennék. Az örömödért meg pláne! Még a fülembe is teheted néha! Most ülök ugyan, de fáj és ég. A legrosszabb, hogy úgy érzem, nem tudom majd visszatartani, amit kell. Olvastam, hogy az ókori római hetéráknak úgy kitágult a záróizma, hogy be kellett „pelenkázniuk" magukat.

– Látod, az olvasottság átka! Ne neheztelj, és ne láss rémeket! Sok nőnek nincs ezzel gondja.

– Vagy nem merik elmondani.

– Nem, komolyan! Van, aki kifejezetten kéri!

– Na és a higiénia? Hogy várja el bárki a másiktól azt, hogy amit előzőleg a végbélbe rakott, utána a szájába vegye!

– Tudod, hogy alaposan megmosom! Vagy mosod!

– Jó, most nem kifejezetten rád értettem. A filmeken is láttuk, hogy váltogatják a nyílásokat! Arról nem beszélve, hogy a párokat is cserélgetik fürdés nélkül!

– Nem tudtam, hogy ilyen aggodalmat váltok ki belőled. Ígérem, gruppen szexben nem gondolkodom. Nem hiszem, hogy ép ésszel kibírnám, ha bárki más hozzád nyúlna. Én is szeretlek, Álomlány! Lásd, mennyire: a füledet békén hagyom! – Nevettek.

– Mit szólnál, ha most csak úgy heverésznénk, és valami könnyed zene mellett lazítanánk?

– Benne vagyok. Nem tudtam, hogy ennyire felzaklatlak, ne haragudj, amikor a vágy elönt, nem tudok magamnak megálljt parancsolni. Ezt neked nem kell mondanom, magadról is tudod. És te adtad alám a lovat a borotválással! Felizgatott az újdonság. Szavakkal nem lehet leírni, hogy milyen volt a szűz nyílásodban, még nem éreztem soha ilyet, még csak hasonlót sem.

– Kezdesz telhetetlen lenni! Egy újdonság elég lett volna egy napra! Az érintetlenségnek annyi, most már nem lesz olyan frenetikus.

– Veled mindig az! Ne tagadd meg tőlem ezt a fajta örömöt néhanapján!

– Oké, meggyőztél! Évente egyszer benne vagyok, 3 Martini után! Jaj, ne nézz így! Csak vicceltem. Ha szépen megkérsz, harmadolhatjuk, az italt meg duplázzuk!

– Jó hallani, hogy visszatért a humorod, jó jel.

Dini visszafogta magát és lemondott a harmadik felvonásról, csak annyit kért, hogy a szőrtelen szeméremdombon nyugtathassa a kezét. „Olyan, mint a bársony" – mondta. Így aludtak el, miközben Vangelis zenéjére elindultak a hódítók. Valószínű, hogy az 1492 dallamai miatt álmodta azt Zsuzsi, hogy a tengeren mentek az ismeretlen part felé. Ő Kisasszonyon száguldott, de alig bírt ülni, ezért egyre lemaradt. Előtte Dinit repítette a szörf. Mindkettejük hosszú haját hátrafújta a szél. Ők a lóval egyre lassultak, ezért nőtt köztük a távolság, és a férfi már nem is látszott, csak a vitorlája, végül az sem. Beleveszett a ködös messzeségbe. Hiába kiabált, nem válaszolt senki. Élesen hasított belé: „Elvesztettem!" A paripa dobálta magát, ő rázkódott, és zuhant.

– Ébredj! Mi baj? Miért kiabálsz? – Dini rázta.

– Mit kiabáltam?

– A nevemet.

– Bocs, nem akartalak felébreszteni! Kerestelek álmomban.

– Szörfözni voltam. Már dél van. Hiába, jó szex, jó alvás! – Plusz kópé mosoly!

– Ezek szerint csak nekem volt jó, mert te már hajnalok hajnalán szelted a habokat.

– Ha a tíz óra hajnalnak számít... Gyere, tele a kád! Már fürdeni sem tudok nélküled. – Kiemelte az ágyból és vitte. – Mielőtt még borostás leszel, még kiélvezném a bársonyos puncidat. És mindenkinek jó lesz!

Amit Dini megígért, azt maradéktalanul teljesítette. Sajnos a borostával igaza lett. Van ára ennek a dolognak. Kényelmetlenül szúrós tud lenni, nem csak a partnernek! Rutinná vált, hogy kéthetente a szex előjátékát a borotválkozás jelentette.

Nyáron beterveztek két hét Görögországot. Korfu szigetét, azaz Kerkyrát, mivel Öcsi feleségének nagyszülei ott éltek. Zsuzsi kifejezetten örült, hogy ismeretlen területre mennek. Az ország szépségén nem rontott az, hogy nem a megfelelő emberrel utazott oda először. Mégis más teljesen új területet felfedezni azzal, akivel négy fal között is utazás az élet. A görög „fíling" körüllengte őket, ami különleges ízt adott kettejük kapcsolatának. Repülővel mentek, négyen. Az első héten ők Korfuhoz közel szálltak meg egy úszómedencés szállodában. Öcsiék továbbmentek délre, a lány nagyszüleihez.

A nyaralás első felében kiélvezték egymást, a tengert, az úszást, szörfözést, megnézték Sisi kastélyát, bebarangolták Korfu városát. Második héten buszra ültek. Indultak Kavosra, a sziget déli csúcsába, az unokatestvér után. Az egész földnyelv 60 km hosszú, tehát nincsenek távolságok. Kavos a második legnagyobb kikötőváros a szigeten, zajlik az éjszakai élet, nagyon tiszták a tengeröblök. A fiúk búvárkodtak. A lányok napoztak. A nagyszülők apartman házak kiadásával foglalkoztak, itt kaptak elhelyezést, ingyen. Semmiképpen nem akartak elfogadni fizetséget. Aranyos két öreg volt. Az asszony kis bajuszkával, mindig feketében, állandóan sertepertélt a vendégek körül. A bácsi kedvenc időtöltése, hogy a gangon üldögélt, egy kancsó Retsina (görög fehérbor) mellett. Biztos beszélgetni is szeretett volna, de csak az anyanyelvén tudott. Az unokája jelenléte nélkül nagyon nehézkesen társalogtak. (Kézzel-lábbal.) Csodás két hetet töltöttek el, azzal búcsúztak, hogy ide még visszatérnek.

A saját városuk, a főváros és a „magyar tenger" háromszögében teltek a mesés hónapok. A szülinapjukat Dini édesanyjánál ünnepelték, bár sok vita előzte meg. (A férfi és anyja között.) Elég fagyos volt a hangulat. Egyrészt, mert állandóan célozgatott a nősülésre, és minden harmadik mondatában az unokákra. (Itt Dini a szájára tett kezével „pszt" jelzett a lány felé, hogy ne reagáljon.) Másrészt, az élettárs azzal viccelődött, hogy a 31 megfordítva szerencsétlen szám. Zsuzsi azzal szerelte le, hogy neki a 13-as szám szerencsét hoz. Nem csodálkozott azon, hogy párja nem bírta a fazont. Bunkó volt. Késsel piszkálta a fogát, büfögött, és bármiről is beszélgettek, harsányan letorkollt mindenkit. Erőltették a karácsonyi vacsorát is, de szerencsére Klaus, aki jobban örült a lány párjának és boldogságának, mint bárki, meghívta őket szilveszterezni. Így volt kifogás, különösen azért, mert előbb repülnek el. Lefoglaltak pár napot egy szállodában, mielőtt az üzletemberhez mennének. Zsuzsi sokat mesélt olaszországi élményeiről, alig várták az utazást. Előtte az ünnepeket a lánynál tervezték.

– Nem csodálom, hogy ritkán jársz haza, de azt nem gondoltam, hogy anyukád nem tud a vazektómiáról!

– Nem avatom be a dolgaimba, ebbe meg pláne nem! Nem akarok gyereket és kész! Látod, hogy a fickó mit csámcsogott az éveid számán! Amit anyám tud, azt mindenki tudni fogja. Nem engedem be az intim szférámba, az csak a miénk. Apropó! Még mindig nem hiszel a házasságban?

– Abban nem hiszek, hogy egy papír vagy egy szemforgató, hamis pap kinyilatkoztatásától szeretheti az ember a másikat. Ez a közvéleménynek szól! Nem a gyűrű fogja össze a párokat, hanem az érzések. Élni, és élni hagyni! Ez szimpatikus. Bizonyos fokig szüksége van az embernek függetlenségre. Szerintem mi e szerint élünk, és működik. Mondjuk, azt el tudnám képzelni, hogy együtt éljünk, egy fedél alatt. De ettől nem érintkeznénk többet, mint eddig, és nem szeretnénk jobban egymást.

– Egyetértek. Nincs ellenemre az összeköltözés. Már csak azt kell eldönteni, hogy hová. Az én kis garzonomat kiadnám. A fővárosi lakást már régóta ketten használjuk, hiszen adtál kulcsot. A nyaraló szintén marad, ahogy eddig.

– Evidens, hogy a villába költözz! Még van pár helyiség, ahol nem „bújócskáztunk."

– Álomlány! Ezt megbeszéltük. A hiánypótlást akár ma elkezdhetjük.

– Álomfiú! A célzást értettem.

– Lenne egy kérésem is! – Már bent álltak az udvaron, de még nem szálltak ki a kocsiból.

– Jó, hogy ülök? Meglepnél, ha valami olyannal hozakodnál elő, amit még nem csináltunk! Jaj, a fülem!

A fiú csibészes mosolyával szállt ki a kormány mellől, s ahogy szokta, kinyitotta a lánynak az utas felőli ajtót. Egyik kezét nyújtotta, segített kiszállni. Magához húzta, mindkét kezére egy csókot nyomott, aztán a szájára is.

– Uramfia, nagy a hozzákészülődés, ne csigázz!

– Szeretném – nyakcsók, fülcimpa finoman fog közé –, ha megmutatnád, hogy te hogy csinálod magadnak. Nézni szeretném!

– Mert ebből sokat fogsz megtudni a partneredről. Idéztelek! Szerintem nincs már olyan, amit ne tudnál, de nincs akadálya. Már megijedtem a „megmutatnád" szónál, hogy a szalvéta- vagy a szabásminta-gyűjteményemre vagy kíváncsi! Akkor lennél csak igazi perverz! – rázkódott a nevetéstől Zsuzsi.

Dini felkapta, pördült vele egyet.

– Imádom, hogy ilyen laza vagy! Legalább két hónapja készülődöm, hogy előhozakodjam ezzel. Egyszer úgy pofon vágtak egy ilyen kérés után, hogy jegelnem kellett.

„Ja, csakhogy nem mindenki játszott padlásjátékot a barátnőjével!" Most sem beszélt erről, de igazán ekkor tudatosult, hogy mit is csináltak ők, az ártatlan kislányok. Lehet, hogy ennek következményeként lett ő csiklóélvező? Arinak köszönheti, hogy egy ideig azt hitte, valami baj van vele, majd végül nőisége kiteljesedett? Ezek jártak a fejében a borotválás/fürdés közben is. Dini nem akármilyen helyzetben kérte a játékot! Ő hanyatt feküdt, párnával feltámasztott feje előtt terpeszben térdelt a lány, aki egyik kezével széthúzta nagyajkait, és a másikkal a klitoriszt simogatta. Most a fiú mondta azt, hogy „Ez csodás, megőrjítesz!"

Nem bírta a végéig, lejjebb csúsztatta Zsuzsit, ráhúzta ágaskodó hímtagjára, de azt kérte, hogy továbbra is ingerelje kéjgombját. Ezt guggolásban tudta folytatni, ezért a fiú mindkét tenyerében tartotta a lány fenekét, és segítette a párzó mozgásban. Neki volt több lélekjelenléte, hogy erősen fogta partnerét, amikor az elgyengült az élvezettől, de pár mozdulat után ő is követte. Zsuzsi térdre ereszkedett, és ráhajolt a ziháló mellkasra. A férfi szíve tempósan dübörgött.

– Egy ilyen aktusban fogunk meghalni az élvezettől. Megáll a szívünk, és nyekk.

– Legszebb halál! Kívánni sem lehet jobbat! Most volt néhány másodperc, ami kiesett.

– Na, az én reszortom, hogy nem vagyok magamnál! Megérte a két hónap erőgyűjtés?

– Bolond vagyok, hogy ennyit vártam. Kicsit sem lepődtél meg?

– Dehogynem, hiszen még mindig van a tarsolyodban újdonság! De jó, hogy vártál a kéréssel, lehet, ezért jött be ennyire. Még nem csépeltük el.

– Elállítottad a lélegzetemet, Álomlány! Felvesszük a repertoárunkba ezt is!

– Nem tudom, hogy vagy vele, de most tényleg úgy érzem, hogy mára teljesítőképességem végére értem.

– Jó, várjunk egy kicsit.

– El fogok aludni.

– Nem baj, felébresztelek. Ha egy nyelvet érzel a gombocskádon, az én leszek.

Ezt már csak félálomban hallotta a lány. Azt hitte, már reggel van, mikor az ígéretre ébredt. Az órára pillantva látta, hogy mindössze egy órát aludt. Halkan szólt a zene: „Játssz rajtam, ahogy a gitárodon szoktál!" Dini kitartása hihetetlen. Elöntötte a kéj, a vonagló testébe hatoló férfi arcán az elégedett mosolyt viszonozta. Csók következett. A mágus nyelv ugyanazt a játékot követte, mint a hüvelyben a hímvessző, egészen a robbanásig.

– Bizonyisten behúzok egyet, ha azt forgatod a fejedben, hogy három a magyar igazság!

– Nincs hozzá erőd! Mármint ahhoz, hogy üss!

– Ez a te szerencséd!

– Az én szerencsém itt fekszik mellettem. Ne izgulj, kivetted minden erőmet!

– Ezt mondd még egyszer! Nocsak, nocsak! Ilyet ritkán hallani! Öregszel.

– Ne hergelj! A tűzzel játszol!

– Nem szóltam! Szép szülinap volt, megkaptad, amire vágytál.

– Anyámékat leszámítva. Többet ilyet nem csinálunk. Jól el tudjuk mi kettesben tölteni a jeles napokat! Boldog szülinapot! Köszönöm, hogy vagy!

– Dettó. – Ezt már álomba zuhanás közben mormolta, utalva a sikerfilmre.

Valóban jól megvoltak karácsonykor egymás társaságában. Dini pár dolgot már a villába vitt, egy nagyszobát kapott, amit szája íze szerint berendezhetett. Egész jól kijöttek a lány apjával, különösen az ebéd utáni füstfelhőben elfogyasztott kávé melletti beszélgetésekkor. Addig nem akart véglegesen beköltözni, míg ki nem vette valaki a lakását. Viszont minden hétvégén hazajött. Zsuzsi eddig azt hitte, hogy azért képes a férfi egymás utáni triplázásra, mert két hét alatt ennyire feltöltődik. Mint már annyiszor, megint meglepődhetett. Dini mindennap képes együttlétre, többször. Ez kiderült az utazások során is.

A két ünnep közt Öcsi felvitte őket a reptérre, hogy a kocsi parkoltatása ne kerüljön pénzbe. Ha visszaérkeznek, jön értük. Milánó télen is szép, ebben az időszakban különösen, a karácsonyi díszkivilágítás miatt. Két napot eltöltöttek a városban, aztán megérkezett értük Klaus. A két férfi azonnal összebarátkozott. A svájci származású üzletember németül, franciául, olaszul és angolul is perfekt volt. Zsuzsi mindig elámult, hogy tud pillanatok alatt váltani egyik nyelvről a másikra. Dini beszélt németül, hiszen dolgozott Németországban. Örült, hogy alkalma van felfrissíteni nyelvtudását.

– Látod, ez a kastély! – mondta a lány, mikor befordultak a hosszú feljáróra, és előbukkant a palota.

A szokásos családi forgatagban nehéz volt megjegyezni, ki kicsoda. Klaus megnyugtatta őket, hogy a fiatalok

fognak a házban bulizni, nem sokan, úgy 30-40 ember. (!)
Az „idősebbek" – nem így mondta, ő nyugisaknak nevezte
magukat – a hajón lesznek, ez négy szerelmespárt jelent.
(Így fogalmazott. Akkor vált érthetővé a dolog, mikor
bemutatta az új barátnőjét. A fiatal, molett, jó kedélyű
lányról eddig azt hitték, hogy a gyerekek ismerőse.) Nekik
mindenki azt mondta: „Szép pár vagytok!"

– Téged nagyon szeret a főnököd. Mondjuk, ezt nem
csodálom. Tudod, mit mondott? Ha egy kicsit több rajtad
a fognivaló, megkéri a kezed.

– Csak viccelt. Soha nem közeledett. Köztünk üzleti/
baráti kapcsolat van.

– Tejben-vajban füröszt, még a végén féltékeny leszek!

– Ez a gyümölcsöző üzleti kapcsolatnak szól. Majd
ha meglátod a hajót, megérted! Ő maga mondta, hogy
80%-ban az én tervezői munkámnak köszönheti. Bi-
zonygatja, hogy én itthon vagyok. Persze túloz, de nézd
az oldalán a nevet!

A vízi jármű oldalán a Susanna név virított. A fűtött
hajón négy hálófülke volt zuhanyozóval. Egy hatalmas
hallból nyíltak, ahol kényelmes kanapék, fotelok várták a
vendégeket. A dohányzó- és kártyaasztal mellett lehetett
iszogatni a bárból kiválasztott italokból. A konyhában
két fő személyzet készítette az ételeket, amit zsúrkocsi-
kon gurítottak be a közös helyiségbe. A fedélzetre is ki
lehetett ülni, ha jól felöltözött az ember. Télhez képest
enyhe idő volt, 10–12 fokot mutatott a hőmérő. Klaus
maga vezette a jachtot, este mindig más városka kikö-
tőjében horgonyoztak le a Comoi-tó partjának mentén.
Dini el volt ragadtatva:

– Itt, így, és veled szabadnak érzem magam. Vegyünk
egy kishajót! Hogy ez előbb nem jutott eszembe, ott a

tó! Nem szörf kell nekünk! Akkor te is velem lehetsz! A vízen ringatózva szeretkezhetünk!

– Leborulok a kreativitásod előtt! Mi más juthatna eszedbe a hajókázásról?

Döntöttek. Következő nyáron már saját jachton fogják bejárni a magyar tengert.

A társaság fesztelen és vidám volt. Nekik éjjel kicsit vissza kellett fogniuk magukat a hangok tekintetében, ami nem mindig sikerült maradéktalanul a szex hevében. Szilveszterkor táncteret alakítottak ki a bútorok széttolásával. Jót táncoltak, éjfél után szeretkezéssel akarták köszönteni az újévet, addig, amíg a zene teljes hangerővel dübörög, mert így beleadhattak mindent. Bele is adtak. Triplán. Élményekkel telve és kipihenve tértek haza. Öcsi nagyon boldog volt, mert kiderült, apa lesz. Elhatározták, hogy ezt meg fogják ünnepelni. A büfében mindig tartottak pótszilvesztert, idén is így tesznek. Ebben maradtak.

Rázkódások_k

Mindenki ment a maga dolga után. Dini egyelőre nem talált megfelelő bérlőt, mondjuk úgy nem könnyű, hogy állandóan az utakat rótta. Zsuzsi még Olaszországban személyesen adta át az új terveket az anyagokkal együtt Klausnak. Így kevesebb munkája maradt. Készült a báli szezonra, és agyalt a tavaszi ötleteken. Éppen a varrógéphez ült, hogy a bemutató modellt összevarrja, amikor nagy puffanást hallott az étkező felől. „Apu!" Rohant. Először nem értette, hogy mit hallott, mert senkit nem látott. A nyögő hang felé ment. Apja a földön feküdt.

– Mi a baj, elestél?

– Nem tudom, nem emlékszem.

– Gyere, állj fel, segítek!

– Nem tudok. – Zsuzsi megpróbálta felállítani, de nem ment.

– Behúzlak – ha bírlak – a szobába, hogy ne a hideg, kemény kövön feküdj, aztán hívok mentőt.

– Nem kell mentő! Semmi bajom, csak kicsit fáradt vagyok.

A lány a hóna alá nyúlt, megemelte, a combjának támasztotta a fejét és a hátát, úgy vonszolta. Nehezebb volt, mint amire számított, teljesen elhagyta magát a 60 kg körüli test. „Kár, hogy Dini nincs itt!" A legnagyobb kihívás volt az ágyra felhúzni, de sikerült.

– Ha nem akarsz mentőt, akkor a háziorvosnak telefonálok.

Az esés 9 körül történt, az orvos 13 órakor jött. Neki már nem merte mondani, hogy ne hívjon mentőt, mivel nem tudott lábra állni. Zsuzsi alig bírt apjába diktálni egy kis ételt. Főzött teát, azt iszogatta. A mentősök 16-kor jöttek, ő saját autóval ment utánuk az ügyeletre. 21 órakor megröntgenezték, kiderült, hogy combnyaktörése van. Minden ruhát lecibáltak róla, bekötötték a katétert, egy hordágyon a folyosóra tolták. Zsuzsi a télikabátját terítette a vacogó testre. Megpuszilta apja homlokát. „Tűzforró, magas láza van!" Később abból is lehetett ezt tudni, hogy félrebeszélt. Jött az asszisztens, aki mondta, hogy intézik a kórházi felvételt. A lány lázcsillapítást kért. Többet nem látta a nőt. Éjfélkor tolták fel a kórterembe. Akkor újra szólt az ügyeletes nővérnek, hogy lázat kellene csillapítani. Megvárta, míg bekötik az infúziót és meggyőződött arról, hogy a gyógyszert megkapta, majd elköszönt. Kettőkor „már" ágyba is került. Ekkor omlott össze. Végiggondolta, hogy 15 órán keresztül tartott a tortúra. Az idős embert ennyi ideig hagyták szenvedni, hagyták leépülni, belázasodni. Az eszébe sem jutott, ő egyáltalán nem evett, nem ivott semmit. Egy dolog erősödött meg benne: akkor lásson orvost, kórházat, ha viszik! Önszántából messzire elkerüli! Másnap este felhívta Dinit, beszámolt a történtekről meg a friss fejleményekről, melyek nem voltak túl biztatóak.

– A törést megműtötték, de a tüdőröntgen daganatot mutatott ki. Az is kiderült, hogy miért esett el. Sajnos a fejében is van rákos áttét, ami az egyensúlyért felelős területet nyomja. Nem jó a helyzet.

– Sajnálom. Hazamenjek?

– Dehogy, csináld a dolgodat! Apu nem lesz jobban attól, hogy itt leszel. Én igen, mert hozzád bújhatnék, de nem én vagyok a beteg. Kiborultam a körülmények miatt, és azért, ahogy nem kezelik az öregeket. Azt gondolom, hogy államilag ki van adva, hogy x éven felül hagyják meghalni a betegeket, hogy kevesebb nyugdíjat kelljen fizetni. Ő 90 éves, érzem, hogy leírták.

– Álomlány! Ne agyalj ilyeneken! Ne keress összeesküvés-elméleteket! Apudnak jobbulást kívánok, add át!

– Nincs magánál, nem tudok vele kommunikálni! – Elcsuklott a hangja.

– Ha kész leszek a melóval, holnap ott vagyok. Öcsi hívott, hogy talán lesz, aki kiveszi a lakásomat hosszú távra. Felhívlak, hogy alakul. Nem rajtam múlik. Melletted a helyem.

Sajnos nem tudott elindulni, mert újabb műszer javításával bízták meg. Pénteken érkezett. Előző nap a lány apja elment. Végig mellette ült, fogta a kezét az utolsó leheletéig. Nagy zuhanás volt, de tartotta magát, a sok hivatalos elintéznivaló miatt. Hétvégén fekete ruhát, kabátot varrt. Következő hét közepére kapott temetési időpontot. Dini pakolt, mert tényleg kiadta a lakást. Közben megérkeztek a testvérek, családostul. Az egész háztartás/vendéglátás rá hárult. Dini nem vállalt vidéki munkát, segített, amiben csak tudott. Tartotta benne a lelket, belekarolt, és fogta a szertartás alatt is, mert félő volt, hogy összeesik. Öt kilót fogyott, nem tudott enni, aludni. Fogat összeszorítva, de túllendült a kötelezőkön. Az apja szobájába még hetekig képtelen volt bemenni, vagy akár a holmiját megérinteni. Nagy közhely, hogy az idő gyógyít, de van benne valami. Több dolog is elterelte a gyászról a figyelmét. Párja beköltözése miatt átalakításokba fogtak. Intézte az örökösödési ügyeket. Két testvérét kifizette, így egyedüli tulajdonosa lett a villának. Klaus kibővítette a vállalkozását, női blúzok mellett ruhákat és hozzávaló kiegészítőket is terveztetett vele. A tavasz közeledtével beindultak a kerti teendők. Zsuzsi egészen beledolgozta magát a kertészfeladatokba. Dini kialakított egy fedett grillező helyet. Kerti partit tartottak az elmaradt pótszilveszter helyett. (Húsvétkor!) Öcsi már most büszkén mutogatta fiáról az ultrahangképeket. Jó volt látni a fiatalok boldogságát. Megint egy közhely: az élet ment tovább.

Egy kicsit a lány is felszabadult, lassan újra át tudta adni magát az élvezetnek éjjelente, aminek érdekében Dini mindent bevetett. Kezdtek a dolgok visszatérni a régi kerékvágásba. Ahogy erősödött a felmelegedés, egyre több időt töltöttek a tóparti nyaralóban. Közben utánajártak a hajó-projektnek is. Nyárra Olaszország bebarangolását tűzték ki célul. Klaus meglátogatásától Velencén, Firenzén, Rómán, Nápolyon át egészen Szicíliáig. A sziget felfedezése mindkettejük nagy álma volt, itt egy egész hetet akartak tölteni.

Zsuzsi a divathét idejére a fővárosba költözött, azt beszélték meg, hogy másfél hét múlva Dini utánamegy, és egy hosszú hétvégén végre felhőtlenül csak egymással foglalkoznak. Közben részletesen megtervezik az utazást. Sajnos a záró gálán is egyedül kellett megjelennie. Nem unatkozott, sokan táncba vitték. Megjelent Soma. Felkérte.

– Csinos vagy, mint mindig, csak nagyon vékony!

– Apu meghalt, és ez kissé megviselt. Miért nem hoztad el az asszonyt?

– Ki akarok kapcsolódni. Különben sincs formában. Nagyon meghízott, és nem akar társaságban lenni. Táncolni sem szeret.

– Gyerekek?

– A fiam már nagy legény, a kislányom tündéri. Te meg nagyon hiányzol.

– Hagyjuk ezt! Választottál, döntöttél.

– Nem vagyok boldog. Egyre rosszabb a viszonyunk, csak a gyerekek tartanak össze bennünket. – „Kár, hogy nem jóslással keresem a kenyeremet!" – gondolta Zsuzsi.

– Látom egyedül vagy. Mi lenne, ha egy kicsit összebújnánk, felidéznénk a régi időket?

– Az, hogy most partner nélkül vagyok, nem jelenti azt, hogy nincs. Következő hét végén már itt lesz, tervezzük az olaszországi nyaralásunkat.

Tudta, hogy ez mélyütés lesz. Érezte a férfi rezdülésén, látta az arcán. Ez elégtétellel töltötte el.

– Jó, ez a döfés ült. Visszavágtál. Fogadom, hogy csak kitaláltad!

– Elvesztenéd a fogadást.

– Bántani akarsz, igazad van, de hajlandó vagyok ezen túllépni.

– Hajlandó vagy? – mondta nyájasan, kedvesen, de a dühtől alig látott. – Bocs, most fel kell magam frissíteni. Várj meg a bárpultnál!

Természetesen elhagyta a helyszínt. Jó darabig egy bárban üldögélt, több Martini mellett. Nehezen aludt el, pedig nagyon elfáradt. Végül sikerült elszenderedni, de nem volt benne köszönet. Álmodott. Egymás mellett száguldottak, ő az almásderesen, Dini szörfön. Nevettek, bőrüket simogatta a szél, ami egyszer csak jegessé vált, Zsuzsi arca megdermedt. Nagyon fázott, pillanatok alatt jégbe fagytak a lóval együtt. A fiú tovább száguldott, majd eltűnt a sűrű ködben. A lány még kiáltani sem tudott. Felriadt. Didergett. Nyitva hagyta az ablakot és lehűlt a levegő. „Hiányod átjár, mint huzat a házon!" Nagy kedve lett volna telefonálni, de hajnalban nem fog.

„Mindenkinek jár a pihenés. Ez csak egy álom volt, nem kell vele foglalkozni!"

Rossz érzés fogta el, amikor már két nap eltelt úgy, hogy nem beszéltek mobilon Dinivel. Máskor is volt ilyen, hogy a munkájuk miatt elkerülték egymást az éterben. A harmadik napon furcsállta, hogy a férfi telefonja tök süket. Nem foglalt, nincs „hagyjon üzenetet", még csak ki sem cseng. Erőt vett magán, és felhívta a fiú anyját. Az élettárs jelentkezett. Elnézést kért a zavarásért, mentegetőzött, hogy őket hívja, de nem tudja elérni Dinit. Hosszabb csend után:

– Még nem tudja? Dénes autóbalesetben meghalt.

Szólni sem tudott. Letette a telefont. Az élettárs kegyetlen tréfájának tartotta az egészet. Azonnal pakolt, kocsiba ült, és le sem vette a gázról a lábát. Csak a közlekedésre koncentrált, közben szólt a rock. 90%-ot adott annak, hogy a hír nem igaz, 10%-ot, hogy valami van. Rekordidő alatt tette meg a 180 km-t. Egyenesen a büfébe ment, Öcsi arcát látva fordított a százalékon. A fiúnak remegett a keze, éppen pakolt már, magukra zárta az ajtót. Átölelte a lányt, úgy szorította, hogy alig kapott levegőt.

– Elaludt a kamionos, frontálisan ütköztek. Dini azonnal meghalt – suttogta.

– Hol van? Látni akarom!

– Eszedbe se jusson! Nekem kellett azonosítanom. Nincs arca. A nyakában lévő aranyláncról meg a ruhájáról ismertem fel. – Ekkor már rázta a zokogás mindkettőjüket. – Az anyja összeesett, nem bírta a látványt. Kórházban van.

Lerogytak, ültek egymással szemben és sírtak. Zsuzsi úgy érezte, üres az agya, nincsenek gondolatai, nem tud beszélni. Nincs is mit. Nincs értelme. Az életnek sincs. Töltött egy Martinit. Miközben kortyolta, a Bob

Dylan-számot énekelte magában, és remélte, nem kell Dininek kopogtatnia a mennyek ajtaján. Kinyílt az magától, amikor belépett rajta. Hihetetlen, de a sírásból nevetés lett, most az miatt rázkódott. „Mi ez a mennyország-dolog? Ateista vagyok! Nem hiszek az egész hókuszpókuszban! Dinit akarom! Dinit akarom!"

– Dinit akarom! – kiabálta, és olyan erővel bukott az asztalra, a fejét összefont karjaira téve, hogy lerepültek a poharak. Sírógörcsöt kapott.

– Gyere, hazaviszlek!

– Autóval vagyok.

– Annál inkább!

– Majd 200 km-t vezettem gond nélkül, gondolod, hogy még hármat nem tudok? A károdat fizetem. Esküdj meg a fiad életére, hogy Dini fekszik a tepsiben!

– Sajnos ő. Bár tévednék! Amíg élek, nem felejtem el.

Hazaérve aztán megkapta a bizonyítékot. A postaláda tartalma kidőlt a sok összegyűlt újság és levél miatt. Legfelül, az egyik lap címoldalán ott virított a halálos balesetről szóló hír, premier plánban az összetört autó. Az ő autója! Érezte az új kocsi szagát, a vaníliaillatot, hallotta a metálzenét, és azt az édes hangot, a bujkáló mosollyal a szájszögletében: „Van egy kis meglepetésem!

Leült a teraszon, nem bírt továbbmenni. Meredten nézte a fehér roncsot. Elolvasta, amit írtak, de nem fogta fel. A kép megrázóan sokatmondó volt. „Hát sikerült meglepned, Álomfiú!" Összeszedte minden erejét, hogy a szellemházba be tudjon lépni. Felváltva hol Dini, hol apja emlékeibe botlott. Elhatározta, eladja. Képtelen itt élni. „Egyáltalán, élni képes vagy?" A fürdőszoba ütötte ki a biztosítékot igazán. A férfi piperearzenálja és minden, amihez hozzáért. Az illata, és megint a hangja: „Már fürdeni sem tudok nélküled!" Teleengedte a kádat, megtöltötte a saját habfürdőjével, de még ez sem fedte el a Dini-illatot.

Hiába akart megszabadulni a sós könnyektől, újra és újra patakzottak. „Mert nem tudok én meghalni se, élni se nélküled immár." Eszébe jutott, hogy mit kívánt a születésnapjukon. Aztán a 31-es szám, ami fordítva szerencsétlen. Ha ez nem a sors, akkor mi? Hátrahajtotta a fejét, belecsúszott egészen a vízbe. „Megyek utánad!" Fulladás. Jó sokáig fog tartani. „Egy úszó így akar meghalni? Röhej." Hoppáré! Vannak lezáratlan ügyei. Megszólalt a munkamániás. Nem hagyhatja cserben az üzlettársát! „Rendezni végre közös dolgainkat. Ez a mi munkánk, és nem is kevés." Na, elég volt a lírából! Megmosta a haját, ha már bevizezte. Kiválasztott egy olyan helyet, ahol nem szeretkeztek. (Ez már csak apa szobája volt.) Képtelen lett volna olyan helyen aludni, ami túl intenzív emlékeket idézett. Egy teljes napot átaludt. A ködfüggöny megnyílt, és Dini érkezett kópé mosollyal Fitos hátán. „Van egy meglepetésem, mostantól én lovagolok!" Nevettek. Felriadt. Szóval Fitos is elment az örök szénamezőkre.

Elhatározta, hogy nem megy el a temetésre, majd megkéri Öcsit, hogy mutassa meg a helyet, ahol nyugszik. Ahogy ő fogalmazná: kettejük búcsúja csak rájuk tartozó intimitás, és ebbe nem akart mást beengedni. Így is tett. Az unokatesó a köztemető másik végébe vezette, mint ahol a nagyszülei és szülei kriptája volt. A koszorúk, sírcsokrok még virítottak. Ő egy hajó vagy szörf formájút készített. (Nem volt túl sikeres, mivel többször abbahagyta a sírás miatt.)

A hosszúkás, gondola alakú tálat kibélelte oázissal, és 37 fehér szegfűfejet tűzött bele. A „hajó" egyik oldalára

az „I am sailing" felirat, másikra pedig a „To be free"
került. Közben egyre Dini hangját hallotta: „Itt, így, és
veled szabadnak érzem magam. Vegyünk egy kishajót!
Hogy ez előbb nem jutott eszembe, ott a tó! Nem szörf kell
nekünk! Akkor te is velem leszel, és szeretkezhetünk!"
Akkor este a comoi tavon Klausszal kikerestette az I
am sailing zenét, és amikor megszólalt, felkérte a fiút.
Táncoltak. Olyan érzékien, hogy felért egy előjátékkal.
A többiek megtapsolták őket. Itthon aztán többször sze-
relmeskedtek erre a dalra. Tényleg, minden gondolata a
szexszel zárult! És ez a vitális férfi most a föld alatt van
a levegőtlen, nyirkos hidegben, élettelenül. Elvitorlázott.

– Nem kap levegőt! – Nem is tudta, hogy megszólalt.

– Mi baj, rosszul vagy? – ugrott hozzá Öcsi, mert úgy
látta, a lány mindjárt eldobja magát.

– Nem kapok levegőt! Menjünk, mert még nekiállok
kikaparni a föld mélyéből!

Kemény időszak következett. Klausszal tudott volna
Skype-on kommunikálni, de nem akarta, hogy sírni lássa.
Kapott tőle egy csomagot, amelyben csodálatos képeket
küldött az ottlétükről. Zsuzsi néhányat nagyíttatott és
kereteztetett. A fővárosi lakásba vitte ezeket is, meg
ami még elfért és kellett, mert a berendezés nagy részét
a villával együtt fogja eladni. Újra lecseréltette a zárat,
mert eszébe jutott, hogy Dini kulcsa valahol kallódik.

Egy közös kép hátuljára röviden megírta a tényeket és
azt, hogy vissza akar vonulni a tervezéstől. Ezt küldte el
üzlettársának. Amint Klaus megkapta, megrendülve hívta
fel, azonnal gépre akart ülni. Megbeszélték, hogy akkor
jöjjön, amikor a lány elkészült az őszi–téli kollekcióval.
A villa eladásával egy ingatlanügynökséget bízott meg. Ő
képtelen lett volna a vevőkkel jópofizni vagy alkudozni.

A kocsiját lecserélte, mert Dinire emlékeztette. Se olyan márka, se olyan szín! Olaszországban megtetszett neki az Alfa Romeo, még vezethette is, így vett egy bordó színűt. Igaz, kéz alól, de kímélt állapotban. „A célomnak megfelel." Jó vételnek bizonyult. Elbúcsúzott a villától, uszodától, a tornatársaitól és Öcsiéktől. Maga mögött hagyta kedvelt városát, az ifjúkort és a szerelmet. Nem gondolta, hogy a főváros mindezt feledteti, de talán nem olyan súllyal nehezedik rá a múlt. „Emlékeink az egyetlen Paradicsom, amelyből nem űzhetnek ki bennünket." Most úgy gondolta, jobb lenne nem emlékezni. „Majd én kiűzetem magam!"

Fájó szívvel, de lemondott az itáliai utazásról, pedig Klaus még azt is felajánlotta, hogy vele tartanak páran. Nem akarta elhinni, hogy a munkának is véget akar vetni.

– Miért akarsz minden hidat felégetni? Hova, mire készülsz?

– A híd túloldalára. Szerettél már valakit úgy, hogy a részeddé vált? Nem tudok a múltban ragadni, de túl sok az emlék, ami odaköt. Előre akarok nézni, mást akarok, mint ami volt.

– Megnyugtató, hogy vannak terveid. Nehezen engedlek el, de már én is pihenésre vágyom. Tudd, hogy hozzám mindig jöhetsz, bármi lesz!

Valóban voltak tervei. Kivárta, míg elkelt a villa. A pénzt megfelezte, és testvérei bankszámlájára utalta. Rendelkezett a lakásról; ha valami történne vele, Dini unokatestvére kapja meg. Elment, meglátogatta őket, már a baba is megszületett. Nem tudatta a döntését, nehogy megneszeljék, mire készül. A sors fintora: aznap volt a születésnapjuk. „Jó nap ez a viszontlátásra!" A visszaúton, ha nem is pont a tragikus baleset helyszínén, de közel hozzá, jött egy szép, nagy kamion a szembejövő sávban. Gázt adott, és átkormányozta az autót. Becsukta a szemét. „Bocs, Alfa Romeo! Ölelj magadhoz, Dini!"

És a karjaiban tartotta:

– Nem viszlek magammal, Álomlány! Nem neked való hely ez! Élned kell! Szeretnivaló a tested, lelked. Dőlj hátra! Hagyd, hogy szeressenek! Vigyázz a lábadra! Álomasszony.

– Fáj!

– Asszonyom, jól van?

Dini köddé foszlott, valaki más tartotta, iszonyúan fájt mindene. – Életben van! – mondta az idegen hátrafelé. – Fáj valamije?

– Minden. A vállam... a bokám... fejem. – Kiszedték a volán mögül. Elájult.

– Itt a mentő. – Valakik felemelték, a fájdalomra ébredt. A feje fölött szálltak a mondatok:

– Milyen biztonságos egy autó ez az Alfa! Igaz, nem ütközött semminek, a légzsák sem durrant el. Csak azt láttuk, hogy repül, és nyekken a szántóföldön. A lába még mindig tövig nyomta a gázpedált. Érthetetlen. Nem fékezett. A kamion éppen hogy elkerülte az ütközést. Szerencséje volt a hölgynek.

„Attól függ, honnan nézzük!" Szúrást érzett, aztán lebegett, és zuhant a semmibe. „Ez az!"

Kórház. Na, ide nem akart jönni, csak ha hozzák. Hozták. Szerencse? Nem az! Miért nem sikerült? Aztán eszébe villant, mit mondott neki Dini. „Élnem kell? Minek?" Kikerült az intenzívről. Csak két napig volt ott. Mivel a jobb bokája szilánkosra tört, megműtötték és megfigyelés alatt tartották. Enyhe agyrázkódást kapott, a bal kulcscsontja megrepedt. „Ne mozogjon!" Ez a

gyógymód. A bal kezét nem tudta mozgatni. Ezen kívül testét zúzódások borították. Egy nyolcágyas kórterembe került, ahol ő volt a legjobb állapotban. Elviselhetetlenül szenvedett a kiszolgáltatott helyzete miatt, hiszen nem kelhetett fel. Nappal a látogatók miatt nem lehetett aludni, éjjel meg a betegektől. Már két napja csak bóbiskolt, a kialvatlanságtól zavaros gondolatok kergették egymást a fejében. Megkérdezte, hányadik emeleten vannak, mikor megtudta, hogy az ötödiken, azt tervezte, hogy kitépi a katétert, valahogy fél lábon elugrál az ablakhoz, és...
Ekkor a viziten a sok fehérköpenyes között Doki bukkant fel. Amint a slepp kiment, ő visszajött.

– Te itt vagy? Miért nem szóltál? Azonnal intézkedem!

„Miért nem szóltam? Most sem hagytad! Azt se tudtam, hogy itt vagy! Mi az, hogy intézkedsz? Azt mondod: Kelj fel, és járj!, és járni fogok?" Tíz perc sem telt el, nyüzsögni kezdtek körülötte. Az ággyal együtt kigurították, és egy fürdőszobás, egyágyas kórterembe tolták. Zsuzsi azt sem tudta, hogy van ilyen. A polcon újságok, könyvek, jegyzetfüzet, íróeszköz, távirányító. Szemben televízió. Beviharzott Doki:

– Ha lejár a műszakom, itt vagyok. Addig gondold át, mire van szükséged! Beszerzem. Bármit. És megteszek bármit, amit kérsz. Adok egy kis zsongítót. Pihenj!

Hogy mit tartalmazott az injekció, ki tudja, mindenesetre még életében nem aludt ilyen pihentetően, és főleg álomtalanul. A férfi beváltotta ígéretét, Zsuzsi lediktálta neki, hogy mit kér. A szekrényben volt a holmija, a táskájában hiánytalanul megtalált mindent. Még a pénzt is. Akart adni Dokinak, mert a lista hosszúra és igényesre sikeredett, de nem fogadott el egy fillért sem. A lány, mint valami kincset, előhalászta a tusfürdőjét és a samponját.

– Nagy kérésem van. Fürödni szeretnék, meg a katétertől megszabadulni.

– Mi sem természetesebb!

Doki magukra zárta az ajtót, miután szerzett egy gurulós mosdató széket. Nagyon finoman és kíméletesen kihúzta a katétert.

– Szerintem erre már nincs szükséged. Majd gyakoroljuk, hogyan tudsz egyedül begurulni a toalettre. Bocs, nekem is le kell vetkőznöm, mert másképp nem megy. Gyere, átemellek a székbe! – Betolta a zuhanyozóba, a műtött lábát feltette egy zsámolyra, letakarta a leszedett zuhanyfüggönnyel, amit egy határozott rántással szakított le.

– Megmosod a hajam?

– Mindent, amit kérsz!

A link Doki! Vajon meddig várt a büfében? Milyen készséges! Elemében van. Persze jól tudjuk, mire készül. „Hagyjuk? „Hagyd, hogy szeressenek!" Ha Te mondod, Dini!" Még felfújható nyakpárnával is készült a férfi, aki mögötte állva mosta meg Zsuzsi haját. Ő hátrahajtott fejjel élvezte a habos masszírozást. Teljesen elengedte magát, lecsukott szemmel hagyta, hogy a finom kezek minden porcikáján végigsimítsanak. Aztán a zuhanyrózsával tette ugyanazt. Egyre lejjebb haladt, előrejött, az ép lábat is gondosan megfürdette, majd egy másik zsámolyra tette. Ő a nyakpárnára térdelt a lány lába közé. Most már csak az intim részekkel foglalkozott. Simogatta, mosta, zuhanyozta. A csiklón látszott, hogy jó neki. „Dőlj hátra! Hagyd, hogy szeressenek!" Doki elzárta a vizet, de még mindig térdelt.

– Ide fekhetek? – A másik bólintott, bár ezt a kérdést burkoltnak tartotta. Még emlékezett arra, hogy a fiúnál ez mit jelent. Amikor megcsókolta, majd körbenyalta az érzékeny dudort, Zsuzsi tudta: nincs visszaút, elengedte magát, nemsokára robbanni fog. Mindene összerándult, élvezett.

– Betehetem? – „Mi ez a hihetetlen udvariasság?"

– Persze, gyere! – lihegte.

– Nagyon jó veled! Hiányoztál! – nyomult egyre beljebb. – Ugye nem fáj? A lábadra vigyázok.

– Nem a szeméremcsontom tört el. A lábam stabil helyen van, tettél róla.

A beszéd elakadt, a férfi extázisában a lány hasára lövellte az ondót. „Úgy gondolja, vigyázni kell! Nem baj, maradjon ebben a hitben!" Befejezték a zuhanyozást. A teste nyugodt, a lelke zaklatott volt.

– Adhatnál még egy kis zsongítót.

– Azt hittem, már adtam!

– Igen, ha nem lennének fájdalmaim egyéb helyeken, elég is lenne.

– Nagyon rugalmasak a csontjaid, gyorsan fogsz gyógyulni. Amit csak lehet, mindent megteszek ennek érdekében. Ma már tudom, mekkora idióta voltam, hogy annak idején elengedtelek.

– Nagyon finoman fogalmaztál.

– Tudod, hogy megnősültem?

– Most már igen. Gratuláljak, vagy részvétet nyilvánítsak?

– Az utóbbit. Már ezt is elfelejtettem!

– Mit?

– Hogy ilyen humorod van, és hogy ilyen laza vagy. Felelőtlen, link alak voltam!

– Ne legyen lelkiismeret-furdalásod, mert én jól jártam. (Egy darabig.) Azért ebből nem csinálunk rendszert! És köszi, mindent.

– Holnap jövök, hozom a kért dolgokat.

– Utánanéznél, hogy mi van az autómmal? Itt vannak a papírjai.

– Persze! Íme, a zsongítód.

A lány még hallotta, ahogy kinn a folyosón az ügyeletes nővért eligazítja.

– Figyeljenek rá, VIP-ápolást kérek! Katéter már nem kell. Ja, és valami vandál leszakította a zuhanyfüggönyt, pótolni kéne.

Ez Doki! Mosolyogva aludt el. Úgy tűnik, a férfi „csak" a kapcsolataiban link, mert precízen mindent beszerzett. Az autót egy szerelőműhelybe szállíttatta. Meg lehet csinálni, ha rábólint, azt is elindítja.

– Oké. Még ismerem is azt a műhelyt. A rendőrség mikor veszi fel a jegyzőkönyvet? Mennyi kárt csináltam a kamionban?

– Nincs rendőrség. Minek? A kamionos elkerült, meg sem állt! Nem okoztál senkinek kárt, egyedül magadnak. Tényleg! Mi történt?

– Azt hiszem, elaludtam. – Remélte, hogy nem érződik hangján a hamisság. Tudta, hogy nem azon a helyen van, ahol ne ugranának rögtön, ha kiderülne a valóság. Nem akart pszichiátriát!

– Hogy vagy? Jövő héten mégy a röntgenbe, a kulcscsont valószínűleg rendben lesz. Ha a bokádból kiszedik a varratokat, meg összeforrnak a csontok, újra kell tanulnod járni!

– Fogok? Mi a helyzet az úszással?

– Fogsz járni is, úszni is, ez utóbbit lehet, hogy előbb, de ehhez sok idő kell. Innen átszállítunk a fővárosba. Egy sportkórházban lesz a rehabilitációd, ők majd helyrehoznak.

Én intéztem el, utólagos engedelmeddel. Ott az élsporto-
lókat szokták a sérüléseik után összerakni.

– Majd igazíts el, hogy kinek mi jár. Nem vagyok jártas
ezekben a dolgokban. Mikor visznek?

– Azt majd a röntgen megmondja, de minimum egy
hónap. Addig szeretnék veled törődni, minden tekintet-
ben. Megfürdesselek?

– Már túl vagyok rajta. Megy egyedül is.

– Velem nem jobb? Hétvégén éjjeli ügyeletes leszek.
Meglátogatnálak! Kérlek!

„Dőlj hátra, hagyd, hogy szeressenek!" Végül is mit
veszthet? A bokáját? Elfutni úgysem tud! Dokinak kö-
szönheti a kiváltságos helyzetét. Nem olyan nagy ár, amit
kér. „Számító dög lettem? Ugyan! Csak hagyom a dolgokat
megtörténni! Ráadásul nekem nincsenek terveim a jövőt
illetően, legalábbis Doki nem szerepel benne."

– Jó, rendben! – bólintott a férfi kérésére.

Megérkezett a bátyja. Mint rangidős, osztotta az észt.
A kötelező udvariassági kérdések után számon kérte:

– Mi az, hogy eladtad a villát? Akkor hol laksz? – Zsuzsi
kezével mutatta, hogy momentán a kórházban. – Egyéb-
ként is, már kifizettél! Visszautalom a pénzt.

– Ne tedd! Jó helyen van az nálad! Oszd szét a gye-
rekek között!

– Mit szól ehhez az éppen aktuális barátod? Hogy
is hívják?

A megnevezésből kicsengett, hogy a házasságpárti
és kissé prűd bátyó nehezményezte az ő kapcsolatait.
Ennek többször is hangot adott, szerencse, hogy nem
sűrűn találkoztak.

– Dénesnek hívták. Meghalt.

– Te meg akartál halni!

„Az én okos testvérkémnek pár másodperc elég volt, hogy átlássa a helyzetet."

– Tudat alatt, lehet – ködösített. – Ha kérhetem, ez a feltételezésed maradjon köztünk!

– Jó. De ígérd meg, többé nem jut eszedbe ilyen! Az ünnepek alatt újra jövök.

Pár nap múlva nővére is meglátogatta, megköszönte a sok pénzt, neki eszébe sem jutott továbbgondolni a dolgokat. A gyerekei már nagyok, önálló családdal. Ő elvált, és a jelenlegi fiatal barátjáról áradozott, akivel a téli hideg elől a trópusokra fognak utazni. Sajnos nem tudja, mikor fogja újra meglátogatni. „Nem baj." Meg sem kérdezte, hogy van.

A karácsonyt meg az újévet kórházban tölteni nem leányálom. A gipsz lekerülése után fizikoterápiás kezelések következtek, de még nem állhatott rá a jobb lábára. Járókerettel közlekedett, gyógymasszázst kapott. Ki gondolta volna, hogy egyszer Doki fogja megszépíteni a napjait, elviselhetőbbé tenni a kórházat?

Az egy évvel ezelőtti szilveszterre gondolt. Az emlékek ólomsúlyként nehezedtek rá, álomba sírta magát, de akkor érkezett Dini. Élőn és valóságosan. Látta, hallotta, érezte. Szeretkeztek. Élvezett. Erre ébredt. Érdekes, hogy amíg a férfi élt, addig a visszatérő álomban mindig elvesztette őt. Mióta meghalt, azóta visszakapta. Erősödött benne a vágy, hogy utánamenjen. Hajnalodott. Már az újévet köszöntő durrogtatás is megszűnt. Ahogy az ablakára nézett, most tudatosult benne, hogy nemcsak szúnyogháló, hanem rács is van rajta. Járókeretes sétára indult, ablaknézőbe. Kivétel nélkül, mindegyiket berácsozták. Eszébe villant,hogy évekkel ezelőtt újsághír volt, hogy több menthetetlen beteg is ledobta magát a kórház különböző emeleteiről. Ezután tették meg az óvintézkedést. „Hát, így jártam." Már előre rettegett az idegen helytől. Nem lesz ott Doki! Ezért ő is benne volt, hogy az intim együttléteket sűrítsék.

Sodródások_k

A rehabilitáció három hónapjában egy jó volt, hogy úsz-hatott. Kifejezetten előírták számára. Tényleg újra meg kellett tanulnia járni, de egész jól helyrejött. Meglepe-tésére Klaus látogatta meg. Megpróbálta újra rávenni a munkára, sőt arra is, hogy hagyja itt az országot és költözzön ki. Azt mondta, majd meggondolja, de tudta, nem fogja. Mikor végre hazamehetett, már javában dúlt a tavasz. A lakást aránylag rendben találta, kivéve a sok port. Bár megesküdött rá, hogy nem fogja megerőltetni a lábát és sokat fog pihenni, a takarítást muszáj volt meg-ejteni. Bérelt egy garázst a közelben, és Öcsit megkérte, hogy hozza el az autóját. Nem látszott a kocsin semmi, de egyelőre még nem vezette.

Hozzászokott, hogy taxival járt mindenhova. A svájci frankban lévő bankszámláján az összeg csak hízott, a forint inflációjának köszönhetően. Ráadásul Klaus még mindig rendszeresen utalt a befolyt nyereségből. Már a kamatokból is meg tudott élni. Visszatért a száraz Mar-tinihoz. Először csak ünnepek, emlékek felidézéséhez, aztán Dini „egészségére", aztán étkezések előtt. Azért mértéket tartott, két decinél többet nem ivott egy nap. Kezdett asszonyosodni, de még mindig csinos volt. Ami neki egyáltalán nem tetszett, hogy a mellbősége egyre nőtt. A férfiak, akik rendre megszólították, valószínűleg pont emiatt nézték ki maguknak. Egy évnek kellett eltelni kapcsolat nélkül, mire beadta a derekát. A férfit az uszo-dában ismerte meg. Nagyon kitartóan, fél évig udvarolt. A legnagyobb visszatartó erő az volt, hogy nős. Azt mondta:

„Az asszony már 10 éve lehúzta a redőnyt." A laza házasságot az is igazolta, hogy bármikor ráért. Zsuzsa nem akart férjet, sőt még összeköltözést sem. Viszont annyira vágyott a testiségre – „Dini, ennek te vagy az oka!" – hogy beengedte a macit a málnásba. Aranyos humorérzékkel így fogalmazott a Maci, aki tényleg nagydarab volt, hosszú, ősz hajjal, szakállal, bajusszal. Az asszony – mert nem nevezhetjük már lánynak – nem bízott semmit a véletlenre. Elmondta a kívánalmait, nevén nevezve a dolgokat. S csodák csodája, Medve úr remekül használta a nyelvét, a kezét. Mint az átlag, egyszeri aktust bírt, de ez rendben is volt. Két teljes évig tartott a kapcsolat, sajnos a férfi szívinfarktust kapott. A szerencse a szerencsétlenségben, hogy otthon, és nem a „málnásban!" Akármennyire lazán kezelte is a viszonyukat, megviselte a veszteség.

Miután úgy ítélte meg, hogy biztosan tartja a sérült lába is, eljárt egy magányosoknak nyílt táncos klubba. Ha már lovagolni nem fog, legalább a tánc visszatérhet az életébe az úszáson kívül. Itt szedett össze alkalmi partnereket. Kit azért, mert Dini illatát idézte, kit azért, mert jó táncpartnernek bizonyult. Másnak a keze, tenyere selymessége hasonlított a szeretett férfiére. Az ilyen együttlétek után hihetetlenül üresnek érezte magát. Egy idő után lemondott a hely látogatásáról, mert rendszerint ki akarta valamelyik partner sajátítani. Mivel ezt nem hagyta, rossz híre lett. „Jellemző, de nem csoda!" A nős emberek próbálkozásának sorozata után találkozott a másik trenddel, ami tőle mérföldekre állt. A fiatal férfi, idősödő nő helyzettel. Ő már negyvenet betöltötte, amikor kedvelt bárjában, Martini iszogatása közben a bárpultnál mellé ült egy harmincasnak látszó fiú. Meghívta egy italra, amit elfogadott, beszélgettek.

– Tudod, hogy három éve készülök arra, hogy megszólítsalak? – kérdezte, miután összetegeződtek.

– Nem. Hogyhogy?

– Sokszor járok ide, így gyakran láttalak. Te vagy álmaim asszonya!

– Viccelsz? – Körülnézett, azt hitte, kandikamerás tréfa áldozata. Ő nem emlékezett arra, hogy valaha is látta ezt az embert. – Szerintem egyértelmű, hogy jóval idősebb vagyok nálad.

– Az engem nem érdekel. Nem számít.

– Nekem igen. Soknak tartom a korkülönbséget.

Kiderült, hogy 26 éves, egy biliárdtermes szórakozóhelyen pultos, és nem tréfált. A szabadnapján meghívta Zsuzsát biliárdozni. Ezt elfogadta. Aztán kirándultak a szigetre. Elmentek uszodába. A fiú nem tágított, egyre merészebb lett. Mindenáron szexet akart.

„Mielőtt bolondságot csinálok, teszteljünk!" Egy kávézóban ültek.

– Én csiklóélvező vagyok. Így is akarsz? – mondta egyenesen a hideg, kék szemekbe nézve.

– Az mi? – A szemek bárgyúságot tükröztek.

– Most ki kell mennem, mindjárt jövök! – „Öreg vagyok én már ehhez!"

Természetesen nem ment vissza. Sajnos ugrott a kedvelt bár is, mert nem óhajtott többé összefutni az ifjonccal. Megint úgy érezte, hogy nyüglődés az élet. Nem értette, hogy bírja. Döntött. Megint előre kell nézni. Változás kell! Megunta a fővárost, zajosnak, piszkosnak találta. Nyugalmat, kertet akart. Elcserélte a lakást egy dunántúli kisváros zöldövezeti házára. Az autójával járta a vidéket. Arra gondosan ügyelt, hogy a tónak csak az északi partján járjon. Túl sok, és még mindig fájó emlék kötötte a délihez.

Az új lakhelyét előre kitervelt módon „véletlenül elfelejtette"
közölni a rokonsággal és bárkivel. Gyakran kapcsolódott ki
nevezetes üdülőhelyeken, elegáns szállodákban. Kereste
a lehetőséget a Dinivel való találkozásra, de nem akarta
elpuskázni. A sors ismét késleltette a tervét. Eljárt úszni
a közeli nagyváros uszodájába. Egy ilyen alkalommal is-
merkedett meg egy férfival, aki ifjonti korában vízilabdázó
volt, de most kisgyermekek úszásoktatásával foglalkozott.
Mint mindig, ő kezdeményezett.

– Ne haragudj, megkérdezhetem, hogy melyik egye-
sület sportolója voltál?

– Egyiké sem.

– Az nem lehet, két hónapja figyellek, fantasztikusan
jól úszol! Múltkor a tanítványoknak is mutattam a mell-
úszásod lábtempóját, mint követendő példát.

– Nem vagyok profi, csak laikus, aki szereti a vizet.

– Régóta vacillálok, hogy megszólíthatlak-e.

– Hát most megtetted.

– Szeretnék veled találkozni.

– Hetente kétszer itt vagyok, és találkozunk.

– Az uszodán kívül gondoltam. Mit csinálsz péntek este?

– Javaslat? Mit csináljak? – Tetszett neki a napbarní-
tott, szőke bajuszos férfi. Látszott rajta, hogy izmos, de
mint minden sportoló, aki már abbahagyta a versenyzést,
kicsi felesleget felszedett magára. (Ahogy ő is!)

– Vacsorázzunk a Halászcsárdában! Elmegyek érted,
ha megadod, hová.

– Inkább találkozzunk ott. Kocsival megyek én is.

Nem akarta a címét megadni. A hely félúton volt a város
és a lakhelye között. Védekezett a kötöttség érzése ellen. Ha
úgy fordul, kell menekülési útvonal. Ezt jelentette a saját
közlekedési eszköz. Hányszor előfordult már, hogy angolosan

faképnél kellett hagyni az illetőt! Már megint fejest ugrik valamibe. Csak ki ne törje a nyakát! Vagy: törje már!

A csárdában zártkörű rendezvény volt. A férfi a kocsijának támaszkodva várta. Mellé parkolt.

– Hm, szép kocsi!

– Hm. Szép öltöny! – Zsuzsa értő szeme kiszúrta az Armanit. Az illata CK. Ez igen!

– Farkas Vilmos – nyújtotta a kezét. – De mindenki Wolfnak hív.

– Zsuzsa. És mindenki így is hív.

– Máshova kell mennünk. Nagyon éhes vagy?

– Nem, egyáltalán nem.

– Hableány bár?

– Jó, csak nem tudom, hol van.

– Vagy egy kocsival megyünk, vagy követsz.

– Követlek.

Nagyon meghitt kis hely volt, becsületére válna a fővárosnak is. Gyors kiszolgálás, jó műsor, kellemes zene. A partnernek jó a ritmusérzéke és a humora. Furcsa volt bárban lenni alkohol nélkül, de jól érezték magukat. „Menekülési útvonal ejtve!" Wolfról kiderült, hogy ugyanabban az évben született, mint Zsuzsa, és nős. „Senki sem tökéletes. Szép lett volna!" A felesége műugró volt. Egy elvétett ugrás miatt lebénult. Tolókocsiban éli az életét, a férfi gondozza. Mivel nem képes házaséletre, megegyeztek, hogy e tekintetben a férfi szabad.

„Ilyen verziót még nem hallottam, de túl bonyolult egy kitalációhoz!"

– Szoktál belépőt venni az uszodában?

– Hogyne! Egy kerekesszékes hölgytől.

– Ő a nejem. Nem tenném meg, hogy elhagyom, mert magára maradna, kiszolgáltatott így is. Nagy szerelem

316

volt a miénk. – Elmesélte, mi történt. – Tragikus ez az egész, de ezzel kell együtt élni. Ha így elfogadsz, nem szeretnék erről többet beszélni.

– Meg kell emésztenem, időt kérek.

Megkapta, mert ritkán találkoztak az uszodán kívül. Wolfnak egy hónapban egy hétvégi kilengést engedélyezett a felesége. Aztán jöttek az ünnepek, melyeket legtöbben a családjukkal töltenek. Nem mindig azért, mert ezt szeretnék, hanem mert így szokás, vagy ami még rosszabb: kötelező. Zsuzsa Klaus meghívására elutazott az újév köszöntésére, és a férfi búcsúbulijára, aki bejelentette: visszavonul. Mondhatnánk, nyugdíjba ment. A vállalkozását egyik gyereke sem akarta folytatni, ezért eladta, ebből busásan részesült az asszony is. Az egy hét ott-tartózkodásból öt lett. Ha Dini vele lehetne, vennének egy hajót és maradnának. De így! Hazajött. A tavasz hamar érkezett, nemcsak az évszakban, hanem a kapcsolatban is. Wolf felesége szanatóriumba ment, hosszabb időre, de lehet, hogy végleg. Hosszas kérlelés után Zsuzsa rábólintott, hogy a tavaszi szünet öt napját töltsék együtt. Elutaztak az egyik legfelkapottabb wellness hotelbe. A férfi odavolt a különböző kezelésekért, masszázsért, mint a sportolók általában. Zsuzsa inkább a szoláriumra, és természetesen az úszómedencére szavazott.

– Az egyéb kényeztetéseket tőled várom – mondta az autóban, miközben robogtak a hotel felé. Még meg sem érintették egymást a táncon kívül.

– Ez egyenes beszéd. Azt hittem, már soha nem juthatok a közeledbe!

– Tudtommal egy szobát foglaltunk.

– Lakosztályt. Azt hittem, én a kanapén alszom.

– Aludni bárhol alhatsz. Utána. Na, azért ne nyomd annyira a gázt!

– Felizgattál. Hosszú volt az „előjáték”!

– Szeretem a hosszú előjátékot. Ne vezessek? Még az árokban kötünk ki. Hidd el, az nem jó hely. Én már csak tudom...

– Ne nézzünk szét itt az erdőben?

– Szeretem a kényelmet, a fürdőszobát. Tisztán jó szerelmeskedni, illatosan, megadva a módját, mert úgy érzéki.

– Ne kínozz, beszéljünk az időjárásról!

– Témaváltás: kezdődik a Forma–1-szezon!

– Követed?

– Hogyne, az időmérőt, meg a versenyt. Több csapatnak is drukkolok, és vannak kedvenc pilótáim. És egyszer voltam Monzában. Átveszem a volánt, ha folyton kacsázol!

– Megértem 41 évet, és még nem beszélgettem nővel autóversenyről!

– Pedig nem vagyok egyedül. Most tartsd a kormányt, mert a motorversenyeket is nézem, főleg a Moto GP-t.

– Az ágyban is meg fogsz lepni?

– Ott te fogsz engem meglepni. Jó, hogy megérkeztünk, mert megint témánál vagyunk.

A szex terén abban találtak egymásra, hogy egyiküket sem a látvány izgatta fel, hanem az intenzív érintés. Ez inkább a férfiaknál szokatlan, a nők kilencven százalékát nem indítja be egy férfi fenék, vagy nemi szerv megpillantása. Viszont az együtt fürdés a lakosztályhoz tartozó jakuzziban remek alkalom a másik testének felfedezésére, amit nagy kedvvel és alapossággal meg is tettek.

– Farkasom! Szeretném, ha a nyelveddel kényeztetnél!

– Imádom, hogy a nevén nevezed a dolgokat.

– Megtanultam, hogy kimondjam, mire vágyom, és ezt viszont is elvárom.

Wolf ínyenc volt a szexben. Amikor úgy érezte, hogy nyelve csapásai alatt a partnere közel van az extázishoz, változtatott a tempón, az irányon. Néha megállt, aztán hirtelen folytatta. Az őrület határára vitte az asszonyt, aki már könyörgött megváltásért. Ezt pedig különleges módon idézte elő: a két ajka közé szippantotta a vérrel telt dudort, miközben a nyelve szédületes gyorsasága olyan élvezetet nyújtott, hogy Zsuzsa az önkívület szélén lebegett.

– Ez igen! Az maga öröm, ahogy te élvezel! Nagyon izgató vagy! Picit várok, hogy lenyugodj, hogy aztán újra felszítsam a tüzet!

– Ne akard, hogy lenyugodjak! Gyere, szeretnélek magamba zárni! Ha lassan belém hatolsz, még érezheted, amit te idéztél elő. Én ilyen hatalmas extázisra egy nap egyszer vagyok képes.

Wolf eleget tett vágyának. Hosszan, változatosan szeretkezett. Egy alkalommal volt tettre kész, de legtöbbször egy óránál tovább képes volt folyamatos erekcióra. (Ez az asszonynak időnként kicsit sok volt.) Miután „robbant," magához vonta a nőt.

– Éreztem, hogy van benned valami különleges.

– Ugyan mi?

– Az extázisod.

– Képzeld el, hogy egyszer egy partnerem azt mondta, ijesztő, ahogy élvezek, és nem hiszi, hogy ennyire jó nekem. Nem tudtam többé vele lenni. Nem értette, miért.

– Szeretett ijedezni. De a viccet félretéve, milyen kifejezés ez a másik örömére? Ijesztő! Ijesztő egy seb, egy baleset! Ahelyett, hogy büszke lett volna magára, hogy ilyen jó szerető!

– Ha te így érzed, az szuper! Én is így gondolom.

– Minél nagyobb élvezetet nyújtok neked, annál jobban kívánlak. Legtöbben nem adják át magukat a másiknak. Görcsösek, vagy megjátsszák egy-két lihegéssel azt, hogy jó.

– Az én reakcióim valóságosak, és te váltottad ki. Nélküled nem menne. Jó veled. Úgy döntöttem, maradhatsz mellettem, nem kell kanapé. Kivéve, ha horkolsz.

– Nem tudom, nem hallgatózom, ha alszom. Holnap feltöltődünk, és este ájulásig foglak élveztetni.

– Jó terv. Visszahoztál az életbe.

Wolf nem is sejtette, hogy ez mennyire így van. Láthatóan kiszabadult a házasság és a szerencsétlen baleset következményei alól. Még ha ideiglenesen is, de meglegyintette a szabadság szellője. Amíg a szanatóriumi kezelés tartott, addig Zsuzsa autózott át a férfihoz. A feleség visszatérte után ritkultak a találkozások, és Wolfnak kellett „áldozatot" hoznia azzal, hogy 25 km-t vezethetett. (Sokallta!) Előfordult, hogy fél év is eltelt két randevú között. Bár így is – vagy tán éppen ezért – hat évet bírt ki a kapcsolatuk. Az asszony úgy volt vele, hogy tart, ameddig tart, nagyon szép, köszönet a sorsnak. A problémák ott kezdődtek, hogy a férfi libidója, majd potenciája fokozatosan alábbhagyott. Végül képtelen volt erekcióra, vagy csak nagyon rövid ideig. Ez őt nagyon megviselte, ráadásul fejfájás gyötörte, ami mindig szeretkezés közben jelentkezett. Zsuzsa hiába mondta, hogy ez nem a világ vége. Egy darabig még hajlandó volt a nőnek örömöt okozni, de aztán úrrá lett a férfiúi önzés. („Miért legyen a másiknak jó, ha nekem nem az?") A szenvedését látva javasolta, hogy kapcsolatuk szorítkozzon közös programokra, vagy szüneteltessék azt.

Zsuzsa az egyik autós kirándulásakor felfedezett egy régi kastélyt, ahol pszichiátriai és rehabilitációs kezelés folyt. Nem ez utóbbi ragadta meg, hanem a mellette álló kápolna, és annak harangtornya. Szép, magas kis tornyocska. Távol a világ zajától. A főépülettől távolabb nagy átalakítás zajlott. A régi, szép, oszlopos udvarházat csinosították. A kerítésen hirdették, hogy ott kiadó apartmanok lesznek, önellátó egyedülállók részére. Gyorsan felírta az elérhetőségeket. Interneten alaposan tájékozódott, és kinézett egy lakrészt, amiről kiderült, hogy megvehető. Lefoglalózta. Amikor Wolfnak elmondta, hogy kissé odébb költözik, rögtön az volt a reakció, hogy olyan messzire már nem fog autózni. „Nem éri meg!" Ekkor merült fel a kapcsolat szüneteltetése. Zsuzsa pontosan tudta, hogy befejeződött. „Így van ez rendjén!"

Zuhanások$_k$

Az új hely és a lakás védett, csendes és kényelmes volt. Valamikor maga a kastély is gyönyörű lehetett, amíg értő kezek óvták. A természeti környezetet nem rombolták szét sem a történelmi, sem a politikai változások. A legközelebbi falu mindössze 2 km-es sétával elérhető. Itt helyezte el az autóját, egy idősebb hölgy üres garázsában. Az elit lakóknak – ahogy őket a főépületben nevezték – szabad ki-bejárást biztosított egy igazolvány felmutatása a főkapu őreinél. Keveset járt a szanatóriumi részben. (Hivatalosan így hívták.) Néha befizetett az étkezésekre, sétált a parkban, vagy üldögélt a teraszon. Már az első héten körülnézett a kápolnában, amelyet nevezhetnénk kis templomnak is. Ahogy belépett, Táltos és a két almásderes jelent meg előtte, még a szagukat is érezte. Elhessegette az emlékképeket, mert célzatosan jött. A templom nem igazán érdekelte. (Mind hasonló.) Az oldalt elhelyezkedő ajtókat viszont behatóan tanulmányozta. Az egyik vaspántos, nagy lánccal és lakattal lezárt monstrum, melyhez három lépcső vezetett le. Ez biztos az altemplom, illetve a kriptarészhez vezet. A másik, a torony felőli oldalon lévő kisebb ajtó. Ezen megkopott tábla: Harangtorony. Ez az! Se lakat, se lánc! Lenyomta a rozsdásodó, kovácsoltvas kilincset. Nem sok esélyt adott arra, hogy kinyíljon. Nem is nyílt. Vajon hol és ki őrzi a kulcsot? Feladat: kideríteni.

Első lépésként utánanézett, hogy ki takarítja a helyet. Azok a „villalakók", akik valamilyen függőségből kigyógyultan rehabilitáción, munkaterápián vannak és vállalják. Nem hosszú a lista, heten voltak kétnapos beosztásban, időpontokkal együtt. Ezt az aulában lévő hirdetőfalon olvasta. Csak úgy véletlenül bement (hétszer) a kápolnába, szóba elegyedett az aktuális takarítóval. Mindegyik ugyanazt mondta, hogy neki csak a főhajó, az oltár, és a virágok cseréje a feladata. Azok az ajtók évek, de lehet, hogy évtizedek óta zárva vannak. Erőt vett magán, és egy vasárnapi istentisztelet végére is megérkezett. A pap pakolászta a kegytárgyakat, amikor megszólította:

– Elnézést, meg lehetne kondítani a harangot valakinek az emlékére?

– Ó, azt kétlem. Emlékezet óta nincs az már ott.

– Járt már a toronyban?

– Igen, gyerekkoromban még fel lehetett menni. Harang már akkor sem volt. Gyönyörű onnan a kilátás a dombokra. Mióta itt betegeket kezelnek, lezárták. Gondolom, veszélyes is. Nem tartja karban senki.

– Hol lehet a kulcs? Jaj, ne nézzen így! Nem ápolt vagyok! Fotózok, az ország tornyairól és harangjairól készítek fotósorozatot. A kilátás is érdekelne.

– A szanatórium vezetőségét kérdezze, lányom!

– Dicsértessék a Jézus Krisztus! – kapott észbe Zsuzsa.

– Mindörökké! Ámen!

„Na, az a fórum, ahová ezzel nem fordulhatok, a vezetőség." A parkban való csatangolásai során beszélgetett egy-két kertésszel, akik a közeli falvakból jártak dolgozni. Egyszer kért kölcsön egy gereblyét, hogy lássa a szerszámtárolót, hátha van ott valamiféle kulcsos szekrényke, de nem volt. Egyik férfit sem érdekelte a kápolna. Egytől egyig istentelenek voltak, csak úgy, mint ő. Mint mindig, a sors segített. A hatalmas parkot kőkerítés vette körül. A kastélytól legtávolabbi oldalon, a kerítés mellett málnabokrokat fedezett fel. Nekiállt csemegézni a kedvenc gyümölcséből, és azon mélázott, hogy legközelebb hoz valami edényt, hogy teleszedhesse. Ekkor pillantott meg egy ajtót a falban. Hátha nyitva van! Vékony, kitaposott ösvény mutatta, hogy járnak erre. Régen biztos a titkos szeretőket engedték ki, illetve be. De hogy most nyitva legyen... És igen! Furcsa.

Óvatosan közelítette meg, átment rajta. Legfeljebb ha közben bezárják, majd körbemegy. Gyönyörű kép tárult elé. Tulajdonképpen egy dombtetőn állt, az ösvény folytatódott lefelé. Ahogy a bokrok övezte keskeny út kiszélesedett, a lankás táj változatos képet mutatott. Rétek, szőlők, és művelt területek, távolabb erdők színesítették a látványt. Az egyik völgyecskében egy régi, hosszúkás gazdasági épület húzódott. Közelebb érve istállónak tűnt. Az volt, még szénaszagot is árasztott. A dupla szárnyú ajtó tárva nyitva. Ha lovak lesznek benne, tán még el is ájul örömében. Sajnos üresen tátongott. Semmilyen állat nem tartózkodott benne. Viszont mívesen építették. A bokszokat faragott oszlopok választották el, ahogy a válaszfalak is fából készültek. A hodály boltíves szerkezetű volt, világos, magasan elhelyezkedő ablakokkal. A végében lószerszámok lógtak felakasztva, istállótakarításhoz használt holmik a falnak támasztva. Kongtak a léptei a kövezeten. Ugyanolyan ajtóhoz ért, mint amin belépett, de csak egyik szárnyát hagyták résnyire nyitva. Oldalvást pont kicsusszant rajta, anélkül, hogy megmozdította volna. Egy kétoldalt nyitott színbe ért. Csap, rajta slag, vödrök a fal mellett. A helyiség közepén lejtősen elhelyezkedő lefolyó. Anno itt csutakoltak. Kiment az egyik oldalon. Az épület tovább folytatódott egy kis házzal. Láthatóan lakták.

– Jó napot! – kiáltott, mielőtt még meglepné valaki. Összerezzent, amikor választ kapott.

– Rögtön megyek! Egy pillanat!

A férfihang tulajdonosa máris megjelent lovaglócsizmában és -nadrágban, lenvászon bő ingben, hátrakötött ősz hajjal. „Táltos II. szeplők nélkül, 20 évvel öregebben!" Zsuzsának kiszáradt a szája.

– Ó, egy csinos hölgy! Miben segíthetek?

– Lovagolni szeretnék.

– Azt én is. Látott itt lovakat? – Csak egy pillanatig tartott a meghökkenése. – Legfeljebb rajtam lovagolhat, de nyereg nélkül! – nevetett. – Bocsánat, ízléstelen voltam.

– Legfeljebb nyers, de őszinte.

– Tudja, három éve nem voltam kettesben egy hölggyel, ha már az őszinteségnél tartunk.

– Ült?

– Fél éve szabadultam. Nem régóta dolgozom a diliház kertészeként. Azt mondták, ha helyrehozom ezt a házikót, lakhatok itt. Helyrehoztam.

– Nem diliház. Onnan jövök.

– Egy sittes, meg egy...

– Bolond? Nem vagyok az!

– Pedig jó párosítás lenne. Iszik velem egyet? Vörösbor?

– Jöhet!

– Tényleg leül vörösborozni egy bűnözővel? Bevállalós egy nőszemély!

– Nem néz ki elvetemültnek. Tényleg meghív italozni egy értelmi fogyatékost? Bátor ember!

– Nem úgy néz ki, mint aki bolond, és Bátor vagyok, ugyanis ez a keresztnevem.

Leültek a tornácon, boroztak, ki-ki elmesélte a maga történetét. Bátor adócsalásért kapott letöltendő

börtönbüntetést. Lovastanyát vezetett, csikósbemuta-
tókkal, csárdával az Észak- Alföldön. Zsuzsa szeme meg
sem rebbent, Táltost se merte említeni. Még kiderül, hogy
ismerték egymást, vagy tud valamit róla. Nem akarta a
sebeket feltépni. Az is fájó volt, hogy sokban hasonlított
a két férfi sorsa. Ráadásul a Bátor Tanya ma is virul és
működik. A volt feleség hozzáment egy pénzemberhez,
és a vállalkozás kiválóan prosperál. (Gyanús, hogy ki-
tervelten semmizték ki. Behúzták a csőbe? Már hallott
ilyet. Úgy látszik, most ez a trendi!) Zsuzsa csak Dini
elvesztését, a lovaglás szeretetét, meg az elit lakosztályt
mondta el.

– Lám, a nincstelen koldus és a grófnő együtt iszogat!
– Azért így jobban hangzik, mint a bűnöző és az őrült!
A mesékben minden megtörténhet, és ez egy mesés hely.
Visszakísér? Legalább bezárja az ajtót.

– Nyitva hagytam volna?
– Különben hogy lennék itt? Öreg vagyok már a fal-
mászáshoz.

– Ugyan, egy jó karban lévő negyvenes! Így van?
– Dobjon rá egy tízest!
– Nem hiszem el!
– Pedig a nők nem szokták öregíteni magukat. Sajnos
ez a kegyetlen valóság.

– És ha rádobunk még egy tízest, az meg az én éveim
száma. Én nyertem! Hozom a kulcsot!

Bement, Zsuzsa csak a küszöbig követte, benézett.
Takaros kis szoba volt, kandallóval, régi bútorokkal.
Báránybőrökkel letakart fotelok, ágy, kanapé. Faragott
tálaló- és ruhásszekrény. A szoba berendezése és illata
Táltost idézte. Bátor egy üvegajtós kis szekrénykéhez lépett,
amiben rendezetten sorakoztak a kulcsok, felcímkézve,

precízen megnevezve, hogy mit lehet kinyitni velük. „Bingó!" Templom, kripta, torony, szerszámos... Tovább nem olvashatta, mert a férfi behajtotta a kis ajtót, és ahogy jött, testével még el is takarta.

– Mehetünk! – és már kint voltak.

– Ha erre járok, meglátogathatom újra? – Már kész volt a terve.

– Éppen kérni akartam. Örülnék. És hogy ne kelljen falat mászni, adok egy pótkulcsot, de ez szigorúan maradjon köztünk! Furcsa, hogy csak ebből a kulcsból négy is van, miközben az összes többiből egyetlen.

– A grófkisasszonyok sűrűn látogatták a gazdatisztet meg a lovászlegényeket.

– Hm. Nem rossz! Erre nem is gondoltam.

Elköszöntek, kattant mögötte a zár. A kulcsot a válltáskájába tette. Otthon megnézte, hogy csakugyan létezik-e Bátor keresztnév. „Február 28-án van a névnapja. Hm. Majdnem a szökőnapon! Ha akkorra esne, vajon négyévente köszöntenék fel az illetőt?" Előkészített egy kis műanyagtálat a málnának. Szándékában állt másnap is arra járni. Mielőtt elaludt volna, a szép istállóra gondolt. Kár, hogy lovak nincsenek, megpróbálna nyeregbe szállni. Ennek köszönhetően álmában a lankás dombokon vágtáztak két almásderesen, Dinivel. A dombtetőn a lovak pegazusszárnyakat nyitottak, és tovább szálltak az ég felé. Könnyű érzés volt. A fiú szokásos kópé mosolyával kacsintott, és ezt mondta: „– A mennyekbe viszlek, Álomlány!" Ehelyett visszazuhant az életbe. Felébredt. Nehezen vette a levegőt. „Csak vinnél már!"

Két egyforma edényt teleszedett az érett gyümölccsel. Egyiket a férfinak szánta. Leballagott a völgybe, de hiába kopogtatott, senki nem jelentkezett. Az ajtó zárva volt.

„Zsuzsa tervez, Bátor végez!" Visszatérve sétálgatott a parkban, hátha a munkája közben összefut vele, de egy kertészt se látott. Ebéd után átöltözött lovaglócuccba, és a faluba ment az autójáért. A háziasszonytól megkérdezte, esetleg tud-e a környéken eladó hátaslovat. A hölgy mindjárt előkerített egy szórólapot, amin egy közelben lévő lovardát hirdettek. Már robogott is a címre. A ménes a karámban levegőzött. Egy lovat száron trenírozott a lovászfiú, akit az asszony megszólított:

– A tulajdonost keresem.

– Bent van az irodában – mutatott az istálló melletti épületre.

A tulajnak nevezett fickó nagyon fiatalnak tűnt. A bemutatkozás után az asszony mindjárt a lényegre tért.

– Hátaslovat szeretnék venni.

– Tudja, mennyibe kerülne? Nem akarok egyet sem eladni.

– Svájci frankban fizetek, készpénzben. Nyereggel és szerszámmal együtt.

A kezdeti elutasító magatartás varázsütésre megváltozott, a fiú leszállt a magas lóról. Mindjárt bevezettette a bokszokba mind a hét lovat, ami szerinte szóba jöhet. Az asszony az általa kiválasztott három állat papírjait elkérte, alaposan áttanulmányozta. Utána egyenként „megismerkedett" a pacikkal. Felnyergelték őket, kilovagoltak a főnökkel és egy lovásszal. Egy idő után Zsuzsa cserélt a fiúkkal, így mindhárom hátast kipróbálta. Érezte, hogy a két férfi ámul-bámul a tudásán, de legjobban ő csodálkozott, hogy ennyi idő után egész derekasan ült a nyeregben. A jobb bokájának fájdalma is elviselhető volt, ahogy a kengyelben tartotta. Végül a Káró nevű pej kancát választotta, akinek a homlokán egy fehér káróminta virult. Erről kapta a nevét.

– Holnap jövök érte. Telefonálok, ha indulok. A hátán ülve viszem, tehát kérem előkészíteni a kiválasztott szerszámokkal! – Hagyott egy kis foglalót. A tulaj hosszan nézett utána.

Átautózott a legközelebbi városba, pénzt vett ki. Visszafelé rájött, hogyan lehet az útról megközelíteni Bátor lakását. „Hátha már hazajött!" Ahogy becsukta a kocsiajtót, már meg is jelent a férfi. Leültek a gangon. Limonádét ittak.

– Tudom, alkohollal szokás pertut inni, de most vezetek. Tegeződjünk!

– Megtisztelsz.

– Fontos ügyben jöttem. Pontosabban nagy kérésem van.

– Igent mondok. Férjül vehetsz! – Nevetve emelte a poharát.

– Nem is tudom, hogy a kérésem ezt alul- vagy felülmúlja-e? Van egy lovam. Szeretném idehozni. Hely az van, azt tudom. De vállalnád-e a gondozását, etetését? Cserébe lovagolhatsz rajta. Mit szólsz?

– Egészen ámulatba ejtesz! Vegyük át még egyszer!

Zsuzsa elmondta a ló paramétereit, odaadta a papírjait, sőt fotón is megmutatta. A meglepődést határtalan öröm váltotta fel. „Rég okoztam ilyen boldogságot!"

– Mikor szállítják ide? Ki kell takarítanom a helyét, almot, zabot hozatni.

– Holnap jövök vele. Az abrak és minden egyéb a csomagtartóban van.

– Mi az, hogy jössz vele?

– Felülök rá. De egyszerre autót és lovat nem tudok vezetni. Ez a másik kérésem.

– Nincs érvényes jogsim.

– Nem a jogosítvány vezeti az autót. Nincs messze a lovarda, csak 8 km! Ekkora úton csak nem lesz ellenőrzés, még sose láttam erre rendőrt. Legfeljebb ha megbüntetnek, kifizetem.

– Nem is tudom, melyik a nagyobb felelősség?

– Momentán a ló többet ér, mint az autóm, tehát őt féltem jobban. Ha vállalod a vezetést, akkor érted jövök. Mikor végzel a munkával?

– Nyáron 6–14-ig dolgozom, a meleg miatt, de senki nem ellenőriz.

– Akkor délre itt vagyok. Útközben meghívlak ebédre a Vén diófa vendéglőbe, útba esik.

– Köszönöm! Ha felsétálunk a dombra, megmutatom, hogy merre gyertek. Van rövidebb út, nem kell a forgalmas betonút közelébe menni. Az autókat nem szeretik a lovak.

Ahogy nyeregbe szállt, tudta, jól választott. Az állat kezes, jól irányítható, nyugodt volt. Az erdőn lépésben, a mezőn vágtában ment. Örömkönnyek szöktek a szemébe a jól ismert szabadságérzetet megízlelve. Az ügetés nem ment jól, nyilallott a műtött bokája. Közben azon meditált, hogyan fog bejutni a férfi hajlékába. Eddig még nem hívta be. Pedig valahogy be kell jutnia! Úgy látszik, közelebb kell férkőzni hozzá. Ő a kulcshoz jutás kulcsa!

„Kihasználom!" Kezdett lelkiismeret-furdalása lenni. „De busásan megfizetem!"

A kocsi már rendben ott állt. Bátor szépen előkészítette a pej helyét.

– Gyönyörű ló! Mióta a tiéd?

– Tegnap kiválasztottam. Ma megvettem. Bánj vele úgy, mintha a tiéd lenne!

– Ejha! Ez gyorsan ment! Ennyire megbízol bennem?

– Lovastanyát vezetni bátorság, és te Bátor vagy! Bocs, biztos sokan vicceltek már a neveddel!

– Ez semmi! Amikor az életeddel, az érzéseiddel viccelnek, az erőt próbáló!

– Milyen volt az autóban?

– Tudod, a bezártságot lassan, nehezen szokod meg, de így van a szabadsággal is. Azt dúdolgattam magamban: „Szél könnyű szárnyán szállj! Szállj fel, szabad madár!"

– Ezt már én is dúdoltam! Szeretnék mindennap jönni Káróhoz, ha lehet. Csak azt mondd meg, hogy milyen időpont felel meg neked.

– Beszéld meg vele, hozzá jössz! Csak vicceltem. Ma te hívtál meg ebédre. Mit szólnál, ha holnap én látnálak vendégül vacsorára?

– Nagyszerű! Itt leszek!

Délelőttre időpontot kért a szanatórium vezetőjétől. Megkérdezte, mi a szándékuk a völgyben lévő ingatlannal.

– Felhívom a tulajdonost. Nekem nincs ingatlanügyekben döntési jogom.

Tárcsázott, kérte az illetékest, majd átadta a telefont.

– Előbb-utóbb lebontjuk, eldózeroljuk. Gond a fenntartása.

– Nem akarják eladni?

– A kutyának sem kell.

– Ha mégis lenne vevő, mondana egy árat?

– Ötmillió. Ki adna ennyit azért a romhalmazért? „Látszik, hogy életében nem látta azt a helyet!"

– Aki most benne lakik.

– A sittes? Van pénze?

– Takarékoskodott a börtönben. Van pénze, és az ár is megfelel. Ha jövő hétre ad egy időpontot, megköthetjük az üzletet, az urat én képviselem.

– Rendben.

Végre bebocsátást nyert a lakba. Egy gyors pillantást vetett az üveges szekrénykére. Be volt csukva, de a kulcs benne volt, és az őt érdeklő is ott lógott a helyén. A szobából egy keskeny folyosó vezetett egy nagyobb helyiségbe, ami konyha és étkező volt egyben. Finom illat terjengett.

– Csak nem főztél?

– Sütöttem. Töltött csirkét, tepsis burgonyával.

– Ez igen! Ha a konyhában ilyen otthonosan mozogsz, akkor egy főnyeremény vagy! Mi baja volt veled a feleségednek?

– Azt hiszem az, hogy túl sokat dolgoztam, na meg a 20 év korkülönbség a javamra. Ja, és az Isten összes pénze se volt elég neki! Összejátszott a könyvelővel, én azt sem tudtam, hogy nem fizetjük be az áfát meg a jövedelemadó, aztán én vittem el a balhét.

– Ne merengj a múlton, nézz előre! A felséges illat meghozta az étvágyamat. Együnk!

Bátor házigazdaként és szakácsként is jól vizsgázott. „Megérdemli a nyugodt, gondtalan napokat a hátralevőre. Csak valami pénzéhes csitri rá ne szedje megint! Habár ez már nem az én gondom lesz!"

– Szeretném hivatalossá tenni a ló istápolását! Írtam szerződést, kellenének az adataid, meg az aláírásod. Mondj egy havi összeget, mibe kerül egy paci etetése, gondozása, és megbízási díjként kifizetem. A járulékokat is állom, azzal sem lesz gondod.

– Mivel érdemeltem én ezt ki? Mint egy jótékony angyal, alászállsz a semmiből, és egyik ámulatból a másikba ejtesz! Miért?

– Bocs, de nem akárhonnan szálltam alá. Lehet, hogy mégis bolond vagyok. Nem jótékonykodom, teljesen önös érdekek állnak a cselekedeteim mögött. Megvan rá az okom, majd egyszer mesélek. Most csak annyit, hogy ez a csodás hely szép emlékeket idéz. Azt meg végképp nem bírtam elnézni, hogy üres az istálló. Bízom benne, hogy Kárónak lesznek társai.

Megkapta a férfi adatait, ami elengedhetetlenül szükséges lesz az adásvételihez. Az aláírásához kegyes csalással jutott, mivel a legfelső, lóval kapcsolatos papír alá még hármat tett, mint másolatokat, de azokon csak az aláírások helyét csúsztatta ki az első alól. „A javára cselekedtem. Biztos elnézi ezt nekem!"

– Mivel gyalog jöttem, most megihatjuk az áldomást! Hoztam a kedvenc italomat is.

Kitöltötte a száraz Martinit, vágott bele citromkarikát, koccintottak. Bátor egy hajtásra felhörpintette, és letette a poharat. Zsuzsa lassan, kortyonként élvezte a hűs ízt.

– Azért voltam ilyen mohó, mert van egy kérdésem, és nem szeretném, ha kirepülne a kezemből a pohár.

– Hűha! Miért repülne bármi is? Inkább töltök még.

– Nem, majd a válasz után. És attól repülne a pohár, hogy pofon vágsz a kérdésért!

– Szeretnél lefeküdni velem?

– Az angyalát! Én még csak egy csókot akartam kérni, de mi tagadás, mióta csak megláttalak, az jár az eszemben, hogy mit tennék veled az ágyban! Már ha képes leszek rá! Három és fél év nagy idő.

– Biciklizni, úszni, és az én példám mutatja, hogy lovagolni sem lehet elfelejteni, hát még szeretkezni!

– Nem is a felejtésről van szó.

– Ha csak beszélünk róla, akkor sose derül ki. Még egy koccintás, és hajrá!

Citromos, martinis íze volt az ajkuknak. A férfi óvatos mozdulatokkal, türelmetlenség nélkül simogatta

Zsuzsát, aki a bő ing alá csúsztatta kezét a széles, izmos háton, majd lehúzta a felsőt, hogy a mellkasra adjon kis csókokat. Megdöbbenve fedezte fel, hogy több heg, sebhely tanúskodik rosszabb napokról. Közben róla is lekerült a blúz és a top.

– Imádom a dús kebleidet! Ez már a mennyország! – puszilgatta, nyalta a halmokat, a bimbókat felváltva, gyengéden, finoman.

Az asszony 68 kilóját könnyedén felemelte, az ágyra tette. Levette a farmert, a hímvessző harcra készen állt. Bátor látta az asszony pillantását.

– Lekapcsoljam a villanyt?

– Minek? Az ember pőrén természetes. Persze itt-ott látszik rajtunk az idő múlása, de te nagyon jól tartod magad.

– Te pedig nagyon csinos, és milyen nedves vagy! – A férfi keze már a szeméremrésben kalandozott, majd férfiasságával behatolt. – Azt hiszem, nem sokáig bírom tartani, bocsáss meg, majd még játszunk, de most három és fél év feszültségét fogom kiadni! Áh!

És kiadta. Hármat mozdult, és ejakulált. Ráborult a nőre, aki átölelte. Érezte, hogy rázkódik. Sírt.

– Nyugodj meg! Semmi baj. Én is sírtam már kielégülésemben.

– Tényleg? – Már abba is hagyta, keze fejével letörölte a könnyeket. – Nem férfias.

– Férfias az, ha igazi nővé tudod tenni a partnered, és fordítva: a nő férfiként kezeli a másikat. Híres költőnk örökérvényű megfogalmazásaként: „...mi férfiak, férfiak maradjunk, és nők a nők – szabadok, kedvesek –, s mind ember, mert ez egyre kevesebb..." A sírás nagyon is emberi dolog. Nem szégyen.

A férfi hanyatt feküdt, de magára húzta Zsuzsát, aki érezte az ondó csordogálását, de nem emelkedett el a nemi szervtől. Izgatóan csiklandozta a gombocskáját. Lovagló ülésbe helyezkedett.

– Szép gondolat. Igazi nő vagy, és teszek róla, hogy neked is jó legyen. Nem fér a fejembe, hogy én milyen mázlista vagyok! – lihegte a férfi, aki újraéledt.

Zsuzsa finoman körözni kezdett csípőjével, és a fokozatosan keményedő hímtagot a markában tartva le-fel húzta a bőrt. Amikor elég merev lett, a makkal simogatta a csiklóját, aztán lassan ráereszkedett. Egyik kezével széthúzta szeméremajkait, a másik kezének középső ujjával ingerelte a vérrel telt, felizgatott klitoriszt. A férfi mindkét tenyerével a melleket simogatta, hüvelykujjaival a bimbókat ingerelte. A párzó mozdulatok gyorsultak, megtalálták az összhangot, és amikor az asszony robbant, az összeránduló hüvely meghozta kettőjük együttes extázisát. Bátor tudott először megszólalni, amikor a zihálása alábbhagyott.

– Hogy ehhez nekem 60 évet kellett megérnem!

– Mihez?

– Hogy igazán érezzek egy női orgazmust, és ezt egyszerre az enyémmel!

– Jobb később, mint soha. Most megmosakodnék. Jössz te is?

– Gyere, vezetlek.

A folyosóról nyíló egyik ajtó egy kis zuhanyozófülkét rejtett. Látszott, hogy ezt jóval később alakították ki, valami más funkciójú helyiségből. Nem volt ablaka. Tusoltak, megmosták egymás hátát. Bátor fejet is mosott, kibontva a válláig érő, sűrű ősz haját.

– Milyen színű volt, eredetileg?

– Sötétbarna. Levágassam?

– A világért se! Az egyéniségedhez tartozik! Férfias, egyedi, mint ahogy a szakáll és a bajusz is az. Bevallom, ezek a gyengéim.

– Akkor maradnak. Nem szeretném, hogy ami most köztünk van, valaha véget érjen!

– Pedig minden véget ér egyszer. Ne éld bele magad túlságosan! Miért van rajtad ennyi heg? – próbálta gyorsan elterelni a szót Zsuzsa, miközben a saját, régi, szülinapi kívánságára gondolt. Torkában gombócot érzett.

– Nem voltam jó gyerek. Van, ami szülői fenyítés, van, ami verekedés, és van, ami baleset nyoma. Mindegyiknek megvan a története. Majd minden este szerelmeskedés után elmesélek egyet, mint az Ezeregy éjszaka meséiben. Remélem, leszel olyan kíváncsi, hogy mindig visszatérsz hozzám!

– Az nem a mese miatt lesz.

– Tudod, nem találkoztam még ennyire nyílt, szókimondó nővel. A legtöbben megjátsszák a fejüket. Hol voltál te eddig? Egészen másképp alakult volna az életem, ha előbb betoppansz.

– Ha azt vesszük, a börtönnek „köszönhetsz", ezért törvényszerű az a mondás, hogy minden rosszban van valami jó. Semmi kedvem most a parkban botorkálni. Itt alhatok?

– Ha szerény hajlékom megfelel? Akár örökre maradhatsz!

– Reggel szeretném látni a sörényes szerelmemet, és a hátáról nézném a napfelkeltét. –Közben bebújt az ágyba a férfi mellé.

– Vigyázz, mert féltékeny leszek!

– Nem vonzódom a nőkhöz, sőt! De Károval kivételt teszek. Látom, hogy te is kedveled őt, és én nem vagyok féltékeny. Így van rendjén. Szeresd, ápold akkor is, ha én nem leszek itt!

– Meglesz, megígérem. Mennyit álmodoztam erről, hogy egy valódi, illatos asszonyi testet ölelek magamhoz! Megkönnyebbülten álomba zuhant. Zsuzsa jó félórát várt, felkelt, a hűtőhöz ment, töltött egy Martinit. Az ágy szélén ülve kortyolgatta, közben nézte a másikat, hogy mélyen alszik-e. Semmilyen neszre nem mozdult, oldalra fordulva aludt, háttal annak a bizonyos faliszekrénynek. „Na, lássunk a feladathoz!" Az üvegajtó csak be volt hajtva, nem kellett kizárni.

Remélte, hogy nyikorogni sem fog. Így közelebbről látszott, hogy múzeumi darab. A takarításával sem foglalkozott senki. Belül is lepte a por, csak a kis vasajtó három, egy karikára fűzött kulcsa és a kertészek szerszámtárolójának lakatkulcsa fénylett. Bátor ezeket használja. Óvatosan leemelte az őt érdeklő darabot, és a táskája legrejtettebb zsebébe tette. Egy másik rekeszből kivett egy hasonlót. Annak idején nosztalgiából eltette a villa egyik kapukulcsát. Dísz volt a retró falon a poroló és a csikóbőrös kulacs mellett. Megtévesztésig hasonlított a toronyhoz vezető ajtó kulcsához. Kisebb, kevésbé rozsdás és poros, de remélte, hogy ez egy darabig nem fog feltűnni. Az már inkább, hogy majd nem nyitja a zárat. Megkönnyebbülve bújt vissza az ágyba, és egy képzeletbeli puszit küldött a mellette szuszogónak. „Köszönöm!"

A következő héten megfigyeléseket végzett. Kicsit többet üldögélt a teraszon a szomszédjai társaságában, többször fizetett be a közös étkezésekre. Arra volt kíváncsi, hogy melyik időszak a legnyugisabb arra, hogy titokban kipróbálhassa a kulcsot. Sajnos az öregek és a betegek rossz alvók, korán kelnek. Viszont a napfelkeltét még nem nézi senki. Vele előfordult, de akkor még le sem feküdt, vagy Bátortól jött, vagy Káróhoz ment. Ez csendes időszak volt.

Elutazott a fővárosba, elintézni a Bátor-völgy – ezt a nevet adta, remélte, hogy a férfi kedvére lesz – vételét. A szerződésen már ott volt a vevő aláírása, ő meg utólag beleírta az adatokat. Minden rendben ment. Bátornak késleltetéssel utalta a kért munkabért. „Biztos csodálkozni fog, hogy egy évi fizetést kap, és egy kicsit felkerekítettem, de mihelyt kiderül, hogy a hely az övé, tudni fogja, mit tegyen. Valamit törlesztettem Táltosért, Fitosért és Kisasszonyért!"

Még meglátogatta jogászát, kedvenc helyeit, aztán a gázra lépett. Hajnalban a kápolnába ment. Mintha imádkozna, kereszteket vetve leült itt, letérdelt ott. Alaposan körülnézett. Mikor meggyőződött arról, hogy egyedül van, beillesztette a kulcsot. Nem fordult, viszont elég hangos volt. Előkotorta a táskában lapuló zárolajozót. Mindig van nála a kocsi miatt. Segít, amikor télen befagy a zár. Befújta, amit csak lehetett. Várt egy kicsit és újra megpróbálta. Könnyedén fordult. Ekkor eszébe jutottak a pókok. Biztos minden beszőttek. Iszonyodott tőlük. Emlékezett rá, hogy a takarítók hol tartják az eszközöket. Kiválasztott egy kis partvist, azt mozgatta maga előtt fel-le. Elég sötét volt, de hiába talált egy kapcsolót, nem gyúlt fény. Elindult a csigalépcsőn. Az ajtót csak becsukta, de nem zárta magára, mert most még vissza is akart jönni. A negyedik-ötödik kanyarodásnál már szüremlett felülről egy kis fény. „Hosszú az út hazafelé!" Felért. A harang valóban hiányzott. A körteraszt derékig érő kovácsoltvas kerítés tette biztonságossá. A nap kelt, a kilátás lélegzetelállító. Körbesétált. Kosz volt, és madárpiszok. Mi itt a veszély? Hoppá! A rácsból egy tag teljesen hiányzott. Hozzávetőleg egy méteren keresztül nem védte semmi az itt lábatlankodót. Óvatosan lenézett. Fentről még nagyobbnak látta a távolságot, mint lentről. A torony alatt ezen az oldalon betonút vezetett a régi teniszpálya felé, amit már rég benőtt a fű. „Tiszta beton. Sehol egy bokor. Helyes! Még van egy kis dolgom, aztán vihetsz, Álomfiú!" A visszaút gyorsabban ment, a pókhálózó eszközt gondosan visszatette a helyére. A kulcs, mint kés a vajban, fordult. A templom üres volt.

„Bátor most ébredezik. Káró a reggelijét várja. Meglátogatom őket."

Elégedetten ült a teraszon, két szomszédja társaságában. Arra gondolt, hogy mindent elintézett. Az előző héten délelőtt mindennap lovagolt, este szeretkezett Bátorral. Eleget tett Dini kérésének: „Hagyd, hogy szeressenek!" Megadta a kódot a banknak, amellyel elindíthatják az utalást. Feladta az adásvételit, elintézte a földhivatalt. Az ingatlan a férfié. Káró nyergére tette a nyilatkozatot, melyben ajándékként a ló gondozójának adja. Az autó kamu adásvételivel a hölgyé, akinek a garázsában állt, mondván a műtött bokájával már nem tud jól vezetni. Ma meg itt a nem várt lehetőség. Az ápolók és a „lakók" zöme busszal a közeli gyógyfürdőbe kirándult. Minden évben kétszer mennek, egy alapítványnak köszönhetően. „Helyes. Alig van itt valaki." Annyira a saját világába merült, hogy nem is értette, miért került elő az a régi, gyűrött kép. Tán már nem is él, akit ábrázol. És mi az, hogy a „papom?" Orvosom, gyógyszerészem, fodrászom! Kisajátítunk mindenkit? Ekkor az ősz hajú, csontsovány „néni" – akkor még azt hitte, jóval öregebb, mint ő – előveszi az ismerős gyerekridikült, és belőle azt a képet!

Megdöbbentő! „Ezek mi vagyunk! A szabadság vándorai!"
Úgy érezte, megvilágosodott. Egy pillanat alatt újra egy-
befonta őket a sorsuk. Ahogy itt ültek, megtépázott lelkük
szavak nélkül is mesélt. Bár egyedül akarta befejezni,
hirtelen támadt az ötlete. Meg volt róla győződve, hogy
jól cselekszik. Elővette a kulcsot, és mint valami aduászt,
rátette a képre, ahol ők, mint boldog kislányok integettek.

– A kápolna tornyába lehet vele jutni.

Mindent vitt. Egy darabig csend volt. Cili törte meg:

– Régóta vágyom már oda.

– A Mennyországot nyitja! Repülni fogunk, mint az
angyalok! – Ari szemében vágyakozás és emlékek szik-
rája csillant.

Felálltak. Zsuzsa magához vette a kulcsot, a többiek
eltették a képeket, ki-ki a magáét. Átsétáltak a kápolnába.
Cecília és Aranka a szenteltvíztartóba mártott kézzel
keresztet vetettek, Ari pár másodpercet imádkozott is.
„Isten ennél nagyobb dolgokat is elnéz! És ez megváltás,
nem bűn!" Úgy indultak előre a sötét csigalépcsőn, mintha
mindennap ezt csinálnák. Zsuzsa bezárta maguk mö-
gött az ajtót. Mikor felért, azon az oldalon, ahol a torony
alatt sűrű, bokros aljnövényzet volt, lehajította a kulcsot.
Odaértek, ahol hiányzott a vasrács. Középre állt, háttal a
kilátásnak. Nem akart lepillantani. Mosolygott. Érezte,
hogy jobbról és balról mellé léptek. Az üres harangtartó
szerkezetét nézték. Különböző okok miatt álltak itt,
gondolataik mégis összeszövődtek, mint a pók hálója.
Cili az üres toronyra bámult, s Hemingway regényének
mottójára gondolt: „...sose kérdezd, kiért szól a harang,
érted szól!" Ari Karesz arcát látta, és kedvenc versükből
idézte: „Szeretlek, ahogy élni szeretnek a halandók, amíg
meg nem halnak." Zsuzsára Dini mosolygott. „Hiányod

átjár, mint huzat a házon. Mondd, távozzon tőlem a fé-
lelem." Szinte egyszerre fogták meg jobbról is, balról is
a kezét. Oldalra fordította a fejét, összenézett Cilivel.
Mosolyogtak. Aztán összenézett Arival. Mosolyogtak.
Mint gyermekként a medencében. Megszorította a ke-
züket. Dini hangját hallotta: „Dőlj hátra!"

Hátradőlt, és szálltak.

Utósok_k

Egy hír a dunántúli régió egyik napilapjából.

Halálugrás mosollyal

Három ötven év körüli hölgy zuhant le a híres szanatórium kápolnájának közel 20 méteres tornyáról. Azonnal szörnyethaltak.

Feltehetjük a kérdést, ki a felelős? Kik a felelősök? Nem fogjuk megtudni, mert a kompetens személyek nem nyilatkoznak. Viszont sok a titokzatosság. Az asszonyok nem álltak kezelés alatt. Az elitnek nevezett apartmanok jómódú lakói közé tartoztak.

Vajon mi késztette őket a halálos lépésre? A véletlent kizárhatjuk, ugyanis nem hivatalos források szerint halálukban is fogták egymás kezét, és mosoly volt mindhármuk arcán. Hátborzongató! De a legfurcsább ezután jön; a harangtorony ajtaja zárva volt, úgy kellett betörni, mert nem volt hozzá kulcs. (Azóta sincs meg.) Akkor hogy kerültek oda a hölgyek? Más feljárat nincs. A legrégebbi dolgozók szerint fél évszázad óta nem járt ott senki. Pontosan 50 évvel ezelőtt zárták be a feljárót egy végzetes baleset miatt. A kiránduló gyönyörködve nézte a toronyból az előtte feltáruló panorámát. Nekidőlt a korlátnak, abból kiszakadt egy darab, amivel együtt a mélybe zuhant. Hajszálpontosan oda, ahol most a három asszonyt találták.

Egyikük sem hagyott búcsúlevelet.

342

A kiadó

*Aki feladja,
hogy jobbá váljon,
feladta,
hogy jobb legyen!*

E mottó alapján a novum publishing kiadó célja az új kéziratok felkutatása, megjelentetése, és szerzőik hosszútávú segítése. Az 1997-ben alapított, többszörösen kitüntetett kiadó az egyik legjelentősebb, újdonsült szerzőkre specializálódott kiadónak számít többek között Ausztriában, Németországban és Svájcban.

Valamennyi új kézirat rövid időn belül egy ingyenes, kötelezettségek nélküli kiadói véleményezésen esik át.

További információkat a kiadóról és a könyvekről az alábbi oldalon talál:

www.novumpublishing.hu